Gentleman ou débauché ?

MARGARET McPHEE

Gentleman ou débauché ?

LES HISTORIQUES

éditions Harlequin

Titre original : THE WICKED EARL

Traduction française de JACQUES CEZANNE

HARLEQUIN®
est une marque déposée par le Groupe Harlequin

LES HISTORIQUES®
est une marque déposée par Harlequin S.A.

Photo de couverture
Sceau : © ROYALTY FREE / FOTOLIA

83/85 boulevard Vincent-Auriol 75646 PARIS CEDEX 13.
Service Lectrices — Tél. : 01 45 82 47 47
www.harlequin.fr

ISBN 978-2-2808-1470-6 —ISSN 1159-5981

1

Londres, février 1814

— Tiens-toi droite, Madeline. Ne pourrais-tu au moins faire semblant d'apprécier la pièce ?

— Pardonnez-moi, maman, répondit Madeline Langley en se redressant. Les acteurs sont excellents et j'aime beaucoup Shakespeare. C'est juste que lord Farquharson…

La jeune femme baissa la voix.

— Il ne cesse de me serrer de près et…

— Il y a tant de bruit ici qu'on peut comprendre qu'il ait du mal à t'entendre, répondit Mme Langley.

— Mais, maman ce n'est pas parce qu'il est sourd, ni à cause du bruit, répondit la jeune femme. Seulement… il me met mal à l'aise.

— Allons mon enfant, ne sois pas ennuyeuse, répliqua Mme Langley en fronçant le nez. Lord Farquharson s'intéresse à toi et nous devons l'y encourager autant que nous pouvons. Jamais il ne demandera ta main si tu continues à lui lancer des regards noirs comme tu fais. Prends exemple sur Angelina, et tâche d'être toujours aussi souriante qu'elle.

La mère se tourna vers sa cadette, indéniablement la plus jolie de ses deux filles, et lui lança un sourire radieux.

Madeline regarda sa sœur d'un air las.

— Si elle sourit autant c'est parce qu'elle n'est pas obligée d'être assise à côté de lord Farquharson, murmura-t-elle à mi-voix, ce qui fit glousser la plus jeune.

Fort heureusement, Mme Langley n'entendit pas ce commentaire.

— Chut, taisez-vous, le voilà qui revient ! murmura-t-elle, tout excitée, en redressant les épaules et en adressant son plus beau sourire au gentleman qui entrait dans la loge.

Un plateau à la main, l'homme apportait trois grands verres d'un breuvage trouble.

— Oh ! lord Farquharson, comme c'est gentil à vous d'avoir pensé à mes filles, minauda la mère en battant des cils d'une manière ridicule.

— A vos filles et à vous aussi, chère madame Langley, répondit l'intéressé en tendant à celle-ci un verre de limonade. Je ne voudrais pas que vous ou vos charmantes filles ayez le gosier sec. Il fait si chaud ici.

— Allons donc, milord ! Jamais je ne saurais avoir trop chaud dans une loge aussi chic et bien située. C'est vraiment gentil à vous de nous avoir invitées. Mes filles adorent le théâtre, et les arts en général, tout comme leur maman.

Lord Farquharson découvrit ses dents à l'adresse de miss Angelina Langley dans ce qui, pensait-il, aurait dû passer pour un sourire.

— Je suis sûr que ce ne sont point les seuls attributs qu'elles partagent avec leur maman, répondit-il en souriant de plus belle et en tendant le verre d'un geste insistant vers la jeune fille.

— C'est tellement gentil de votre part d'avoir bravé la foule pour aller nous chercher des rafraîchissements, roucoula Mme Langley.

— Pour de gentes damoiselles telles que vous, je ferais face à bien d'autres dangers, répondit Farquharson d'un ton grandiloquent.

Mme Langley buvait ses paroles.

Madeline et Angelina échangèrent un regard.

Les doigts de lord Farquharson frôlèrent ceux de Madeline quand il lui passa un verre lisse et frais — contrairement à sa peau à lui qui était chaude et moite, remarqua Madeline en réprimant un frisson.

— Voici pour vous, miss. J'ai gardé le meilleur pour la fin, susurra-t-il en appuyant son regard.

— Merci, milord, répondit-elle en dégageant sa main d'un geste un peu brusque, à quoi lord Farquharson réagit avec un sourire amusé avant de se rasseoir.

La jeune femme se tourna vers la scène et tâcha d'oublier un peu la présence de sir Cyril à son côté, ce qui sembla aussitôt voué à l'échec, car il se penchait déjà pour demander :

— La limonade est-elle à votre goût, miss Langley ?

— Elle est délicieuse, je vous remercie, milord, répondit la jeune femme en se pinçant discrètement le nez à cause de l'haleine chargée d'alcool de son encombrant voisin.

Il la serrait de si près qu'elle sentait la chaleur qui émanait de son corps souple et délié.

— Délicieuse, en effet, approuva-t-il avec ce qui sembla à Madeline un léger sifflement dans la voix, qui la surprit autant que le frôlement de sa main.

Elle découvrait soudain que le simple fait de boire une limonade pouvait constituer une tâche plus compliquée qu'il n'y paraissait et qu'il fallait y mettre beaucoup d'application.

Heureusement, les lumières s'éteignirent et l'orchestre attaqua un air annonçant la reprise de la pièce. M. Kemble apparut sur scène au milieu des applaudissements et des cris de la foule.

— Quel acteur splendide, n'est-ce pas ? commenta lord Farquharson d'une voix qu'il espérait de velours. Pourtant, d'après ce qu'on dit, la dernière est prévue pour vendredi.

— Vraiment, milord ? C'est bien dommage. J'ai toujours été une grande admiratrice de cet immense artiste.

Madeline jeta un regard surpris à sa mère. Elle l'entendait encore, l'après-midi même, lui parler de John Philip Kemble pour la première fois de sa vie, et pas dans des termes très laudatifs, de surcroît.

Le second acte venait à peine de commencer lorsque lord Farquharson déclara qu'il avait une crampe à la jambe gauche et devait par conséquent déplacer légèrement son fauteuil.

— C'est un souvenir de la bataille de Salamanque, expliqua-t-il à Mme Langley. J'ai pris un coup d'épée et la blessure se rappelle à mon bon souvenir de temps en temps.

Il illustra son propos d'une grimace et en tendant la jambe devant lui de telle sorte qu'il frôla la robe de Madeline dans l'opération.

Sidérée par l'absence de réaction de sa mère devant une manœuvre aussi grossière, la demoiselle lança à cette dernière un regard désespéré.

Mme Langley fit mine de ne rien voir.

— Ah milord ! Vous êtes un brave, s'exclama-t-elle.

Lord Farquharson remercia d'un sourire en même temps qu'il en profitait pour toucher du pied la chaussure de Madeline.

— Maman ! souffla la jeune fille en cherchant à accrocher le regard de sa mère.

— Oui, ma chérie ? répondit celle-ci en gardant obstinément les yeux rivés sur la scène.

— Maman !

Cette fois-ci, elle avait presque crié.

— Quelque chose ne va pas ? Miss Langley ? s'enquit lord Farquharson en regardant la jeune fille d'un air surpris.

— Je ne me sens pas très bien. Il fait un peu chaud, répondit-elle en agitant frénétiquement son éventail.

— Chère miss Langley, souffla lord Farquharson en feignant la surprise tout en essayant d'agripper la main de la jeune femme.

— J'ai seulement besoin d'un peu d'air frais, annonça-t-elle en se dégageant avant de se lever pour se diriger vers la sortie.

— Ne peux-tu attendre un peu ? s'exclama Mme Langley, qui peinait à cacher l'exaspération que lui causait l'attitude rétive de sa fille. Angelina et moi apprécions beaucoup la pièce. Vraiment, quel dommage !

Lord Farquharson vit immédiatement l'occasion qui s'offrait à lui.

— Il serait vraiment dommage que vous soyez obligées de sortir toutes les trois, déclara-t-il. Et précisément au moment où Coriolan va prononcer son fameux monologue…

Mme Langley secoua la tête en soupirant démonstrativement.

— Moi, cela ne me gêne pas, annonça Angelina.

Personne ne fit attention à elle.

— Et si… ? lança lord Farquharson en regardant Mme Langley d'un œil plein d'espoir et en se tapotant les lèvres du bout des doigts. Peut-être est-il impertinent de suggérer une telle chose…

— Non, milord, sûrement pas, objecta la mère des jeunes filles. Vous, impertinent ? Jamais de la vie. Je n'ai encore jamais rencontré un gentleman aussi digne de confiance et plein de considération pour les dames que vous.

Les épaules de Madeline s'affaissèrent à ces mots. Elle se doutait fort bien de ce que lord Farquharson n'allait pas manquer de suggérer dans moins d'une minute.

— Maman…

— Madeline ! la tança Mme Langley. Il est très impoli d'interrompre les grandes personnes.

— Mais, maman…

— Madeline ! répliqua la mère un peu plus durement, en jetant à sa fille un regard accusateur au moment précis où plusieurs personnes se tournaient vers elles, alertées par ces murmures.

La jeune femme abandonna le combat, et laissa lord Farquharson présenter son inévitable requête :

— Chère madame Langley, je pourrais accompagner mademoiselle votre fille dans le foyer, ce qui vous permettrait, à vous et à miss Angelina, de continuer à apprécier la pièce sans être dérangées plus avant. Je vous donne ma parole d'honneur que je veillerai sur miss Madeline comme s'il s'agissait de mon propre enfant, déclara Farquharson en plaçant théâtralement la main sur son cœur, ce qui eut pour effet de faire briller l'espace d'un instant la bague sertie de diamants qu'il portait à l'annulaire. Vous n'ignorez pas, bien sûr, que sa personne m'est particulièrement chère.

— Je serais heureuse d'accompagner Madeline, affirma Angelina, à quoi sa mère répondit en la fusillant du regard.

— Mais alors vous manqueriez la prestation de monsieur Kemble, miss, objecta lord Farquharson. Non non, il n'en est pas question. N'ai-je pas déjà dit que je prendrai soin de miss Madeline ?

Mme Langley serra ses mains gantées en un geste censé illustrer l'inquiétude d'une mère.

— C'est que… elle m'est si précieuse…, souffla-t-elle.

— Ah ! Comme vous avez raison, approuva Farquharson. Elle ferait une épouse parfaite pour un homme de bien.

Mme Langley ne put dissimuler l'espoir que suscitaient en elle ces paroles.

— Assurément ! approuva-t-elle avec véhémence.

— En ce cas, j'ai votre permission ? insista Farquharson, poussant son avantage.

Il connaissait déjà la réponse.

— C'est entendu, souffla Mme Langley.

Madeline les regarda l'un après l'autre.

— Je ne voudrais pas gâcher la soirée de milord, objecta-t-elle. Ce serait vraiment égoïste de ma part. J'insiste pour que vous restiez ici et profitiez du spectacle, *sir*. Je vais aller prendre un peu l'air dans le salon des dames, et je reviendrai quand je me sentirai mieux.

— Miss Langley, je ne puis permettre qu'une jeune fille telle que vous s'aventure sans escorte dans le Théâtre Royal. Mon honneur de gentleman me l'interdit, déclara Farquharson avec grandiloquence en se précipitant au côté de la jeune femme et en posant sa main sur son bras en un geste autoritaire.

— Ce n'est vraiment pas la peine, affirma-t-elle en se dégageant, écœurée par ce contact.

— Madeline ! s'exclama sa mère en lui lançant un regard furibond. Je ne veux pas que tu ailles baguenauder dans ce théâtre toute seule. Que dirait ton père ? Tu ferais bien d'accepter avec gratitude l'invitation admirable de lord Farquharson.

Les deux femmes s'affrontèrent du regard un instant, mais il ne fallut pas longtemps à Madeline pour capituler. Elle savait parfaitement ce qui l'attendrait à la maison si elle ne s'exécutait pas, aussi baissa-t-elle les yeux avant de répondre :

— Je vous remercie, milord. C'est vraiment gentil à vous.

— Suivez-moi, ma chère, lança le baron avant de la

guider hors de la loge et jusqu'à l'escalier qui menait au foyer, sans lui lâcher le bras une seule seconde.

Le comte Lucien Tregellas surveillait en même temps l'interprétation émouvante du héros de Shakespeare que donnait M. Kemble sur la scène et les allées et venues dans la loge de lord Farquharson. Il observait ce dernier avec une attention qui démentait son air insouciant et l'intérêt qu'il faisait mine de manifester envers le destin de Coriolan, comme il le faisait depuis déjà des années, cinq pour être exact. Un jour ou l'autre, Farquharson commettrait une erreur et, ce jour-là, il serait là à l'attendre, prêt à frapper.

Ce n'était pas la première fois que Mme Langley et ses filles accompagnaient lord Farquharson. A quelques occasions il les avait emmenées dans sa voiture pour faire le tour de Hyde Park et aussi pour visiter la Fête de la Glace qui se tenait sur la Tamise au cœur de l'hiver et durant laquelle on installait sur le fleuve gelé des manèges, des balançoires et même des planchers provisoires pour y danser. Cette fois-là, M. Langley les accompagnait, ce qu'il évitait généralement. Mme Langley semblait encourager absolument l'intérêt du scélérat pour ses filles, ou plutôt, pour être plus précis, son intérêt pour l'une de ses filles. Pas la plus jolie, celle dont les boucles blondes encadraient le visage au teint de pêche, comme on aurait pu s'y attendre. Non, celle-ci se trouvait généralement hors de portée de Farquharson. On offrait plutôt l'aînée, la moins avenante des deux, aux regards et à l'attention du baron. Lord Tregellas se demandait d'ailleurs ce qui pouvait bien justifier chez elle l'intérêt de son ennemi juré. Normalement, ce dernier aurait dû, et de loin, préférer la plus jeune.

Tregellas réfréna l'envie qui lui venait de pincer les lèvres avec dégoût. Qui mieux que lui savait jusqu'à quelles extrémités les penchants de Farquharson pouvaient mener celui-ci ? Soudain, il vit ce dernier rapprocher sa chaise de celle de miss Langley. Trop près, beaucoup trop, songea-t-il. Il observa le frôlement de la main du lord sur le bras de la jeune fille, sur son poignet, et même son épaule. La demoiselle se tenait toute raide sur son fauteuil, et il pouvait voir à la façon dont elle regardait son voisin qu'elle n'accueillait pas les attentions de celui-ci avec beaucoup de chaleur. Le chapeau de Mme Langley, une énorme masse de plumes d'un goût hideux, devait cacher à celle-ci les agissements de Farquharson, car elle ne fit aucun commentaire. Miss Langley de son côté faisait mine d'observer la scène où s'agitaient les acteurs avec une attention toute particulière.

Tregellas observa le châle tout simple qu'elle portait sur les épaules, et qui couvrait totalement sa robe, remarquant au passage qu'elle ne semblait pas porter les bijoux et les colifichets qu'appréciaient d'ordinaire les jeunes femmes de son âge. Elle n'arborait pas de boucles d'oreilles, au contraire de sa sœur, et ses cheveux étaient tirés en arrière et cachés en un chignon serré sur sa nuque. Aucun ruban, pas même une plume n'ornaient sa robe, encore moins des fleurs. Lucien fut frappé de voir que, contrairement à la plupart des femmes, miss Langley préférait passer inaperçue en se fondant dans le décor qui l'entourait.

Tregellas la vit se lever soudain et s'avancer vers la porte située à l'arrière de la loge, suivie presque aussitôt par lord Farquharson, qui s'offrit à accompagner la jeune fille sous les acquiescements de Mme Langley, qui faisait danser les plumes de son chapeau en secouant la tête. Quand ils eurent disparu, Lucien se leva discrètement et quitta sa loge à son tour.

***

— Je me sens beaucoup mieux à présent, milord, affirma Madeline. Nous devrions rejoindre maman et Angelina. Je n'ai pas envie de vous faire manquer le reste de la pièce.

Elle se rendait bien compte que Farquharson la guidait loin de la salle, et un frisson glacé la parcourut.

Il lui serrait le bras si fort que ses doigts lui meurtrissaient la chair.

— C'est fort gentil à vous de vous préoccuper de moi, miss Langley, répondit-il en s'efforçant de sourire. Mais n'y pensez plus. Je connais la pièce quasiment par cœur. Je vous en raconterai la fin si vous le désirez. Après son exil, Coriolan offre ses services à Aufidius, qui lui confie ensuite le commandement de la moitié de son armée. Ils marchent ensemble sur Rome, mais à l'instigation de sa famille Coriolan décide d'épargner la cité. Aufidius l'accuse alors de trahison et le fait assassiner par ses hommes. Bourrelé de remords et de chagrin, le monarque décide d'offrir une cérémonie funéraire digne de sa grande noblesse en l'honneur du général défunt. Vous voyez, miss Langley, à présent que vous connaissez la fin, il est inutile de nous presser pour y retourner.

Madeline sentit un vent de panique s'abattre sur elle comme il la faisait tourner à l'angle d'un couloir. Un corridor étroit s'étendait devant eux.

— Lord Farquharson…, souffla-t-elle en s'arrêtant brusquement, ou du moins en essayant. Je vous remercie pour ce résumé passionnant, mais j'avoue que je préférerais voir la pièce moi-même. Accompagnez-moi auprès de ma mère tout de suite, s'il vous plaît.

— Tss, tss, miss Langley, répondit l'autre en souriant de plus belle et en se penchant à l'oreille de la jeune femme pour ajouter : puis-je vous appeler Madeline ?

— Non, répondit-elle sèchement en le repoussant du mieux qu'elle pouvait.

Lord Farquharson avait beau être assez mince, il avait une force surprenante et ne fit nullement mine de relâcher son étreinte. En fait, la tournure que prenaient les choses semblait l'exciter bien plus encore qu'auparavant. Il étendit un bras derrière la jeune femme et, quand il l'eut saisie, la poussa le long du couloir sans même que sa légère claudication ne ralentisse leur progression.

Le cœur de Madeline battait désormais la chamade et le sang cognait à ses tempes. Elle avait la gorge sèche et résistait à chaque pas, sans succès.

— Que faites-vous ? Avez-vous perdu la raison ?

— Prenez garde à ce que vous dites, Madeline, répondit-il en la serrant de plus belle. Ne faites pas d'histoires. Je veux seulement vous parler en privé, voilà tout.

— En ce cas venez à Climington Street demain. Nous pourrons parler sans être dérangés, affirma la jeune femme, espérant ainsi gagner un peu de temps et trouver l'occasion de lui échapper.

Les pensées se bousculaient dans sa tête. Sa mère allait remarquer son absence prolongée et venir la chercher. Forcément. Peut-être. Ou peut-être pas, après tout, car Mme Langley voyait dans l'occasion qui se présentait pour sa fille d'épouser un aristocrate — et un riche aristocrate par-dessus le marché — une occasion inespérée d'être enfin débarrassée d'elle et semblait avoir de ce fait perdu ce qui lui restait de bon sens.

— Je vous en prie, lord Farquharson, lâchez-moi, vous me faites mal.

Elle le vit sourire à ces mots et le sentit appuyer sa hanche contre elle d'une manière insistante.

Soudain, il s'arrêta et la poussa vers une alcôve mal éclairée qui s'ouvrait sur le côté.

— Voilà qui fera bien l'affaire, annonça-t-il en la faisant

pivoter pour lui faire face, plantant ses doigts dans ses épaules sans ménagement.

Madeline respirait fort et vite, luttant pour contrôler la panique qui menaçait de la submerger. Une sueur froide perlait à son front et mouillait son dos ; son cœur battait follement. Elle se força à paraître calme et leva les yeux vers lui.

— Que voulez-vous au juste, milord ?

— Eh bien… mais vous, ma chère…

L'excitation faisait monter aux joues de Farquharson une rougeur qui contrastait vivement avec la pâleur du reste de son visage, et une ombre de sueur perlait à son front et au-dessus de sa lèvre supérieure. Ses cheveux sombres encadraient un visage que d'aucuns s'accordaient à trouver beau. D'aucuns, mais pas Madeline. La peau autour de ses yeux semblait assez fragile et les cernes bleutés qui entouraient ceux-ci faisaient ressortir l'éclat dur de leur teinte grise. Pour l'heure, il la regardait intensément, et elle dut serrer les dents pour empêcher ses lèvres de trembler.

— Vous êtes un gentleman et un homme d'honneur, milord, lui lança-t-elle, quoique les gestes de Farquharson l'aient convaincue du contraire.

Elle espérait cependant que de lui rappeler cette évidence l'inciterait à abandonner ses projets quels qu'ils soient.

— Je n'ose penser que vous puissiez avoir à l'idée de me compromettre, milord.

Un rictus tordit les lèvres de Farquharson. Madeline sentait ses mains sur ses épaules, dures et froides, et, dans l'alcôve où ils se trouvaient, on entendait nul bruit, pas la moindre note de musique, le moindre applaudissement, le moindre rire. Pas même le claquement d'une porte ni un murmure de voix. Il la regarda encore un peu, et elle eut soudain l'impression que de voir la peur qu'elle éprouvait lui donnait du plaisir.

Elle serra les dents, plus fort encore.

— Ce n'est pas mon genre, souffla-t-il en approchant son visage tout près.

L'odeur d'alcool la submergea. Il enfonça les doigts dans sa chair comme un aigle referme ses serres sur sa proie. Au fond de ses yeux, elle pouvait voir le destin funeste auquel elle semblait promise.

— Rien qu'un baiser, c'est tout ce que je demande. Un petit baiser…, quémanda-t-il en caressant des yeux les lèvres de la jeune femme.

Madeline se débattit, le repoussant de tout son poids pour lui faire perdre l'équilibre.

— Vous ne pouvez vous échapper, Madeline, riposta-t-il doucement en approchant sa bouche.

— Ah ! Miss Langley, je vous trouve enfin, résonna une voix dans le silence.

Lord Farquharson catapulta pratiquement la jeune femme contre le mur dans sa hâte de se dégager d'elle puis se tourna vers l'intrus, en serrant les poings.

— Vous ! fulmina-t-il.

Madeline ouvrit de grands yeux à la vue de son sauveur. Il s'agissait d'un gentleman de haute taille à l'air élégant, aux membres longs et déliés, et visiblement bien bâti. Il portait ses cheveux d'un noir de jais légèrement en broussaille et était vêtu d'un frac noir magnifiquement bien coupé. Elle n'avait aucune idée de qui il pouvait être, alors que lui, bizarrement, semblait la connaître.

— Je me demandais où vous étiez passée, lança-t-il d'une voix légèrement traînante en s'approchant d'elle et de Farquharson.

Elle le regarda bouche bée, incapable de comprendre ce qui se passait.

— Je suis sûr que lord Farquharson vous a traitée avec tous les égards dus à une dame, miss.

Il avait un visage dur, anguleux, le nez fort et la mâchoire carrée, ainsi que des yeux d'un bleu très pâle qu'elle trouvait étrangement caressants.

— Il…, bégaya la jeune femme.

Si elle disait la vérité à cet étranger, elle risquait de ruiner sa réputation une fois pour toutes. Personne ne voudrait croire que Farquharson l'ait amenée en cet endroit sombre contre sa volonté en plein milieu de la représentation d'une des pièces les plus courues de la saison. Et puis, il avait de la fortune, et rang d'aristocrate, alors qu'elle, Madeline Langley, n'avait pour ainsi dire aucun statut social. Qu'elle le veuille ou non, elle savait exactement ce que les gens en diraient, aussi se mordit-elle la langue en baissant les yeux.

— Je dois retourner auprès de ma famille, souffla-t-elle. On va s'inquiéter de moi.

L'inconnu sourit, mais ses yeux restèrent froids. Il se tourna vers Farquharson d'un air désinvolte.

— Milord, déclara-t-il d'un ton glacial qui fit pâlir l'intéressé, va vous raccompagner auprès de votre mère à l'instant.

Farquharson lui lança un regard meurtrier, mais resta muet.

— Inutile de préciser qu'il se comportera ce faisant comme un vrai gentleman, ajouta l'inconnu.

Madeline eut l'impression qu'une bataille secrète se livrait entre les deux hommes. A voir la façon dont Farquharson regardait l'intrus, on devinait qu'il lui aurait volontiers transpercé le cœur. L'autre de son côté adressait à son rival des sourires qui auraient pu couper un homme en deux.

A contrecœur, Farquharson prit le bras de la jeune femme. Cette fois-ci, il n'insista pas pour frôler sa peau et la traita comme si elle avait été une porcelaine fragile.

— Miss Langley, si vous voulez bien me suivre, maugréa-t-il, après quoi il la guida le long du couloir, refaisant avec elle le chemin en sens inverse jusqu'à la loge.

Madeline ne pouvait le voir, mais elle sentait quand même que l'étranger aux cheveux noirs la suivait des yeux. Sa présence constituait l'unique protection contre les manœuvres de Farquharson et elle aurait voulu lui crier ses remerciements, mais s'abstint de le faire. Elle n'osa pas même tourner la tête vers lui et marcha en silence. Ce fut seulement lorsqu'ils atteignirent leur loge que l'homme parla de nouveau :

— J'espère que vous apprécierez le reste de la pièce, miss Langley, lança-t-il en s'inclinant légèrement en direction de la jeune femme avant de s'adresser à Farquharson : milord, peut-être n'avez-vous pas remarqué à quel point votre loge est bien en vue dans ce théâtre. Souvenez-vous-en.

Dans le silence qui suivit, il les regarda franchir la porte avant de disparaître.

— Ah vous voilà ! s'exclama Mme Langley. J'espère que ce petit tour avec lord Farquharson t'a fait du bien, ma chérie.

Mme Langley ne remarqua même pas que sa fille restait muette.

Angelina, elle, observait sa sœur d'un œil inquiet.

Madeline prit place sur son siège en prenant soin de se faire aussi petite que possible pour éviter à Farquharson la tentation de la serrer de trop près, mais l'intéressé ne fit même pas mine de lui parler et encore moins de la toucher. Les yeux tournés vers la scène, elle ne voyait rien de l'interprétation magnifique de M. Kemble ni n'entendait sa voix sonore, l'esprit tout entier rempli de l'image de l'inconnu aux cheveux noirs et du souvenir de son arrivée aussi inopinée que bienvenue au moment le plus propice.

L'esprit assailli de questions sur son mystérieux défenseur, Madeline n'osait pas penser à ce qui serait advenu sans son intervention opportune. Sa mère avait beau croire le contraire, lord Farquharson n'avait rien d'un gentleman et elle entendait bien le lui dire dès qu'elles seraient rentrées.

En tout cas, elle n'était pas près d'oublier le visage de l'inconnu. La finesse de ses traits, sa beauté classique resteraient désormais imprimées dans sa mémoire à jamais. Elle sentit un frisson glacé la traverser et, sans trop savoir pourquoi, leva les yeux vers le côté opposé du théâtre. Là, dans l'une des meilleures loges, elle vit son sauveur qui la dévisageait intensément et inclina la tête dans sa direction d'un mouvement presque imperceptible. Suffoquée, elle sentit un nouveau frisson la parcourir des pieds à la tête et détourna son regard instantanément avant que quiconque puisse s'apercevoir de ce qui se passait. Malgré cela, elle avait beau faire, elle n'arrivait pas à se dégager de l'impression que sa vie venait d'un seul coup de prendre une direction radicalement différente de celle qu'elle suivait depuis des années.

Différente, et définitive.

— Quelle mouche t'a piquée, s'insurgea Mme Langley en s'adressant à sa fille aînée, d'essayer de défaire tout le bon travail pour lequel je me suis donné tant de peine ?

— Mais maman, sir Cyril n'est pas l'homme que vous croyez, répondit Madeline avec véhémence.

— Jamais une mère n'a été aussi mal traitée par sa fille. Tu es impossible !

Madeline se contrôla et s'efforça de parler aussi calmement qu'elle le pouvait :

— Ce que j'essaie de vous dire, maman, c'est que lord Farquharson a bien failli me compromettre au théâtre ce soir. Ce n'est pas un gentleman, quelque effort qu'il déploie pour vous en convaincre.

— Que diable veux-tu dire, mon enfant ? s'étonna Mme Langley en posant une main tremblante sur sa poitrine.

— Il a essayé de m'embrasser, maman.

— De t'embrasser ? s'étouffa la mère. Lord Farquharson a essayé de t'embrasser ?

Elle devint tout à coup cramoisie.

— Oui maman, absolument, répondit Madeline, soulagée à l'idée que sa mère entendait enfin la vérité à propos de Farquharson.

— Seigneur, ah Seigneur ! s'exclama Mme Langley. En es-tu certaine, Madeline ?

— Oui, maman.

— Pourquoi ne m'en as-tu rien dit ? s'enquit la mère en s'approchant de sa fille.

— Il me fait peur. J'ai essayé de vous informer de mon aversion pour lui.

— Ton aversion ? s'étrangla Mme Langley. Qu'est-ce que ton… aversion a à faire avec tout cela ? Allons, parle ! Tu vas tout me dire, n'est-ce pas ?

Madeline sentait la voix de sa mère vibrer d'excitation.

— Je vous ai dit ce qui s'était passé. Il a essayé de m'embrasser.

— Oui, oui, Madeline, tu l'as déjà dit, en effet, la pressa Mme Langley sans même cacher son impatience. Mais… est-il arrivé à ses fins ?

— Eh bien…, hésita la jeune femme en se mordant la lèvre. Pas exactement…

— Comment ça, pas exactement ? répéta la mère. Soit il t'a embrassée, soit il ne l'a pas fait. Alors ?

— Eh bien il ne m'a pas embrassée.

— Réfléchis bien, Madeline, souffla Mme Langley en prenant la main de sa fille, la bouche en cœur. En es-tu bien sûre ?

— Oui.

La mère soupira, visiblement désappointée.

— Et qu'est-ce qui l'en a empêché ?

Madeline éprouva une étrange réticence à révéler à sa mère l'intervention de l'inconnu aux cheveux noirs. D'une certaine façon, elle aurait eu un peu l'impression de le trahir ce faisant. Sa mère, en outre, ne manquerait pas de se méprendre sur toute l'affaire. Et puis, un petit mensonge n'avait rien de bien grave.

— Il a changé d'avis.

— Les hommes ne changent pas d'avis dans ces moments-là, Madeline. S'il ne t'a pas embrassée, c'est qu'il n'a jamais eu l'intention de le faire.

— Maman, je vous assure qu'il y tenait, insista la jeune femme.

Mme Langley regarda sa fille d'un air suspicieux.

— Vraiment ? Tu es consciente de ce que, s'il venait à te compromettre d'une quelconque façon, en tant qu'homme d'honneur il se verrait obligé de demander ta main, n'est-ce pas ?

— Maman ! Comment pouvez-vous dire de telles choses ?

— Sois raisonnable, Madeline, susurra la mère. Il est baron, et a dix mille livres de rente.

— Je n'en voudrais pas même s'il était le roi, répondit Madeline en se dressant de toute sa hauteur, affreusement choquée et rouge de colère.

Mme Langley prit l'air d'une victime.

— Accorde-moi un peu de respect, je te prie. Je suis ta mère, après tout, et je fais de mon mieux pour essayer de te trouver un bon mari. Dieu m'est témoin que ce n'est pas chose aisée pour une fille aussi difficile que toi, qui rejettes absolument tous mes conseils.

Madeline savait exactement ce qui allait suivre, ayant entendu ce serment plus d'un millier de fois. Il ne servait à rien d'essayer d'interrompre sa mère, aussi la laissa-t-elle poursuivre sa diatribe sans broncher.

— Tu n'as aucune considération pour les nerfs de ta pauvre maman. Qu'ai-je fait, grands dieux, pour avoir pour fille une obstinée qui me restera sur les bras pour toujours ?

Comme par un fait exprès, un canapé propice se trouvait là et elle s'y jeta en un geste théâtral.

— Que dira ton père de te voir rester vieille fille ? pleurnicha-t-elle d'une voix supposément brisée par l'émotion, en essuyant du bout de son mouchoir les larmes qu'elle s'efforçait de faire perler à ses yeux. Je fais vraiment tout ce que je peux, mais il semble que cela ne sert à rien.

— Maman…, s'écria Madeline en s'approchant de sa mère. Vous savez très bien que ce n'est pas vrai.

— Et voilà maintenant qu'elle s'est prise à détester lord Farquharson, avec qui j'ai essayé si fort de les marier ! sanglota la mère.

— Pardonnez-moi, plaida Madeline, presque émue. Je n'avais pas l'intention de vous décevoir, et je sais que vous essayez sincèrement de me trouver un bon mari.

Mme Langley renifla dans son mouchoir avant de caresser doucement la tête de sa fille.

— Je ne te cherche pas seulement un bon mari, mais le meilleur possible, répliqua-t-elle. Ne vois-tu pas, Madeline, que je n'ai que ton bonheur en tête ? Si tu es heureuse, je pourrais finir ma vie en paix.

— Je sais maman. Pardonnez-moi.

— Ce n'est pas ta faute, soupira la mère en continuant de caresser doucement la tête de sa fille, si tu ressembles aux Langley et n'es pas aussi jolie que ta sœur.

Madeline savait parfaitement quelle déception elle causait à sa mère, et aussi qu'elle ne serait jamais à la hauteur des ambitions que celle-ci nourrissait pour ses filles, et particulièrement celle de leur faire épouser un homme riche.

— C'est pour cela que j'ai essayé d'encourager lord Farquharson.

Madeline se raidit tout à coup.

— Oh, je t'en prie, ne réagis pas comme cela, s'exclama la mère en cessant brusquement sa caresse. Il est baron. Il a une belle maison ici, à Londres, et un domaine dans le Kent. Si tu l'épousais, tu ne manquerais plus jamais de rien car il s'attacherait sûrement à combler ton moindre désir.

Madeline regarda sa mère, incrédule.

— Ma fille serait lady Farquharson. Tu te rends compte ? Lady Farquharson ! Imagine un peu la tête de mes amies si je leur annonçais ça. Plus jamais je n'aurais honte de toi, ni n'aurais besoin de leur donner des explications à ton propos.

— Maman..., protesta Madeline, ce n'est pas au mariage que songe lord Farquharson quand il s'agit de moi.

— Allons donc ! s'esclaffa Mme Langley. Ne fais pas la sotte, ma fille. Si nous nous y prenons comme il faut, je suis certaine que nous pouvons le ferrer.

Madeline posa la main sur celle de sa mère.

— Je n'ai pas l'intention de le... ferrer, comme vous dites, maman, répondit-elle aussi posément et doucement que possible.

Amelia Langley la regarda d'un air exaspéré.

— Tu l'épouseras quand même, affirma-t-elle en dégageant sa main brusquement. Jamais tu n'as proféré autant de sottises à la fois. Madeline Langley, refuser un baron ! On aura tout entendu ! En tout cas, écoute-moi bien : je ferai en sorte que lord Farquharson demande ta main, ma fille, dussé-je en mourir l'instant d'après. Et, pour une fois, tu feras exactement ce qu'on te dira de faire.

2

Trois énormes lustres de cristal et d'innombrables appliques coiffées d'autant de chandelles embrasaient la pièce de leur chaude lumière. Les parquets fraîchement cirés brillaient de mille feux, tout comme les tables et les chaises disposées le long des murs autour de la pièce, apportant à l'ensemble la fameuse touche néoclassique chère à M. Sheraton, le célèbre décorateur.

L'hôtesse, lady Gilmour, tenait salon dans un coin de la salle, tout près de l'orchestre qui ravissait les convives de sa musique délicieuse. En dépit de la chaleur, les portes vitrées à la française qui s'ouvraient sur la façade sud demeuraient fermées car on n'était après tout encore qu'en février et le temps cette année semblait plus froid qu'à l'ordinaire. En fait, une gelée blanche épaisse recouvrait déjà les pelouses et l'air de la nuit était glacial.

La saison mondaine n'ayant pas encore commencé, Londres conservait son atmosphère tranquille de l'hiver, mais lady Gilmour semblait néanmoins avoir pu rassembler chez elle la crème de ceux qui demeuraient à Londres en ces mois hivernaux. Tout ce que comptait la capitale de personnages influents se pressait dans la salle de bal bruyante et encombrée, envahissant l'entrée et l'escalier monumental qui en tenait le fond.

Ayant obtenu pour toute sa famille une invitation par

l'entremise de lord Farquharson, Mme Langley était dans son élément et profitait autant qu'elle le pouvait de la soirée pour se faire présenter au plus grand nombre de personnes possible. M. Langley, lui, ayant retrouvé un vieil ami, s'était discrètement esquivé, laissant sa femme s'activer au milieu de la foule, à son grand soulagement.

— Lady Gilmour ! lança d'un ton affecté la mère de Madeline. Quel plaisir de vous rencontrer. Puis-je vous présenter ma fille cadette, Angelina ? C'est sa première sortie dans le monde, et je dois dire que nous avons de grandes espérances pour elle. Je vous présente également mon aînée, Madeline. C'est une très bonne fille et elle a, je crois, attiré l'attention d'un certain gentleman fort considéré. Je ne puis vous en dire plus pour l'instant…

Mme Langley se pencha vers lady Gilmour, puis, baissant la voix comme un acteur faisant un aparté :

— Nous espérons recevoir bientôt une demande en mariage, souffla-t-elle.

Madeline, qui jusque-là souriait poliment à l'adresse de son hôtesse, se tassa sur elle-même en rougissant.

— Maman…

— Chut, ma fille. Je suis sûre que lady Gilmour ne trahira pas notre petit secret, affirma la mère en écrasant sans délicatesse la chaussure de Madeline.

Un sourire vertigineux illumina son visage lorsque lady Gilmour offrit de présenter Angelina à un petit groupe d'autres jeunes débutantes. Fraîche et rose dans sa robe blanche à rubans qui avait coûté à son pauvre père une fortune — dépense qu'il était loin de pouvoir se permettre —, la jeune fille s'éloigna à la suite de leur hôtesse.

— Suis-moi, Madeline, murmura Mme Langley. Angelina n'aurait pu rêver occasion plus parfaite !

*
* *

Moins de quinze minutes plus tard, le carnet de bal de la cadette n'avait plus une seule ligne vierge. Une foule de jeunes gens empressés attendait impatiemment de séduire la divine miss Angelina, et Mme Langley se sentait tout étourdie d'excitation, à tel point qu'elle en oubliait totalement ses plans concernant Madeline et lord Farquharson.

— Ah, que j'aimerais que ton papa soit ici pour voir ça ! s'exclama-t-elle. D'ailleurs, où est donc M. Langley ? s'enquit-elle.

— Il parle avec M. Scott, répondit Madeline, heureuse que son père ait pu échapper à la scène.

— Ah ! C'est bien de lui, maugréa Mme Langley. Angelina obtient plus de succès que nous n'en avons jamais rêvé et voilà que ton père est trop occupé pour s'en rendre compte !

Elle secoua la tête d'un air désolé, mais le moment était trop important pour qu'elle puisse se lamenter bien longtemps, d'autant qu'Angelina venait de se lancer sur la piste de danse au bras de lord Richardson, qui se trouvait être le second fils d'un comte.

— N'est-elle pas la plus belle ce soir ? demanda Mme Langley en serrant le bras de Madeline.

— Si, maman, approuva celle-ci en souriant doucement. Elle est vraiment superbe.

— Et d'une élégance, avec ça ! ajouta la mère.

— Oui, acquiesça Madeline.

— D'une grâce…

— Oui…

Mme Langley donnait l'impression qu'elle allait éclater de joie et de fierté.

— C'est ma petite Angie qui danse ! Ah, mon Dieu, que de souvenirs ! J'étais exactement comme elle quand j'avais dix-huit ans.

Madeline et sa mère étaient si absorbées dans la contemplation d'Angelina qui virevoltait sur la piste qu'elles ne s'aperçurent même pas de l'arrivée de lord Farquharson.

— Chère madame Langley, chère miss Langley, les salua-t-il, en s'appesantissant un peu trop sur le baisemain qu'il offrit à la jeune femme. J'espère que je ne suis pas en retard pour obtenir quelques danses avec la délicieuse miss Madeline.

— J'ai bien peur de ne pas avoir envie de danser ce soir, milord, répondit cette dernière en pinçant les lèvres. Je me suis foulé la cheville cet après-midi.

— Je suis sûre, intervint Mme Langley en réprimant une interjection déplaisante, que ta cheville va déjà beaucoup mieux, ma chérie. Et puis, de danser avec lord Farquharson ne risque pas de la blesser davantage.

— Mais je…

— Madeline ! intima Mme Langley en lançant à sa fille un regard menaçant.

A contrecœur, la jeune femme tendit son carnet de bal au baron, qui s'en saisit et observa la page blanche d'un air amusé.

— Se peut-il que miss Langley ait laissé son carnet vide à mon intention ? demanda-t-il. Mon cœur vraiment peut-il en espérer autant ?

Mme Langley réagit à ce compliment en roucoulant comme une colombe effarouchée.

Madeline garda les yeux baissés, observant d'un œil absent une éraflure sur le parquet en attendant que Farquharson lui rende son carnet. Quand il le lui tendit, elle sentit le papier légèrement moite et tiède, aussi le tint-elle du bout des doigts par la tranche pour regarder quelles danses Farquharson avait choisies, remarquant à son grand dam qu'il s'agissait d'une écossaise et d'une valse.

Une valse !

Le baron lui prit la main de ses doigts pâles.

— J'arrive à propos, lança-t-il dès qu'il entendit l'orchestre entamer l'air suivant. Voici justement ma première danse, miss Langley.

Là-dessus, il la tira derrière lui pour aller rejoindre les danseurs.

Madeline vivait un cauchemar, car non seulement elle se trouvait à présent en pleine lumière, ce qu'elle détestait, mais en outre elle s'y trouvait dans les bras de lord Farquharson qui s'ingéniait à lui serrer les mains, à lui murmurer des inepties à l'oreille et à jeter des regards furtifs dans l'échancrure de son corsage. Elle ne pouvait faire autrement que de lui répondre d'un sourire poli en virevoltant à sa suite en faisant mine de prendre plaisir à l'exercice. En fait, elle avait l'impression que cette danse ne finirait jamais. A un certain moment, elle traversa la piste pour passer au bras d'un autre cavalier, profitant du répit que cela lui offrait, mais qui fut de courte durée car elle retrouva bientôt Farquharson. Et quand celui-ci, une fois que la musique se fut tue, la raccompagna auprès de sa mère, elle lui trouva dans le regard une lueur qui la laissa perplexe.

— Votre fille a la grâce d'un cygne, commenta-t-il à l'adresse de Mme Langley.

Celle-ci, qui venait de voir sa fille écraser quatre fois au moins les orteils de son cavalier, rater de nombreux pas et laisser tomber son mouchoir, s'émerveilla de ce qu'un gentleman puisse se montrer si indulgent devant la gaucherie de son aînée.

— Vous êtes trop bon avec Madeline, milord, minauda-t-elle.

Ils échangèrent un sourire complice.

Madeline détourna les yeux et compta lentement jusqu'à dix.

*
* *

Mme Langley s'extasiait de voir autant d'admirateurs entourer sa fille cadette, mais le jeune homme blond qui dansait avec elle présentement n'était qu'un simple baronnet, tout au plus, d'après ce qu'elle savait. Angelina pouvait faire bien mieux que cela.

— Mettons-nous là, souffla-t-elle à l'adresse de Madeline.

En se positionnant à cet endroit, elle pourrait voir la petite plus à son aise et suivre au mieux sa progression sur la piste de danse. Et puis il fallait absolument qu'elle arrive à se faire présenter à l'une des dames qui avaient la haute main sur les invitations chez Almack's, le bal le plus célèbre de la capitale. Elle ne pouvait tout simplement plus survivre sans s'assurer d'obtenir quelques billets pour l'une des soirées que l'on donnait dans cet endroit prestigieux, d'autant que ce serait sans doute le meilleur endroit de Londres pour trouver à Angelina un mari à la hauteur de ses ambitions.

La soirée avançait, mortellement ennuyeuse, seulement ponctuée du babil de Mme Langley. Madeline n'en avait cure. Elle préférait se tenir à l'écart et observer tranquillement ce qui se passait autour d'elle. Elle inclinait la tête et souriait poliment quand on la saluait, mais restait sur son quant-à-soi. En tout cas, Farquharson n'était pas là pour l'étouffer de ses attentions, même si, malheureusement, il parvenait encore à accrocher son regard de temps en temps, comme s'il voulait lui rappeler la valse qui les attendait.

Elle en avait la gorge sèche rien que d'y penser, et de le voir de l'autre côté de la piste l'observer à travers la foule en se passant la langue sur les lèvres avec un sourire carnassier qui faisait se figer le sang dans ses veines.

D'un seul coup, elle sut clairement qu'elle n'aurait plus la force de le laisser poser ses mains moites sur elle et l'attirer contre lui en prétendant être un parfait gentleman quand en fait il ne cherchait qu'à gagner du temps et à attendre le moment propice pour frapper. Car il frapperait, certainement, comme le serpent qu'il était.

Elle frissonnait.

Peu importait ce que sa mère pouvait en dire : lord Farquharson n'avait rien d'honorable. Il ruinerait sa réputation et, ensuite, il n'y aurait pas de demande en mariage, elle le savait. Il ne voulait pas d'elle comme épouse pas plus qu'elle ne voulait de lui comme mari. Ce qu'il attendait d'elle était d'une nature bien différente.

Elle inspira profondément pour se donner du courage et résolut que, quoi qu'il en coûte et quoi qu'il arrive, elle se protégerait de la sollicitude de ce damné baron.

Sa mère l'entendit à peine lorsqu'elle lui annonça qu'elle allait rejoindre son père.

Elle ne trouva pas M. Langley dans le grand salon, ni dans l'entrée somptueuse de la demeure de lady Gilmour, aussi prit-elle l'escalier en scrutant la foule à la recherche du visage familier de son père, mais en vain. Elle entra un instant dans le salon des dames, étant passée devant celui-ci par hasard, et demanda à plusieurs ladies si elles avaient vu un gentleman du nom de M. Langley, mais toutes lui répondirent, comme si elles s'adressaient à une paysanne à peine sortie de sa campagne, qu'elles ne connaissaient personne de ce nom.

En quittant la petite pièce, elle allait reprendre l'escalier quand une main vint enserrer son poignet et l'attira sur le côté.

— Miss Langley, quelle surprise agréable que de vous trouver ici, souffla lord Farquharson en posant ses lèvres sur le dos de la main de la jeune femme. Vous me cherchiez ?

Il s'approcha encore un peu sans lui lâcher la main.

Madeline savait que la présence des invités autour d'eux la protégeait relativement des intentions libidineuses de lord Farquharson, mais elle n'ignorait pas non plus qu'elle ne pouvait risquer d'attirer l'attention sur elle ou sur la situation dans laquelle elle se trouvait sans qu'ils en tirent de fâcheuses conclusions.

— Non, se contenta-t-elle de répondre en essayant discrètement de se dégager.

Malheureusement, Farquharson la tenait fermement et, profitant de son avantage, la serra de plus belle.

— Comment se fait-il que je ne vous croie pas ? s'esclaffa le baron, goguenard.

— C'est pourtant la vérité. Je cherchais mon père. L'avez-vous vu ? rétorqua Madeline en espérant que Farquharson ne se rende pas compte de l'effroi qu'il lui causait.

— Il me semble, répondit-il en la regardant de ses yeux gris, que je l'ai vu il n'y a pas deux minutes, miss Langley. Mais c'était dans l'endroit le plus inattendu...

Il accompagna ses paroles d'un regard perplexe.

Dans l'endroit le plus inattendu. Oui, décidément cela ressemblait à son père. Il détestait les mondanités et tâchait souvent, quand il se trouvait obligé d'y assister, de trouver refuge dans les endroits les plus invraisemblables.

— Et où cela, milord ?

Farquharson relâcha quelque peu son étreinte.

— Dans l'escalier de service, là, répondit le baron en désignant une porte dérobée de l'autre côté du palier. Il m'a semblé qu'il se dirigeait vers l'étage, quoique je ne voie vraiment pas ce qu'il pourrait avoir à faire là-haut.

Madeline savait, elle. Son père cherchait à se réfugier le plus loin possible de la foule, tout simplement.

— Je vous remercie, milord, souffla-t-elle en baissant les yeux sur la main qui lui enserrait le poignet.

— Vous n'avez pas oublié ma valse, j'espère.

— Non, milord.

Comment aurait-elle pu ?

— Parfait, commenta-t-il en la lâchant.

Il lui fit un petit geste de la main puis tourna les talons et se lança dans l'escalier.

Madeline attendit qu'il ait disparu pour traverser le palier.

— Papa ? appela-t-elle doucement en montant les marches étroites. Papa ?

Seul le silence lui répondit. De chaque côté de l'escalier, les murs réclamaient une nouvelle couche de chaux ou de peinture blanche, souillés qu'ils étaient par d'innombrables mains appuyées là au cours des ans puisqu'il n'y avait pas de main courante. Un vent coulis lui glaçait les jambes et l'on entendait vaguement les échos de l'orchestre en contrebas.

Elle arriva sur l'arrière du dernier étage par le colimaçon et scruta le palier désert en franchissant la dernière marche. Plusieurs portraits des chevaux de lord Gilmour ornaient les murs sombres. Où son père pouvait-il bien se trouver ?

Quelques portes s'ouvraient sur le palier, donnant vraisemblablement sur les chambres à coucher des domestiques. Elle s'arrêta devant la première et tendit l'oreille pour déceler une présence éventuelle, mais sans résultat. Timidement, elle frappa au battant de chêne.

— Papa, murmura-t-elle, êtes-vous ici ?

Madeline attendit un instant, mais aucune réponse ne vint troubler le silence. La poignée tourna facilement sous sa pesée et, une fois la porte ouverte, elle jeta un coup d'œil à l'intérieur. Il s'agissait en effet d'une chambre, peinte de blanc et de bleu, très simple, et dans laquelle se trouvait un lit. A l'évidence, M. Langley ne s'y trouvait pas. Silencieusement, elle battit en retraite, tirant la porte derrière elle, mais soudain le battant s'ouvrit de nouveau, lui arrachant la poignée des mains et elle se sentit violemment tirée à l'intérieur. La clenche retomba derrière elle avec un bruit métallique. Sidérée, elle se retrouva face à face avec lord Farquharson.

— Chère Madeline, comme nous nous retrouvons, souffla-t-il.

Madeline se débattit furieusement et tenta de mettre la main sur la poignée de la porte, mais Farquharson fut le plus rapide et, la prenant dans ses bras, l'éloigna du battant de chêne.

— Là, là, ma jolie, pourquoi êtes-vous donc si pressée de me quitter ?

— Vous m'avez attirée dans un piège ! s'exclama-t-elle. Vous n'avez pas vu mon père, n'est-ce pas ?

Comment avait-elle pu être aussi stupide ?

Farquharson haussa les épaules.

— Ciel ! me voilà percé à jour, commenta-t-il avec une ironie moqueuse en la serrant contre lui de plus belle.

Elle sentait son ventre rebondi peser contre elle, et quelque chose d'autre, aussi… Comme une protubérance dans son bas-ventre… Oh non, quel homme répugnant !

— Lâchez-moi !

— Le comte ne vous sauvera pas cette fois, ma chère. Il n'est même pas ici ce soir, j'ai vérifié.

Convaincue qu'il ne servirait à rien de plaider sa cause auprès de Farquharson, et qu'il refuserait obstinément d'entendre raison, elle se persuada de garder son calme et se força à le regarder fixement en se laissant aller entre ses bras.

L'agresseur ouvrit de grands yeux l'espace d'un instant, puis sourit.

— Je vois que nous commençons enfin à nous comprendre.

Elle en doutait fort.

— Madeline, souffla-t-il en relâchant quelque peu son étreinte, vous êtes une petite chose craintive, mais n'ayez pas peur, je ne vous ferai aucun mal.

Il avait beau jurer et elle être innocente, elle ne pouvait se tromper sur ses intentions. Elle sentait ses doigts remonter le long de son bras, insistants, fébriles.

L'appréhension lui nouait le ventre.

— Mais c'est ce que vous faites déjà, milord, répondit-elle en prenant son élan pour donner un violent coup de genou entre les jambes de Farquharson.

Sans attendre de voir l'effet de son attaque, elle se dégagea et s'enfuit aussi vite qu'elle le pouvait, faisant claquer la porte derrière elle puis traversant le palier et dévalant l'escalier en une course effrénée. La gorge lui brûlait et elle s'entendait râler si fort qu'elle s'en effraya.

Ses pieds touchaient à peine le sol tant elle courait vite, relevant ses jupes désespérément pour éviter de s'entraver et de se tordre le cou. Tout valait mieux que de rester dans les griffes de ce monstre. En arrivant au bas de l'escalier, elle se retourna pour lancer derrière elle un dernier regard et heurta de plein fouet quelque chose de large et de ferme à la fois, si fort qu'elle en eut le souffle coupé. Sous le choc, elle trébucha, battant l'air frénétiquement pour essayer d'agripper de quoi se retenir.

Des bras forts et puissants l'enveloppèrent soudain, la rattrapant au vol et la remettant sur ses pieds avec autorité. Seigneur, non ! Comment Farquharson pouvait-il être déjà là ? Elle le croyait pourtant derrière lui, croyait même avoir entendu ses pas dans l'escalier. Peut-être ne s'agissait-il finalement que du sang qui battait à ses tempes ?

— Non ! cria-t-elle en se débattant, frappant du poing devant elle en cherchant désespérément à s'appuyer au mur.

— Miss Langley ? résonna une voix inquiète.

Madeline cessa soudain de se battre, reconnaissant la voix qu'elle venait d'entendre. Elle l'aurait reconnue entre mille. Quand elle releva la tête, deux yeux d'un bleu très pâle la fixaient, et son cœur cessa de battre un instant avant de s'affoler de nouveau. Les bras qui la soutenaient étaient ceux de son sauveur aux cheveux de jais. Elle lança un regard plein d'effroi derrière elle, persuadée que son agresseur allait les attaquer tous les deux.

— J'imagine que Farquharson est derrière tout cela, commenta l'inconnu en fronçant le sourcil.

— Il… il…, bégaya Madeline en agitant la tête nerveusement, d'une voix éraillée, s'éclaircissant la gorge avant de poursuivre : il est là-haut, dans l'une des chambres.

Elle réalisa, mais un peu tard, toute l'horreur de ce qu'elle venait de dire.

L'inconnu plissa les yeux et elle sentit son étreinte se resserrer un peu sur elle.

— Farquharson…, éructa-t-il d'une voix sifflante et dure qui fit vibrer l'air.

D'un geste ferme, il passa devant la jeune femme, irradiant la colère par tous les pores de sa peau, et se lança dans l'escalier d'un pas décidé.

— Non ! cria Madeline en se retournant pour le suivre, son pas sonore se mêlant à celui de l'inconnu. Non ! Ce n'est pas ce que vous croyez. Il ne m'a pas…

Du bout des doigts, elle agrippa la queue-de-pie de son frac et tira pour le retenir.

— Attendez !

L'homme se retourna et lui lança un regard inquisiteur.

Haletante, elle relâcha le tissu noir et s'appuya contre le mur.

— Que voulez-vous dire, miss Langley ?

— Il a essayé de m'embrasser, expliqua-t-elle, le souffle

court. Mais je suis parvenue à m'échapper avant qu'il soit arrivé à ses fins.

Il tremblait de rage, visiblement, la mâchoire serrée ; quant à ses yeux, on aurait dit deux lames de glace bleue.

— N'avez-vous rien appris depuis la dernière fois ? Que diable faisiez-vous seule dans une chambre avec Farquharson ?

Madeline resta un instant bouche bée, suffoquée par la question.

— Il m'a tendu un piège. Je ne savais pas qu'il se trouverait là. Je cherchais mon père.

— Et votre père est homme à se cacher dans la chambre de l'une des servantes de lady Gilmour ? s'enquit l'inconnu en levant les sourcils.

— Ce n'est pas impossible, répondit-elle calmement.

L'autre se passa les doigts dans les cheveux d'un air incrédule.

— Miss Langley, si vous êtes trop ingénue pour l'ignorer encore, je vais vous dire les choses telles qu'elles sont : lord Farquharson est un homme dangereux, et vous feriez bien de vous tenir aussi loin de lui que possible.

— C'est exactement ce que je cherchais à faire, mais ma mère insiste pour que nous nous mariions. Elle est déterminée à encourager son assiduité.

— A-t-elle perdu la raison ?

Sentant sa lèvre commencer à trembler, Madeline la mordit fermement. C'était une chose de savoir qu'elle finirait vraisemblablement vieille fille, mais c'en était une autre de se l'entendre dire en face par un gentleman d'une telle beauté.

— Je ne veux pas vous offenser, miss Langley, mais je vous supplie de me croire quand je dis que Farquharson n'est pas intéressé le moins du monde par le mariage.

Seigneur Dieu, il croyait sincèrement qu'elle espérait épouser Farquharson !

— Et moi, je ne suis nullement intéressée par ce personnage, répliqua-t-elle sèchement, en faisant volte-face pour reprendre l'escalier, mais se ravisant au dernier moment pour ajouter : je vous remercie, monsieur…

L'inconnu ne daigna pas se présenter.

— Je vous suis obligée de ce qui s'est passé ce soir aussi bien que la semaine dernière. Sans votre intervention…

— Ne me remerciez pas, miss Langley, répondit-il sans la lâcher des yeux. Contentez-vous de vous tenir à l'écart de Farquharson.

Elle se mordit la lèvre une nouvelle fois, se demandant si elle devait lui en dire plus. Si elle se taisait, elle courait le risque qu'il se fasse une très mauvaise opinion à son sujet. Et, sans qu'elle sache trop pourquoi, ce qu'il pensait d'elle lui importait énormément.

— C'est que…

— Oui, miss Langley ? répondit-il en haussant un sourcil.

Elle n'arrêtait plus de se mordre la lèvre, sans même s'en rendre compte, tout en scrutant le visage de l'inconnu.

— Est-il quelque chose que vous vouliez me dire, miss Langley ?

— Eh bien…, hésita-t-elle en se tordant les mains, c'est que… lord Farquharson m'a fait promettre de danser la valse avec lui. Peut-être ne sera-t-il pas rétabli d'ici là, mais…

— Rétabli ? s'étonna l'autre. Que diable lui avez-vous fait ?

— Mon père m'a appris à me débarrasser d'un homme en me servant de mon genou, le cas échéant.

L'inconnu sourit d'un air grave.

— Et vous avez appliqué vos connaissances en la matière, à ce que je comprends…

— Oui, répondit-elle simplement.

— Trouvez une excuse, miss Langley, n'importe laquelle, mais ne dansez pas avec cet homme-là.

Madeline doutait sérieusement que le prince régent lui-même ait pu trouver une excuse acceptable pour sa mère, mais la possibilité demeurait, après l'incident de tout à l'heure, que lord Farquharson ait changé d'avis quant à leur valse.

— Je ferai de mon mieux, promit-elle.

Et là-dessus, elle s'en fut, empruntant d'un pas léger l'escalier qui la ramènerait à la salle de bal.

— Ah, te voilà, Madeline ! Où est ton père ? Ne l'as-tu pas prévenu du succès d'Angelina ? s'enquit Mme Langley, tout excitée.

Madeline ouvrit la bouche pour répondre.

— Peu importe. Tu ne croiras jamais ce qui s'est passé, déclara la mère en battant des mains joyeusement. M. Lawrence est tombé soudain très malade. On dit que cela a à voir avec quelque chose qu'il aurait mangé à son club plus tôt dans l'après-midi.

— Le pauvre, commenta Madeline qui s'étonnait de ce que la maladie du malheureux gentleman fasse tant plaisir à sa mère.

— A cause de ça, il n'a pas pu danser avec Angelina comme promis, poursuivit Mme Langley en pouffant de manière irrépressible.

— Vous sentez-vous bien, maman ?

— Tu ne devineras jamais ce qui est arrivé ensuite, insista la mère en prenant le bras de sa fille. Le duc de Devonshire s'est offert pour prendre la place de Lawrence et a dansé avec Angelina ! N'est-ce pas tout simplement magnifique ?

Madeline chercha sa sœur en balayant la pièce du regard et aperçut bientôt un jeune homme superbement beau aux yeux bleus éclatants et aux cheveux couleur sable, qui faisait virevolter sa cadette dans une danse endiablée. Angelina regardait d'un air extasié l'homme qui la tenait dans ses bras, ses boucles d'or sautillant gaiement sur ses joues roses.

— Oui, c'est merveilleux.

— Absolument merveilleux, répéta Mme Langley.

— J'ai horriblement mal à la tête, maman, annonça Madeline en s'éclaircissant la voix.

— Mmm, acquiesça Mme Langley en détournant à peine les yeux de sa fille cadette. Il est vrai que tu as l'air plutôt pâle.

— Je me demandais si papa pourrait me remmener à la maison avec la voiture. Je suis certaine que cela ne le dérangerait pas.

— Je te parle du succès d'Angelina et tu ne trouves rien de mieux à faire que de me demander de rentrer ?

— Non, maman, ce n'est pas ce que vous croyez. Lord Farquharson…

— Lord Farquharson ! coupa la mère. Je commence à voir où tu veux en venir. Ton père ne se rend peut-être pas compte de tes manigances, mais moi, si.

Mme Langley se tourna vers Madeline, en prenant soin d'arborer un beau sourire pour le cas où certains auraient eu l'impression qu'elles pouvaient avoir toutes les deux autre chose qu'une conversation parfaitement aimable.

— Tu es si résolue à refuser une danse à lord Farquharson que tu vas nous gâcher la soirée. Tu as décidé de repousser les avances d'un baron sans penser que tu risquais d'anéantir les chances de ta sœur de trouver un mari en le faisant.

— Non, maman. Restez ici avec Angelina, mon départ n'aura aucune conséquence pour elle.

— Es-tu si préoccupée de ton propre l'intérêt que tu ne vois même pas que ta sœur a l'occasion d'agripper un duc ?

Mme Langley lança un regard affectueux à sa fille cadette qui virevoltait toujours sur la piste.

— Elle n'a pas dit un mot méchant sur la préférence que lord Farquharson manifeste à ton égard. Pas un seul.

— La belle affaire ! riposta Madeline, excédée. Elle est surtout soulagée de ne pas l'avoir à ses basques.

A peine eut-elle proféré ces paroles qu'elle les regretta et, baissant les yeux, se prépara à la diatribe que sa mère n'allait pas manquer de lui adresser.

Les yeux de Mme Langley s'ouvrirent tout grands et le faux sourire s'effaça de ses lèvres instantanément.

— Ah ça ! Tu vas vraiment trop loin, ma fille. Ton père sera prévenu de ce que tu viens de dire, je te le promets. Toutes ces années, je me suis échinée à faire de toi une lady, pour que tu puisses faire un bon mariage, et voilà qu'au moment même où je suis près de toucher au but tu menaces de mettre à bas tout ce que j'ai patiemment construit pour toi, et pas seulement pour toi d'ailleurs.

Madeline se força à compter jusqu'à dix.

— Je t'en prie, ne me regarde pas d'un air supérieur comme si je ne savais pas ce que je disais ! s'exclama Mme Langley en sortant précipitamment son mouchoir.

Madeline compta jusqu'à quinze.

— Tu n'as pas la moindre compassion pour les nerfs de ta pauvre maman. Et ton père ne fait que te trouver des excuses. Enfin, ne faisait…

16, 17, 18, 19, 20…

— Tu ne rentreras pas à la maison, déclara Mme Langley. Tu vas rester ici sagement assise et faire semblant de t'amuser, migraine ou pas. A l'heure dite, tu danseras avec lord Farquharson. Tâche de lui sourire et de lui répondre poliment. Me suis-je bien fait comprendre ?

— Maman, il faut que je vous dise quelque chose à propos de cet homme, riposta Madeline.

— Je sais tout ce que je dois savoir sur lui, répondit la mère avec une expression butée. Tu valseras avec lui, de toute façon.

Madeline regarda sa mère sans un mot.

— Maman, Madeline…

Angelina venait d'apparaître au côté de sa mère et, comme si elle sentait la tension qui régnait entre les deux femmes, les regarda toutes les deux, intriguée.

— Quelque chose ne va pas ?

— Non, rien du tout, mon ange, répondit Mme Langley avec un sourire forcé. Madeline me disait justement à quel point elle était impatiente de danser ce soir.

Angelina repoussa une boucle blonde derrière son oreille.

— Oh, souffla-t-elle. Je venais justement la prévenir que lord Farquharson la cherchait.

— Quel heureux hasard, commenta Mme Langley.

Ce n'était pas exactement le terme que Madeline aurait choisi pour qualifier la chose. Elle tourna la tête dans la direction qu'indiquait sa sœur.

Lord Farquharson leva son verre dans sa direction pour la saluer et, malgré la distance, elle put voir nettement la promesse qui brillait dans ses yeux.

— Que se passe-t-il, Lucien ? D'abord tu insistes pour m'arracher à un jeu de cartes passionnant chez White's, puis tu me traînes jusqu'ici derrière Farquharson, et à présent te voilà avec le visage d'un guerrier prêt au combat, déclara le vicomte Guy Varington, en regardant son frère à travers le champagne qui pétillait dans sa coupe.

— Il s'apprêtait à commettre un nouveau forfait, répondit Lucien Tregellas en faisant tourner entre ses doigts un verre dans lequel il n'avait pas trempé ses lèvres une seule fois.

— Tu ne peux pas le suivre à la trace sans cesse, protesta Guy. Cinq ans, cela fait longtemps. Peut-être est-il temps d'oublier le passé et de te consacrer un peu au présent.

Les doigts de Lucien serrèrent la tige de verre délicate.

— Que j'oublie ce qu'il a fait ? répondit-il d'un ton amer. Tu plaisantes, sans doute.

Guy regarda son frère droit dans les yeux et le gratifia d'un sourire navré.

— Farquharson n'a pas changé, poursuivit Lucien. Il est toujours un client régulier de cet établissement dans Berwick Street, où il se rend pour satisfaire ses penchants, et tu sais très bien quel genre de plaisirs la maison de Mme Fouet peut lui offrir. Je n'ai pas de prise là-dessus, mais je savais depuis longtemps que cela ne pourrait lui suffire éternellement. Il lui faut une nouvelle oie blanche, et de bonne famille. Et que je sois pendu si je lui permets de détruire de nouveau la vie d'une malheureuse. Je le tuerai d'abord.

Lucien parlait d'une voix calme, le visage impassible, à tel point que son frère en avait la chair de poule.

— Tu crois qu'il va recommencer, malgré ta surveillance ?

— Oui, j'en suis persuadé, répondit Lucien d'une voix sombre. Il s'y emploie à cette heure même et cette petite bécasse fait tout ce qu'elle peut pour devenir sa prochaine victime.

Guy suivit le regard de son frère à travers la pièce et

s'arrêta sur la silhouette charmante d'une jeune fille assise au côté d'une femme plus âgée.

— Miss Langley pense qu'elle va ferrer un baron, expliqua Lucien. Ou plutôt sa mère le croit. Miss Langley, quant à elle, semble étrangement sourde à tous les conseils que je peux lui donner.

Il disait cela avec une grimace.

— En ce cas, tant pis pour elle, laissa tomber Guy en haussant les épaules. Si elle refuse absolument d'être prévenue, peut-être mérite-t-elle ce qui l'attend.

Lucien ne quittait pas des yeux miss Langley, observant ses yeux baissés et sa posture rigide.

— Aucune femme ne mérite un tel sort.

Guy rit doucement en buvant le reste de son champagne.

— Que dirait cette ville si elle savait que le célèbre comte Tregellas, l'homme dont elle a si peur, s'est aujourd'hui donné pour mission de sauver toutes les vierges qu'elle abrite des manigances de Farquharson. Il y a une certaine ironie à cela, ne crois-tu pas ?

— Il n'y a aucune comparaison possible entre Farquharson et moi, répliqua Lucien en serrant si fort sa coupe entre ses doigts que le verre fragile explosa.

— Calme-toi, conseilla Guy tandis que son frère confiait les débris qui lui restaient dans la main à un valet qui passait par là. Je déteste Farquharson autant que toi.

— Non, je t'assure que non.

— Je comprends tes sentiments, vu ce qui s'est passé, commenta Guy d'une voix calme.

Un léger tremblement affecta la mâchoire de Lucien à ce souvenir.

— Et cette fille, est-elle vraiment en danger ? demanda le cadet en jetant un nouveau coup d'œil vers miss Langley.

— Infiniment plus qu'elle ne peut s'en douter, répondit son frère en le regardant dans les yeux.

Le comte Tregellas et le vicomte Varington, deux des célibataires à la plus fâcheuse réputation de Londres — quoique pour des raisons différentes — gardèrent les yeux fixés un long moment sur la silhouette timide de miss Madeline Langley.

3

Madeline jetait autour d'elle des regards inquiets. L'heure approchait. Elle savait que Farquharson viendrait la chercher bientôt, et que l'épisode de tout à l'heure ne l'arrêterait en aucune façon. L'étranger avait eu raison de lui dire de s'excuser, mais il ne connaissait pas sa mère. Elle trouvait les avances de lord Farquharson bien assez difficiles à supporter comme ça sans que sa mère ne les encourage dans l'espoir de la forcer à un mariage dont elle ne voulait pas. Elle en frissonnait rien que d'y penser.

Du coin de l'œil, elle observa Mme Langley, en grande conversation avec Mme Wilson, puis parcourut la salle du regard. Toujours pas le moindre signe de son père. De l'autre côté de la pièce, à moitié caché par une colonne de style athénien, se trouvait son protecteur aux cheveux noirs, flanqué d'un autre homme qui lui ressemblait un peu. Leurs regards se croisèrent et elle sentit son cœur s'affoler dans sa poitrine et le rouge lui monter aux joues ; aussi détourna-t-elle aussitôt le regard. Qu'allait-il penser en la voyant attendre que lord Farquharson vienne lui réclamer sa valse ? Il aurait raison, sans doute. Mais que pouvait-elle faire d'autre avec sa mère qui montait une garde vigilante à son côté et venait de lui refuser la permission d'aller dans le salon réservé aux dames, et, juste avant, celle de rentrer chez elle avec miss Ridgely ? Elle la voyait encore accueillir cette suggestion d'un regard outré. D'ailleurs, Mme Langley gardait la main sur son bras pour s'assurer de sa présence.

Madeline n'osait plus regarder l'inconnu, pas même lorsqu'elle vit lord Farquharson arriver lentement mais sûrement vers elle. Chaque pas qu'il faisait la rapprochait du moment tant redouté.

Elle sentit un froid glacial l'envahir, sa bouche s'assécher brusquement et ses mains devenir moites. En s'exhortant au courage, elle inclina légèrement la tête.

« Ce n'est qu'un très mauvais moment à passer, se dit-elle pour s'en persuader. Nous serons en pleine vue. Que pourra-t-il faire d'autre que danser ? »

La simple idée de se retrouver dans les bras de cet homme, et en son pouvoir, faisait néanmoins monter en elle une nausée dont elle n'arrivait pas à se défaire, mais contre laquelle elle faisait tout son possible pour se protéger, essayant de se convaincre qu'elle tiendrait tête à l'impudent. Surtout, ne pas lui laisser voir qu'elle avait peur…

Elle s'obligeait à respirer sur un rythme régulier en serrant les poings quand une paire d'escarpins de cuir noir ornés de boucles d'argent envahit soudain le point du parquet qu'elle fixait obstinément.

Madeline déglutit avec peine. Au-dessus des chaussures, elle voyait deux jambes joliment prises dans des bas blancs qui disparaissaient au genou sous une culotte noire si ajustée qu'elle révélait chaque détail des cuisses de celui qui la portait.

Par pudeur, les yeux de Madeline glissèrent directement sur le visage de ce dernier.

— Je crois que voici ma danse, miss Langley ! annonça son sauveur aux cheveux noirs d'une voix caressante en lui prenant la main sans attendre pour l'arracher à son fauteuil.

Au milieu de la pièce, lord Farquharson venait de s'arrêter d'un coup et regardait la scène, incrédule.

Mme Langley ouvrit la bouche pour glapir une protestation qui, apparemment, resta coincée dans sa gorge. Elle ne put finalement que se rasseoir et regarda sa fille aînée se laisser entraîner vers le milieu de la piste.

— Ça par exemple ! s'exclama Mme Wilson. Savez-vous qui est cet homme ?

— Oui, répondit Mme Langley d'une voix faible. C'est le comte Tregellas.

— Le Maléfique en personne, en effet, commenta son amie en fronçant les sourcils d'un air réprobateur. Que diable lui prend-il d'aller danser avec Madeline ?

Pour une fois dans sa vie, Mme Langley resta muette.

L'inconnu aux cheveux de jais tenait Madeline fermement, mais avec douceur et d'une main si brûlante qu'elle aurait pu la croire directement plaquée sur la chair tendre du creux de ses reins. De l'autre, il enserrait ses doigts en un geste protecteur et chaleureux. Sous le tissu d'une finesse incroyable de sa veste, elle sentait jouer souplement les muscles de ses épaules, qu'il avait étonnamment larges. Il portait une queue-de-pie d'un noir profond qui s'accordait parfaitement avec ses mèches ébouriffées. On aurait dit qu'il sortait à peine de la boutique du plus élégant des tailleurs d'Angleterre. Un gilet blanc brodé ton sur ton faisait ressortir l'éclat immaculé de sa chemise blanche dont le col montait très haut sur son cou. Le nœud de sa cravate, blanche elle aussi, semblait une véritable œuvre d'art, et Madeline se sentit soudain un peu gênée de la robe banale qu'elle portait, et qui semblait par comparaison bien ordinaire. Comme d'habitude, elle avait refusé de porter celle, trop sophistiquée à son goût, que lui suggérait sa mère, de même que le moindre collier. L'encolure de sa robe lui semblait tout à coup beaucoup trop sage, d'autant que, au contraire des autres jeunes femmes présentes, elle avait insisté pour porter sur ses épaules une étole de soie rose pâle destinée à cacher le peu de chair qui restait exposé aux regards.

— Décidément, vous semblez résolue à ne pas suivre mes conseils, miss Langley.

La profondeur de la voix de son cavalier l'impressionnait énormément, aussi garda-t-elle les yeux fixés sur le revers de sa veste. Il ne pouvait pas penser autre chose, évidemment, et elle savait fort bien qu'il ne pouvait manquer d'arriver à cette conclusion.

— Je n'ai pas pu rentrer chez moi, expliqua-t-elle, pleinement consciente de ce que cette excuse pouvait avoir de pitoyable, même à ses propres yeux.

— Vous n'avez pas pu ou pas voulu ? Peut-être finalement vous êtes-vous rangée à l'avis de votre mère et avez-vous décidé de vous trouver un baron ?

— Pas du tout ! répondit-elle avec véhémence en levant brusquement les yeux vers lui, surprise de le voir la regarder sans montrer la moindre émotion. Ce n'est pas ce que vous croyez.

Tregellas leva les sourcils comme s'il ne croyait pas un mot de ses protestations.

— Peut-être même avez-vous accueilli favorablement les avances de lord Farquharson ? insista-t-il en fixant la jeune femme, arrêtant furtivement son regard sur le galbe de la poitrine de celle-ci avant de revenir vers son visage, en remarquant au passage le rouge qui lui venait aux joues, qu'elle avait d'ordinaire assez pâles.

Elle se mordit la lèvre comme pour s'empêcher de répondre trop brutalement.

— Si c'est vraiment là ce que vous pensez, sir, vous feriez mieux de me conduire à lui sur-le-champ, lança-t-elle, attendant sa réaction avec une impatience mêlée d'appréhension.

Il dansait à la perfection, avec une aisance et une autorité impressionnantes. Pour un homme de sa taille, il avait le pied léger. D'un coup, comme ils changeaient de direction, le visage furieux de lord Farquharson apparut devant eux. Le baron se tenait sur le bord de la piste, prêt à saisir Madeline quand elle passerait à sa portée. Elle s'inquiétait de plus en plus, car l'inconnu la guidait droit sur son tourmenteur, et elle sentait son cœur s'affoler dans sa poitrine, et ses mains se mettre à trembler. Il allait l'abandonner dans les bras de lord Farquharson ! Terrorisée, elle ferma les yeux et se prépara à entendre la voix de son agresseur, et à sentir sur sa peau ses doigts impatients.

— Vous pouvez ouvrir les yeux, souffla son cavalier. Je n'ai pas la moindre intention de vous livrer à ce monstre.

Madeline s'exécuta timidement, et s'aperçut qu'ils se trouvaient désormais un peu plus loin sur la piste et que le baron ne la menaçait plus. Soulagée, elle s'autorisa à se détendre un peu.

Tregellas sentit la tension abandonner d'un coup le corps de sa cavalière, ce qui le persuada qu'elle ne mentait pas quand elle exprimait ses sentiments à l'égard de Farquharson. Etrangement, alors que cela n'aurait pas dû l'affecter du tout, il remarqua que cela le réjouissait assez. De toute façon, il ne l'aurait pas abandonnée à son tourmenteur quand bien même elle l'aurait supplié de le faire. Il la trouvait étonnamment fragile et menue entre ses bras. En observant ses yeux de plus près, il remarqua avec surprise qu'ils avaient la couleur de l'ambre et s'étonna de n'avoir pas remarqué la chose lors de leur précédente rencontre. Il n'avait pas souvenir d'en avoir jamais vu de pareils. Leur couleur inhabituelle le fascinait et il se fit la réflexion qu'un homme pourrait facilement s'y perdre.

La voix de la jeune femme le ramena rapidement à la réalité, et il se morigéna de s'être laissé aller à la fixer ainsi sans vergogne.

Elle semblait attendre qu'il lui réponde.

— Je vous demande pardon, souffla-t-il. Je pensais à autre chose.

Il lui sembla qu'elle réagissait étrangement à cette phrase, mais cette impression disparut aussitôt.

— Lord Farquharson semble furieux que vous lui ayez volé sa danse, remarqua-t-elle.

— Ce bougre n'a le droit de danser avec aucune femme, déclara-t-il d'une voix dure et véhémente.

Puis il se rappela à qui il s'adressait et crut bon d'ajouter :

— Veuillez excuser mes paroles, miss Langley. Je ne voulais pas vous offenser.

Un beau sourire illumina soudain le visage de la jeune femme, au point que Lucien s'étonna sincèrement d'avoir pu la trouver ordinaire jusque-là.

— Soyez assuré, sir, que vous ne m'avez offensée en aucune façon.

Lucien la regardait d'un œil de plus en plus intrigué.

— En fait, ajouta-t-elle, je vous suis grandement reconnaissante. Je frémis à l'idée de ce qui serait arrivé si vous n'étiez pas intervenu.

Il sentait la chaleur de sa peau sous ses doigts. Il le voyait bien maintenant, Madeline Langley ne pouvait tout bonnement pas avoir encouragé Farquharson. Cette fille possédait une candeur, une réserve et une vivacité d'esprit qu'il rencontrait quasiment pour la première fois chez une jeune femme.

Elle sourit de nouveau, d'un sourire si charmant qu'il entendit à peine l'orchestre entamer un nouvel air tellement elle captait toute son attention. Sa tenue banale et sage ne masquait pas complètement les trésors qu'elle recouvrait : l'étroitesse de sa taille, qu'il devinait sous ses doigts, le galbe subtil de sa poitrine dont il discernait la naissance sous l'écharpe de soie rose, ses bras fins et blancs… Il voyait parfaitement ce qui pouvait avoir attiré Farquharson. Outre son innocence, il y avait chez elle un je-ne-sais-quoi qu'il n'arrivait pas à cerner.

— Qui êtes-vous ? s'enquit-elle en levant les yeux vers lui. Je ne connais même pas votre nom.

Evidemment.

L'aurait-elle su qu'elle ne l'aurait pas regardé avec autant de confiance. Certaines femmes, sans doute émoustillées par sa réputation, cherchaient à se jeter à son cou, mais Madeline Langley n'appartenait pas à cette catégorie, il le savait instinctivement. Dès qu'elle connaîtrait sa véritable identité, elle l'effacerait aussitôt de sa mémoire tout comme la plupart des gens fréquentables le faisaient. Un homme auquel s'attachait un tel parfum de scandale ne pouvait faire partie de son entourage.

— Avez-vous l'intention de me le dire ? insista-t-elle avec candeur, une lueur amusée au fond des yeux.

Tregellas hésita encore un instant, savourant l'innocence du visage de la jeune femme. Personne ne le regardait plus de cette façon à Londres, et depuis longtemps. Certes les femmes le fixaient encore avec effronterie, en faisant la moue d'un air gourmand et apeuré à la fois, ou franchement réprobateur, mais Madeline semblait… différente.

Il savoura son sourire, comme pour en profiter une dernière fois, certain qu'il s'effacerait à jamais une fois qu'elle connaîtrait son nom.

L'orchestre continuait de jouer et, tout en virevoltant sur la piste, ils gardèrent le silence un long moment.

— Je suis Tregellas, laissa-t-il tomber.

Inutile d'en dire plus.

— Tregellas ? répéta-t-elle doucement.

Il l'observa tandis qu'elle réfléchissait en plissant joliment le front. Peut-être après tout ce nom ne lui disait-il rien ?

Il vit à l'expression de surprise qui vint soudain assombrir l'ambre de son regard qu'elle le connaissait. Le sourire disparut d'un coup de ses lèvres roses, remplacé aussitôt par une incertitude poignante.

— Le comte Tregellas ? Le Maléf… ?

— Pour vous servir, miss Langley, répondit Lucien d'un ton poli, comme s'il n'était finalement qu'un gentleman ordinaire.

Elle balaya des yeux le visage du comte, une certaine anxiété pointant dans son regard, et il sentit imperceptiblement son corps gracieux se raidir sous ses doigts.

— Je ne suis pas Farquharson, protesta-t-il. Vous n'avez rien à craindre de moi.

Il disait vrai, par saint Georges ! Il essayait de la sauver, au contraire, et non d'abuser d'elle. Et puis, de toute façon, les jeunes filles comme miss Langley ne l'intéressaient pas. Les autres non plus, d'ailleurs.

En fait cela faisait cinq ans qu'il n'avait pas vraiment regardé une femme.

Elle le fixait toujours intensément, comme si elle pouvait voir le vrai Lucien Tregellas sous le portrait affreux qu'en faisait la rumeur.

— Non, en effet, vous n'êtes pas Farquharson, souffla-t-elle d'une voix à peine perceptible.

Il ne pouvait détacher ses yeux de son visage, surpris qu'elle ne manifeste pas à son égard la réprobation à laquelle il s'attendait. Elle ne faisait que l'observer avec sincérité, et apparemment sans préjugés.

La musique s'arrêta soudain.

— Merci, miss Langley, lança-t-il sans trop savoir si ce

faisant il lui exprimait sa gratitude pour la valse ou pour ne pas l'avoir méjugé.

Il lui tenait encore une main qu'il plaça avec douceur sur son bras pour l'escorter en silence vers sa mère. En franchissant les quelques pas qui le séparaient encore de Mme Langley, il se fit la réflexion que Madeline Langley était peut-être la seule femme qui l'eût vraiment percé à jour.

— Madeline ! A quoi diable joues-tu ? demanda Mme Langley. Sais-tu qui est cet homme ?

— Le comte Tregellas, répondit la jeune femme doucement d'une voix un peu embarrassée.

— Quel impudent personnage ! Il est venu t'enlever sous mes yeux sans même me consulter ni même m'adresser la parole. Comment as-tu pu lui accorder cette danse alors que le nom de lord Farquharson était écrit en toutes lettres sur ton carnet de bal pour cette valse ? s'étrangla Mme Langley en cherchant à tâtons son mouchoir dans son réticule. J'en suis toute retournée. Quelle mouche t'a piquée, Madeline ? Il n'y a pas un homme qui jouisse d'une réputation plus noire dans tout Londres.

— Si je lui avais refusé cette danse, cela aurait fait toute une histoire, maman, se défendit la jeune femme en omettant de mentionner qu'elle préférait de loin danser avec le Maléfique lui-même plutôt que de laisser Farquharson poser un doigt sur elle. Je n'ai pas voulu vous mettre dans l'embarras.

— Me mettre dans l'embarras ? Me mettre dans l'embarras ? s'étrangla Mme Langley de plus belle. Est-il une mère au monde qui ait jamais subi plus d'avanies que moi par la faute d'une fille ingrate ? Et que va penser lord Farquharson de toute cette affaire ?

Madeline resta coite.

— Comment as-tu pu faire une chose pareille, ma fille ? Tu l'aurais souffleté devant tout le monde que ce n'aurait pas pu être pire.

Mme Langley soufflait comme un bœuf, visiblement hors d'elle.

Madeline s'efforça d'ignorer les regards qu'elle sentait peser sur elle tout comme les murmures des dames qui l'entouraient.

— Personne ne sait quels noms figuraient sur mon carnet de bal, répliqua-t-elle. D'ailleurs, tout le monde a dû le croire vide, comme d'habitude.

Autour d'elles, les murmures enflaient encore, au point qu'Angelina tira la manche de sa mère.

— Maman, souffla-t-elle, ne vous mettez pas dans un tel état. Les gens nous regardent.

L'attention qu'on portait à sa famille n'était pas du tout celle qu'avait espérée Mme Langley. Elle remarqua que son amie Mme Wilson venait même de s'éloigner un peu et conversait à présent avec Mme Hammond, en jetant des regards furtifs de son côté. Fièrement, elle releva la tête et lança à ses filles d'une voix suffisamment forte pour s'assurer qu'on l'entendrait :

— Malheureusement, mes chéries, votre maman a une migraine épouvantable et il va nous falloir nous retirer sur-le-champ. Quel dommage ! Juste au moment où la soirée commençait à devenir intéressante. Allons, suivez-moi.

Là-dessus, Mme Langley entraîna les deux jeunes femmes derrière elle, lançant avant de franchir la porte :

— Je vais envoyer un valet de pied chercher votre père.

*
* *

Le retour à Climington Street fut tout sauf plaisant. Madeline souffrait beaucoup des regards de sympathie que lui adressait sa sœur, ainsi que de la diatribe de sa mère qui dura pendant tout le trajet, à peine atténuée par l'expression de reproche particulièrement indulgente de son père. La harangue de Mme Langley ne s'arrêta que lorsqu'ils eurent franchi le seuil de leur maison et reprit aussitôt que la porte eut été fermée. Madeline fit mine de suivre sa sœur à l'étage

— Où crois-tu aller comme cela ? maugréa sa mère. Il faut que nous parlions des événements de ce soir. Va dans le salon, Madeline, et vite !

La jeune femme redescendit les quelques marches qu'elle venait de franchir.

— Je crois que je vais me coucher tôt, moi aussi, murmura son père, soucieux de s'esquiver avant que l'orage n'éclate.

Mais son épouse ne semblait nullement disposée à lui en laisser le loisir.

— Monsieur Langley ! s'écria-t-elle. Allez-vous enfin reprendre votre fille en main ?

Madeline trouvait étrange d'être toujours la fille de papa quand d'aventure il lui arrivait d'indisposer maman, ce qui se passait quasiment tous les jours.

Le pauvre M. Langley soupira d'un air las, mais accompagna néanmoins sa fille jusqu'au petit salon.

— Elle a fait de nous la risée de tout Londres ce soir, s'emporta la mère. Et elle a probablement ruiné toutes ses chances de se marier un jour avec lord Farquharson.

— Calmez-vous, ma chère, répondit le père. La situation ne peut pas être aussi grave que vous le dites.

Le visage de son épouse vira au cramoisi. Elle ouvrit la bouche et la ferma alternativement ; on aurait dit un poisson hors de l'eau.

Madeline n'avait pas souvenir de l'avoir jamais vue aussi mal en point.

— Si vous ne vous étiez pas caché toute la soirée dans le boudoir de lady Gilmour, peut-être auriez-vous réalisé que les choses sont plus que mal engagées, s'écria la maîtresse de maison.

— Je suis sûr que lord Farquharson peut encore être persuadé de ne pas renoncer, riposta M. Langley pour essayer de calmer sa femme.

— Madeline lui a fait l'affront d'accorder au comte Tregellas la valse qui lui était réservée !

— Vraiment ? marmonna M. Langley. Eh bien, il s'en remettra, voilà tout.

— S'en remettre ? souffla Mme Langley. Comment pouvez-vous dire une chose pareille ? Lord Farquharson ne s'intéressera plus à elle désormais, vous pouvez en être sûr, sans parler de lui demander sa main. Elle a ruiné ses chances définitivement. Nous ne serons plus jamais invités nulle part !

De grosses larmes roulèrent sur les joues de la mère.

— Allons, allons, ma chère, supplia M. Langley d'un ton qu'il voulait rassurant, ne prenez pas tant les choses à cœur. Je vais régler tout ça. Venez.

D'un geste tendre, il passa doucement son bras autour des épaules de son épouse, mais celle-ci refusait obstinément de bouger.

— Qu'allons-nous faire ? Jamais lord Farquharson ne voudra d'elle à présent, se lamenta-t-elle encore en sanglotant de plus belle.

Ses larmes menaçaient à présent de tourner à l'inondation, et Madeline observait la scène sans un mot.

— Parlez-lui, Arthur, dites quelque chose, plaida Mme Langley.

Le père tapota l'épaule de sa femme, puis se redressa et s'éclaircit la voix.

— Eh bien, Madeline, lança-t-il en toussant encore une fois. Que signifie tout ceci ? Comment as-tu pu danser avec lord Tregellas une valse promise à lord Farquharson ?

La jeune femme se rendit compte qu'elle ne pouvait avouer à son père ce que lord Tregellas avait fait pour elle, comment il l'avait sauvée des griffes de lord Farquharson, et non pas une fois, mais deux.

— Il m'a invitée à danser sans prévenir et m'a prise par le bras, répondit la jeune femme. Je n'ai pas eu le temps de trouver une manière polie de décliner son invitation.

En fait, elle enjolivait les choses, lord Tregellas l'ayant carrément tirée de sa chaise pour l'emmener sur la piste de danse comme si quelque décret divin l'y avait autorisé.

— Savais-tu qui il était ?

— Non, répondit Madeline, qui pour une fois disait la pure vérité.

— Mais… comment s'est-il avisé de toi, ma chérie ? demanda le père, perplexe et inquiet à la fois.

Madeline eut l'impression que révéler la vérité à propos de lord Tregellas aurait constitué une trahison. Elle ne comprenait pas vraiment pourquoi, mais savait parfaitement qu'il n'aurait pas voulu qu'elle le fasse. Cela n'avait aucun sens, car d'apprendre la vérité sur son intervention aurait dû normalement réjouir ses parents, et pourtant son instinct lui criait de n'en rien faire.

— Je n'en ai aucune idée, répondit-elle, écrasée de honte à l'idée de mentir délibérément à son père.

— D'après ce que je sais, Tregellas ne danse pas, en général. Pourquoi diable l'idée lui serait-elle venue d'inviter à valser une jeune fille timide et bien élevée comme toi ? s'interrogea M. Langley.

Madeline connaissait parfaitement la réponse à cette

question. Elle n'était pas sotte au point de penser que Tregellas la trouvait à son goût, puisqu'elle ne possédait en effet aucune des qualités qui auraient pu susciter de l'intérêt chez lui, ni d'ailleurs chez aucun autre homme. Il devait simplement avoir voulu lui épargner le calvaire que représentait une danse avec lord Farquharson. Pour autant, elle ne comprenait pas que la chose lui ait tenu à cœur, car logiquement il aurait dû se moquer comme d'une guigne qu'elle valse ou pas avec le baron.

Elle préféra garder ses réflexions pour elle et secoua la tête pour répondre à son père.

— Vous la croyez timide ? releva Mme Langley avec un rire ironique. Visiblement, mon ami, vous n'avez pas passé beaucoup de temps avec votre fille ces derniers temps.

M. Langley choisit d'ignorer ce commentaire.

— Madeline, dit-il d'un ton prudent, lord Tregellas est un gentleman de renom. Il est peut-être comte et héritier d'une fortune assez conséquente, mais…

Langley hésita, cherchant visiblement ses mots, puis :

— Sa réputation est plus que douteuse, ma chérie, précisa-t-il.

— Tout le monde sait ce qu'on dit qu'il a fait, intervint la mère.

— Et qu'est-ce donc qu'il a fait ? interrogea Madeline.

— C'est un meurtrier de la pire espèce. Pourquoi crois-tu qu'on l'appelle le Maléfique ? Il a tué…

— Ne nous abaissons pas à répandre des ragots, madame Langley, coupa le père d'un ton réprobateur.

Madeline regarda ses parents l'un après l'autre. Malgré son innocence et le peu d'intérêt qu'elle accordait aux commérages, elle savait ce qu'on disait de lord Tregellas. On l'accusait d'avoir commis un crime particulièrement odieux quelques années plus tôt, ce qui faisait de lui un objet de fascination pour nombre de femmes, bien qu'il ait également la réputation de traiter celles-ci avec un mépris glacial.

Elle avait beau le savoir, cela ne lui importait pas. L'homme à qui elle devait d'avoir pu échapper à Farquharson au Théâtre Royal et d'avoir été sauvée une nouvelle fois d'entre ses griffes au bal de ce soir ne pouvait lui inspirer de la peur. Pour ce qui la concernait, le Maléfique était un homme digne de confiance.

— Il s'est seulement agi d'une danse, répondit-elle en défendant son sauveur comme elle l'aurait fait pour elle-même.

— Il s'agissait de la valse promise au baron, sanglota sa mère. Après ce fiasco, tu n'as plus aucune chance de te marier jamais.

— Allons allons, ma chère, protesta M. Langley en s'exhortant à la patience. Une valse, ce n'est rien. Elle n'a perdu aucune chance.

— Ah Seigneur, mais vous ne comprenez donc rien, monsieur Langley, s'exclama la mère, passant des larmes aux lamentations.

M. Langley avait l'air las d'un homme qui savait exactement ce qui l'attendait dans les prochaines semaines s'il ne parvenait pas à rétablir la situation.

— Peut-être devrais-je avoir une discussion avec Farquharson, commenta-t-il.

— Il ne voudra plus rien avoir affaire avec Madeline à présent, tous mes plans sont ruinés définitivement.

— C'est un brave garçon, affirma M. Langley. Il se rendra à la raison.

— Vraiment, vous croyez ? objecta son épouse en s'essuyant les yeux d'un petit coup de son mouchoir.

— Bien sûr, répondit le père. J'irai le voir demain et lui expliquerai que Madeline n'avait nullement l'intention de danser avec Tregellas, et qu'elle a été prise au dépourvu, comme il est prévisible chez une jeune femme inexpérimentée. Peut-être devrais-je l'inviter à dîner.

Madeline n'en croyait pas ses oreilles. Un brave garçon, ce monstre ? Cela dépassait l'entendement.

— Papa, n'en faites rien, je vous en prie. Si vous connaissiez la vraie nature de lord Farquharson, vous ne feriez pas une telle proposition. Ce n'est pas un homme d'honneur.

— Ne faites pas attention à elle, mon époux, riposta la mère. Elle a pris lord Farquharson en grippe, Dieu seul sait pourquoi, et est résolue à contrecarrer tous mes plans. Pourtant c'est un homme riche et respecté, un aristocrate, un héros de guerre, que sais-je encore ? Et il a dix mille livres de rente. Comment pourrait-il ne pas être homme d'honneur ?

— Papa, si vous saviez ce qu'il a fait…

— Eh bien parle, mon enfant, l'encouragea Langley.

— Arthur ! protesta la mère.

Le père fit mine de n'avoir rien entendu et, se tournant vers sa fille :

— Que s'est-il passé, Madeline ? s'enquit-il. Parle.

La jeune femme soupira. Son père l'écouterait, lui, et ne trouverait pas d'excuses à lord Farquharson, sans parler d'encourager la concupiscence de ce monstre. Quand il connaîtrait la vérité, elle serait délivrée de cet homme pour toujours. Elle se moquait de ne jamais se marier. De toute façon, mieux valait rester vieille fille que d'épouser un Farquharson.

Aucun homme n'avait jamais exprimé le moindre intérêt à son égard, hormis ce scélérat, et, à vingt-quatre ans passés, avec derrière elle une longue succession de saisons mondaines ratées, elle n'en voulait nullement à ses parents de ne pas l'avoir soumise au pénible circuit des soirées et des bals l'année précédente. En fait, elle s'en trouvait parfaitement soulagée, et puis, après tout, ils devaient s'occuper d'Angelina. Celle-ci compenserait ses échecs.

— Madeline ? souffla M. Langley d'un ton impatient.

La jeune femme s'ébroua pour chasser les pensées qui lui encombraient l'esprit. Il fallait qu'elle dise la vérité, en évitant simplement de faire mention de lord Tregellas. Elle prit une longue inspiration puis raconta l'épisode du Théâtre Royal et celui du bal chez lady Gilmour, sans fioritures ni pathos, se cantonnant aux faits, mais en omettant soigneusement l'intervention d'un certain comte.

Quand elle eut terminé, M. Langley était hors de lui. La mine renfrognée, il lança à sa femme un regard sévère.

— Etiez-vous informée de tout ça, Amelia ? s'enquit-il auprès de celle-ci d'un ton incrédule.

— Je ne connaissais que l'épisode du théâtre, répondit Mme Langley en implorant son mari des yeux. Mais il ne l'a pas embrassée, Arthur. Je ne savais rien en revanche de ce qui s'est passé ce soir. Elle ne m'a pas dit s'être trouvée seule dans une chambre avec lord Farquharson. Si je l'avais su…

Mme Langley pressa son petit mouchoir de dentelle sur ses lèvres et se tut.

Madeline se demandait avec un certain cynisme si elle pouvait croire sa mère. L'aurait-elle encouragée à danser avec Farquharson si elle avait connu la vérité ? La réponse coulait de source, car elle se souvenait de son refus absolu de l'entendre critiquer le baron. Pour elle, la position sociale et la fortune avaient tant d'importance que la question ne se posait même pas.

— Nous reparlerons de tout cela, madame Langley, quand la chose aura été réglée.

Madeline n'avait jamais vu son père dans cet état. Lui d'ordinaire si affable avait le regard dur et semblait terriblement tendu. Brusquement, il tira la sonnette et ordonna qu'on prépare la voiture.

— Papa ? s'exclama Madeline, inquiète. Où allez-vous ?

— Je vais rendre visite à lord Farquharson.

La jeune femme sentit le sang quitter son visage. Elle imaginait un duel, son père étendu sur le sol, blessé, ou pire. Elle se prit à prier le ciel. Seigneur, comment allait-elle l'empêcher d'aller provoquer lord Farquharson ? Son père, cet homme si doux, ne pouvait pas faire une chose pareille. Ce serait pure folie.

— Je vous en supplie, papa, n'y allez pas, implora-t-elle.

— Il le faut, ma chérie, répondit-il. C'est une affaire d'honneur.

— Arthur ? s'écria Mme Langley d'une voix tremblante.

— Ne m'attendez pas, car les choses pourraient prendre un certain temps, répondit le maître de maison en sortant du petit salon.

La pendule sur le manteau de la cheminée sonnait minuit quand la porte de la maison se ferma derrière lui.

— Donc, si je comprends bien, tu n'as dansé avec miss Langley que pour empêcher Farquharson de le faire à ta place ? demanda le vicomte Varington en fronçant les sourcils d'un air cynique.

Seuls le lent tic-tac de la pendule et le craquement de la bûche qui brûlait dans la cheminée venaient parfois troubler le calme qui régnait dans la bibliothèque.

— Pour quelle autre raison l'aurais-je fait ? répondit Lucien Tregellas sans même se retourner vers son frère, se contentant de rester appuyé contre le manteau de l'âtre en regardant les flammes danser dans le foyer.

Dans la pénombre de la bibliothèque, cette lueur dorée lui rappelait le feu qui brillait dans les yeux de Madeline Langley, leur chaleur, et cette franchise qu'il n'avait pas souvenir d'avoir jamais remarquée dans ceux d'aucune autre femme. Elle avait des cils interminables, un petit nez droit, et il émanait d'elle un parfum qu'il avait du mal à situer… Cela lui vint d'un coup : cette odeur, c'était celle de l'écorce d'orange.

— En dansant avec elle, tu as certainement ruiné sa réputation beaucoup plus que n'aurait pu le faire Farquharson, commenta Guy en se penchant au-dessus de la table basse pour se saisir de l'aiguière qui s'y trouvait.

— Par les dents du diable, Guy ! J'ai simplement dansé avec cette fille. Farquharson, lui, aurait fait bien pis. Je ne l'ai pas violée, tout de même.

— Tu aurais aussi bien fait, mon vieux, riposta le frère. Cela fait cinq ans que tu n'as pas dansé et, quand tu t'es décidé à remettre le pied sur une piste après une si longue absence, tu n'as pas simplement choisi une écossaise ou un quadrille, mais une valse.

— Et alors ?

— Alors tout Londres voudra bientôt savoir pourquoi l'infâme Tregellas a voulu danser avec la très timide et très sage miss Langley, répondit Guy en remplissant deux verres ventrus du liquide ambré qui scintillait dans l'aiguière de cristal.

— Eh bien Londres en sera pour ses frais et risque d'attendre longtemps.

— Vraiment ? insista le plus jeune des deux frères en plaçant un verre dans la main droite de son aîné.

Lucien ignora ce commentaire, se contentant de lever les sourcils d'un air de s'en moquer.

Guy poursuivit néanmoins, parfaitement conscient de l'irritation qu'il lui causait.

— Tu sais, bien sûr, qu'on va te mettre cette fille dans les pattes à chaque occasion, désormais. Pourquoi miss Langley se contenterait-elle d'un simple baron quand un comte s'est offert pour la faire valser ?

— Tu deviens agaçant, et vulgaire, Guy, répliqua Lucien en caressant du bout du doigt les armoiries des Tregellas gravées sur le verre. Mme Langley va sans doute s'escrimer à tirer parti de tout ça. Grand bien lui fasse. Pour ce qui me concerne, je n'avais d'autre intérêt dans cette affaire que d'empêcher Farquharson de poser les mains sur cette innocente.

— Tu n'avais pas d'autre intérêt ? répéta Guy d'un air faussement candide en appuyant sur l'imparfait.

— Que je n'en aie pas ou n'en aie pas eu, quelle différence ?

— C'est bien là la question.

Lucien avala une grande rasade de brandy, savourant la brûlure de l'alcool.

— Farquharson a parfaitement compris, lui.

— Et miss Langley ? Penses-tu qu'elle ait compris, elle aussi ? Peut-être après votre valse espère-t-elle que les choses iront plus loin entre vous. Une fille comme ça ne peut pas avoir beaucoup d'hommes accrochés à ses basques.

Lucien but une nouvelle gorgée.

— Miss Langley n'attend rien de moi.

Il pensa un instant à Madeline, à cette façon qu'elle avait eue de le regarder sans le juger, et un sourire tendre vint fleurir sur ses lèvres. Il n'y avait pas une once de ruse ou de méchanceté en elle.

— Dès demain après-midi, on ne parlera plus que de cette valse avec miss Langley dans toute la ville, et tu sais très bien ce que les gens vont en penser, affirma Guy en avalant un trait de brandy. Te montrer en public avec une fille respectable ne peut vouloir dire qu'une seule chose dans leurs esprits étriqués : que tu as finalement décidé de te marier pour avoir un héritier.

— Qu'ils pensent ce qu'ils veulent, répondit Lucien en haussant les épaules. Nous savons toi et moi que je n'ai nulle intention de me marier, et quant à l'héritier des Tregellas…

Lucien leva son verre en direction de son frère, puis :

— Il est là devant moi, ajouta-t-il. Il neigera en enfer le jour où l'on me verra devant un autel.

Un étrange sourire flottait sur la bouche de Guy.

— Nous verrons, commenta-t-il doucement. Seuls le diable et les fous défient le destin.

Pas très loin de là, au Brook's Club de James Street, Cyril Farquharson dégustait lui aussi un verre de brandy sans s'intéresser en aucune façon au petit cercle de messieurs chic qui l'entouraient. En fait, il pensait à tout autre chose ; plus précisément, il était préoccupé par Mlle Madeline Langley. Les prostituées du salon de Mme Fouet n'avaient que très médiocrement satisfait son appétit. Cinq ans de famine commençaient à faire beaucoup, et il en venait à se lasser de ces femmes. Il les trouvait trop faciles, trop vulgaires, trop dessalées, et bien qu'elles fassent semblant de se prêter à ses jeux, de le savoir lui ôtait le meilleur de son plaisir. Il ne supportait plus non plus la constante surveillance de Tregellas, que le diable l'emporte ! D'ailleurs, celui-ci ne le gênerait plus longtemps. Maintenant qu'il avait jeté son dévolu sur une jeune fille de bonne famille innocente, et craintive, il était déterminé à arriver à ses fins. On ne rencontrait pas tous les jours quelqu'un qui possédait ce je-ne-sais-quoi qui l'excitait au plus haut point. Quelqu'un comme Madeline Langley, par exemple.

Il avait mis des années à la trouver, et compris dès le premier regard qu'elle était exactement celle qu'il cherchait. Elle semblait calme, réservée, un peu effrayée par lui, tout ce qu'il aimait chez une femme. Il jouait avec elle comme un chat avec une souris. Il savourait sa gêne quand il la serrait d'un peu trop près ou quand il retenait sa main un peu trop longtemps. Il aimait aussi la façon dont elle essayait de cacher sa peur et ses efforts infructueux pour l'éviter. Chère, chère Madeline ! Il avait bien l'intention de prendre son plaisir avec elle, et de la pire des façons. Si cette dinde de Mme Langley voulait absolument lui jeter sa fille dans les bras dans l'espoir qu'il l'épouserait, pourquoi aurait-il refusé une proie aussi facile ? Cyril Farquharson était bien trop rusé pour être confondu.

En tout cas, l'arrivée inopinée de Tregellas avait tout gâché.

Il se souvint avec irritation de la scène du Théâtre Royal, puis de celle du bal chez lady Gilmour. Cette deuxième intervention l'intriguait, car le comte n'entretenait plus aucune relation avec des femmes depuis cinq ans et voilà que, soudain, il tenait absolument à valser avec celle que lui, Farquharson, convoitait. Peut-être lui plaisait-elle, après tout ? Il y avait quelque ironie à le penser, certes, mais cela donnait à réfléchir.

Quand il eut terminé son brandy et décida de rentrer chez lui, le baron avait un plan bien établi : il ferait d'une pierre deux coups non seulement en s'assurant d'obtenir ce qu'il voulait de miss Langley, mais en barrant la route définitivement aux manœuvres de Tregellas. Cette idée lui plaisait et il sourit en se félicitant de sa propre ingéniosité. Il avait hâte de voir la réaction de Madeline Langley quand elle comprendrait ce qu'il avait l'intention de faire.

4

Madeline ne vit pas son père jusqu'au lendemain matin, ayant passé la nuit éveillée, incapable de trouver le sommeil, à tourner et à se retourner sous ses couvertures, les joues brûlantes et folle d'inquiétude. M. Langley était pétri de bonnes intentions, mais il n'avait aucune idée de la méchanceté du monde et encore moins de la noirceur de l'âme d'un homme tel que Farquharson. Madeline avait l'impression de voir en permanence devant elle les yeux gris cruels de celui-ci ainsi que le sourire mauvais qui déformait ses lèvres. Son pauvre père n'avait pas une seule chance ! Lord Farquharson disposerait de lui avant que l'infortuné ait pu reprendre son souffle. A quoi croyait-il donc que ses plaintes serviraient ? A rien du tout. Et Dieu garde qu'il lui vienne à l'idée de provoquer le baron en duel. Elle ne savait même pas si son père possédait une paire de pistolets. Heureusement il paraissait bien trop sensé pour commettre une telle folie, à ce qu'elle espérait du moins.

Quand vint le matin, elle ouvrit les yeux, épuisée, dans son lit froissé. La torpeur qui embrumait son cerveau contrastait violemment avec la tension physique qu'elle éprouvait. Elle se leva rapidement, fit sa toilette, se vêtit, ne prit qu'une toute petite tasse de café pour déjeuner et attendit dans la salle à manger tranquille sans jeter le moindre coup d'œil aux œufs au bacon qui l'attendaient sur une desserte. Elle avait l'estomac si noué par l'anxiété que la simple odeur de nourriture lui donnait la nausée. Ce ne fut qu'après neuf heures que son père apparut enfin, Mme Langley sur ses talons.

Celle-ci semblait étonnamment calme si l'on songeait aux événements de la veille, qu'elle se souvenait l'avoir entendue qualifier de plus grande catastrophe du siècle. En fait, Madeline aurait pu dire qu'elle trouvait à sa mère un air ravi. En tout cas, son père ne paraissait pas avoir été blessé, Dieu merci. Il n'avait pas le bras en écharpe ni ne claudiquait, si bien qu'elle se prit à pousser un soupir de soulagement. La tension sembla s'apaiser un peu.

— Papa ! Dieu merci, vous êtes sauf, s'écria-t-elle en courant vers lui et en se pendant à son cou en un geste tendre. J'ai été si inquiète.

M. Langley ne rendit pas son sourire à sa fille, mais l'attira contre lui d'une main lasse.

— Madeline, dit-il d'une voix triste.

Quelque chose clochait, elle le sentit immédiatement.

— Que se passe-t-il, papa ? demanda-t-elle en reculant d'un pas précipitamment pour scruter le regard de son père.

Cela n'avait pas de sens. Il était là, sain et sauf, blessé, peut-être, par les mots de Farquharson, mais rien de plus. Elle sentit un frisson d'inquiétude lui parcourir l'échine. Que pouvait bien lui avoir dit le baron ? Une idée, bien pire encore, se mit à germer dans son esprit, terrifiante.

— Vous ne l'avez pas… tué, n'est-ce pas ? demanda-t-elle.

— Non, mon enfant, répondit Langley en secouant sa tête grisonnante. Quoique je me demande si je n'aurais pas mieux fait…

— Que voulez-vous dire ?

Mme Langley posa la main sur le bras de son mari, incapable de cacher son sourire plus longtemps.

— Dites à Madeline la bonne nouvelle, monsieur Langley, le pressa-t-elle.

La jeune femme leva les yeux vers son père et attendit que tombe le verdict.

— Lord Farquharson s'est excusé d'avoir perdu le contrôle de lui-même. Il m'a expliqué que son comportement d'ordinaire mesuré avait été bouleversé par la profondeur des sentiments qu'il éprouve pour toi.

Madeline sentait les tentacules de la peur enserrer son cœur tout à coup comme celles d'une pieuvre immonde.

— Et…, souffla-t-elle d'une voix qui se brisait.

— Il a proposé de faire ce que l'honneur commande. Lord Farquharson a accepté de t'épouser, ma chérie.

Ces mots terribles résonnèrent durement dans le silence qui suivit. Madeline scruta le visage de son père en s'efforçant de ne pas s'effondrer devant l'énormité de ce qu'elle venait d'entendre.

M. Langley lui tapota doucement le dos comme pour apaiser un peu le coup qu'il venait de lui porter.

— En tant que gentleman, il n'aurait jamais dû essayer de te compromettre, mais ce qui est fait est fait et il est désireux de se racheter en faisant de toi sa femme. Il m'a dit qu'il ne pensait plus qu'à cela depuis qu'il t'a rencontrée. Je crois qu'il éprouve pour toi des sentiments sincères, mon enfant. Peut-être avec le temps parviendrez-vous à être heureux tous les deux.

— Non ! s'exclama Madeline. Non ! Ce n'est pas possible, papa ! Je ne l'épouserai pas.

Mme Langley s'approcha.

— Ton père a déjà donné son accord. Lord Farquharson organise une fête au cours de laquelle vos fiançailles seront annoncées. Les invitations seront écrites et envoyées dès aujourd'hui.

— Cette soirée peut être annulée.

— Vous voyez, mon ami, s'emporta Mme Langley sur les lèvres de laquelle le sourire venait de s'effacer, à quel point elle me torture. Elle préfère faire de nous la risée de tout Londres plutôt que d'obéir.

Tout cela semblait irréel, comme si ses parents avaient été des acteurs récitant un texte. Un texte qui aurait des conséquences incalculables et ruinerait sa vie pour toujours. Madeline luttait contre la brume qui envahissait son cerveau.

— Papa, je vous en supplie, je ne peux pas.

— Madeline, souffla le père d'une voix douce comme si son cœur se brisait. Si tu ne peux vraiment pas supporter l'idée d'épouser lord Farquharson, je serais obligé de prendre d'autres mesures. Il a attenté à ton honneur, et, en tant que ton père, je ne puis rester sans réagir devant un tel acte. Si le bruit se mettait à courir de ta rencontre avec lui dans cette chambre chez lady Gilmour, ta réputation en serait ternie à jamais et cela éclabousserait sans doute aussi Angelina.

M. Langley ferma les yeux un instant, mais poursuivit :

— Soit il t'épouse, soit je dois le provoquer en duel. C'est à lui qu'en incombera la faute et non à toi, n'en doute jamais, mon enfant, mais nous savons tous les deux que la société ne verra pas les choses de cette façon, et que je ne peux pas te laisser persécuter par les commères si elles viennent à apprendre ce qui s'est passé. Je ne te forcerai pas à l'épouser, Madeline. Le choix t'appartient et, si tu ne peux vraiment pas te résoudre à accepter cette union, advienne que pourra !

Mme Langley agrippa le bras de son mari pour le dégager de l'étreinte de sa fille.

— Allons, monsieur Langley, vous ne pouvez sérieusement songer à provoquer milord Farquharson, s'écria-t-elle d'une voix que la panique faisait trembler. De toute façon, se battre en duel est illégal et mortellement dangereux. Vous pourriez être tué, et à quoi cela servirait-il ? La réputation de Madeline sera ruinée de toute façon si elle n'épouse pas notre baron, quelle que soit l'issue de la confrontation. Je vous en supplie, mon ami, ne lui laissez pas le choix. Elle doit l'épouser, qu'on en finisse.

— Il s'agit d'une affaire d'honneur, madame Langley, et je ne la forcerai pas à se marier contre son gré, répliqua le maître des lieux.

Madeline se mordait la lèvre jusqu'au sang, la gorge nouée, presque incapable de respirer. Mais elle ne pleurerait pas. Non, pour rien au monde.

— Prends le temps de réfléchir à ta décision, Madeline, mais, si tu décides de refuser ce mariage, fais-le promptement. Nous aurons peut-être le temps d'empêcher l'envoi de ces invitations.

— Non, protesta Mme Langley en tirant de plus belle sur la manche de son mari. Non, Arthur, je vous en prie !

Pour Madeline, bien sûr, il n'était pas question de tergiverser. Elle n'avait pas le choix puisqu'il s'agissait soit d'épouser lord Farquharson, soit de risquer la vie de son père. La décision s'imposait d'elle-même, si bien qu'elle se sentit tout à coup étrangement calme. Les larmes de peur et de colère viendraient plus tard, mais pour l'heure elle agissait comme un automate.

M. Langley tourna les talons.

— Attendez, papa…, l'arrêta Madeline en lui touchant le bras. J'ai pris ma décision.

Son père se tourna vers elle et la regarda, plein de compréhension.

— J'épouserai lord Farquharson, annonça la jeune femme.

— Tu es sûre, ma chérie ? insista M. Langley.

— Oui, répondit Madeline.

Trois lettres, il avait suffi de trois petites lettres pour faire basculer son univers.

Un sourire radieux fleurit sur les lèvres de Mme Langley.

— Ce ne sera pas aussi triste que cela, Madeline. Tu verras. Milord Farquharson va chercher à se faire pardonner ses petites erreurs, j'en suis certaine, déclara-t-elle en tapotant le bras de sa fille. Et puis, il est baron.

Madeline sentit à peine la caresse. Certes, lord Farquharson s'emploierait à se faire pardonner, mais pas de la façon que sa mère imaginait. Il n'avait rien d'un homme affectueux. Quoi qu'il projette de faire, elle savait parfaitement que ce ne serait pas pour son bien ni pour son bonheur. Une fois qu'elle serait sa femme, ni l'un ni l'autre ne lui importeraient plus. Il la traiterait exactement selon son bon plaisir et personne ne s'en soucierait. Lady Farquharson ! Elle sentait une violente nausée monter en elle.

— Pardonnez-moi, s'excusa-t-elle. Je me sens soudain un peu… lasse.

— Bien sûr, ma chérie, souffla Mme Langley.

Son père avait l'air brisé.

— C'est pour le mieux, ma chérie, laissa-t-il tomber.

Madeline esquissa un sourire pour essayer de le rassurer un peu, mais ses lèvres ne firent que trembler.

— Oui, répondit-elle en se dirigeant doucement vers la porte.

— Bonté divine !

Le juron proféré par le comte Tregellas attira l'attention de plusieurs des gentlemen assis autour de la pièce.

— Qu'y a-t-il, Lucien ? demanda Guy à son frère, surpris de lui voir la mâchoire serrée et les lèvres pincées.

Il se pencha dans son fauteuil, oubliant sa nonchalance

habituelle, inquiet de savoir exactement ce qui se trouvait imprimé dans le *Morning Post* du jour et qui venait de causer chez son frère une telle réaction. Lucien, d'ordinaire, préférait garder ses émotions pour lui, surtout en public.

Tregellas lança un regard insolent aux gentlemen qui s'émouvaient encore de l'incident. La pendule qui marquait l'heure au-dessus de la porte de chez White's égrenait les secondes de son tic-tac monotone. Bientôt on entendit de nouveau le froissement des journaux qu'on dépliait, ainsi que le tintement de la porcelaine et du verre. La rumeur tranquille des conversations reprit lentement.

— Suis-moi, Guy. Sortons, veux-tu. Je n'ai pas envie de rester ici, déclara Tregellas en pliant son journal avant de le jeter nonchalamment sur la petite table qui se trouvait à côté de lui.

Les deux hommes se levèrent et, abandonnant leur café à moitié bu, quittèrent le club sans se retourner.

La voiture de Lucien les attendait au-dehors. Les chevaux battaient impatiemment le pavé de leurs sabots.

— Cela te dérange-t-il si nous marchons un peu ?

Guy secoua la tête. L'affaire devait être grave.

Le comte congédia son cocher et la voiture s'en fut, laissant les deux frères dans la rue qu'illuminait un pâle soleil d'hiver.

— Eh bien ? demanda le plus jeune comme ils abordaient St James Street.

Lucien ne répondit pas, la mâchoire plus serrée que jamais, comme s'il voulait retenir en lui la rage qui menaçait d'exploser. Pour quiconque les aurait croisés à cette heure, le comte Tregellas aurait simplement semblé profiter d'une promenade matinale en compagnie de son cadet et rien dans son comportement n'aurait pu suggérer quoi que ce soit d'inhabituel. Lucien savait cacher ses émotions, mais Guy sentait malgré tout la tension qui bouillait en lui sous la façade impassible qu'il arborait. D'ailleurs, qu'il ne soit pas parvenu à réprimer son cri tout à l'heure, chez White's, ne constituait pas un bon signe, bien au contraire.

— Me diras-tu enfin pourquoi tu serres les dents de la sorte, comme si un boucher t'ôtait une balle de la jambe ?

Lucien ralentit un peu le pas, puis, reprenant une allure normale, récita mécaniquement la dépêche qu'il venait de lire quelques minutes plus tôt :

— Au cours d'une soirée qu'il donnait hier soir en sa résidence de Bloomsbury Square, lord Farquharson a annoncé officiellement ses fiançailles avec miss Madeline Langley, fille aînée de M. Arthur Langley, *esquire*, 46 Climington Street.

Guy se figea sur place.

— Il veut l'épouser, vraiment ?

— C'est ce qu'il semble, répondit Lucien, le visage dur, et empreint d'une colère qui ne risquait pas de s'éteindre de sitôt.

— Mais pourquoi ? s'enquit le cadet, éberlué.

— Continuons à marcher, lança Lucien en touchant doucement le bras de son frère.

— Pourquoi n'a-t-il pas choisi une cible plus facile ? Bonté divine, jamais je n'aurais pensé qu'il soit si entiché de miss Langley quand il y a tant d'autres jeunes femmes. Celle-ci n'a rien de particulier qui puisse retenir son attention. Elle n'a même pas l'air de…

Guy se tut juste à temps.

— Pardon, Lucien, je ne voulais pas…

— Je l'ai prévenu que, s'il recommençait, je serais là pour l'empêcher de nuire de nouveau. Peut-être a-t-il cru que je bluffais, et que je resterais sans rien faire pendant qu'il s'occuperait de Madeline Langley. En tout cas, je ne pensais vraiment pas qu'il recourrait au mariage pour arriver à ses fins.

Ils marchèrent en silence pendant quelques minutes, après quoi Guy reprit la parole :

— A moins qu'il ne se soit mépris sur ton insistance à défendre cette fille…

— Ne sois pas ridicule, répondit sèchement Lucien. Pourquoi diable penserait-il que j'éprouve le moindre intérêt pour elle ?

Guy haussa les sourcils, une lueur d'ironie dans le regard.

— Pour la même raison que la moitié de Londres l'a pensé l'autre soir.

— Que pouvais-je faire d'autre ? Le regarder poser ses sales pattes sur elle ? Le laisser la forcer à danser avec lui, sans parler du reste… et que sais-je encore ?

— Il semble que miss Langley ait changé d'avis à propos de Farquharson. Peut-être ne voulait-elle pas danser avec lui chez lady Gilmour, mais on dirait bien qu'elle veut l'épouser, à présent.

Lucien se remémora la peur et la répulsion qu'il avait vues sur le visage de la jeune femme au moment où cette brute de Farquharson essayait de la violenter, de sa terreur en descendant l'escalier pour le fuir, et de son dégoût à la simple idée de danser avec lui.

— Je ne peux croire que ce soit vrai.

— Ah ! Souvent femme varie, comme dit le proverbe, tu devrais le savoir, Lucien. Elles disent une chose et changent d'avis l'instant d'après. C'est étonnant ce qu'un ou deux quartiers de noblesse peuvent vous obtenir, de nos jours.

— Madeline Langley n'est pas comme ça. Tu l'as vue. Ce n'est pas ce genre de femme.

— Elle est ordinaire et un peu puritaine, peut-être, Lucien, mais tout aussi capable de céder à la tentation que les autres. Les Langley n'ont pas de fortune, et leur plus jeune fille est assez jolie pour se trouver un bon mari. Il n'en va pas de même pour l'aînée. Peut-être après tout a-t-elle décidé que d'épouser Farquharson valait mieux que de rester vieille fille.

Lucien secoua la tête.

— Non, je ne le crois pas.

Il ne pouvait imaginer que miss Langley ait pu, de son plein gré, accepter de partager le lit de Farquharson.

— Oublie tout ça, Lucien, conseilla son frère. Tu as fait ce que tu pouvais pour sauver cette fille. Si elle est assez simple pour devenir l'épouse de ce cochon-là, tu n'y peux rien. En tout cas, tu as la conscience tranquille.

— Ma conscience est tout sauf tranquille, au contraire, car ce sont mes interventions intempestives qui ont mené à cette situation.

— Tu n'en sais rien, objecta Guy.

— C'est moi qui ai jeté le gant ; Farquharson n'a fait que le relever.

— Peut-être a-t-il résolu d'épouser cette fille depuis longtemps.

— Peut-être, mais je ne peux néanmoins la laisser devenir l'épouse de ce monstre.

— Ah bon ? Et comment donc te proposes-tu d'empêcher ce mariage ? Vas-tu t'approcher de l'autel et dire la vérité sur ce qu'a fait Farquharson devant les familles réunies ? Si tu remues le passé, tu libéreras peut-être miss Langley de sa promesse, mais à quel prix ? Ce sera trop cher payé, Lucien.

— Je trouverai un autre moyen.

— Qu'est-ce que cette fille représente pour toi, au juste ? soupira Guy. Rien du tout. Elle n'en vaut pas la peine.

— Peu importe, la question n'est pas là. Que je sois damné si je l'abandonne à Farquharson. Tu sais exactement ce qu'il va lui faire.

— Il peut avoir changé, et appris la leçon, avec le temps.

Lucien jeta à son frère un regard incrédule.

— Les gens comme lui ne changent jamais, Guy. Pourquoi crois-tu qu'il rend visite dans le salon de Mme Fouet depuis des années ?

— Sois raisonnable, Lucien. Hormis épouser miss Langley toi-même, il n'est rien que tu puisses faire pour empêcher cette union.

Un lourd silence s'abattit entre les deux hommes, et, après quelques secondes pénibles, un sourire mitigé vint adoucir les traits fermés de Lucien.

— Tu ne t'en rends peut-être pas compte, mais tu viens d'avoir une riche idée, frérot.

Guy s'esclaffa, amusé par cette repartie.

— Bonté divine ! Voilà qui serait vraiment incroyable ! Le Maléfique et Mlle Langley, quel couple étonnant ! Allons, Lucien, assez de fadaises. Ce qu'il te faut, c'est un bon verre, bien tassé.

— Ainsi soit-il, répondit Lucien.

Plus Lucien réfléchissait à la chose, moins il la trouvait insensée. Il savait exactement ce qui arriverait si Farquharson épousait miss Langley, et aussi qu'il ne pourrait pas rester tranquillement sans réagir pendant qu'une autre femme marcherait à la mort, de son plein gré ou non. Malgré tout ce que pouvait en dire son frère, il ne parvenait toujours pas à croire à la capitulation soudaine de la jeune femme. Etait-il simplement concevable qu'elle veuille vraiment épouser Farquharson ? Il but une longue gorgée et regarda sans les voir les braises qui mouraient dans la cheminée. La réponse à cette question changeait-elle quoi que ce soit, d'ailleurs ? Non. Farquharson était Farquharson. Aucune femme n'aurait accepté ne fût-ce que de le regarder en face si elle avait connu la vérité sur lui. Lucien ne se rappelait que trop bien de quoi il pouvait se montrer capable. Heureusement, l'alcool atténuait quelque peu l'acuité de ses souvenirs. Il vida son verre d'un geste sec et tendit la main de nouveau vers le flacon.

Farquharson. Farquharson. Farquharson. Depuis cinq longues années, il ne pensait pas à grand-chose d'autre qu'à ce nom maudit et à sa promesse de faire en sorte que l'infâme baron ne frappe plus jamais. Et voilà que miss Madeline Langley avait fait irruption dans sa vie et que l'histoire menaçait dangereusement de se répéter. Et il ne pouvait rien faire que regarder les choses advenir, impuissant.

Il pinça les lèvres et ferma les yeux pour contenir sa colère et réfléchir un instant. Quand il les rouvrit, il se sentait parfaitement calme, les idées claires. Il savait exactement comment procéder. Certes il y avait du danger à faire monter les enchères de la sorte, mais, s'il jouait finement, il pourrait résoudre la situation avec succès. Bien sûr, la culpabilité piquait sa conscience, mais il la chassa en s'agitant d'un geste impatient, car, quand bien même il s'apprêtait à se servir de miss Langley pour obtenir sa revanche, la jeune femme n'aurait qu'à se réjouir de la chose. Sans compter que se retrouver avec lui plutôt qu'avec Farquharson vaudrait infiniment mieux pour elle.

Madeline se tenait modestement assise sur son fauteuil aux pieds dorés, entre sa mère et Angelina. Depuis l'annonce de ses fiançailles avec lord Farquharson, elle semblait avoir pris une importance nouvelle aux yeux de Mme Langley. Elles avaient écumé les boutiques des drapiers et des modistes ainsi que Burlington Arcade, l'une des premières et sans doute la plus célèbre des galeries marchandes de Londres.

Bref, elles avaient passé leur temps à faire des emplettes, et la vie semblait n'être plus qu'un tourbillon de bals et de soirées. La petite maison de Climington Street ressemblait plus à une boutique de fleuriste qu'à une résidence privée depuis que lord Farquharson y envoyait des bouquets chaque jour. Mme Langley avait maintenant ses entrées dans les cercles les plus huppés de Londres. Elle possédait même, privilège exceptionnel, quelques précieux billets d'entrée pour certaines soirées chez Almack's. Amélia Langley faisait désormais partie de la bonne société, et l'air ravi qu'elle arborait montrait à qui voulait voir qu'elle en avait parfaitement conscience.

Dans toute cette agitation, Madeline n'était plus que l'ombre d'elle-même. Elle traversait ces journées mécaniquement, comme si pour survivre elle s'interdisait de ressentir la moindre émotion. Il fallait bien cela pour pouvoir endurer les visites quotidiennes de lord Farquharson qui venait chaque jour prendre le thé avec la famille, pour supporter de sentir sa main sur son bras, et ses lèvres sur ses doigts. Cette carapace sous laquelle elle se protégeait lui permettait de suivre lord Farquharson sur une piste de danse après l'autre, de l'entendre lui promettre son amour à l'oreille, de monter dans sa voiture pour aller faire un tour dans Hyde Park aux heures où il fallait être vu par Londres tout entier. La vraie Madeline Langley se tenait roulée en boule comme un petit animal apeuré quelque part au plus profond d'elle-même. Aussi bien n'était-ce que le spectre de Madeline et non Madeline elle-même qui était ce soir-là chez Almack's.

De se trouver dans cette salle célèbre entre toutes ne lui importait nullement. Pas plus que le fait qu'il faisait froid dehors, ou que l'air, ici, lui semblait terriblement confiné et étouffant. Ni non plus que l'une des dames patronnesses qui dirigeaient le bal l'ait autorisée à valser avec lord Farquharson, que celui-ci en profitât pour laisser folâtrer ses doigts sur sa taille ou pour scruter son visage d'un regard plein de promesses. Madeline ne voyait rien, n'entendait rien, ne sentait rien. Il n'y avait qu'ainsi qu'elle pouvait faire ce qu'on attendait d'elle.

— Ma chérie, Mme Barrington m'a promis la recette d'une lotion merveilleuse censée clarifier la peau et supprimer les rougeurs et les ombres, déclara sa mère. Cela va faire des merveilles pour ton teint.

Madeline resta impassible, comme toujours depuis l'annonce de ses fiançailles avec Farquharson. Soudain, le colonel Barclay sembla se matérialiser devant elles, surgissant de nulle part.

— Chère madame Langley, puis-je vous présenter le vicomte Varington, un ami très cher ? Quand j'ai remarqué qu'il vous admirait depuis un moment, vous et vos filles, j'ai pris pitié de lui et ai décidé de mettre un terme à sa souffrance en lui offrant l'occasion de vous présenter une requête et d'obtenir une réponse qui, j'en suis sûr, ravira ses oreilles.

Très grand, le cheveu sombre, Varington avait de quoi faire se retourner les plus jolies femmes. Il s'inclina devant Angelina et lui prit la main pour y poser un baiser.

— Miss Langley, souffla-t-il d'une voix sensuelle et profonde, accompagnant ses paroles d'un regard approbateur et presque indécent, c'est un plaisir de faire enfin votre connaissance.

Angelina sourit et le regarda d'un air faussement timide à travers ses grands cils.

— Je vois d'où miss Langley tient sa beauté étonnante, ajouta le vicomte en baisant la main de Mme Langley.

— Là, vous me flattez, *sir*, minauda celle-ci.

— Pas du tout, répliqua Varington en la fixant de ses grands yeux pâles. Croyez-vous possible que miss Langley puisse m'accorder une danse ? C'est fort improbable, je le sais, mais…

Angelina jeta un regard à son carnet de bal, pleinement consciente que le nom de M. Jamieson s'y trouvait consigné pour la danse suivante, et que toutes les autres étaient également réservées. Elle leva les yeux vers le nouveau venu en battant des cils d'un air navré.

Lord Varington lui décocha un sourire dont il connaissait l'efficacité, et qui mettait en valeur la perfection de ses traits finement ciselés. Ses yeux auraient fait fondre un glacier.

Angelina ouvrit la bouche pour expliquer qu'elle ne pouvait vraiment pas accéder à sa requête, mais Mme Langley répondit la première :

— Vous n'auriez pas pu mieux tomber, milord. On m'a dit que M. Jamieson ne se sentait pas très bien et ne pouvait par conséquent danser avec Angelina comme promis. La voilà donc libre de vous suivre.

— Ah, je respire, murmura Varington d'un ton dramatique en prenant la main de la jeune femme avec un peu d'affectation.

— Ça par exemple ! s'exclama Mme Langley en s'éventant frénétiquement lorsque sa fille disparut sur la piste au bras du vicomte.

Ce fut seulement à cet instant qu'elle remarqua l'absence de Madeline à son côté.

Lucien cala la main de Madeline au creux de son bras et traversa le vestibule au sol de marbre.

— Que se passe-t-il, milord ? Le petit mot que la jeune fille m'a apporté disait que vous vouliez me parler de toute urgence.

Madeline sentait les yeux de Tregellas percer la carapace sous laquelle elle se protégeait.

— C'est parfaitement exact, miss Langley, mais je ne puis parler ici, répondit-il en désignant d'un geste discret du menton les quelques personnes qui les croisaient en discutant. C'est trop dangereux, ajouta-t-il.

— Dangereux ? murmura Madeline d'une voix inquiète. Je ne comprends pas…

Lord Tregellas marqua le pas derrière l'une des grandes colonnes ioniques qui se dressaient dans l'entrée, et attira doucement la jeune femme près de lui.

— Me faites-vous confiance, miss Langley ? coupa-t-il.

— Oui, bien sûr, répondit-elle, consciente que sa carapace venait de se disloquer entièrement.

Logiquement, elle n'aurait pas dû accepter cette conversation, mais son instinct lui commandait de le faire.

Il la regardait d'un air étrange, mais l'impression se dissipa rapidement.

— En ce cas, suivez-moi.

Pour la première fois depuis deux semaines, Madeline sentit son cœur se libérer de la glace qui l'enserrait. Elle devait avoir mal entendu, forcément.

Intriguée, elle scruta le regard du comte et ce qu'elle y vit lui fit battre le sang aux tempes.

— Miss Langley, insista-t-il d'une voix profonde et douce, nous n'avons pas beaucoup de temps. Si vous voulez vraiment échapper à Farquharson, il faut me suivre. Venez.

Venez… C'était exactement le mot qu'elle désirait entendre, l'invite dont elle n'osait pas rêver. Lord Tregellas l'avait déjà sauvée à deux reprises, peut-être cette fois-ci le ferait-il encore, quoique, honnêtement, la chose semblât quasiment impossible. Personne ne pouvait la tirer de l'abîme qui menaçait de l'engloutir, pas même lui. De se laisser aller à espérer ne ferait que lui briser le cœur un peu plus. Doucement, elle secoua la tête.

— Je ne peux pas.

— Voulez-vous l'épouser ? s'enquit-il d'une voix dure en lui prenant le bras à pleine main.

— Non, murmura-t-elle, glacée jusqu'au sang par l'air frais qui venait du dehors. Vous savez bien que je ne veux pas.

— En ce cas, commenta-t-il d'une voix plus douce cette fois, pourquoi avoir accepté ?

Elle ne pouvait le lui dire. Pas ici, pas comme ça, pas quand elle savait que dans trois semaines elle serait la femme de lord Farquharson.

— C'est une longue histoire.

— Trop longue pour me la conter ici ?

— Oui.

Elle sentait le pouce de Lucien caresser la peau nue de son poignet, juste à la lisière de son gant. C'était une caresse chaleureuse et rassurante.

— Il y a d'autres endroits, souffla-t-il.

La tentation se faisait pressante, car Tregellas avait tout ce dont elle pouvait rêver. Elle sentit le rouge lui monter aux joues à l'idée qu'il puisse s'intéresser à elle, et même qu'il remarque comme elle accueillait cet intérêt avec joie. Si elle quittait Almack's en compagnie du Maléfique, sa réputation serait ruinée, certes, mais bizarrement cette perspective ne lui semblait pas particulièrement insupportable. Mille fois moins en tout cas que de vivre avec lord Farquharson.

Pour autant, ce que lui suggérait Tregellas ne risquait pas seulement d'entacher son nom, mais aussi celui de sa famille, et il y avait là quelque chose qu'elle ne pouvait admettre ni permettre. Elle secoua la tête de nouveau.

— Non.

— Je ne veux que vous aider, miss Langley. Il existe certains épisodes de l'histoire de lord Farquharson que vous devriez connaître avant de l'accepter pour époux. Vous venez de dire que vous me faisiez confiance. En ce cas, donnez-moi une demi-heure, je n'en demande pas plus. Je vous raconterai la vérité sur son passé et vous suggérerai une façon d'échapper à ce mariage.

Madeline se mordit la lèvre, pas vraiment convaincue. Ce serait une faute terrible de le suivre. Il fallait qu'elle pense à sa famille.

— Farquharson représente un danger non seulement pour vous, mais pour votre sœur et pour vos parents également, insista le comte comme s'il lisait dans son esprit. Et ne vous inquiétez pas d'être vue quittant cet endroit avec moi. Je vous assure que personne ne s'en rendra compte.

— Ma famille est-elle vraiment en danger ? murmura-t-elle, fascinée par le regard qu'il posait sur elle, doux comme une caresse.

Que savait-elle de cet homme à la réputation sulfureuse, hormis qu'il avait affreusement mauvaise presse, justement ? Rien du tout. Elle n'aurait pas dû le croire, et pourtant, sans qu'elle puisse expliquer pourquoi, elle le croyait.

— Oui, répondit-il en relâchant son étreinte et en faisant un pas en arrière pour s'écarter d'elle. Le temps nous est compté, miss Langley. Allez-vous me suivre, oui ou non ?

La tension augmenta soudain entre eux et leurs regards se croisèrent, le bleu de la glace se mélangeant au feu de l'ambre.

Madeline éprouva soudain un sentiment de calme étonnant. Décidément, les réputations pouvaient être trompeuses. L'homme qui lui faisait face n'avait rien à voir avec lord Farquharson. Il ne lui ferait aucun mal, elle aurait pu en jurer.

— Une demi-heure, dites-vous ? s'enquit-elle une dernière fois, déjà consciente qu'elle capitulait.

— Pas une minute de plus, affirma-t-il en lui tendant la main.

Elle la saisit.

Il faisait sombre à l'intérieur de la voiture de Tregellas et, au-dehors, seules quelques lumières sporadiques illuminaient l'obscurité.

Lucien discernait vaguement la tache pâle du visage de Madeline sur le fond noir de la cabine. Elle avait des yeux immenses cernés de noir et il lui trouvait les joues un peu émaciées. Il doutait qu'elle ait dormi ou mangé beaucoup depuis l'annonce de ses fiançailles, et il se sentit tout à coup un peu coupable de lui imposer cette nouvelle épreuve, mais ravala sa honte rapidement. Il s'employait autant qu'il le pouvait à la sauver et ne pouvait se laisser aller au remords. Du moins fallait-il qu'il s'en convainque, ce qui n'était pas chose facile.

— Nous ne sommes plus très loin, à présent.

— Vous promettez que je serai de retour à l'heure, n'est-ce pas ? s'inquiéta-t-elle en se mordillant la lèvre.

— Bien sûr, répondit Lucien sans conviction.

Quand elle sembla se relaxer un peu, s'appuyant contre le tissu noir de la banquette, la confiance que ce geste révélait bouleversa Tregellas.

— Miss Langley, reprit-il en s'assurant que sa voix ne marquait aucune émotion, décidé à lui en dire autant que possible, mais certainement pas tout, Cyril Farquharson n'est pas un homme avec qui l'on peut s'amuser. Il est l'incarnation du Mal. Ce que vous avez vu de son comportement n'est rien comparé à ce dont il est capable.

Lucien marqua une pause, obligé de se taire un instant pour contrôler ses nerfs.

— C'est un homme qui aime cueillir les plus tendres des fleurs pour les écraser sous son talon.

— Que voulez-vous dire ? souffla Madeline.

— Exactement ce que vous venez d'entendre.

— Je ne comprends pas. Qu'a-t-il fait ?

Lucien s'autorisa encore une fois à remonter dans ses souvenirs malgré sa douleur.

— Il a pris une jeune femme, jeune et sotte… Et…

Madeline attendit la suite, sans respirer.

— Il l'a tuée.

Un lourd silence s'abattit dans l'habitacle de la voiture, seulement troublé par le souffle de leur respiration.

— Tuée ? répéta-t-elle, horrifiée. De qui s'agissait-il ? Pourquoi n'a-t-il pas été jugé ?

— On n'a rien pu prouver contre lui, laissa tomber Lucien en tournant son visage vers la fenêtre.

— Pourquoi ? S'il était coupable…

— Il l'était, sans aucun doute, mais il a eu la prudence de détruire les preuves de son forfait, répondit Lucien en serrant les dents.

Il y eut un moment de silence avant que Madeline ne reprenne la parole :

— Et vous pensez qu'il a l'intention de… de me tuer, moi aussi ?

Quand il se tourna vers elle, il s'en voulut de la peur qu'il lisait sur le visage de la jeune femme, une peur dont il était responsable. Mais il fallait qu'elle sache, coûte que coûte.

— Oh, pour ça, il vous tuera, miss Langley, vous pouvez compter là-dessus. Vous et tous ceux qui essaieront de se mettre en travers de son chemin.

— Je ne puis le croire, objecta-t-elle d'une voix faible.

— Vraiment ? Que ressentez-vous quand vous vous

tenez près de lui, quand il vous touche ? Dites-le-moi, Madeline.

— De la peur, du dégoût, de la répulsion, admit-elle sans relever qu'il venait de l'appeler par son prénom.

— En ce cas, fiez-vous à votre instinct, car il vous dit la vérité.

— Mais… je suis supposée l'épouser bientôt, soupira-t-elle avant de raconter ce qui s'était passé après le bal chez lady Gilmour.

— Je ne peux déshonorer mon père, et je dois songer à Angelina, conclut-elle lorsqu'elle eut terminé son récit.

— Il y a un autre moyen, répondit Lucien doucement en se penchant vers elle. Donnez-moi votre main, miss Langley.

Sa raison lui criait de n'en rien faire, mais elle passa outre.

Les doigts de Tregellas enveloppèrent les siens.

— Vous avez froid, je le sens, souffla-t-il en remarquant qu'elle avait la main glacée. Tenez, mettez cette couverture sur vos épaules.

Dans la pénombre, il tâtonna pour la situer et l'enveloppa dans le plaid avant de lui frotter les bras doucement pour la réchauffer.

— Il fait un froid de loup et vous n'avez pas de manteau.

— Lord Tregellas…, souffla-t-elle.

Il se figea, avant de laisser retomber ses bras sur ses genoux. Elle le sentait, tout près. Les roues de la voiture claquaient sur la route, tout comme les sabots des chevaux. On entendait des chiens hurler sur leur passage, et aussi des voix d'hommes qui juraient haut et fort, des portes qui claquaient. Lucien restait de marbre, tout occupé à se préparer à prononcer des mots dont il n'aurait jamais imaginé qu'ils puissent un jour franchir la barrière de ses lèvres.

— Miss Langley, il existe un moyen certain d'empêcher votre mariage avec Farquharson.

— Lequel ?

Il sentait tant d'espoir dans ce simple mot qu'il en avait le cœur serré. Un subtil parfum d'écorces d'orange s'exhalait de la chevelure de Madeline.

« Bougre d'imbécile ! s'invectiva-t-il intérieurement. Dis-le-lui et qu'on en finisse ! »

— Epousez-moi.

Il la sentit sursauter contre lui à ces mots et imagina plus qu'il ne vit la surprise qui déformait son visage.

— Que… que je devienne votre femme ? bégaya-t-elle, incrédule.

— Oui. C'est de loin la meilleure solution à votre problème, affirma-t-il, essayant de la convaincre qu'il s'agissait même de ce qu'elle pouvait faire de mieux pour tous les deux.

— Cette affaire me concerne, et non vous. Vous n'êtes nullement obligé de m'épouser. Pourquoi même devriez-vous vous soucier de ce qu'il peut me faire, sans parler de sacrifier votre existence pour moi ?

Lucien garda le silence. Le mot « sacrifice » lui semblait bien fort, et pas du tout approprié à la situation. En fait, il ne décrivait aucunement ce qu'une telle union aurait constitué pour lui.

— J'ai mes raisons, miss Langley, répondit-il enfin. Disons qu'il est dans notre intérêt à tous les deux d'empêcher cet homme-là de nuire.

— Mais, le mariage… ?

Pourquoi semblait-elle trouver la chose si extravagante ?

— Prenez cela comme un mariage de convenance, si vous préférez, suggéra-t-il pour la mettre à l'aise.

— Je ne peux pas simplement vous épouser, comme ça, sans prévenir.

— Pourquoi pas ?

— Mais… ma famille… le scandale…

— Cela ferait du grabuge ? Non. Votre famille ne pâtira pas de la chose, j'y veillerai. Je ne suis pas sans influence, Madeline.

Elle eut l'air un peu gênée de l'entendre l'appeler par son prénom pour la deuxième fois et baissa immédiatement les yeux. Il avait presque oublié à quel point elle était innocente.

— Lord Farquharson poursuivra mon père pour rupture de contrat.

— Et alors ? J'ai de l'argent à foison.

Il y eut un court silence, comme si elle attendait que les paroles de Lucien se diffusent en elle.

— Ce serait une humiliation publique pour le baron. Il serait quasiment obligé de demander réparation.

— Il n'y a que les hommes d'honneur pour vouloir laver une insulte, mais nous savons tous les deux qu'il n'en a aucun.

— Nous le savons, mais pas les gens. Il vous provoquerait en duel, sûrement.

— Tant mieux.

— Mais votre vie serait en danger. Il pourrait vous blesser, ou pire…

Lucien eut un sourire plein de haine, comme s'il attendait ce moment depuis des années. Cinq, pour être précis. La lumière d'une lanterne publique vint un instant frapper son visage, révélant ses traits tendus.

— Ne vous inquiétez pas de cela. Je vous fais le serment solennel que, lorsque je rencontrerai Farquharson sur le pré de nouveau, ce sera pour le tuer.

Madeline resta interdite, le souffle coupé.

— Autre chose, miss Langley ?

— Je… je ne sais pas, milord. J'ai l'impression que c'est mal.

— Je vous assure au contraire que ce sera pour le mieux, et pour tout le monde.

— Je… Je suis un peu abasourdie, bégaya-t-elle.

— C'est légitime, et on pouvait s'y attendre, répondit Lucien. En tout cas, si vous m'épousez, vous ne manquerez de rien et pourrez vous offrir tout ce que vous voudrez. Je ne vois aucun inconvénient à ce que vous voyiez votre famille aussi souvent qu'il vous plaira et là où il vous plaira. Vous pourrez mener votre propre vie de votre côté, dans les limites de la décence évidemment. Le plus important, c'est que vous soyez hors de portée de Farquharson.

— Que… Qu'attendez-vous de moi en retour, milord ?

Tregellas cligna des yeux, surpris. Qu'attendait-il d'elle, en effet ? Il avait beau avoir beaucoup réfléchi, il ne s'était jamais posé cette question, sans parler de s'attendre à ce qu'elle la lui pose elle-même. D'un seul coup, il comprit ce qu'elle voulait dire, à ce qu'il croyait du moins.

— Eh bien, de la discrétion avant tout, répondit-il en s'efforçant de faire preuve de tact.

Elle semblait ne pas comprendre, aussi expliqua-t-il :

— Il ne s'agirait bien évidemment que d'un mariage blanc, si l'on peut dire, Madeline. Nous continuerions à vivre comme avant et il n'est pas nécessaire que quoi que ce soit change entre nous. Il faudra bien sûr que vous preniez mon nom et que nous cohabitions pendant quelque temps.

La jeune femme inclina la tête.

— Vous semblez avoir tout prévu, milord.

— Le choix est entre vos mains, Madeline. Serez-vous ma femme ou celle de Farquharson ?

D'un geste attendrissant, elle se massa le haut du nez

comme pour chasser une migraine. Il la sentait tendue comme la corde d'un arc.

— Madeline, souffla-t-il en lui prenant la main. Votre demi-heure touche bientôt à sa fin. Allez-vous me donner votre réponse ?

— Oui, milord, murmura-t-elle en frissonnant, sans oser lever les yeux vers lui. J'accepte de vous épouser.

Il lui serra doucement les doigts pour la rassurer, puis la lâcha brusquement.

— Merci, répondit-il avant de donner un coup contre le plafond de la voiture avec sa canne en lançant un ordre au cocher :

— A la maison, Jackson, s'il vous plaît !

— Mais… je croyais que nous retournions chez Almack's, s'étonna la jeune femme. Que va dire ma…

— La rapidité est un élément essentiel dans cette affaire. Je ferai parvenir un petit mot à votre mère pour lui expliquer notre décision. Pour l'heure, il nous faut nous marier au plus vite.

— Je préférerais prévenir ma mère moi-même, milord.

Elle parlait d'une voix angoissée, qui troubla Tregellas.

— J'ai peur que ce soit impossible, Madeline, répliqua-t-il malgré tout. Vous la verrez bien assez tôt une fois que nous serons mariés. Je vous expliquerai tout ça quand nous arriverons à Cavendish Square.

Ils n'échangèrent pas un mot pendant le reste du trajet.

5

La demeure de Tregellas sur Cavendish Square n'était pas une maison, ou du moins pas conforme à l'idée que Madeline s'en faisait. En fait, il eût été plus approprié de parler d'hôtel particulier.

Il s'agissait d'un grand bâtiment très imposant à l'arrière duquel se trouvait un jardin magnifique. L'entrée à elle seule offrait des dimensions supérieures à celles réunies du salon et de la salle à manger des Langley. Les sols offraient aux regards leurs marqueteries de marbre, les murs et les plafonds des motifs néoclassiques en stuc d'un goût exquis, parmi lesquels des nymphes et des chérubins à foison ainsi qu'un vrai festival de guirlandes et de festons. Partout on voyait des tapis d'Orient, des rideaux somptueux autour des fenêtres, des lustres de cristal énormes qui brillaient de mille chandelles.

Madeline admirait le tout, bouche bée.

— Par ici, miss Langley, lança le maître de maison, la sortant de sa contemplation.

Lord Tregellas la conduisit à travers un couloir dans le plus grand salon qu'elle ait jamais vu. Ce ne fut pas pour autant la décoration luxueuse ou le mobilier qui attirèrent ses regards, mais plutôt les deux messieurs qui se tenaient devant la cheminée.

L'un d'eux n'était autre que l'homme qui venait de

danser avec sa sœur chez Almack's, le vicomte Varington, et l'autre devait être le colonel Barclay. Elle commençait à comprendre, aussi se tourna-t-elle vers lord Tregellas en ouvrant de grands yeux.

— Vous avez utilisé vos amis pour détourner l'attention de ma mère et d'Angelina !

— C'est que je craignais, en abordant directement votre mère, de ne pas recevoir un accueil très chaleureux.

Tregellas savait manier l'euphémisme, constata Madeline, amusée : en fait, sa mère se serait précipitée auprès de lord Farquharson en poussant des cris d'orfraie. Madeline, fronça les sourcils. Que diable faisaient ces messieurs ici à cette heure ?

Les deux hommes s'avancèrent, et ce fut le plus grand des deux qui parla.

— Miss Langley, je suis heureux de faire enfin votre connaissance, affirma-t-il.

En regardant les yeux de celui qui s'adressait à elle, la jeune femme remarqua qu'il les avait aussi bleus que ceux de lord Tregellas.

— Je suis lord Varington, et vous présente notre excellent ami Barclay.

— Votre serviteur, miss Langley, lança le colonel.

Madeline aperçut alors un homme assis derrière les deux premiers, et, quand elle comprit de qui il s'agissait, elle eut le souffle court et sentit ses jambes se mettre à trembler. Le vicaire, un homme d'un certain âge déjà, semblait s'éveiller lentement d'un petit somme qu'il savourait dans un fauteuil profond, et un ronflement sonore résonna dans le silence de la pièce.

— Lord Tregellas ! s'exclama Madeline en se tournant brusquement vers le comte. Vous ne pensez tout de même pas… je… ce soir ?

— J'ai pris la liberté de solliciter une licence spéciale, répondit le maître des lieux.

On entendit un bâillement, puis :

— Pardonnez-moi, milord. J'ai dû m'assoupir. C'est l'un des seuls petits plaisirs qui restent quand on atteint comme moi un certain âge, j'en ai peur.

Le vicaire fouilla dans sa poche pour en tirer une paire de petites lunettes rondes qu'il posa sur le bout de son nez.

— Cette jeune personne doit être la mariée, commenta-t-il en dévisageant Madeline.

Le vieil homme observa un instant la jeune femme, puis :

— Charmante, absolument charmante, souffla-t-il.

Madeline le regarda, incrédule, se demandant même s'il y voyait quelque chose.

— Bien. Pardonnez-moi, mais il faut d'abord que je m'assure que ce diable d'homme ne vous a pas enlevée au nez et à la barbe de votre mère, si j'ose dire, déclara le vieil homme en posant une main ridée à la peau mouchetée de taches brunes sur l'épaule fragile de la jeune femme et en riant de sa petite saillie.

Guy étouffa une quinte de toux et regarda son frère en souriant, mais celui-ci fit mine de n'avoir rien entendu de particulier.

— Lucien n'est pas homme à avoir besoin de cela, notez bien ! remarqua le vicaire en lançant un regard au comte. Je les connais depuis leur enfance, son frère et lui.

Ainsi lord Varington et Tregellas étaient frères, se dit Madeline. Cela expliquait bien des choses, en particulier qu'ils se ressemblent à ce point.

— Je connaissais leur père aussi, Dieu le garde, ajouta le vicaire en passant la main sous son habit. Des hommes d'exception tous les trois. Je me rappelle…

— Mon révérend, coupa Tregellas en s'éclaircissant la voix, miss Langley est plutôt fatiguée après…

— Bien sûr, bien sûr. Je sais ce que c'est, remarqua l'homme d'Eglise. Et vous êtes sans doute très impatient d'épouser cette jeune personne, milord. Allons bon, où ai-je mis mon missel ?

Le vieil homme fouilla ses poches une nouvelle fois en jetant un regard confus à l'adresse de Madeline.

— Je l'avais encore il n'y pas une minute.

Madeline sentit Tregellas s'approcher dans son dos et regarder par-dessus son épaule, de plus en plus impatient. De sentir son corps viril et puissant si près du sien lui donna le frisson.

— Ah, le voilà ! s'exclama le vicaire en produisant un vieux missel écorné qu'il agita devant eux en se raclant la gorge bruyamment.

— Mes bien chers frères, nous voici rassemblés pour le baptême de… Oh ! Pardonnez-moi. Je me suis trompé de page. Nous n'aurons pas besoin de celle-ci avant un moment.

Madeline rougit d'un coup et sentit lord Tregellas se raidir derrière elle.

— Mes bien chers frères, nous sommes rassemblés ici devant Dieu pour unir cet homme et cette femme par les liens sacrés du mariage…

Le vieux vicaire marqua une pause en souriant.

— Cette fois-ci, c'est la bonne, murmura-t-il.

Tregellas s'approcha de Madeline, et la suite se passa comme dans un rêve.

Quand s'achèverait la cérémonie, elle serait la femme de lord Tregellas. Oui, sa femme, devant Dieu et les hommes. Alors qu'à peine une demi-heure plus tôt elle était tout bonnement chez Almack's, désespérée, promise à un mariage avec lord Farquharson, qui semblait le pire des destins. A présent cette menace n'existait plus, et tout cela grâce à l'homme qui se tenait à son côté.

— Madeline…

La voix de Lucien la ramena brusquement à la réalité.

— Madeline ! insista-t-il.

Elle leva les yeux vers lui et remarqua dans son regard comme un peu d'inquiétude. Il attendait une réponse, visiblement. Elle réalisait maintenant à quel point il lui était étranger. En tout et pour tout, elle ne devait lui avoir adressé la parole qu'à trois occasions, peut-être même deux hormis celle-ci. Et il s'agissait du comte Tregellas. Oui, Tregellas, bonté divine, le Maléfique lui-même ! Savait-elle seulement s'il y avait du vrai dans ce qu'il disait de lord Farquharson ? Elle devait être devenue complètement folle. Elle aurait dû être morte de peur, et pourtant elle n'éprouvait pas d'appréhension particulière. Enfin, peut-être un peu, s'il fallait parler franchement. Mais elle se rappelait les paroles de Tregellas, et son conseil de suivre son instinct en lui faisant confiance. Il s'agissait bien de cela. Quelque chose au fond d'elle-même lui disait avec certitude qu'il ne lui ferait pas de mal. Elle lui devait déjà d'avoir été arrachée par deux fois aux griffes de Farquharson, et voilà qu'à présent il semblait sur le point de lui donner son nom pour la sauver une fois encore. Si elle refusait, elle savait parfaitement ce qui l'attendait. La simple idée d'épouser Farquharson lui causait une peur atroce.

Tregellas la toucha du bout des doigts pour l'inciter à répondre.

— Oui…, souffla-t-elle.

Il y eut encore des bruits de voix, d'autres paroles, et puis, soudain, la chaleur des mains de son époux sur ses épaules et le contact froid du métal à l'annulaire de sa main gauche. Ensuite, elle sentit les lèvres de Lucien frôler les siennes, et c'en fut terminé. Elle ne pouvait plus reculer. Elle était devenue la comtesse Tregellas.

Et dire que pendant ce temps-là sa mère l'attendait chez Almack's sans se douter de rien.

— Sacrebleu, j'ai bien cru pendant une minute qu'elle allait dire non devant le révérend Dutton, affirma Lucien, resté seul avec Guy.

Le colonel Barclay raccompagnait le vicaire chez lui tandis que la lettre écrite par le comte à l'adresse de Mme Langley pour la prévenir filait vers la demeure de celle-ci dans les mains du valet de pied le plus digne de confiance de l'hôtel Tregellas.

Lucien dénoua sa cravate, puis s'assit dans le fauteuil qui faisait face à celui où se tenait son frère. De lourdes tentures cramoisies masquaient la fenêtre de la bibliothèque, comme pour tenir au-dehors les ténèbres de la nuit. La pièce était sombre, éclairée seulement par une ligne de chandelles brûlant sur le bureau et les flammes qui dansaient dans la cheminée.

— Qu'aurais-tu fait en ce cas ? demanda Guy en se servant un verre. Ton stratagème pourtant parfait se serait effondré devant un simple refus.

— Cela m'aurait obligé à utiliser mon plan de secours, répondit Lucien en fronçant les sourcils d'un air sévère.

— Ton plan de secours ? répéta Guy, intrigué.

La lueur du foyer soulignait les traits anguleux du visage de Lucien en même temps qu'elle assombrissait son regard.

— Oui, celui dans lequel miss Langley passe la nuit seule sans chaperon dans l'hôtel particulier du comte Tregellas. Au matin, sans même avoir eu à la toucher, je me serais assuré que la demoiselle n'ait pas d'autre choix que de m'épouser.

— Seigneur, voilà qui est retors ! commenta Guy. Retors mais efficace.

Lucien haussa les épaules et but une gorgée de brandy.

— A la guerre comme à la guerre. Ç'aurait été pour son bien de toute façon, non ? Après tout, c'est le genre de manœuvre que l'on attend d'un homme comme moi.

Tregellas avait beau dire, il ne parvenait pas à étouffer la honte qu'il ressentait à l'idée d'avoir quand même trahi la jeune femme.

— Dutton ne croyait pas si bien dire en parlant d'enlèvement, tout à l'heure, s'esclaffa Guy.

— Je ne l'ai pas enlevée, protesta Lucien. Elle a accepté de venir ici de son plein gré une fois que je lui ai eu expliqué la situation.

— Et pourquoi ne l'aurait-elle pas fait ? Je ne pense pas qu'il y avait beaucoup de chances qu'elle refuse ton offre. La moitié des femmes de Londres donneraient un bras pour devenir lady Tregellas, quoi qu'elles puissent dire. La petite miss Langley ne s'est pas mal débrouillée, finalement, et sa mère n'aurait pas pu faire mieux. Après tout, elle a troqué un baron contre un comte…

— Guy ! s'indigna Lucien. Il ne s'agit pas de cela.

— Pourquoi l'as-tu épousée ? Comme tu le disais, tu aurais pu tout aussi bien la garder ici cette nuit et cela aurait suffi pour que Farquharson s'en débarrasse avant de te provoquer en duel. Il serait mort, elle serait sauve, et toi, tu aurais encore l'occasion de te trouver une épouse plus conforme à tes désirs et à ta personnalité.

— La réputation de miss Langley aurait été ruinée définitivement et, vu à quel point cela compte dans cette ville, elle aurait pu tout aussi bien être morte, puisque tu peux être sûr que les bien-pensants l'auraient taillée en pièces. Pour quel genre d'homme me prends-tu ?

Guy leva les yeux au ciel en poussant un soupir plein de cynisme.

— On croirait entendre un saint, bonté divine ! As-tu oublié à quoi tu as passé les cinq dernières années, mon cher frère ? Pendant tout ce temps, tu n'as cessé de mener une croisade contre Farquharson pour te venger de lui.

— Cela n'a aucun rapport. Mon intention est de protéger Madeline, non de lui gâcher la vie.

— Oh je t'en prie, Lucien. Regarde les choses en face. Il ne s'agit pas vraiment ici de cette fille, mais plutôt d'apaiser ta conscience et de tuer Farquharson.

— Prends garde à ne pas aller trop loin, prévint Tregellas en remplissant les verres de nouveau.

— Dieu m'en préserve, répondit Guy. Sacrebleu, pourquoi ai-je accepté de t'aider dans cette affaire ?

— Bonne question. Pourquoi ?

Guy avala d'un trait le reste de son brandy.

— Parce que tu es mon frère et que je suis un sot, et que, comme toi, je n'avais pas envie de voir Farquharson faire à miss Langley ce qu'il a fait à Sarah. Mais je trouve que d'épouser cette fille était une mesure un peu extrême. Si tu penses qu'il n'y aura aucune répercussion, tu te trompes gravement, Lucien. Et puis, ces Langley ne sont pas exactement ce qui se fait de mieux pour obtenir un héritier.

— Ne t'inquiète pas de cela, Guy. Je t'ai déjà dit qu'en ce qui me concerne je n'ai et ne veux avoir d'autre héritier que toi. Ce mariage ne change rien de ce point de vue.

Le cadet fit face à son frère, de plus en plus tendu.

— A moins que tu aies l'intention de ne pas consommer cette union, je ne vois vraiment pas comment cela est possible, répliqua-t-il avant d'ajouter, après avoir scruté le visage de son frère d'un air incrédule : sérieusement, tu n'as pas dans l'idée de faire ça !

— Comme tu l'as dit, même si moi je l'avais peut-être

formulé un peu moins abruptement, ce mariage répond à mon désir de protéger une femme innocente et de forcer Farquharson à un duel dont j'espère qu'il ne se relèvera pas, rien de plus. Je veillerai à ce que miss Langley soit sauve et ne manque de rien, mais les choses en resteront là. Nos vies reprendront leur cours normal, sur tous les points.

Lucien se passa la main dans les cheveux nerveusement.

— Je pense que tu as sous-estimé les effets du mariage, répondit Guy en reposant son verre sur la desserte.

— Et moi je pense que nous ferions bien de nous préparer à recevoir la visite de Farquharson et de M. Langley.

Guy attendit que son frère atteigne la porte pour lui lancer :

— Au fait, si Farquharson apprend que tu n'as pas usé de tes prérogatives de mari, il fera tout ce qu'il pourra pour obtenir l'annulation de ce mariage.

— Eh bien, il faudra le convaincre du contraire, répondit Lucien avant de sortir.

En fermant la porte de la bibliothèque, il sentit un étrange malaise s'installer en lui en même temps que la trace d'un léger parfum d'écorces d'orange venait flatter ses narines.

Il grimpa les escaliers quatre à quatre et frappa à la porte qui donnait sur les appartements de la comtesse.

— Madeline ! cria-t-il à travers le battant de bois, inquiet de ce que la jeune femme pouvait bien avoir fait depuis qu'il l'avait conduite dans cette pièce vingt minutes plus tôt. Il savait que Farquharson ne manquerait pas de venir à Cavendish Square à un moment ou un autre. En fait, la question ne se posait pas vraiment de savoir s'il viendrait, mais plutôt quand. Lucien se souvenait de la pâleur de sa jeune épouse, et du léger tremblement qui affectait ses mains en l'entendant le lui affirmer. Il se revoyait encore lui passer au doigt l'alliance de sa grand-mère, une femme pourtant menue, et remarquer que l'anneau était trop grand. Bien sûr il avait fait tout ça pour la sauver des griffes de Farquharson, mais il ne pouvait s'empêcher pour autant d'avoir le sentiment de s'être comporté comme une brute avec elle.

Madeline craignait Farquharson, certes, mais elle se fiait à un homme qui l'avait pratiquement enlevée au cours d'un bal. Hormis cette confiance aveugle et son dégoût du baron, pour quelle autre raison aurait-elle accepté de l'épouser ? Qu'elle se soit confiée à lui sans se douter que de monter dans sa voiture scellait son sort une fois pour toutes lui causait un pincement au cœur, et il jura entre ses dents.

Sacrebleu ! Il n'aurait pas dû se sentir aussi mal à l'aise, et sa honte aurait dû s'apaiser plutôt qu'augmenter comme elle le faisait. En tout cas, il remerciait le ciel de lui avoir épargné l'obligation de recourir à son plan de secours. D'ailleurs, Madeline n'avait pas besoin d'en connaître l'existence. Au moins, elle aurait l'impression d'avoir eu le choix en cette affaire.

— Madeline ! répéta-t-il un peu plus fort cette fois en ouvrant la porte qui donnait sur la chambre de sa femme.

Il n'y avait personne. La pièce était éclairée, douillette, somptueuse, mais vide. Seuls quelques plis sur le couvre-lit attestaient du passage de Madeline en ces lieux, et peut-être aussi ce parfum familier qui flottait dans l'air. Un frisson glacé parcourut l'échine de Lucien.

— Madeline ! cria-t-il en marchant rapidement vers la salle de bains, qu'il trouva vide également.

Cette fois, il cria pour de bon. Où diable était-elle ? Ne savait-elle pas que Farquharson rôdait en ville, et qu'il la cherchait sûrement ?

Le sang battait à ses tempes.

Il ne se souvenait pas d'avoir éprouvé de la peur depuis bien longtemps, mais il savait pourquoi son cœur cognait si fort dans sa poitrine. Aussitôt, il se précipita hors de la pièce, en prenant garde néanmoins à ne pas faire de bruit, et fila en direction de l'escalier. Le flot d'adrénaline qui se ruait dans ses veines lui fit presser le pas. Il courait presque, les dents serrées, les narines pincées. La flamme des chandelles qui brûlaient sur les appliques du mur projetait sur celui-ci l'ombre noire d'un homme agité.

Il allait atteindre le haut des marches quand il la vit.

— Madeline !

Il ne ralentit même pas sa course et se porta à sa hauteur d'un bond, puis la prit dans ses bras, la pressant contre lui comme pour se convaincre qu'il s'agissait bien d'elle et qu'elle était sauve. Des lèvres, il effleura ses cheveux soyeux, s'enivra du parfum subtil et frais des écorces d'orange qui émanait d'elle. Dans ses bras, elle semblait abandonnée, chaude, furieusement féminine.

— Madeline, où étiez-vous passée ? s'enquit-il d'une voix pleine de colère et de soulagement à la fois, conscient de la dureté du ton sur lequel il lui parlait, mais incapable de se calmer.

Quand elle leva vers lui ses yeux d'ambre, il les trouva remplis d'inquiétude et de tristesse, comme sous l'effet d'un immense chagrin, comme si quelque chose venait de se briser en elle. Toute sa colère s'effaça d'un coup, ne laissant plus de place dans son cœur que pour le soulagement de l'avoir retrouvée. Il ne fit aucun effort pour relâcher son étreinte.

— Où étiez-vous ? répéta-t-il, inquiet de la tension qu'il lisait sur son visage et de la pâleur de ses joues.

— Je vous cherchais, répondit-elle d'une voix blanche. Je voulais vous demander ce que nous ferions quand lord Farquharson viendrait ici.

Elle marqua une pause puis, en détournant les yeux :

— Je suis allée dans le salon, pensant vous y trouver.

« Seigneur, quel imbécile ! » se morigéna Lucien. Cette pauvre fille venait de vivre une épreuve terrible. Ce mariage ne devait pas être exactement celui dont elle rêvait. Il n'y avait pas de raison qu'elle n'ait pas imaginé ses noces un jour ou l'autre, comme toutes les autres jeunes femmes. Sans compter que la nuit n'était pas encore finie et que le pire restait à venir. Farquharson allait arriver avant que l'aube ne se lève, il pouvait y compter. Sans réfléchir, il la serra contre lui et posa un baiser sur le haut de sa tête.

— Je causais avec Guy dans la bibliothèque et venais justement vous chercher pour discuter de certaines choses.

Etrangement, il éprouva une certaine difficulté à relâcher son étreinte, mais s'y obligea néanmoins, en gardant toutefois la main de la jeune femme dans la sienne.

— Venez, lança-t-il en rebroussant chemin. Vous feriez bien de vous reposer pendant que vous en avez encore le loisir. Ce que j'ai à vous dire est assez délicat et exige que nous parlions en privé. Nous serons mieux dans votre chambre.

L'ironie et l'ambiguïté de cette dernière phrase ne lui échappa nullement, mais il constata que Madeline n'opposait aucune résistance, apparemment décidée à le suivre où il voudrait. Et pourtant quelque chose en elle semblait avoir changé, il le voyait parfaitement. Mais quoi ?

Madeline s'assit au bord du fauteuil tendu d'un tissu blanc à larges rayures vertes installé près de la cheminée. Lucien quant à lui s'appuya au manteau de celle-ci, posant son pied sur le marbre blanc qui en protégeait le foyer. Fascinée, elle contempla son visage illuminé par la lueur des flammes. On aurait dit l'une des statues d'Apollon qu'on pouvait voir dans les salles du British Museum consacrées à la Grèce antique, quoiqu'elle ait toujours imaginé Apollon avec des cheveux blonds et que ceux de Tregellas étaient aussi sombres qu'une aile de corbeau sur la neige. Les cheveux de jais, les sourcils noirs et fournis, les yeux d'un bleu qui aurait attiré les regards de n'importe quelle représentante du beau sexe, il avait une beauté qui justifiait que les femmes le regardent toutes avec émotion malgré la noirceur de sa réputation. De simplement poser les yeux sur lui la mettait dans tous ses états, au point qu'elle dut se forcer à se calmer en serrant les poings. Elle n'aurait pas su exactement nommer ce qu'elle ressentait, mais elle savait simplement que c'était là, au fond d'elle, comme une plaie à vif, depuis qu'elle l'avait entendu converser avec Guy, tout à l'heure, à travers la porte de la bibliothèque. Depuis, en fait, qu'elle connaissait son mensonge.

Elle se reprochait sa confiance si sottement accordée à Tregellas, contre toute raison, en dépit de tout ce que la société murmurait à son propos. Elle avait cru son jugement plus sûr, et elle avait eu tort. En entendant Lucien l'appeler par son nom tout à l'heure, elle se souvenait d'avoir senti sa voix si pleine de colère et d'inquiétude mêlées qu'elle aurait pu jurer qu'il était informé de son indiscrétion. Bien sûr, elle se savait parfaitement innocente d'avoir eu l'intention d'écouter aux portes, car après tout elle le cherchait vraiment, mais malheureusement le valet de pied ne l'avait pas orientée vers le salon, comme elle venait de le prétendre, mais vers la bibliothèque.

Elle se revoyait encore devant la porte, le poing serré pour y frapper, et se figeant brusquement en entendant la voix de Guy et celle de Lucien. Elle savait évidemment que d'avoir tendu l'oreille à ce moment-là constituait une indiscrétion coupable, mais pouvait-on vraiment la blâmer de s'y être risquée quand même ? De toute façon, la vérité la brûlait à présent comme un acide, et elle bouillait d'entendre ce qu'il avait à lui dire.

— Madeline, soupira-t-il en se passant la main dans les cheveux en un geste qui démentait son calme apparent. Farquharson va venir cette nuit pour essayer d'empêcher la cérémonie et… ce qui devrait s'ensuivre.

Elle l'entendait à peine, car le souvenir de son étreinte, de sa bouche contre ses cheveux lui revenait d'un coup. A le voir agir ainsi on aurait presque pu croire qu'il tenait à elle, mais elle savait pertinemment qu'il valait mieux ne pas se leurrer là-dessus. Pourquoi semblait-il avoir été soulagé en la retrouvant ? Etait-ce de l'avoir entendue lui dire qu'elle l'avait cherché dans le salon, et non dans la bibliothèque ? Elle avait menti, bien sûr, mais il n'était pas nécessaire qu'il le sache.

— Le certificat de mariage lui fera comprendre qu'il arrive trop tard.

— Oui, milord.

— Il faut aussi que nous parlions de…

Lucien marqua une pause, le temps de trouver une autre façon de formuler ce qu'il avait à dire :

— Il est important que nous ne lui offrions pas l'occasion d'étayer sa cause, déclara-t-il en scrutant son visage comme s'il guettait sa réaction.

— Non, milord, répondit-elle consciente du regard qui pesait sur elle.

— Inutile de me donner du milord, Madeline. Vous êtes ma femme à présent. Appelez-moi Lucien.

— Lucien, murmura-t-elle dans le silence de la pièce.

Ce nom lui semblait trop intime.

Tregellas se caressa le menton d'un air gêné.

— Pour l'heure, il existe une faille dans notre affaire dont Farquharson pourrait tirer parti.

De quoi diable parlait-t-il ? Elle était sa femme désormais

et, d'après lui, cela suffisait pour la protéger de Farquharson. Se pouvait-il qu'il ait menti à ce propos aussi ?

— Une faille ? Laquelle ?

— Eh bien, il est d'usage après un mariage que certaines choses aient lieu…

— Je vous demande pardon, milord ?

— Lucien, corrigea-t-il.

— Si vous voulez. Je ne comprends pas, Lucien. Vous avez dit que de vous épouser devrait suffire à me protéger de lord Farquharson, et voilà que vous prétendez qu'il n'en est rien.

Il tira le fauteuil qui faisait face à celui de la jeune femme pour y prendre place puis, en se penchant vers elle, lui prit les mains.

— Non, Madeline. Je veux dire que… si l'on découvre que notre mariage n'a pas été consommé, expliqua-t-il en lui caressant le dos de la main du bout du pouce comme s'il voulait apaiser ainsi l'effet de ses paroles, alors il est possible qu'on puisse obtenir une annulation. Ce n'est pas chose facile, mais Farquharson fera flèche de tout bois, nous pouvons en être certains.

Madeline sentit le sang lui monter aux joues.

— Mais… vous disiez que vous ne vouliez pas… Qu'il n'était pas nécessaire de…

Son cœur s'affolait tout à coup, et elle avait le ventre noué comme jamais.

— Non, rassurez-vous, souffla-t-il en accentuant la caresse de ses pouces. Vous ne risquez rien.

Vraiment ? Sous cette caresse insistante, elle se sentait de plus en plus troublée. La proximité de leurs corps, la chaleur qui émanait de celui de Lucien, plus brûlante que le feu, commençait à l'émouvoir et elle avait l'impression étrange, en sentant le parfum qui s'exhalait de lui, que la pointe de ses seins durcissait presque douloureusement.

— Il nous suffira de faire semblant, expliqua-t-il en lui touchant le menton du bout du doigt. Mais il faut chasser cette peur de votre visage. Je n'ai pas voulu vous effrayer.

— Je n'ai pas peur, répliqua-t-elle, parfaitement consciente de ce qu'elle mentait effrontément en disant cela.

Ce n'était pas Lucien Tregellas qui l'effrayait, mais plutôt la force des émotions qu'il semblait susciter en elle, et qu'elle savait interdites à une jeune fille bien élevée. Mais elle n'était plus Madeline Langley depuis quelques minutes. Elle avait l'impression d'être devenue une autre.

Un bruit sourd montait de la rue. Quelqu'un était à la porte de la maison, apparemment décidé à entrer coûte que coûte.

— Vite ! cria Lucien en entraînant la jeune femme vers le lit tout en se débarrassant de sa veste avec une vitesse surprenante avant de la jeter sur le sol où vinrent la rejoindre presque immédiatement son gilet et sa cravate.

— Défaites vos cheveux et ôtez votre robe.

— Ma robe ? s'étrangla Madeline.

— Hâtez-vous, insista-t-il en tirant sur sa chemise. Nous devons avoir l'air d'avoir dormi ensemble.

— Oh Seigneur ! s'exclama Madeline en rougissant violemment tandis qu'elle détournait les yeux et s'exécutait en toute hâte.

Les épingles de ses cheveux se retrouvèrent bien vite dispersées sur le tapis de la chambre et ses boucles tombèrent sur ses épaules. Son cœur cognait dans sa poitrine, plus violemment que l'intrus à la porte. Elle lutta un peu pour défaire les lacets qui retenaient sa robe dans son dos, mais ses doigts tremblaient si fort qu'elle comprit bientôt qu'elle n'y parviendrait pas.

— Lucien, souffla-t-elle, prise de panique. Je ne peux pas…

D'un geste souple mais ferme, Tregellas déchira la robe,

dont les lacets brisés pendaient désormais lamentablement. Quand il la fit glisser le long du corps de la jeune femme, ses doigts frôlèrent la peau nue, y traçant un sillon brûlant avant de glisser sur le corset puis le premier jupon. Madeline manqua de crier, surprise par le frisson qui la secouait. Lucien de son côté ne semblait aucunement ému. Il l'aida à se débarrasser de la robe, puis, une fois que celle-ci ne fut plus qu'un petit tas de tissu sur le tapis :

— Ôtez vos jupons et votre corset, et n'oubliez pas vos bas et vos mules, ordonna-t-il.

Madeline obtempéra jusqu'à se retrouver devant lui quasiment nue, seulement vêtue de sa chemise. Les bras croisés sur la poitrine, elle le laissa lui passer la main dans les cheveux pour les défaire et lui donner l'air de sortir du lit. Il lui sembla aussi l'entendre pousser une sorte de gémissement étouffé, qu'elle attribua à son inquiétude devant l'insistance de Farquharson. L'instant d'après, il arrêta son geste et, prenant un pas de recul, l'observa un instant d'un œil satisfait.

— Parfait, dit-il d'une voix un peu rauque en posant la main sur l'épaule de la jeune femme. Froissez un peu les draps, comme si nous sortions de ce lit. Je vais envoyer Sitbon chercher ma robe de chambre. Vous la passerez par-dessus votre chemise et m'attendrez ici jusqu'à ce que j'envoie quelqu'un vous chercher. Vous n'aurez qu'à approuver tout ce que je dirai sans ajouter le moindre commentaire ni le moindre détail. Je m'occuperai du reste.

Madeline acquiesça d'un signe de tête. Peu lui importait qu'il lui ait menti, après tout. Elle préférait épouser Belzébuth lui-même que Cyril Farquharson.

— Tout va bien se passer, Madeline, souffla-t-il en lui frôlant le visage du bout des doigts. Je tuerai ce monstre plutôt que de le laisser poser la main sur vous.

Une seconde plus tard, il sortit de la pièce, laissant derrière lui le parfum de son eau de Cologne et la trace brûlante de ses doigts contre la joue de la jeune femme.

Assise sur le bord du lit, seule, les nerfs à vif, Madeline attendait, enveloppée dans la robe de chambre de Lucien, dont elle avait relevé les manches. Elle lui semblait deux fois trop grande pour elle et lui donnait l'impression d'être une petite fille qui s'était déguisée pour le plaisir. En un geste enfantin, elle frotta son nez contre le tissu douillet, s'imprégnant de l'odeur rassurante qui en émanait. Les échos de la voix de lord Farquharson montaient jusque dans la chambre, et elle percevait nettement les accents d'une indignation mêlée d'aigreur et de colère. Il criait sans discontinuer. L'heure tournait. Lucien l'enverrait chercher bientôt.

Doucement, elle toucha du bout du doigt l'endroit de sa joue où elle sentait encore l'empreinte de sa main, s'étonnant de l'émotion que cet homme suscitait en elle. Son cœur battait encore trop fort, trop vite. Elle ferma les yeux, se laissant submerger par les sensations qu'elle éprouvait en pensant à lui et dont elle essayait de comprendre la nature. Elle sentait son corps tendu, non point de peur, mais de désir plutôt… Oui, de désir !

Elle ouvrit les yeux en sursautant, les joues en feu. Il fallait enfouir ces sentiments, vite, tout au fond d'elle, où ils auraient dû rester et d'où il ne fallait plus qu'ils sortent. Le sang battait si fort à ses tempes qu'elle entendit à peine les coups discrets frappés à sa porte. Son cœur s'affola de plus belle.

— Milady, souffla quelqu'un de l'autre côté de la porte.

Elle se secoua pour se forcer à revenir à la réalité et se leva, douloureusement consciente de l'épreuve qui l'attendait.

Il fallait persuader lord Farquharson de ce qu'elle sortait des bras de Lucien alors qu'elle savait parfaitement que celui-ci ne voulait pas d'une épouse, et encore moins consommer son mariage avec elle. Il appelait ça un arrangement qui les satisferait tous les deux. Il la protégerait, elle n'en doutait pas une seconde, lui donnerait son nom, l'autoriserait à vivre dans cette maison, veillerait à ce qu'elle ne manque pas d'argent ou de quoi que ce soit d'autre, elle serait comtesse, à l'abri du besoin et de Farquharson. Que demander de plus ? Tout cela aurait dû représenter ce qu'elle pouvait souhaiter de mieux de la vie. Alors pourquoi ressentait-elle un tel vide, un tel manque ? Il n'était plus temps de spéculer là-dessus. Elle inspira profondément pour se donner du courage, pesa sur la poignée et, une fois la porte ouverte, s'avança vers son destin.

6

L'air vibrait de la colère de Farquharson. Ses yeux gris prenaient une teinte sombre et un rictus méchant déformait ses lèvres. Ses cheveux d'un roux profond semblaient avoir été coiffés soigneusement et un voile de transpiration perlait sur sa lèvre supérieure.

— Je vous assure, *sir*, qu'il ment effrontément, rugit-il. Madeline est une jeune fille bien élevée. Pensez-vous honnêtement qu'elle abandonnerait sa mère et sa sœur en plein milieu d'une soirée chez Almack's pour s'enfuir avec ce… ce scélérat ?

— Je dois avouer, milord, qu'un tel acte me semble bien peu dans la manière de Madeline, admit M. Langley en se tordant les mains et en se tournant vers l'homme aux cheveux sombres qui se tenait près de la cheminée du salon. Vous nous avez montré le certificat de mariage, milord, qui semble effectivement indiquer que vous êtes à présent légalement marié à ma fille, mais comment pouvons-nous être sûrs que Madeline a consenti à cette union librement ? Elle est… Elle était fiancée à lord Farquharson. Je ne savais même pas qu'elle vous connaissait.

— Cela prouve que vous ne savez pas tout, *sir*, répondit Lucien, laconique.

Il n'avait pas de querelle avec Arthur Langley. Après tout, cet homme faisait seulement ce qu'il pensait devoir faire pour protéger sa fille. De ce point de vue, il se demandait comment diable il pouvait avoir accepté que celle-ci épouse une vipère comme Farquharson. Visiblement, le pauvre homme ne faisait pas le poids contre le baron.

— Il l'a bel et bien enlevée, explosa ce dernier. Tout le monde connaît sa réputation. C'est un monstre ! Le diable en personne !

— Milord, protesta M. Langley. Je comprends votre détresse, mais je vous prie de croire qu'elle ne se compare en rien à la mienne. Nous sommes tous gentlemen, je l'espère, et, en tant que tels, nous devrions tâcher de mesurer notre langage.

— Pardonnez-moi, M. Langley, s'excusa Farquharson, les lèvres pincées.

Lucien se tourna vers Arthur Langley :

— La chose peut être facilement résolue, *sir*. Revenez demain, vous parlerez avec Madeline vous-même. Elle vous rassurera.

— Non ! s'exclama Farquharson en venant s'interposer entre M. Langley et la silhouette massive de Tregellas. Vous voyez bien qu'il cherche à gagner du temps pour consommer ce mariage. Qu'il la fasse venir devant nous maintenant, avant qu'il ait eu le temps de l'intimider. D'ici demain, cette pauvre enfant sera si désespérée qu'elle ne saura même plus ce qu'elle dit.

— Madeline se repose et il serait vraiment indécent de la soumettre à un interrogatoire à cette heure, rétorqua Lucien en grinçant des dents.

Que ce ruffian puisse avoir l'audace d'accuser qui que ce soit des crimes dont la faute n'incombait qu'à lui seul le mettait en rage.

Le baron se retourna vers M. Langley pour plaider sa cause, baissant le ton :

— Je vous en supplie, *sir*, dit-il d'une voix mielleuse, ne soumettez pas Madeline à la concupiscence de cet homme. Voyez comme il est vêtu. Il s'apprêtait sans doute à lui faire subir les derniers outrages.

Farquharson cherchait à intimider du regard le pauvre M. Langley, abruti de fatigue et d'inquiétude.

— Nous sommes arrivés juste à temps, ajouta-t-il d'un ton aussi convaincant que possible, mais il n'est pas trop tard. Exigez qu'il la fasse descendre sur-le-champ. Si elle a pris part à ce forfait de son plein gré, comme il le prétend, pourquoi refuse-t-il de nous laisser lui parler ?

— Je dois dire que lord Farquharson a raison sur ce point, affirma Arthur Langley d'une voix faible. Je ne me sens pas disposé à prendre votre parole pour argent comptant, *sir*, et ne peux admettre qu'on me prive de voir ma fille. Laissez-moi entendre ce qu'elle a à dire de ses lèvres. Si elle confirme ce que vous prétendez, je la croirai.

Le pauvre homme avait le teint gris et de grands cernes sous les yeux.

Lucien tira la sonnette, murmura quelque chose à l'oreille du majordome qui venait d'apparaître, avant de se retourner vers ses hôtes.

— Comme vous voudrez, monsieur Langley.

Farquharson lança à Tregellas un regard meurtrier.

— Si vous avez touché un seul cheveu de la tête de ma fiancée…

Un voile gris passa sur les yeux de glace bleue.

— C'est de ma femme dont vous parlez, désormais, Farquharson.

La tension dans la pièce monta tout à coup dangereusement. Le ton que Lucien venait d'employer valait vingt soufflets en plein visage.

Arthur Langley regarda les deux rivaux l'un après l'autre.

On entendit quelques petits coups frappés à la porte et celle-ci s'ouvrit doucement.

Lucien se sentit le cœur serré à la vue de la jeune femme : mince et élancée, elle flottait dans l'immense robe de chambre qui la recouvrait de la tête aux pieds et faisait comme une traîne autour d'elle sur le sol. Ses yeux couleur de miel luisaient à la lueur des chandelles, tout comme ses lèvres entrouvertes. Ses longues boucles blondes ébouriffées cascadaient jusqu'à sa taille et à voir l'ombre rose qui flottait sur ses joues et le petit peu de ses pieds nus qu'on entrapercevait sous la robe de la robe de chambre, elle avait l'air d'une femme qui sortait du lit de son amant.

Lucien resta muet devant ce spectacle, incapable de prononcer les phrases qu'il préparait pourtant depuis un moment. Il la regarda bouche bée comme s'il la voyait pour la première fois, abasourdi que cette femme puisse être désormais son épouse.

— Lucien..., souffla-t-elle doucement en s'approchant de lui.

— Dieu soit loué, s'exclama M. Langley d'une voix émue.

Farquharson observait la scène, les yeux hors de la tête, soufflant comme un bœuf en furie.

— Vous voyez, milord, lança Lucien à son adresse, Madeline est bien ma femme dans tous les sens du terme, et absolument de son plein gré.

Dans le silence qui s'ensuivit, le bruit d'une épingle tombant à terre aurait fait l'effet d'un coup de canon.

— Madeline ? s'exclama Langley en se levant d'un bond. Est-ce qu'il dit la vérité ? T'es-tu vraiment enfuie volontairement avec lord Tregellas ?

Il regardait sa fille un air incrédule, scrutant son visage à la recherche du moindre indice.

— Oui, papa, répondit-elle calmement. Je suis désolée.

Je n'ai pas voulu vous blesser, ni maman, ni Angelina non plus.

Les lèvres de Farquharson se retroussèrent sur ses dents blanches.

— Il l'a forcée à nous jouer cette comédie. Cette pauvre enfant est terrorisée !

— Je vous assure qu'il n'en est rien, objecta Tregellas. Madeline n'a rien à craindre de moi.

Il venait d'appuyer fortement sur ce dernier mot, ce qui n'échappa pas à M. Langley, qui secoua la tête doucement, fermant presque les yeux, les épaules voûtées comme s'il portait tout le poids du monde.

— Comment as-tu pu, Madeline ? Moi qui croyais te connaître, il semble que je me sois gravement leurré.

— Non, papa…, objecta la jeune femme en faisant mine de s'approcher de lui.

Lucien la retint d'un bras ferme, offrant à Farquharson l'occasion qu'il attendait.

— Voyez comme il la contrôle ! Il essaie de nous gruger, c'est certain.

M. Langley ouvrit doucement les yeux.

— Ils n'ont pas eu le temps de se marier et de s'ébattre dans leur lit, affirma Farquharson avec une grossièreté effarante. En dépit des rumeurs qui circulent à son propos, Tregellas n'est qu'un homme comme les autres. Il faudrait qu'il soit surhumain pour avoir pu posséder votre fille en si peu de temps

— Lord Farquharson, faut-il absolument que vous parliez si crûment ? se plaignit M. Langley, dans les yeux duquel un peu d'espoir venait de renaître malgré tout.

— Madeline, ma colombe, vous devez absolument nous dire la vérité, ordonna Farquharson en s'approchant de la jeune femme. Nous ne serons pas en colère contre vous.

Il l'encourageait du regard comme s'il croyait à ce qu'il disait.

Lucien s'interposa entre sa femme et les deux hommes.

— M'accusez-vous de mensonge ? demanda-t-il d'une voix calme qui dissimulait à peine la menace qu'elle portait.

Farquharson plissa les yeux, ce qui ne fit que rendre encore plus évidents ses traits de fouine. Il ouvrit la bouche pour parler…

— Lucien dit la vérité ! lança Madeline tout à coup en venant se mettre au côté de son mari, aussi surpris par cette intervention que les deux autres. Je l'ai épousé par amour, et c'est pour la même raison que j'ai partagé son lit. Il est mon mari, à présent, c'est un fait contre lequel vous ne pouvez plus rien, quelque désir que vous puissiez en avoir. Ni vous ni personne.

Lucien sentit son cœur tout gonflé de joie. La main de Madeline tremblait dans la sienne, et il mesurait pleinement ce que devaient lui coûter ces paroles. Emu, il serra doucement le poing et baissa les yeux sur la silhouette fragile qui se tenait auprès de lui.

— Je suis navrée, papa. J'espère que vous parviendrez à me pardonner un jour…

La rage de Farquharson ne pouvait plus être contenue.

— Et moi dans toute cette affaire, Madeline ? Où sont vos excuses à mon égard ? Est-ce que je ne compte pas du tout pour vous ? Est-ce que vous vous moquez de m'avoir publiquement humilié ?

— Lord Farquharson, je vous en prie…, plaida M. Langley.

— Je vous ai donné mon cœur, Madeline, et voilà comment je suis remercié. Il aurait mieux valu me refuser votre main dès le départ.

— J'ai essayé de vous dire…

Farquharson n'écoutait plus.

— Mais non ! Vous m'avez encouragé, vous m'avez incité à croire que vous accueilleriez favorablement mes attentions. Et maintenant vous courez vous réfugier auprès de Tregellas parce que vous pensez pouvoir ferrer un comte plutôt qu'un humble et honnête baron. Il existe un nom pour les femmes comme vous.

— Farquharson !

C'était Lucien qui venait de gronder comme un fauve.

— Si vous osez encore parler à mon épouse de cette…

Farquharson poursuivit comme si de rien n'était

— Il ne vous veut que parce que vous étiez mienne. C'est un monstre, un jaloux, un scélérat et un menteur, vous pouvez me croire…

Lucien frappa avec la rapidité de l'éclair, son poing touchant Farquharson à la pointe du menton. Celui-ci vacilla en arrière, visiblement sonné, et se tint la mâchoire d'une main tremblante.

— Sortez de cette maison immédiatement, fulmina Lucien.

Farquharson regarda ses doigts, éberlué d'y voir du sang.

— Ne croyez pas que vous vous en tirerez comme cela, Tregellas. Cette fois, vous êtes allé trop loin.

— Ai-je attenté à votre honneur ? répliqua Lucien. Et que comptez-vous faire là-dessus ?

M. Langley avait du mal à respirer et Madeline semblait plus pâle que jamais.

— Vous l'apprendrez bien assez tôt, Tregellas, lança Cyril Farquharson en se dirigeant vers la porte. Quant à vous, ma jolie, vous feriez bien de commencer à faire vos prières. On n'appelle pas votre prétendu mari le Maléfique pour rien. Vous regretterez bientôt le jour où vous avez préféré vous enfuir avec lui au lieu de m'épouser.

En tournant la tête d'un air méprisant, il s'adressa au père de la jeune femme

— Venez, Langley, nous n'avons plus rien à faire ici.

L'intéressé lança un dernier regard à sa fille avant de suivre le baron. La dernière chose qu'elle vit de lui fut son visage pâle, hagard, assommé de douleur.

La porte claqua derrière eux et les deux hommes disparurent dans la nuit.

Debout devant la fenêtre de la bibliothèque, entre celle-ci et les lourds rideaux rouges qui la masquaient, Lucien entendit derrière lui la pendule sonner trois fois. Le ciel nocturne était d'un bleu sombre et profond. Le disque de la lune éclairait la nuit d'une lumière cireuse. Quant à celle, orangée, des lanternes publiques, elle donnait à la rue vide un air fantomatique sous la fine couche de gelée blanche qui la recouvrait. De l'autre côté de la place, les maisons se dressaient en une ligne compacte, sereines et grises, et nul fanal ne brûlait sur leur façade, nulle chandelle à leurs fenêtres. On aurait dit que tout Londres dormait, blotti au fond de son lit, et que l'agitation du monde avait cessé, momentanément. Quelque part au loin, un chien se mit à aboyer et son jappement solitaire résonna lugubrement à travers la nuit, glaçant Lucien jusqu'aux os. La solitude, il connaissait.

Il se mit à penser à la femme qui dormait à l'étage : lady Tregellas, son épouse, à qui il devait de l'avoir sauvé d'une situation périlleuse en convainquant Farquharson et son père de la validité de leur mariage. Ses paroles résonnaient encore en lui, prononcées d'une voix tranquille, mais si pleine de conviction qu'il l'avait presque crue sincère : « Je l'ai épousé par amour. »

Dieu savait combien il aurait aimé que ce fût le cas, qu'une femme puisse enfin aimer l'homme qu'il était à présent, cet homme que toutes les dames respectables fuyaient comme la peste, et dont on prononçait le nom dans les familles pour faire peur aux enfants turbulents. Il ne pouvait demander cela à Madeline. Il lui avait promis la sécurité, et il la lui donnerait, mais il n'y avait pas d'autre clause à leur marché.

Ce mariage servait d'abord à apaiser le terrible remords qui lui rongeait l'âme nuit et jour depuis cinq ans, et aussi à faire mordre la poussière à Farquharson une bonne fois pour toutes. Il n'avait pas d'autre but, pas d'autre désir. Et pourtant il ne parvenait pas à se défaire du souvenir de la petite main de Madeline dans la sienne, de l'odeur suave qui émanait d'elle, de la douceur soyeuse de ses longs cheveux sous ses doigts. Il ferma les yeux pour repousser les images qui lui venaient à l'esprit. Il ne fallait plus qu'il y pense. Il n'en avait pas le droit. Elle méritait mieux que cela.

D'un geste résolu, il écarta les rideaux pour aller se servir un brandy, puis s'assit dans son fauteuil favori en face de la cheminée et attendit que le reste de la nuit se passe.

Madeline reposait sur son grand lit glacé au milieu de la chambre réservée à l'épouse du comte Tregellas. Elle avait beau tourner sans cesse, le sommeil se refusait obstinément à elle. *L'épouse du comte*… Elle n'arrivait tout simplement pas à se faire à ces mots. Légalement, elle avait statut d'épouse, aux yeux de Dieu et de l'Eglise aussi, mais au fond d'elle l'impression était tout autre. Elle se sentait encore miss Madeline Langley, comme la veille, l'avant-veille, et tous les autres jours. Le monde autour d'elle avait changé, certes, mais pas elle. Farquharson ne la menaçait plus, son père, sa mère, Angelina dormaient sans doute à poings fermés de l'autre côté de la ville. Son lit dans sa petite chambre de Climington Street était vide pendant qu'elle cherchait en vain le sommeil dans un autre plus grand, seule.

Son regard se posa sur la porte d'ébène qui donnait sur la chambre de Lucien. Dormait-il à cette heure ? Le fait d'être marié avec elle avait-il pour lui la moindre signification ? Cela lui faisait-il quelque chose d'être son époux ? La considérait-il autrement que comme un simple appât pour Farquharson ? Elle se demandait pourquoi il tenait tant à la protéger du baron, pourquoi il le haïssait à ce point, assez en tout cas pour épouser une femme bien au-dessous de sa condition, et suffisamment sotte pour n'avoir jamais attiré l'attention d'un seul gentleman hormis Cyril Farquharson lui-même. Si l'on y songeait, il la connaissait à peine, si peu d'ailleurs, à la vérité, qu'il n'aurait jamais dû l'inviter à danser, sans parler de se soucier qu'elle souffre ou pas si elle épousait Farquharson. Pour sa part, elle ne savait rien de lui. Absolument rien, ou presque.

Elle se souvenait de l'avoir entendu traiter Farquharson d'assassin et affirmer qu'elle devait craindre pour sa vie en sa compagnie, ce qui le préoccupait assez en tout cas pour qu'il se soit donné la peine de la retenir quasiment prisonnière toute une nuit pour la convaincre de le laisser la protéger en l'épousant. Cela dit, qu'il ait jugé la chose nécessaire prouvait qu'il avait sous-estimé l'aversion qu'elle ressentait pour lord Farquharson. Elle trouvait celui-ci tellement détestable qu'elle aurait préféré finir sa vie dans un couvent plutôt que de l'épouser. En tout cas, elle avait l'impression d'avoir pénétré dans un territoire inconnu et sombre dans lequel n'existait aucune réponse aux questions qu'elle se posait. Peut-être fallait-il les chercher du côté de cette femme que Lucien accusait Farquharson d'avoir tuée ? A condition bien sûr qu'il ait dit la vérité.

Madeline frissonna, l'esprit soudain envahi par le souvenir des yeux de glace de Lucien, de la perfection de ses traits, de sa peau brûlante et de sa voix de velours. Elle sentait encore le soulagement ressenti dans ses bras, revoyait la gratitude dans ses yeux après le départ de Farquharson et de son père. Non, décidément, elle n'était plus la même personne. Lucien Tregellas avait éveillé en elle quelque chose qui se cachait au plus profond, et qui ne faisait pas partie de leur arrangement. Il appelait ça un mariage de convenance, censé les satisfaire tous les deux. Assurément, il valait mille fois mieux être mariée avec lui que tomber entre les griffes de Farquharson et elle n'aurait pu rêver meilleur moyen d'échapper à la concupiscence de celui-ci. En fait, elle aurait dû exulter, mais ce n'était pas le cas.

Quand elle parvint enfin à s'endormir, elle pensait encore à l'homme au visage sombre qui venait de faire d'elle son épouse.

Le lendemain matin, Madeline et Lucien se retrouvèrent l'un en face de l'autre, assis à la grande table ronde de la salle à manger. Le soleil inondait la pièce de sa pâle lumière matinale. Une odeur de jambon, d'œufs brouillés, de viande grillée et de pain frais flottait dans l'air. Lucien lui versa une grande tasse d'un liquide brun dans lequel il ajouta un peu de crème. Aussitôt, l'arôme puissant du café flatta les narines de Madeline.

— Avez-vous bien dormi ? s'enquit-il.

Il n'était que de voir les joues pâles de la jeune femme et les cernes sombres qui entouraient ses yeux pour connaître la réponse.

— Oui, merci, répondit Madeline poliment en hochant la tête. Et vous ?

— Très bien, je vous remercie, mentit-il.

Il y eut un court silence gêné, puis :

— Voulez-vous des œufs, une côtelette, peut-être ? offrit-il.

— Non, je vous remercie. Un peu de café me suffira.

Madeline sourit faiblement et balaya la pièce des yeux, pas très sûre de ce qu'elle allait dire ensuite.

Lucien se servit un peu de jambon et du pain frais.

— Je me disais…

Madeline tourna les yeux vers lui.

— Peut-être vaudrait-il mieux que nous partions d'ici pendant un certain temps. Cela donnerait aux commérages le temps de s'apaiser un peu et permettrait à vos parents de se faire doucement à l'idée de notre mariage.

— Partir ? Mais où ? demanda la jeune femme.

— Je possède un domaine en Cornouailles. La maison se trouve près de Bodmin, pas très loin de la côte. Ce n'est pas une ville très commerçante, mais vous pourriez faire prendre vos mesures par une modiste et vous faire envoyer tout ce que vous désirez là-bas.

Lucien marqua une pause, cherchant ce qui pourrait bien inciter une femme à trouver la Cornouailles attirante.

— Peut-être vous sera-t-il agréable de vous renseigner sur la dernière mode pour les bains de mer. Il y a une jolie petite plage à Whitesand Bay, affirma-t-il en omettant soigneusement de mentionner la température glaciale de l'eau en cette saison

De quoi parlait-il ? se demanda Madeline en s'efforçant d'avoir l'air intéressée, ravie même.

— Cela semble une villégiature très agréable.

— Les gens du cru s'invitent souvent les uns chez les

autres, et il y a deux grandes salles des fêtes à Bodmin. C'est tout près : quelques miles seulement.

Quatorze, en fait, pour être précis; mais il ne pensait pas que ce détail valait d'être mentionné.

— Combien de temps y resterions-nous? demanda la jeune femme en sirotant son café, tenant sa tasse entre ses mains comme s'il s'agissait d'un petit oiseau.

Lucien haussa les épaules.

— Quelques semaines, répondit-il avec nonchalance.

— Fort bien, commenta Madeline avec un sourire nerveux. Mais...

Elle hésita l'espace d'un instant, puis :

— Je n'ai rien à emporter là-bas hormis ces vêtements, affirma-t-elle en passant d'un air gêné la main sur la robe de soirée qu'elle portait depuis la veille, et dans laquelle elle venait de se marier quelques heures plus tôt.

Quand Lucien se souvint tout à coup d'en avoir presque arraché les lacets du corsage, il en éprouva une sorte de malaise. Subrepticement, ses yeux glissèrent vers Madeline pour évaluer les dégâts. Tout semblait normal sur le devant de la robe, et il se demanda un instant s'il allait falloir trouver une excuse pour en regarder le dos, mais décida de n'en rien faire.

— Nous pourrons trouver un remède à cela très vite. Achetez-vous ce que vous voudrez, et ne regardez pas à la dépense. Deux jours devraient vous suffire pour faire vos achats. Nous partirons le lendemain.

— Je... ce n'est pas ce que je voulais..., balbutia la jeune femme en rougissant.

— Comment, vous ne voulez pas partir? s'enquit Lucien en fronçant légèrement les sourcils.

— Si, répondit-elle d'un air quelque peu gêné. Je veux bien aller en Cornouailles. C'est simplement que... je n'ai pas besoin de ce que vous pensez... J'aimerais...

— Plus de temps pour faire vos emplettes ?

— Oh non, pas du tout.

— Mais alors quoi ?

— Rien, répondit Madeline en se mordant la lèvre.

Rien ? Il la regarda d'un air étonné.

— Je ferais bien d'aller me préparer. La journée va être longue, déclara-t-elle avec un sourire poli en s'enfuyant.

Ce fut seulement alors que Lucien réalisa que Madeline n'avait rien à se mettre pour sortir, absolument rien hormis cette robe de bal.

Assise entre la femme de chambre et le valet de pied dans la voiture portant les armes des Tregellas, Madeline rentrait d'une journée affreuse et harassante passée à faire des emplettes en ville. Sa mère — ou lord Farquharson — semblait n'avoir pas perdu un seul instant pour s'assurer que tout Londres connaissait la nouvelle de sa fuite avec le comte Tregellas. Elle les soupçonnait d'être à l'origine de la rumeur, puisque personne d'autre qu'eux ne savait et que l'annonce de leur union ne paraîtrait pas avant le lendemain dans les pages mondaines du *Times*. Personne, au cours de la journée, n'avait fait allusion à quoi que ce soit directement devant elle, car en fait la plupart des gens ne connaissaient pas son identité, mais malgré cela elle se souvenait quand même de quelques regards suspicieux, de quelques murmures étouffés sur son passage et même d'un épisode au cours duquel quelqu'un avait pointé le doigt sur elle.

Mme Griffiths, dans sa boutique de Little Ryder Street, avait fait mine d'ignorer que sa cliente se trouvait au cœur d'un scandale, lui fournissant tout ce qu'elle lui demandait avec joie. Il en alla de même dans la parfumerie de Saint James Street ainsi que dans la boutique de M. Fox sur

King Street. Ce fut seulement chez M. Rowtcliff, le bottier, qu'elle entendit un peu de ce qu'on disait. Deux dames assez enveloppées se trouvaient en grande conversation quand elle pénétra dans la boutique.

— Il l'a enlevée pratiquement sous le nez de sa mère, affirmait la première, une femme courtaude au visage un peu rouge.

— Et il l'a obligée à l'épouser, ajouta la seconde. L'âme de cet homme-là est aussi noire que celle de Lucifer.

L'autre fit la grimace.

— Mais cette fille, qui est-elle ? Est-ce que quelqu'un le sait ?

— Absolument, répondit son amie. C'est un tendron, une miss Langley. Enfin… miss Langley l'aînée, car elle a une sœur cadette qui est extrêmement jolie D'ailleurs, on se demande bien pourquoi il ne l'a pas prise, elle, à la place de l'autre. Ce ne sont pas des gens très select, ces Langley, vous savez. Ils ont une maison dans Climington Street, pensez…

Les deux femmes échangèrent un regard entendu en poursuivant leur chemin sans s'apercevoir que Madeline Langley elle-même venait précisément d'entendre leur conversation.

M. Rowtcliff et son assistant M. Philipps revinrent dans la boutique les bras chargés de bottines et de chaussures de toutes sortes.

— Bien évidemment, milady, une fois que nous vous aurons fait les vôtres, elles vous iront comme un gant, soyez-en certaine. Je vous en ai apporté quelques paires d'essayage que vous pourrez porter en attendant.

Madeline se mordit la lèvre violemment, repoussant au fond de sa mémoire les paroles cruelles qu'elle venait d'entendre, et choisit de quoi se chausser aussi vite que possible.

***

Cyril Farquharson n'était pas encore levé quand la pendule sonna trois heures. Il ne dormait toujours pas, n'ayant pu fermer l'œil depuis son retour de chez Tregellas, la nuit d'avant, à cause de la colère qui l'étouffait. Son sang bouillait moins fort, lui laissant désormais le loisir de penser à autre chose qu'à écrabouiller le visage de son rival et à lui faire mordre la poussière. Il n'en revenait encore pas de s'être fait berner par le comte et d'avoir vu ce dernier lui enlever cette fille pour ainsi dire sous le nez sans lui laisser le temps de s'apercevoir de la manœuvre. Ses plans longuement élaborés n'étaient plus qu'un champ de ruines. Madeline Langley ne lui appartiendrait pas. C'était maintenant Tregellas qui profitait de sa chair innocente.

Il ne pensait plus, comme il en avait eu l'intention tout d'abord, à provoquer Tregellas en duel pour le tuer. Il n'était pas fou. Ce dernier le dominait par la taille et sans doute aussi par son habileté au pistolet. Dans une confrontation d'homme à homme, il vaincrait à tous les coups, comme cinq ans plus tôt. Sa jambe droite, qui le faisait tant souffrir, portait encore les stigmates en attestant. Mais gagner une victoire n'équivalait pas à gagner la guerre. Il y avait d'autres moyens de parvenir à ses fins, des moyens plus sournois, qui faisaient appel à la ruse, la corruption et même la subornation de témoins. Jusqu'à présent, il pouvait se féliciter d'avoir toujours pu compter sur la stupidité et l'avidité de ses congénères.

Il fallait admettre que de lui avoir volé sa fiancée sous les yeux de la mère de celle-ci — et chez Almack's par-dessus le marché ! — constituait véritablement un coup de génie. D'une certaine façon, il ne pouvait qu'admirer le geste de Tregellas, sans doute parce qu'il le jugeait digne de lui et qu'il aurait bien aimé l'avoir accompli à sa place. Et puis le message était clair, il le savait. Il s'y attendait de toute façon depuis toujours. L'enlèvement ne faisait que reproduire très exactement un certain événement passé.

Un sourire fleurit sur les lèvres de Farquharson. Non, décidément, il ne provoquerait pas Tregellas en duel. Il y avait une meilleure façon de lui rendre la monnaie de sa pièce. Il se remémora la façon dont la main de Madeline Langley tremblait dans la sienne comme un oiseau affolé, à peine deux jours plus tôt, et aussi la peur qui envahissait ses jolis yeux d'ambre quand elle le regardait, et cette façon merveilleuse qu'elle avait de se débattre quand il l'enserrait dans ses bras. Il la posséderait un jour, il s'en faisait le serment. Le fait qu'elle soit la femme de Tregellas ne ferait que rendre la chose plus douce encore. Après cinq longues années d'attente, le jeu venait de reprendre entre eux pour de bon.

Le voyage jusqu'au domaine du comte Tregellas en Cornouailles fut long et fatigant. Peu importait que la voiture de Lucien soit tout à fait moderne et dotée de ressorts qui permettaient de voyager à grande vitesse dans un confort relatif, qu'elle ait été pourvue de plaids, de couvertures et même de bouillottes pour maintenir dans l'habitacle un semblant de chaleur, Madeline était glacée et éprouvait une fatigue intense en même temps que des douleurs de plus en plus pénibles à mesure que le voyage avançait. Ses nuits sans sommeil n'arrangeaient rien, bien au contraire.

Chacune d'entre elles se déroulait selon le même scénario immuable : après s'être brièvement endormie, elle rêvait de Cyril Farquharson dont le visage grimaçant lui murmurait des menaces et des promesses de vengeance auxquelles elle ne pourrait échapper. Elle se réveillait chaque fois en sursaut, le corps couvert d'une sueur glacée, le ventre tordu par la terreur, incapable de fermer les yeux désormais de peur que Farquharson ne surgisse soudain pour mettre ses menaces à exécution.

Lucien était assis en face d'elle, ses longues jambes tendues devant lui, exactement comme s'il eût été assis dans un fauteuil près de sa cheminée. Grâce à la lumière du jour qui pénétrait largement par la fenêtre vitrée, elle pouvait le voir tout à fait clairement. Dans son sommeil, la dureté de son visage magnifique semblait s'être effacée, et ses beaux yeux bleus reposaient sous le voile sombre de ses paupières frangées de longs cils noirs. Son souffle régulier formait à chaque expiration un peu de vapeur qui montait de ses lèvres en volutes paresseuses. Madeline laissa son regard errer quelques instants sur sa bouche finement sculptée, et remarqua bien vite qu'on n'y voyait plus le moindre signe de tension, le moindre frémissement. Fascinée par son dessin harmonieux, elle se demanda quel effet cela lui ferait d'y poser un baiser, mais, affolée par ces pensées inopportunes, reporta précipitamment son attention sur le paysage qui défilait derrière les vitres.

La lumière du matin lui sembla tout à coup blanche et glaciale, et, sans même qu'elle s'en rende compte, ses yeux revinrent vers Lucien, comme attirés par un aimant. La pâleur de sa peau contrastait violemment avec le noir de ses sourcils et de ses cheveux ébouriffés. Le sommeil ôtait toute sévérité à son visage, lui conférant une sérénité tranquille comme s'il ne trouvait la paix qu'en lui. Les petites lignes fines qui d'ordinaire entouraient ses yeux et sa bouche semblaient s'être effacées. En fait, plus Madeline le regardait, plus elle trouvait impossible de détacher les yeux de lui. Ses doigts brûlaient de toucher son menton aux reflets sombres, son nez volontaire, ses lèvres…

Malgré le froid qui régnait dans la cabine, elle commençait à sentir une chaleur étonnante l'envahir. Elle fixait Lucien de plus en plus intensément, s'émerveillant de la longueur de ses jambes et du dessin de ses cuisses dont les muscles saillaient sous le tissu ajusté, lorsqu'elle s'aperçut que, les yeux mi-clos, il la regardait lui aussi, un sourire amusé sur les lèvres.

Quand elle lui rendit son regard, il sourit de plus belle, quoique son visage demeurât serein comme s'il dormait encore.

— Avez-vous assez chaud ? s'enquit-il.

— Oui, je vous remercie, répondit Madeline qui sentait ses joues s'enflammer un peu plus à chaque seconde, persuadée qu'il l'épiait depuis un moment.

D'ailleurs, il souriait de plus en plus, bonté divine.

Elle trouva rapidement quelque chose à regarder par la fenêtre.

— Nous atteindrons Whitchurch à la tombée de la nuit et dormirons dans une auberge. Je descends habituellement au Cerf Blanc. C'est un endroit agréable.

Madeline n'osait pas parler et se contenta de hocher la tête.

— Avez-vous faim ? lui demanda-t-il. Il nous reste un peu de cette tourte à la viande dans le panier.

— Non, merci. Je préfère attendre que nous ayons atteint notre étape.

— Fort bien, en ce cas…, répondit Lucien en fermant les yeux de nouveau.

Cette fois-ci, Madeline prit grand soin de ne pas le regarder.

L'auberge du Cerf Blanc devait sans doute être la plus animée que Madeline ait jamais vue. Elle n'avait plus vraiment l'habitude de fréquenter ce genre d'endroit, mais se souvenait d'une époque où sa mère l'emmenait souvent avec sa sœur rendre visite à leur cousine Mary, à Oxford. Un large dédale de couloirs mal éclairés conduisant de chambre en chambre constituait la partie hôtelière. Lucien semblait s'être débrouillé pour leur faire aménager un petit salon privé propre et confortable, ce qui semblait être l'une des principales qualités du lieu. La nourriture que leur servirent le propriétaire et sa femme lui sembla simple mais parfaitement saine. Il s'agissait d'un ragoût de bœuf aux carottes, de jambon au four, de pommes de terre et d'un gâteau de ménage. Les aubergistes l'appelaient milady et se montrèrent extrêmement polis avec elle. Jusqu'à présent, aucun murmure ne semblait avoir ponctué son passage dans les couloirs ni dans la salle à manger. Alors, soulagée, elle mangea un petit peu de son ragoût.

— Voulez-vous une tranche de ce jambon ? suggéra Lucien.

— Non merci.

— Un peu de gâteau ?

— Non merci, répéta-t-elle en secouant la tête.

Lucien fronça les sourcils, baissant les yeux sur l'assiette de son épouse.

— Vous ne mangez pas beaucoup, commenta-t-il.

— Je mange suffisamment, répliqua-t-elle, sur la défensive.

En vérité, elle n'avait plus beaucoup d'appétit depuis sa rencontre avec Cyril Farquharson. Elle picorait, rien de plus. Le fait d'être mariée à Lucien depuis trois jours ne changeait rien à cet état de fait.

Il garda le silence, se contentant de la regarder de ses yeux pâles.

Elle savait qu'elle n'aurait pas dû lui répondre aussi sèchement, mais elle n'y pouvait rien. Elle avait mal partout et sa tête la faisait souffrir si abominablement qu'elle pouvait à peine réfléchir.

— Pardonnez-moi, Lucien. Je suis simplement un peu fatiguée.

— La journée a été longue, et il faudra partir tôt demain matin. Nous devrions aller nous coucher. Finissez votre vin, je vous accompagne.

Le cœur de Madeline sauta dans sa poitrine à ces mots. Elle but une petite gorgée, puis repoussa sa chaise lentement.

Lucien remarqua le verre à moitié plein, mais s'abstint de faire un commentaire.

— Allons-nous partager cette chambre ? demanda la jeune femme d'un air surpris quand elle vit Lucien la suivre à l'intérieur de la pièce et fermer la porte.

— Il n'est pas très prudent de dormir seule, répondit-il.

— Mais…

— Il n'y a pas de mais, Madeline. Ce ne sera pas pour très longtemps et vous serez en sécurité. Je ne suis pas tout à fait le monstre que la société se plaît à voir en moi, affirma-t-il d'un ton où perçait le cynisme. Je vais redescendre le temps pour vous de vous déshabiller. Fermez la porte à clé et n'ouvrez à personne d'autre qu'à moi.

Elle hocha la tête. L'instant d'après, il sortit sans un mot de plus.

La clé tourna facilement dans la serrure fraîchement huilée et, sans plus attendre, Madeline se retourna pour inspecter la chambre. Le lit en tenait la partie droite, juste en face de la cheminée où brûlait un feu timide. A sa droite, derrière la porte, se trouvait une commode trapue sur laquelle on voyait une bassine, un broc de faïence et une serviette. Campé devant la cheminée, un fauteuil rustique posé sur un tapis à damier composait le reste du mobilier.

Elle s'avança vers le lit, en tâta les draps du plat de la main afin de s'assurer de la fermeté du matelas. Tout semblait propre et frais quoiqu'un peu usé. Qu'un homme tel que Lucien, un comte, se satisfasse d'un tel choix pour passer la nuit semblait étonnant. Elle l'aurait imaginé plus soucieux de luxe et de confort ostentatoire. Plus étonnant encore, l'aubergiste et sa femme ne semblaient pas intimidés devant lui. En fait, ils se comportaient à son égard avec une familiarité de bon aloi plutôt qu'avec déférence, ce qui ne laissait pas d'étonner si l'on songeait à la réputation qu'il avait à Londres.

Elle s'assit sur le lit, épuisée, le cerveau embrumé par la fatigue. Sa pelisse toute neuve glissa facilement de ses épaules, après quoi elle ôta son chapeau, ses bottines et ses bas. La robe verte de voyage qu'elle portait lui sembla plus difficile à enlever sans aide, mais, avec un peu de persévérance et quelques contorsions, elle parvint à s'en débarrasser. Elle fit ensuite ses ablutions, remit sa chemise, retira la bassinoire de cuivre d'entre les draps et se glissa dans le lit. Dieu merci, il y faisait délicieusement chaud, et elle remercia celui qui avait eu l'idée d'y placer ce moine si bienvenu. Elle étendit les jambes, faisant jouer ses orteils pour les détendre, respirant avec volupté l'odeur de linge frais en se laissant aller sur l'oreiller moelleux. Béate, elle s'endormit — pour la première fois depuis des semaines — presque instantanément.

Quelques minutes plus tard, elle entendit des coups frappés à sa porte doucement et ouvrit un œil ensommeillé, en tournant la tête vers le battant de bois.

Les coups se firent plus insistants.

Le moelleux de l'oreiller et la chaleur douillette des couvertures la retenaient presque malgré elle dans le lit.

— Madeline ! murmura une voix d'homme.

A contrecœur, elle se força à ouvrir les yeux et, après

s'être extirpée péniblement d'entre les draps, tituba jusqu'à la porte dans l'obscurité de la chambre. Elle se figea en posant la main sur la poignée.

— Madeline, c'est moi, Lucien.

Sans hésiter un instant de plus, elle tourna la clé. Le battant s'ouvrit doucement sur le faisceau lumineux projeté par les quelques chandelles qui brûlaient sur le palier. Lucien lui renvoya un regard si intense et si perçant qu'elle se sentit d'un coup tout à fait réveillée. Sans un mot, elle ouvrit la porte en grand et le regarda entrer. Il n'y avait qu'un seul lit dans la pièce et elle s'inquiétait de ce qu'il allait faire.

Il fit tourner la clé à son tour avant de s'avancer vers le fauteuil placé devant la cheminée où rougeoyaient encore quelques braises. Il ôta d'abord sa veste puis sa cravate et son gilet, après quoi il ouvrit le tiroir du bas de la commode sans la moindre hésitation pour y prendre une couverture, au grand étonnement de la jeune femme, ôta ses bottes, prit place dans le fauteuil et se couvrit du mieux qu'il pouvait. Le tout ne devait pas avoir pris plus de deux minutes.

Madeline avait les pieds glacés.

— Bonne nuit, lança-t-il en s'adossant tranquillement et en fermant les yeux.

— Bonne nuit, répondit-elle, estomaquée.

Elle regagna le lit, puis, une fois installée, observa la silhouette de son mari installé dans le petit fauteuil. La situation lui semblait quelque peu incongrue, car le lit était spacieux et douillet. Elle se mordit la lèvre. Si elle lui offrait de partager sa couche, il pourrait se méprendre sur ses intentions. Et puis il aurait pu prendre deux chambres au lieu d'une seule. Elle étouffa les remords qu'elle sentait germer en elle et ferma les yeux pour ne plus voir la scène, les rouvrant encore deux ou trois fois pour vérifier qu'il restait immobile. Au bout d'un moment, le sommeil l'engloutit et elle ferma les yeux pour de bon.

7

— Madeline…

La voix était mielleuse, mais, sous ses accents suaves, on devinait le venin.

— Mon amour, souffla-t-il contre son oreille, faisant glisser ses lèvres dures et insistantes sur le menton de la belle endormie. Croyiez-vous vraiment pouvoir m'échapper, ma chère et tendre ?

Des doigts malingres s'agrippaient à ses bras, griffant sa peau, déchirant sa robe.

— Il y a un nom pour désigner les femmes telles que vous…

— Non ! murmura-t-elle.

— Je connais la vérité, souffla-t-il en révélant des dents carnassières. Je suis venu vous chercher. Tregellas ne pourra pas m'empêcher de reprendre mon bien.

— Non ! cria-t-elle en secouant la tête, les yeux rivés sur ceux de Cyril Farquharson, comme pour effacer ces paroles qu'elle craignait tant.

Une nausée terrifiante montait en elle et elle sentait ses cheveux se dresser sur sa tête en même temps qu'un frisson atroce la parcourait tout entière.

Le coup la frappa sur la joue, lui coupant le souffle. Eperdue, cherchant désespérément un moyen de s'enfuir, elle tituba en s'approchant de la porte, mais sa robe l'entravait et elle vacilla pour retomber vers lui. D'un dernier sursaut, elle se dégagea et bondit vers la porte. Ses doigts saisirent la poignée de bois lisse, la firent tourner, mais, quand elle tira, le battant refusa de s'ouvrir, de sorte qu'elle se mit à le secouer frénétiquement pour l'y forcer, en vain. Une panique atroce l'envahissait. Bientôt, elle sentit sur son cou le souffle brûlant et moite de son agresseur et la griffure de ses ongles quand il la fit pivoter pour l'obliger à lui faire face.

— Non, je vous en supplie, lord Farquharson, pour l'amour du ciel. Ne faites pas cela !

Le monstre se contenta d'éclater d'un grand rire maléfique. Il riait encore quand il déchira le corsage de la jeune femme, découvrant sa poitrine dans laquelle il allait plonger le couteau qu'il tenait à la main.

— Non ! hurla Madeline. Non ! Non !

— Madeline…

Elle ouvrit les yeux en sursautant et se retrouva sur le lit, entre les bras puissants d'un homme. Un frisson de terreur la saisit, bien réel celui-là. Etait-ce Farquharson ? Elle se débattait follement.

— Calmez-vous, tout va bien, souffla une voix calme et rassurante. Vous avez fait un cauchemar.

Du bout des doigts, Tregellas lui caressa les cheveux puis, glissant sur sa joue, lui prit le menton pour l'inciter à le regarder.

— Farquharson n'est pas là. Ce n'est qu'un mauvais rêve.

— Lucien ? souffla-t-elle d'une voix tremblante, le corps agité de frissons.

Elle sentait son cœur battre follement dans sa poitrine et sa gorge plus nouée que jamais. Lentement, elle se rappela la chambre de l'auberge du Cerf Blanc et vit les braises qui rougeoyaient encore dans la cheminée.

— Rendormez-vous, Madeline, souffla Lucien en frôlant de ses lèvres le front de la jeune femme. Je suis là, rien ne peut vous arriver.

Il faisait si sombre qu'elle le voyait à peine, devinant seulement le galbe de son menton et l'ombre de son nez. A tâtons, elle lui caressa le visage à la manière d'un aveugle.

— Lucien ? souffla-t-elle encore quand elle sentit la barbe naissante sous ses doigts. C'est bien vous ?

— Oui.

Elle se détendit en reconnaissant sa voix et se laissa aller contre l'oreiller en tirant sur elle les couvertures.

— Vous devriez vous rendormir. Vous ne risquez rien. Je veille sur vous, affirma-t-il en lui caressant tendrement la joue avant d'aller se rasseoir dans son fauteuil.

Il avait la peau glacée et, surprise par ce contact, elle s'assit sur le lit.

— Lucien ?

— Mmm ? répondit-il, après quoi il n'y eut plus d'autre bruit dans la chambre que le froissement de la couverture qu'il essayait d'ajuster et le léger craquement du fauteuil quand il bougeait.

Il ne faisait pas chaud dans la pièce, elle en frissonnait. Pas étonnant qu'il ait eu la peau si froide, à essayer de dormir dans un fauteuil inconfortable par une température pareille.

— Vous pourriez venir ici…

Il y eut un silence, comme s'il n'avait pas entendu cette suggestion, mais elle insista, consciente de sa fatigue et du froid qui devait lui geler les os.

— Il y a la place pour deux dans ce lit et il y fait bien plus chaud que sur ce méchant fauteuil.

Il y eut un nouveau silence, puis la voix de Lucien s'éleva dans l'air glacé.

— Je vous remercie, Madeline, mais mon honneur m'interdit d'accepter.

La jeune femme réprima un sourire. Seigneur ! songea-t-elle, que voilà donc un homme plein d'orgueil.

Elle se rendormit, mais d'un sommeil plus léger, levant la tête de temps en temps pour jeter des regards vers la silhouette recroquevillée dans le fauteuil, comme si elle craignait de voir surgir Farquharson à sa place. Elle craignait le baron jusque dans ses rêves.

Le lendemain, Lucien et Madeline se réveillèrent fatigués et pâles. Ils avalèrent un déjeuner rapide avant de reprendre leur voyage. Ils suivirent la route du Dorchester, sur laquelle ils maintinrent une allure raisonnable malgré le vent glacial, s'arrêtèrent à Salisbury, à l'auberge des Trois Cygnes, pour y prendre leur repas, puis repartirent en direction du sud alors que la lumière baissait déjà et que de lourds nuages sombres s'amoncelaient dans le ciel. Quand il commença à pleuvoir, seules quelques grosses gouttes éparses se mirent à tomber tout d'abord, frappant la route et la voiture en explosant en petites gerbes argentées avec une violence qui n'augurait rien de bon. Ellse se firent bientôt de plus en plus drues, de plus en plus lourdes, transformant rapidement la route en une immense flaque de boue. Ils continuèrent malgré tout au milieu du déluge dont le fracas résonnait sur le toit de la voiture.

Arrivés à Blandford, ils s'arrêtèrent pour la nuit à l'Hôtel de la Couronne, une auberge qui n'offrait pas le même confort que le Cerf Blanc et qu'ils trouvèrent encombrée d'autres voyageurs soucieux d'échapper à la tempête. Lucien dut débourser plusieurs guinées pour leur procurer une chambre pour la nuit et leur assurer l'usage d'un petit salon qu'ils partageaient avec d'autres. Ils mangèrent rapidement, en échangeant seulement quelques paroles, écoutant d'une oreille distraite la rumeur qui venait de la salle commune ainsi que le bruit du vent et de la pluie frappant les vitres de la bâtisse.

Lucien avala le reste de son brandy et regarda les clients assis autour de la petite pièce. Il y avait là des vieillards, de jeunes hommes, des paysans, des domestiques, des fermiers et des gentilshommes, et il se fit la réflexion que l'orage faisait peu de cas des différences de classe. Il y avait des femmes aussi, des vieilles qui tétaient d'un air absorbé leur pipe fumante, et des plus jeunes qui offraient aux regards leurs charmes juvéniles. Mais heureusement le visage qu'il cherchait au milieu de cette petite foule ne s'y trouvait pas. Pour autant, il se demandait combien de temps encore il leur faudrait attendre avant que Farquharson se lance à leur poursuite, car il ne doutait pas un seul instant qu'il le ferait. Cette maudite fouine n'avait pas assez de courage pour lui faire face sur un pré, et userait donc sans doute de moyens bien différents pour arriver à ses fins. Pour l'instant le piège fonctionnait, mais pas exactement comme il l'avait imaginé. Farquharson était à présent la risée de tout Londres. On le plaignait peut-être un peu, mais on se moquait de lui, et il n'était pas homme à supporter cela bien longtemps. Lucien comptait précisément là-dessus : le scélérat allait bientôt se lancer à sa poursuite, enfin, après toutes ces années. Il n'y avait qu'une ombre au tableau : il ne serait pas sa seule cible.

Il se souvenait parfaitement de l'expression du visage de Farquharson lors de sa dernière rencontre avec Madeline, et de ses paroles cruelles à l'adresse de la jeune femme. Elle constituait pour lui une victime bien plus facile, et qui lui fournirait l'occasion d'infliger à son rival de nouvelles blessures et de raviver les anciennes. En fait, Lucien réalisait peu à peu que c'était à elle que Farquharson s'en prendrait sans doute. En pinçant les lèvres, il se remémora sa promesse de veiller sur elle. Il la tiendrait, par saint Georges ! Et quand Farquharson viendrait, il serait prêt à l'affronter. D'un air décidé, il cligna des yeux pour chasser sa fatigue en se demandant si Madeline se serait déjà mise au lit, puis, en posant son verre sur le comptoir de bois, monta lentement l'escalier qui menaient à leur chambre.

Lucien changea de position une nouvelle fois dans le fauteuil inconfortable, les épaules meurtries, le dos brisé, plus douloureux d'heure en heure. Il avait l'esprit embrumé de fatigue, et l'impression d'avoir reçu une poignée de sable dans les yeux. Pourtant, le sommeil lui refusait sa bonté. Le souvenir de Farquharson le harcelait sans cesse, lui rappelant à chaque instant l'horreur de leur passé commun. Le crime d'antan avait jeté à jamais le trouble dans son âme, détruit l'homme d'autrefois, faisant de lui un cynique froid et dur.

Le feu dans la cheminée ne brûlait plus du tout, ayant laissé la place à un petit tas de cendres froides. Lucien se blottit sous la couverture et souffla sur ses doigts pour les réchauffer un peu. Il se débattait contre les pensées qui lui venaient, inlassables comme des vagues sur la grève, et luttait comme il le pouvait pour s'en protéger. Il allait passer une nouvelle nuit blanche, il le savait. Il aurait dû être habitué.

Soudain, il entendit comme un léger frôlement sur le lit, et le souffle de Madeline passer d'un rythme régulier à une suite saccadée de hoquets étranglés. Elle cria dans son sommeil en s'agitant sous les couvertures.

Lucien traversa sans bruit la distance qui le séparait du lit et se pencha sur elle.

— Non, lord Farquharson…, l'entendit-il murmurer, d'une voix si poignante qu'il en eut le cœur chaviré.

Il serra les dents. Ainsi le cauchemar de la nuit dernière ne constituait pas un cas isolé. Elle savait elle aussi ce que c'était que de subir l'assaut terrifiant des démons de la nuit. Il trouvait une certaine ironie au fait que le même homme hante leurs cauchemars à tous les deux. D'un geste tendre, il tendit la main et lui toucha doucement le visage. Elle avait la joue humide, et de lourds sanglots la secouaient sans discontinuer. Il sentait sa peur, physiquement, et comprenait la terreur qui l'étouffait.

— Madeline, souffla-t-il pour essayer de l'arracher à son cauchemar.

— Non ! cria-t-elle en sanglotant de plus belle.

— Madeline, réveillez-vous ! ordonna-t-il en chuchotant. C'est seulement un mauvais rêve. Tout va bien.

— Lucien ?

Il lui caressa les cheveux et essuya les larmes sur ses joues.

— Vous êtes sauve, répéta-t-il plusieurs fois en s'allongeant sur le couvre-lit et en la prenant dans ses bras.

Petit à petit, il sentit le corps de la jeune femme se détendre à mesure qu'elle se blottissait contre lui. Son souffle s'apaisa, les battements de son cœur se firent moins rapides. Enivré par le parfum qui émanait d'elle, il allait s'assoupir à son tour quand la raison lui revint d'un coup : il ne méritait pas la gentillesse et la confiance qu'elle lui témoignait. Maintenant parfaitement éveillé, il se força à ravaler son désir et à s'écarter d'elle. Il allait glisser hors du lit lorsqu'il sentit la main de la jeune femme s'agripper à lui.

— Restez, je vous en prie, murmura-t-elle dans l'obscurité profonde.

Instantanément, il sut qu'il était perdu. Il ne pouvait pas plus ignorer la supplication qu'il venait d'entendre qu'il n'aurait pu se couper un bras. Elle avait peur, elle avait besoin de lui, se dit-il pour se justifier, ignorant délibérément la petite voix au fond de son cœur qui lui soufflait cette évidence : il avait besoin d'elle lui aussi.

— Venez, mettez-vous sous les couvertures, suggéra-t-elle.

— Madeline…, protesta-t-il en secouant la tête d'un ton suppliant.

— J'ai tellement froid…

— Ah Seigneur ! soupira Lucien en s'exécutant rapidement.

Il s'étonna qu'elle se soit plainte d'avoir froid, car elle lui sembla aussi chaude qu'une bouillotte. Longtemps, il resta immobile à côté d'elle en s'efforçant d'ignorer le corps menu qui reposait contre le sien, mais elle vint se blottir dans ses bras, l'enlaçant elle aussi d'un geste tendre. Lucien ferma les yeux, s'abandonnant à la douceur, au parfum suave et à la chaleur qui émanaient d'elle. Bientôt, il eut l'impression de planer dans les airs, allongé béatement sur un nuage, léger comme une plume, et il glissa dans le sommeil sans même s'en apercevoir.

Remarquant à quel point il avait froid, Madeline se déploya contre lui pour lui faire partager sa chaleur. Lentement, elle laissa glisser sa main sur le tissu douillet de la chemise de Lucien sous laquelle elle sentait les muscles puissants de sa poitrine, s'étonnant de la différence incroyable qu'il pouvait y avoir entre son corps de femme et celui d'un homme. Ferme, dur, long et mince, il s'en dégageait une force contenue si étonnante qu'elle plissa les yeux, surprise, essayant de percer l'obscurité pour le voir. Il reposait, raide comme un gisant, complètement immobile comme s'il pouvait exercer sur ses membres et ses muscles un contrôle absolu en même temps qu'il luttait contre le sommeil. Elle réalisait que Lucien Tregellas n'était pas le genre d'homme à se permettre de baisser la garde. Il affectait une sorte de nonchalance qui donnait à penser qu'il se souciait peu de ce qui l'entourait, mais elle avait nettement l'impression qu'il y avait chez lui un côté noir, toujours sur ses gardes. Contre quoi donc se protégeait-il ?

Elle ne se souvenait de l'avoir vu relâcher sa vigilance qu'une seule fois : la veille, dans la voiture, lorsqu'il s'était endormi. Elle revoyait encore son visage tout empreint de sérénité. Il n'en restait plus la moindre trace aujourd'hui.

Elle garda la main posée sur sa poitrine et se blottit contre lui si fort qu'elle sentait son cœur battre sous ses doigts. Il émanait de lui un parfum qu'elle huma avec délice : mélange entêtant de bergamote et de quelque chose d'autre d'indéfinissable qui n'appartenait qu'à lui.

Madeline soupira d'aise. Le souvenir de Cyril Farquharson semblait se dissoudre dans son esprit peu à peu et disparaître en même temps que les autres démons qui peuplaient ses rêves. Plus rien ne comptait à présent hormis la présence de cet homme allongé à son côté dont le parfum l'enivrait et dont elle sentait le corps pressé contre ses seins, son ventre, ses cuisses. Sa chaleur. Sa force. Elle se sentait en sécurité. Peu importait que leur mariage soit de convenance, et que seuls quelques mots écrits sur une feuille de papier en attestent encore, rien dans sa vie ne lui avait jamais semblé plus réel et plus vrai que l'homme qu'elle appelait désormais son mari.

Elle ferma les yeux en se blottissant contre lui et sentit sous ses doigts ses muscles se relâcher lentement. Son souffle s'apaisa comme s'il se laissait aller, enfin, baissant la garde lentement mais sûrement jusqu'à s'abandonner.

Quand elle s'aperçut qu'il dormait, elle sourit, soulagée et contente, puis posa un baiser sur sa chemise blanche avant de se laisser à son tour glisser dans le sommeil.

En se réveillant, Lucien éprouva un calme et un contentement inhabituels. Il resta allongé, immobile, essayant de capturer l'essence de ces instants fragiles. Les premiers rayons du jour filtraient à travers les rideaux tirés devant les fenêtres. Lentement, il ouvrit un œil prudent pour laisser à la réalité le temps de se mettre en place dans son esprit.

Madeline s'agita tout à coup un peu et vint se lover contre lui. Il n'en fallut pas plus pour qu'il réalise instantanément la nature exacte de l'épreuve à laquelle il se trouvait confronté : un corps de femme languissant se moulait contre le sien, épousant sa position à la manière d'une cuillère posée sur une autre. Effaré, il s'aperçut qu'il la tenait enlacée, mais en outre que sa main enserrait délicatement le globe velouté d'un sein. Et comme si cela ne suffisait pas, il sentait les fesses rondes de la jeune femme directement plaquées contre son ventre. Pire encore : comme chaque jour, le réveil avait sur lui un effet particulier. Son souffle se figea dans sa gorge.

Dans son sommeil, Madeline poussa un petit soupir et se blottit contre lui de plus belle.

Lucien étouffa le gémissement qui lui montait aux lèvres juste avant qu'il franchisse celles-ci et retira délicatement sa main de là où elle n'aurait jamais dû se trouver. Une sueur glacée perlait à son front. Il avait beau fouiller dans ses souvenirs, il ne trouvait pas d'équivalent à la sensation qu'il éprouvait avec cette femme.

Elle semblait faite pour être dans ses bras et il aurait pu rester là dans ce lit avec elle pour toujours, et ne plus jamais souhaiter reprendre le cours normal de la vie. Malheureusement, il n'en était pas question. Il avait envie d'aimer Madeline plus que tout au monde, chaque pouce de son corps hurlait son désir d'elle, mais il serra les dents. Quel genre de protecteur serait-il s'il profitait d'elle ? En fait, il ne serait pas meilleur que Farquharson, tout simplement.

« Cela n'a rien à voir, murmurait une petite voix au fond de lui. Madeline est ta femme, et tu l'aimes… »

Lucien repoussa avec violence les pensées qui l'assaillaient. Seules lui importaient la justice et sa vengeance. Lentement, il recula pour mettre de la distance entre leurs deux corps.

C'était compter sans Madeline.

Du fond de ses rêves, elle le sentit s'éloigner et chercha instinctivement à retrouver la béatitude douillette qu'elle éprouvait blottie contre lui, aussi roula-t-elle sur elle-même pour enlacer de son bras le corps qui s'éloignait.

Lucien en eut le souffle coupé. Comment pouvait-on résister à une telle tentation, bonté divine ? Pendant un bref instant, il s'autorisa à se détendre et à rester plaqué contre elle, savourant le rythme régulier des battements de son cœur, à s'enivrer de son odeur, et même à laisser sa main glisser tendrement sur le dos nu pour aller s'attarder un instant sur le galbe plein d'une hanche.

— Madeline…, soupira-t-il.

Dans la lumière grise de l'aube, il étudia le visage de la jeune femme en détail, s'émerveillant de la longueur de ses cils qui protégeaient ses yeux fermés comme une barrière infranchissable, de l'étroitesse de son nez droit, de la douceur de ses lèvres partiellement ouvertes dans l'abandon du sommeil. Il avait la gorge nouée à force de regarder sa bouche, tant il avait envie de la couvrir de la sienne, de lui donner un baiser long et profond pour lui montrer ce qu'un homme et son épouse étaient censés faire dans un lit. Mais il n'en avait pas le droit. Sa promesse le lui interdisait.

Il lui sembla entendre encore cette question posée autrefois — à peine quatre jours plus tôt ! — par celle qui s'appelait encore miss Langley : « Qu'attendez-vous de moi en retour, milord ? » Il se rappelait également sa réponse, fière et stupide : « De la discrétion avant tout. Rien n'a besoin de changer entre nous. »

A présent qu'il se trouvait allongé à côté d'elle, il réalisait qu'il n'y avait dans ces paroles que mensonge et flagornerie. Tout avait changé, de toute façon. Il savait pertinemment qu'il la désirait, et voulait qu'elle soit vraiment sa femme. Il serra les dents, conscient que cela ne faisait pas partie de leur contrat. Pendant un moment, il la contempla encore puis, après s'être autorisé à poser un baiser très chaste sur ses cheveux tout ébouriffés de sommeil, se glissa hors du lit sans bruit.

Quand Madeline chercha à tâtons la présence rassurante du corps de son mari, elle ne trouva sous ses doigts que les draps froissés et froids. Elle sursauta sous l'effet de la surprise et s'assit dans le lit en plissant les yeux à cause de la lumière du soleil qui filtrait autour du chiche morceau de tissu qui faisait office de rideau. Le nom de Lucien se forma sur ses lèvres. L'inquiétude plissait son front.

— Bonjour, Madeline, lança-t-il, depuis son fauteuil inconfortable, les yeux rivés sur elle.

Elle devait rêver, forcément. Un grand sourire barrait le visage de son époux, si charmant qu'elle sentit une boule de chaleur se former dans son ventre. Oui, à n'en pas douter, elle rêvait. Cela faisait partie du même songe que ce moment merveilleux pendant lequel elle dormait à son côté, bien au chaud et en sécurité entre ses bras puissants pendant qu'il la serrait contre lui, une main posée sur un de ses seins. Elle rougit un peu et se frotta les yeux avant de le regarder d'un air étonné.

— Lucien ?

— J'ai cru qu'il allait falloir que je vous porte dans la voiture tellement vous dormiez bien, déclara-t-il. Tous mes efforts pour vous réveiller ont été vains.

Il était déjà habillé de pied en cap, et même coiffé, ce qui n'avait rien d'habituel. Sur son menton, le voile sombre avait disparu et elle s'émerveilla encore une fois de sa mâchoire carrée et de ses lèvres pleines.

Elle rougit encore plus quand le souvenir de ses rêves lui revint intégralement.

— Je devais être très fatiguée pour avoir dormi si longtemps. D'ordinaire, je m'éveille au chant du coq et n'ai pas pour habitude de rester au lit.

— Vous semblez pourtant maîtriser avec bonheur l'art de la grasse matinée, répondit Lucien en souriant. Avez-vous bien dormi ?

Elle sentit son cœur s'arrêter de battre un instant. Se pouvait-il que la nuit ait vraiment été telle qu'elle se la rappelait ? A moins qu'il ne se soit agi que d'une embellie, après les tourments de son affreux cauchemar ? Elle sentait encore la chaleur de Lucien, son odeur, se souvenait de sa peau glacée quand il l'avait rejointe dans le lit. Non, impossible, elle ne pouvait pas avoir imaginé tout cela.

— Oui, répondit-elle. Après que vous… Après que… après mon cauchemar, j'ai fort bien dormi, je vous remercie.

Le sourire s'effaça des lèvres de Lucien et il s'adressa à elle d'une voix douce.

— Rêvez-vous de Farquharson chaque nuit ?

— Comment savez-vous ?

— Vous avez prononcé son nom à voix haute.

Quand leurs regards se croisèrent, on aurait dit le mariage du miel pur et de la glace bleue.

— Je ne voulais pas vous réveiller…

— Je l'étais de toute façon. Comme vous l'avez sûrement deviné, ce fauteuil n'est pas vraiment très confortable.

Il marqua une pause avant d'ajouter :

— Vous n'avez pas répondu à ma question.

Elle lui trouvait un visage différent, ce matin. Elle n'aurait pas su dire quoi, mais quelque chose semblait avoir changé en lui.

— Eh bien… oui, répondit-elle. Farquharson hante mes rêves depuis que je l'ai rencontré la première fois. Même avant que… avant qu'il essaye de… Chaque nuit, il est là, dans l'ombre, à m'attendre. Je sais que ça peut sembler idiot, mais parfois il m'arrive d'avoir peur de m'endormir.

Lucien la regardait d'un œil plein de compréhension.

— Il faudrait d'abord qu'il me passe sur le corps pour vous atteindre, Madeline.

Au moment même où il disait cela, elle eut l'impression qu'un nuage cachait le soleil et elle sentit une main glacée lui serrer le cœur.

— Prions le ciel que cela n'arrive jamais, soufflat-elle.

— N'ayez aucune crainte, répondit-il d'une voix étonnamment ferme. Je l'en empêcherai avant même qu'il fasse mine d'approcher.

— J'espère que nous serons en sécurité en Cornouailles. Il ne nous suivra pas jusque là-bas, n'est-ce pas ?

Lucien ne répondit pas, changeant de sujet en balayant la question d'un revers de la main.

— Chassez Farquharson de vos pensées, ordonna-t-il. On vous a monté de l'eau il y a quelques minutes, elle doit être encore chaude. Je vais descendre commander le déjeuner. Aurez-vous assez d'un quart d'heure pour vous préparer ?

Madeline hocha la tête et le regarda sortir, atterrée à

l'idée de ce que, si loin de Londres, la menace de Cyril Farquharson ne cesse de rôder autour d'eux.

Les heures suivantes passèrent comme dans une sorte de brouillard. Heureusement, le temps se maintint au beau jusqu'au coucher du soleil. Une bruine légère commença à tomber comme la nuit envahissait la campagne, et ils décidèrent de passer la nuit à Exeter, dans un établissement que, bizarrement, l'on nommait l'Auberge de Londres. Les choses suivirent leur cours plus ou moins de la même façon que les deux nuits précédentes. Ce serait d'ailleurs la dernière nuit qu'ils passeraient en voyage puisque Tregellas avait promis qu'ils arriveraient à Trethevyn le lendemain.

Ce serait aussi pour lui la dernière occasion de partager la chambre de Madeline.

Lucien repoussa ces pensées, s'efforçant encore une fois de nier l'évidence. S'il imposait sa présence à la jeune femme, c'était seulement pour la protéger, du moins voulait-il absolument s'en persuader. Mais il savait, pour l'avoir appris pendant toutes ces années, qu'il ne fallait rien laisser au hasard et surtout ne jamais s'en remettre à la chance. Une auberge pleine de voyageurs pouvait fournir à Farquharson le lieu rêvé pour une embuscade et non le havre qu'ils espéraient.

D'avoir partagé son lit avec Madeline lui semblait une complication malvenue : à sa décharge, il pouvait jurer n'avoir rien prémédité, malgré les apparences, mais le seul fait d'évoquer ces souvenirs lui faisait monter comme une douleur sourde au creux des reins. Il s'efforçait de penser à autre chose, mais sans grand succès. En serrant les dents, il se promit que, quel que soit l'inconfort du fauteuil qui lui échoirait ce soir-là, quelque supplication qu'elle lui adresse de sa voix envoûtante, ou, pire, en lui tendant les bras d'un air suppliant, il ne commettrait pas une nouvelle fois la même stupide erreur. « Tu dormiras dans le fauteuil ! » s'exhorta-t-il en montant l'escalier.

Il fut surpris de constater que la chambre, loin d'être plongée dans l'obscurité, profitait à la fois de la lumière du feu qui brûlait dans la cheminée et d'une chandelle posée sur son bougeoir près du lit. La petite pièce lui sembla accueillante et il se sentit un peu réchauffé. Toujours résolu à s'en tenir à sa décision, il s'approcha du fauteuil et ôta sa veste, sans une seule fois se permettre de porter les yeux dans la direction du lit sur lequel reposait la jeune femme. L'œil rivé sur le siège qu'il pressentait furieusement inconfortable, il commença à se déshabiller.

— Lucien…, souffla-t-elle d'une voix tranquille.

Il se figea, une botte à la main. La tentation, déjà…

Quand il se tourna vers elle, il la trouva assise sur le bord du lit, les yeux fixés sur lui, serrant ses jambes entre ses bras, le menton posé sur les genoux.

— Que se passe-t-il ? Quelque chose ne va pas ? s'enquit-il en espérant qu'elle ne remarquerait pas sa voix rauque.

— Je me demandais si vous… si vous vouliez…

A la lueur de la bougie, il pouvait voir qu'elle rougissait violemment.

Bonté divine ! Il savait exactement ce qu'elle allait lui demander.

— Je me disais que… si vous… si vous étiez ici… dans le lit avec moi, Farquharson… enfin… que mes cauchemars me laisseraient peut-être en paix, souffla-t-elle, le visage brûlant, en désignant la place vide à côté d'elle d'un geste un peu gauche et emprunté.

Lucien comprenait parfaitement son embarras et mesurait ce qu'une telle requête devait lui avoir coûté. Vraiment, elle n'avait aucune idée de l'effet qu'elle lui faisait, sacrebleu ! Comment pouvait-on être aussi ingénu ?

Quand sa botte retomba sur le sol lourdement, Lucien se passa la main dans les cheveux, très embarrassé.

— Madeline, répondit-il d'un ton bourru, vous ne savez pas ce que vous me demandez.

A nouveau, elle désigna la place vide à côté d'elle.

— Cela semble un peu idiot que vous passiez la nuit dans ce fauteuil où il fait froid alors qu'il y a toute la place qu'on veut dans ce lit.

Pour s'éviter de céder à la tentation, il ouvrit la bouche, décidé à refuser sèchement.

— J'ai confiance en vous, Lucien, ajouta Madeline avant qu'il ait pu prononcer un mot.

Sans doute, songea-t-il, mais la question demeurait : pouvait-il se fier à lui-même ? Elle le regardait avec des yeux si doux, si tendres, que ses objections s'évanouirent avant même qu'il ait pu les formuler.

— Madeline..., supplia-t-il encore en se passant une nouvelle fois la main dans les cheveux.

Elle sourit doucement en ouvrant les draps.

— Le fait que nous dormions ensemble ne risque pas de ruiner ma réputation, déclara-t-elle. Nous sommes mari et femme, après tout.

Là-dessus, elle se glissa sous les couvertures et attendit la suite.

Lucien savait qu'il était perdu, qu'il ne pourrait refuser cette invite, mais il se jura de ne pas la toucher. Tout habillé encore, ou presque, il entra dans le lit à côté d'elle.

Madeline sentit le matelas ployer sous son poids. L'excitation, en même temps qu'un sentiment de sécurité étonnant faisaient battre le sang dans ses veines. Elle savait parfaitement qu'elle n'aurait jamais dû lui demander de partager le lit avec elle, et peut-être la jugeait-il un peu durement pour l'avoir fait, mais elle avait tant besoin d'être auprès de lui que la honte semblait bien peu de chose en comparaison. C'était pour cela qu'elle venait de prononcer ces paroles que jamais elle n'aurait pu s'imaginer proférer un jour.

Ils restèrent immobiles, allongés sur le dos l'un à côté de l'autre, soucieux de garder les yeux fixés au plafond, et résolus à ce qu'aucune partie de leur corps ne se touche.

Lucien était si près qu'elle sentait néanmoins des picotements dans toute la partie gauche de son corps. Elle se demandait par quel miracle il pouvait s'être convaincu d'épouser une femme qu'il trouvait si — comment dire ? — si privée de qualités. Et pourtant, bien qu'elle ne soit en aucune façon son égale, ni socialement ni d'un point de vue financier, il ne la méprisait pas. Elle s'en serait forcément aperçue.

Quand il la touchait, elle se sentait toute brûlante, soudain, heureuse, le souffle court, follement impatiente. Lucien, à l'évidence, n'éprouvait rien de tout cela. Il n'avait manifestement aucune envie de la toucher.

Madeline eut un éclair de lucidité.

— Lucien…

— Mmm ? répondit-il, gardant obstinément la tête droite.

Ce devait être exactement la question qu'elle n'aurait jamais dû poser à son nouveau mari, et tout spécialement alors qu'il reposait à côté d'elle dans le lit. En fait, n'importe quelle femme sensée se serait bien gardée de commettre une telle folie, mais, sentant qu'elle allait se sentir atrocement coupable vis-à-vis de lui si elle n'obtenait pas certaine réponse, elle s'enhardit. Il fallait qu'elle sache, coûte que coûte.

— Puis-je vous poser une question… très personnelle ?

Elle le sentit tourner la tête un tout petit peu.

— Vous pouvez, Madeline, mais je ne garantis pas que je vous répondrai.

Il y eut une pause, pendant laquelle elle chercha ses mots. L'éloquence n'avait jamais été son fort. D'un air résolu, elle jeta un coup d'œil vers lui avant d'ouvrir la bouche :

— Avant de m'épouser, avant que lord Farquharson ne…

Elle s'arrêta, pas très sûre d'avoir trouvé la meilleure façon de dire les choses, puis reprit :

— Je sais que vous n'aviez pas l'intention de m'épouser, et que vous ne l'avez fait que pour empêcher lord Farquharson de… enfin… pour me protéger de lui…

Cette fois-ci, elle sentit la tension le gagner.

— Y a-t-il une autre femme que vous… que vous rêviez d'épouser ?

Une boule douloureuse se forma dans sa poitrine pendant qu'elle attendait la réponse.

Lucien lui lança un regard, incrédule.

— Je vous demande pardon, s'excusa-t-elle en déglutissant avec peine. Je n'aurais pas dû vous demander cela, mais…

Elle voulait simplement savoir si son cœur appartenait à une autre.

— En ce cas, pourquoi l'avoir fait ? répondit-il sèchement.

Madeline secoua la tête.

— Je… Je pensais que…

« Que cela expliquerait pourquoi vous semblez si déterminé à garder vos distances », murmura une petite voix au fond d'elle qu'elle s'efforça en vain de faire taire.

— Ne pensez pas, Madeline. Les détails de ma vie passée ne font pas partie de notre accord.

Là-dessus, Lucien roula vers le mur, lui tournant le dos, et souffla la bougie.

Cette rebuffade la piqua au vif, douloureusement. Elle avait conscience de n'être pas très jolie, beaucoup moins qu'Angelina en tout cas, mais de là à ce qu'on le lui fasse sentir aussi cruellement ! En tout cas, le message ne pouvait être plus clair : il l'avait prise pour épouse, sans doute, et semblait même prêt à partager son lit, sous la contrainte, mais il ne voulait manifestement pas d'elle comme femme. Il ne pouvait même pas se convaincre de la toucher.

Et pourtant, l'autre nuit…

Des rêves tout ça, rien que des rêves stupides dont elle s'enivrait, sotte qu'elle était ! Un mariage de convenance, rien de plus. Un contrat de sauvegarde. Une protection contre Farquharson. Voilà ce qu'il lui offrait, sans ambages, et en termes sur lesquels ne pesait aucune ambiguïté. Et puisqu'elle avait accepté, elle ne se sentait aucun droit de réclamer autre chose.

Le lit était chaud et merveilleusement confortable. Les premières lueurs de l'aube filtraient à travers les rideaux. Madeline fit bouger ses orteils voluptueusement et poussa un soupir de contentement. Le bras de Lucien l'entourait, la retenant contre lui comme s'il voulait la protéger du reste du monde. La joue posée sur son torse puissant, elle sentait le tissu de sa chemise la caresser doucement au rythme de sa respiration régulière. L'odeur qui émanait de lui l'enveloppait, assaillant ses sens. Cela sentait l'eau de Cologne, et autre chose aussi qu'elle trouvait furieusement masculin. Une sensation étrange lui venait dans les seins et elle s'aperçut bientôt qu'elle ressentait chaque battement de cœur de Lucien dans sa propre poitrine. Elle se délectait de sa présence. Tout en lui enivrait ses sens et faisait naître en elle une excitation sourde dont elle ne comprenait pas entièrement la nature. Leurs jambes emmêlées les soudaient l'un à l'autre, à tel point qu'elle n'aurait pu se dégager si elle l'avait voulu. Il la tenait d'un bras lourd, possessif.

Elle résista à l'envie d'ouvrir les yeux, comme pour prolonger le plus longtemps possible ces instants rares et magnifiques. Elle savait très bien qu'elle rêvait, et qu'elle trouverait le lit vide en s'éveillant.

Du bout des doigts, elle explora le corps de Lucien, les glissant même furtivement sous le tissu léger de sa chemise en s'émerveillant de son audace. Même pendant son sommeil, ses muscles restaient fermes, sans aucune mollesse. Sur son torse puissant elle caressa le duvet soyeux de la main en traçant de petits cercles légers contre sa peau. Instinctivement, ses lèvres suivirent ses doigts, et elle se mit à l'embrasser doucement sur la poitrine. Un soupir ensommeillé s'échappa des lèvres de Lucien à ce contact. Il grogna même un peu, si profondément qu'elle sentit contre ses lèvres comme une vibration sourde. Tout cela était bien réel, trop réel même.

Elle ouvrit les yeux brusquement et sa béatitude douillette disparut en une seconde, laissant place à une surprise sidérée.

La chemise avait glissé, exposant la peau nue de Lucien, et voilà qu'elle l'embrassait ! Encore endormi, il grogna encore et elle sentit sa main descendre le long de son dos pour venir lui caresser le bas des reins. Elle se figea, voulant à tout prix échapper à la situation qu'elle venait de créer, mais, craignant de le réveiller, elle essaya vainement de s'extirper de son étreinte. Lucien murmura quelque chose d'indistinct et fit glisser les doigts sur sa hanche. Le tissu de sa chemise n'offrait aucune protection, et, quand elle sentit la main aventureuse toucher sa peau à travers l'étoffe diaphane, Madeline ressentit une impression de brûlure. Elle essaya encore de se libérer, dégageant ses jambes aussi doucement qu'elle pouvait.

— Mon amour…, murmura-t-il en même temps qu'il roulait sur elle.

Elle le sentit peser contre elle, et, devant ce geste presque suppliant, ouvrit les jambes instinctivement. Elle ne voulait rien tant que se soumettre à son désir et se donner à lui. Le besoin étrange qu'elle ressentait au plus profond d'elle-même et qui lui faisait désirer ses caresses, ses baisers, sembla tout à coup enfler follement, chassant de son esprit toute pensée raisonnable, mais elle se défendit contre sa force ravageuse.

Elle avait envie de lui, mais pas comme ça. Pas quand il dormait et que le sommeil agissait sur lui comme une drogue, lui ôtant toute conscience de ce qu'il faisait.

Quand elle sentit une main brûlante venir caresser l'intérieur de ses jambes, le plaisir la cassa littéralement en deux, lui coupant le souffle. Elle avait beau savoir qu'il ne fallait pas, une partie d'elle-même en avait follement envie malgré tout.

— Lucien ! s'écria-t-elle, savourant ce nom sur ses lèvres.

Sans répondre, il lui saisit le sein droit, et du bout des doigts se mit à caresser le globe palpitant, agaçant la pointe durcie en une caresse si impitoyable qu'elle crut s'évanouir. Le désir qu'elle avait de lui la brûlait au creux du ventre. Son cœur battait la chamade.

— Oh Lucien ! cria-t-elle encore, dans un sursaut du dernier lambeau de raison qu'il lui restait. Lucien !

En entendant ce cri de désespoir et de désir mêlés, il se réveilla en sursaut, réalisant brusquement que son rêve délicieux, dans lequel il faisait l'amour à sa femme, s'avérait être en fait un horrible cauchemar. Les yeux hors de la tête, il regarda la jeune femme à moitié nue sous lui.

— Madeline ? souffla-t-il d'une voix rauque.

Couchée sur le dos, ses longs cheveux lui faisant comme une auréole autour du visage, elle le regardait de ses grands yeux pleins de surprise et d'incrédulité, la bouche entrouverte, hors d'haleine, comme terrorisée. Et lui, à l'instar de quelque monstrueux animal, arc-bouté au-dessus d'elle, pressait son ventre contre sa chair tendre.

— Enfer et damnation ! jura-t-il en roulant sur le côté aussi vite que possible.

Le dégoût de lui-même lui donnait la nausée. Comment pouvait-il se prétendre meilleur que Farquharson ? Ah ! Il méritait bien son surnom de Maléfique. En fait, il ne devait qu'au fait de s'être couché tout habillé de ne pas avoir violé sa femme. D'un geste vif, il repoussa les couvertures et sauta hors du lit, les yeux fixés sur elle.

Madeline le regardait avec une expression de surprise totale.

— Pardonnez-moi ! souffla-t-il d'une voix éraillée, pardonnez-moi ! Le sommeil m'a totalement embrumé le cerveau. Je ne savais pas ce que je faisais.

L'excuse semblait bien faible, même à ses propres oreilles. Comme si le sommeil pouvait justifier ce qu'il avait manqué de faire, et aurait certainement fait sans les supplications de la jeune femme.

Il se passa la main sur les lèvres, effaré de se découvrir l'âme d'un monstre.

— Ce n'est pas votre faute, répondit-elle.

— Cela ne se reproduira plus, je vous en donne ma parole, Madeline, promit-il, atterré par son acte indigne.

— Non…, s'écria-t-elle en secouant la tête.

Comment pouvait-elle le croire alors qu'il venait précisément de manquer à sa parole avec tant de facilité ?

— Nous n'aurions pas dû partager ce lit, insista-t-il, la gorge nouée, en serrant les dents à se briser la mâchoire. C'était une erreur. Je ne recommencerai plus, et ainsi vous serez parfaitement en sécurité.

— Mais…, objecta Madeline en le regardant d'un air navré.

— Pardonnez-moi, souffla-t-il en rassemblant le reste de ses vêtements dans ses bras avant de sortir de la pièce.

Pour l'heure, il ne pouvait rien lui offrir de mieux que son absence. Il fallait espérer qu'avec le temps elle en vienne à lui pardonner et à oublier.

8

Le reste du voyage entre Exeter et Liskeard puis jusqu'au village de Tregellas se passa dans un silence pesant. Lucien s'assura qu'elle ne manquait de rien, qu'elle avait assez chaud, qu'elle n'avait pas faim ou ne se sentait pas trop fatiguée, mais d'une manière formelle et distante. Il ne la toucha pas une seule fois, ni ne lui sourit, ni même ne se laissa aller sur sa banquette comme il s'y autorisait précédemment. Il resta assis, le visage fermé, comme si une colère sourde bouillait en lui sous ses dehors impassibles. Les quelques paroles qu'il lui adressa ne manquaient pas d'aménité, mais ses yeux, quand il la regardait, brillaient d'un éclat particulier qu'elle n'arrivait pas à nommer. Dégoût, aversion, comment savoir ? Elle ne le blâmait pas. Après qu'il lui eut déclaré tout à fait clairement qu'il ne voulait pas d'elle, elle s'était comportée comme rien moins qu'une fille de joie. Le rouge lui montait aux joues quand elle repensait à leur étreinte avortée, et au désir qui lui fouaillait le ventre depuis. Pas étonnant qu'il ait du mal à la regarder en face. Elle se sentait terriblement honteuse et tâchait autant que possible d'éviter son regard tout en se mordant les lèvres la moitié du temps.

Chez lui, l'honneur semblait être la valeur suprême. Pour quelle autre raison se serait-il lancé dans l'aventure d'un mariage avec une fille comme elle ? Il s'était sacrifié pour elle, pour la sauver, et tout cela à cause d'une querelle ancienne avec lord Farquharson. Et elle répondait à ce geste en se comportant comme une fille ! Ce mot terrible la hantait, inlassablement répété dans son esprit par une petite voix insistante, au point qu'elle craignait de se mettre à hurler et de perdre la raison. Encore une fois, elle se mordit la lèvre avec violence, ne s'apercevant de ce qu'elle faisait que lorsque le goût métallique du sang lui vint sur la langue. Au-dehors, la route défilait devant elle en une masse confuse de champs et de haies indistincts dont, trop occupée à se contenir, elle ne voyait rien.

Elle entendait encore comme un écho affreux la voix de Lucien, la veille au soir, toute pleine de dégoût à chaque mot : « Cela ne se reproduira pas. C'était une erreur de partager ce lit… » Elle aurait voulu pleurer des larmes de honte et de deuil, mais elle se força à respirer profondément et se tint droite sur sa banquette comme si son cœur ne saignait pas douloureusement. Elle pouvait reprendre des forces. Après avoir survécu aux fiançailles avec Farquharson, à ses gestes indécents et à ses promesses cruelles, elle pouvait survivre au dégoût de Lucien.

Persuadés chacun de leur côté de leur culpabilité, ni Madeline ni Lucien n'avaient remarqué que Cyril Farquharson n'était plus le premier de leurs soucis.

Le domaine de Trethevyn était constitué pour l'essentiel d'un grand manoir dressé au bord d'une longue étendue de lande pelée. En l'apercevant à travers la brume et la pluie, Madeline sentit un découragement terrible l'envahir. L'imposante structure de pierre grise semblait aussi lugubre que le paysage désolé qui l'entourait.

Lucien devait avoir fait prévenir de son arrivée, car le personnel au grand complet se trouvait assemblé dans le grand hall au sol de marbre blanc et noir pour accueillir le maître de maison. Un vieux majordome à l'air austère et une femme du même âge qui répondait au nom de Mme Babcock semblaient diriger tout ce petit monde. Cette dernière, dont Madeline apprit bientôt qu'elle exerçait les fonctions de gouvernante, portait ses cheveux gris clairsemés en un large chignon sur lequel on notait l'absence d'une quelconque coiffe. Elle avait les joues roses et les yeux aussi noirs que des baies de cassis, et ne faisait montre à l'égard de Lucien d'aucune des marques de respect auxquelles on aurait pu s'attendre. En fait, elle semblait se comporter en tout d'une façon extrêmement carrée et ne se cacha pas pour observer sa nouvelle maîtresse d'un œil inquisiteur.

Lucien continuait de garder ses distances, ce qui aurait pu surprendre, mais, si les domestiques trouvèrent étrange le fait que Sa Seigneurie n'adresse quasiment jamais le moindre regard à sa nouvelle épouse, ils n'en laissèrent rien paraître.

On pouvait imaginer toutefois que les conversations iraient bon train quand ils se retrouveraient à l'office.

— Vous voudrez sans doute vous reposer après un si long voyage, déclara Lucien d'un ton sec en confiant Madeline aux bons soins de la gouvernante. Mme Babcock va vous montrer vos appartements.

Là-dessus, il disparut par une petite porte sur la droite, qu'il ferma derrière lui.

Madeline se tourna vers la vieille femme aux épaules anguleuses.

Celle-ci lui rendit son regard puis, d'un seul coup, un large sourire éclaira son visage.

— Suivez-moi, milady. Nous ferions bien de vous installer là-haut pour que puissiez vous réchauffer un peu avant de penser à faire quoi que ce soit d'autre.

La gouvernante se dirigea vers l'escalier qui prenait sur la droite, mais Madeline hésita un instant.

— Par ici, s'il vous plaît, lady Tregellas, lui lança Mme Babcock en la regardant en coin de ses yeux couleur cassis.

Elle monta l'escalier d'une démarche chaloupée en tournant fréquemment la tête pour vérifier que la nouvelle maîtresse des lieux la suivait, bataillant avec chaque marche car elle boitillait un peu.

— Ah misère ! Cet escalier devient plus raide chaque jour, se plaignit-elle d'une voix entrecoupée de sifflements rauques.

Madeline la suivait, un peu inquiète, car elle semblait peiner terriblement pour avancer.

— Peut-être devriez-vous vous reposer un peu, madame Babcock, suggéra-t-elle.

— Taratata ! s'exclama la gouvernante d'un ton joyeux. Je monte et je descends ces marches toute la journée, figurez-vous. Je ne suis pas vieille à ce point, tout de même.

— Non, ce n'est pas ce que je voulais…

— Trethevyn est une maison charmante, coupa Mme Babcock. Je suis sûre que vous en viendrez à l'apprécier autant que Sa Seigneurie. Vous n'avez pas choisi le bon jour pour arriver, avec ce temps, mais le vieux Georges pense que le froid va revenir, et le soleil avec lui. Vous verrez alors cet endroit dans toute sa gloire. A mon avis, vous ne devez pas rêver de grand-chose d'autre que de manger quelque chose de chaud à cette heure. Pour cela, ne vous inquiétez pas, milady. La cuisinière vous a préparé un petit festin et même du gâteau aux pommes. C'est le dessert préféré de Sa Seigneurie.

Madeline écoutait en silence, l'estomac noué, mais pas à cause de la faim. Elle se força à sourire et même à parler d'une voix pleine d'enthousiasme.

— Vous me mettez l'eau à la bouche.

Le sifflement de la respiration de Mme Babcock se faisait de plus en plus fort. Du rez-de-chaussée montait le bruit que faisaient les domestiques occupés à décharger les bagages de la voiture. On entendait des voix lancer des ordres, et des pas pressés sur les marches de marbre et les parquets cirés. Madeline suivit la gouvernante sur le palier puis de là sur la droite, le long d'un couloir baigné d'une lumière discrète.

— Cette maison semble fort plaisante, commenta-t-elle.

— Une fois que vous y serez installée, milady, vous ne voudrez plus en partir, je peux vous l'assurer, répondit la gouvernante.

Madeline doutait fort que cela arrive jamais, mais garda la chose pour elle.

Mme Babcock s'arrêta enfin devant une porte exactement semblable à toutes celles qu'elles venaient de dépasser le long du couloir, avança la main vers la poignée, tourna celle-ci et poussa le battant.

— Voici la chambre de la maîtresse de maison. Je vous en prie, milady, passez devant, lança-t-elle en s'effaçant pour attendre que Madeline se décide à entrer.

La jeune femme hésita, jetant d'abord à l'intérieur un coup d'œil timide.

— Elle est exactement comme milady l'a laissée, affirma Mme Babcock.

Madeline se retourna, surprise.

— Milady ?

La gouvernante étouffa un rire.

— Je parle de la comtesse douairière, expliqua la vieille femme, la mère de milord, que Dieu l'ait en Sa sainte garde.

— Ah…

— Elle a vécu ici jusqu'à sa mort, et maintenant ses appartements sont à vous, précisa Mme Babcock en prenant Madeline par le bras, le visage rayonnant. Je suis sûre que vous serez très heureuse ici, milady.

Madeline se mordit la lèvre.

— Oui, murmura-t-elle, incapable de soutenir le regard de la gouvernante.

Elle fut très impressionnée par les dimensions de la chambre, qui semblait plus grande encore que celle de Londres, chez Lucien. Le grand lit à baldaquin qui s'y dressait, pourtant d'une dimension respectable, avait presque l'air ridicule.

Mme Babcock désigna du menton la fenêtre qui occupait le centre du mur en face de la porte.

— Faites attention si vous sortez sur le balcon, milady. On doit bientôt réparer la rambarde qui en a bien besoin. Nous avons eu un vilain orage il y a quelques jours et la foudre a fait pas mal de dégâts. Le fer forgé est tout tordu.

Du doigt, elle désigna une porte sur la droite :

— De ce côté-ci, vous trouverez la penderie et la salle de bains. Sa Seigneurie a même fait installer une de ces choses dont j'ai déjà oublié le nom. Si vous voulez mon avis, c'est encore une de ces inventions modernes qui ne servent à rien et coûtent très cher. Son père et son grand-père se contentaient d'un pot de chambre, mais milord Lucien a toujours voulu n'en faire qu'à sa tête. Enfant, il n'écoutait jamais ce qu'on lui disait, et il continue encore aujourd'hui.

Mme Babcock renifla bruyamment pour montrer sa désapprobation.

— Asseyez-vous, milady. Je vais envoyer Betsy vous chercher une bonne tasse de thé avec beaucoup de sucre.

Vous avez une mine de papier mâché, si je peux me permettre.

Elle guida Madeline jusqu'au canapé, en lui tapotant l'épaule doucement.

— Je vais vous laisser reprendre votre souffle et me taire un peu, annonça-t-elle. Si vous avez besoin de quoi que ce soit, tirez la sonnette. Betsy sera là tout de suite.

La gouvernante se dirigea vers la porte, mais se tourna vers Madeline juste avant de sortir :

— Sa Seigneurie a pris son temps pour se trouver une femme, mais je dois dire qu'il semble avoir fait le bon choix, déclara-t-elle. Bienvenue à Trethevyn, milady.

Là-dessus, elle sortit et reprit le couloir en sens inverse.

Madeline resta immobile à écouter s'éloigner les pas de Mme Babcock, les yeux fixés sur ce qui serait désormais sa chambre. La pièce était entièrement peinte dans les tons roses, et il y faisait merveilleusement chaud à cause du feu qui à l'évidence brûlait depuis un moment au centre de la grande cheminée de marbre taillé. La pluie battait contre les carreaux de l'immense fenêtre et le ciel lourd aurait certainement diffusé à l'intérieur de la chambre sa lumière grise sans la présence d'un grand nombre de chandelles allumées. L'atmosphère, ici du moins, semblait aussi paisible que Mme Babcock l'affirmait.

Madeline examina le mobilier : il y avait là un bureau et un fauteuil assortis, une petite bibliothèque, un grand coffre de bois posé sur des tréteaux ainsi qu'un chevalet. Elle remarqua également dans un vase un bouquet de perce-neige immaculées aux tiges d'un vert éclatant. D'un geste hésitant, elle ferma la porte et traversa sans bruit le tapis rose à motifs bleus. Devant la cheminée se trouvaient un canapé de brocart pâle portant des coussins assortis et flanqué d'un fauteuil tendu du même tissu. Dans le coin gauche, se dressaient une commode et une armoire. Deux tables de nuit flanquaient la tête du lit. De chaque côté de la pièce, se faisant face, deux portes peintes de la même couleur rose pâle se fondaient dans les murs. Madeline se dirigea d'abord vers celle que venait de lui indiquer Mme Babcock, sur sa droite. Elle donnait en effet sur une grande penderie dans laquelle on trouvait également une psyché et un grand miroir, et, depuis celle-ci, sur une salle de bains. Quand elle eut fini d'inspecter ce côté, elle traversa la pièce, certaine de ce qu'elle allait trouver derrière la porte de gauche. Une fois devant, elle posa sa main sur la poignée et la fit tourner doucement, mais le panneau resta immobile, fermé à clé.

Elle recula de quelques pas, un peu surprise, et ce fut seulement alors qu'elle remarqua les murs.

Il y avait des tableaux partout : des natures mortes aux couleurs éclatantes, des scènes champêtres, des portraits de petits chiens ayant sans doute appartenu à la mère de Lucien, des vues splendides de la lande sauvage qui constituait le paysage dominant de la région. Là, elle remarqua deux enfants jouant au soleil, ici un homme marchant dans la neige, ici encore un arc-en-ciel illuminant un ciel de plomb et les ruines d'un château planté sur le bord d'une falaise surplombant une mer écumante.

Attirée par ces merveilles comme par un aimant, Madeline sentit peu à peu le froid et la tension se dissiper en elle. Fascinée, elle oublia tout en examinant les peintures, les tons délicats et translucides des aquarelles, les accents riches et violents des huiles. Au bas de chaque œuvre on distinguait deux initiales emmêlées : A et T. Ainsi, tous ces tableaux peints avec une passion et un amour de la peinture extraordinaires étaient l'œuvre d'un même artiste. Il y avait là quelques pièces véritablement sublimes.

Perdue dans sa contemplation, Madeline entendit à peine les petits coups discrets frappés à sa porte.

— Entrez, lança-t-elle.

Une jeune femme entra, portant un plateau.

— Je vous demande pardon, milady. Mme Babcock m'a demandé de vous apporter du thé, expliqua la soubrette en souriant nerveusement.

— Merci, répondit Madeline en lui rendant son sourire. Vous devez être Betsy.

— Oui, milady. Betsy Porter, confirma la fille en souriant toujours aussi nerveusement. Voulez-vous que je pose ce plateau sur la table près de la cheminée ?

— Oui, s'il vous plaît.

La soubrette avait les cheveux blonds, comme Madeline, mais des yeux d'un bleu tirant sur le gris, et elle semblait un peu maigre.

— Dites-moi, Betsy… tous ces tableaux sur les murs, savez-vous qui les a peints ?

— C'est milady Tregellas, la mère de milord, répondit la jeune femme. Mme Babcock dit qu'elle a passé sa vie à peindre, sauf sur la fin. Avant de mourir elle n'avait plus assez de forces.

— Est-elle morte il y a longtemps ? s'enquit Madeline, intriguée d'apprendre incidemment quelque chose d'important sur la famille de son époux.

— Avant que je ne commence à travailler ici, affirma Betsy. Il y a environ cinq ans.

Il y eut un petit silence, puis :

— J'espère que vous aimez les fleurs, milady, ajouta la servante. Mme Babcock m'a envoyée les cueillir spécialement pour vous.

Madeline jeta un coup d'œil vers les perce-neige.

— Elles sont très belles, Betsy. Merci beaucoup.

— Mme Babcock m'a aussi demandé de vous dire que

le dîner serait servi à cinq heures, déclara la jeune soubrette en triturant le bord de son tablier sans cesser de sourire. Si vous êtes fatiguée, cela vous laisse le temps de faire un petit somme. Je viendrai vous aider à vous habiller à quatre heures et demie. Il n'y a pas de femme de chambre ici. Mme Babcock pensait que vous viendriez avec la vôtre.

Elle avait, tout à coup, l'air un peu gênée.

— Comme vous pouvez le constater, ce n'est pas le cas, répondit Madeline.

Il y eut un silence, durant lequel une inspiration soudaine lui vint :

— Peut-être aimeriez-vous être la mienne ? suggéra-t-elle.

Betsy eut l'air d'avoir été frappée par la foudre.

— Mais… je n'ai pas appris, milady, balbutia-t-elle en rougissant. Je ne sais pas coiffer les cheveux d'une dame, ni…

— Et moi je ne sais pas faire la comtesse, lui confia Madeline. Peut-être pourrions-nous apprendre ensemble ?

— Oh milady ! s'exclama Betsy, ravie. Vous pouvez compter sur moi.

La soubrette quitta la pièce après avoir précisé à sa nouvelle maîtresse qu'elle n'aurait qu'à tirer la sonnette pour la voir apparaître sur-le-champ.

A en juger par l'attitude de Betsy et de Mme Babcock, songea Madeline, le personnel de Trethevyn semblait diablement plus accueillant que le maître des lieux.

— Au fait, Betsy, pouvez-vous me faire monter…, lança la jeune femme, s'apercevant aussitôt qu'elle parlait dans le vide.

Elle se précipita vers la porte pour rattraper la soubrette, mais ne la vit nulle part dans le couloir. Tant pis. Elle boirait son thé avant de sonner pour lui demander de l'eau chaude.

Cela lui laisserait le temps de se remettre de son émotion et de reprendre son souffle.

Elle laissa la porte ouverte et alla se servir une tasse de thé bien chaud. Cela lui ferait le plus grand bien.

Peut-être.

— Max ! Reviens ici tout de suite, satané cabot ! s'écria Lucien en sortant de la bibliothèque, simplement vêtu de sa chemise et de son gilet.

Sa veste noire gisait dans le fauteuil où il venait de la jeter.

— Je ne suis pas là depuis cinq minutes que ce chien m'abandonne déjà, se justifia-t-il à l'adresse de Mme Babcock qui passait par là.

— Ah Seigneur, souffla celle-ci en observant son maître avec des yeux de fouine. On se demande bien pourquoi !

Elle trouvait étrange la minceur nouvelle du visage de Lucien et la petite ride soucieuse qui apparaissait entre ses sourcils quand quelque chose n'allait pas.

— On dirait que vous avez mordu dans un citron, milord. Le voyage depuis Londres n'a-t-il pas été agréable ?

Le regard que lui lança Tregellas aurait suffi à faire déguerpir la plupart des femmes. Mais pas Mme Babcock qui avait le cuir tanné, depuis le temps qu'elle le connaissait.

— Je m'étonne que vous n'ayez pas encore fait mourir cette petite de peur si vous l'avez regardée avec ces yeux-là, insista-t-elle.

— Madame Babcock…, commença de répliquer Lucien d'un ton indigné et pompeux à la fois.

Elle devait avoir touché un point sensible, s'il s'adressait à elle de cette façon au lieu d'user du diminutif dont il l'affublait depuis tant d'années. La gouvernante planta ses mains sur ses hanches en reniflant d'un air outragé.

— Ne me donnez pas du « madame Babcock », milord. Ce chien n'est pas fou. Il sait flairer un grincheux à cent pas et est sûrement monté là-haut pour se chercher meilleure compagnie, rétorqua la vieille domestique en secouant la tête. La cuisinière est en train de préparer votre gâteau favori et vous voilà ici pendant ce temps, le visage plus fermé qu'une porte de prison.

— Max est monté à l'étage ?

— On aurait dit qu'il avait flairé un lapin, pour sûr.

Lucien se passa la main dans les cheveux.

— Mais… milady est dans sa chambre, et vous savez combien Max déteste les nouvelles têtes.

— Ah ça ! Il a presque arraché la main de lady Ranford la dernière fois qu'elle est venue, gloussa Mme Babcock en tapotant le bras de Lucien. Ne vous en faites pas, allez. La porte de sa chambre est sûrement fermée, le chien n'entrera pas. Et puis, de toute façon, nous l'aurions déjà entendu aboyer.

Le visage du comte sembla se détendre un petit peu.

— Vous avez raison. Mais je trouve néanmoins ce silence étrange. Ce chien est sûrement en train de préparer quelque mauvais coup. Je ferais bien de m'en assurer.

— Le dîner est à cinq heures, milord, prévint Mme Babcock en s'éloignant vers la cuisine de sa démarche claudicante.

Ce maudit corniaud de Max devait encore être en train de mâchonner ses bottes favorites, car malgré ses dix ans passés il ne perdait pas le goût du cuir de bonne qualité, se dit Lucien en grimpant les marches en vitesse, atteignant l'étage en quelques secondes. Une fois sur le palier, il examina le couloir dans les deux directions et se réjouit d'abord de voir que la porte de sa chambre était fermée. En fait, il en allait de même pour toutes les autres aussi loin qu'il pouvait voir, excepté une. Celle de la chambre de sa mère.

— Max ! cria-t-il sous le coup d'une angoisse soudaine en se précipitant le long du couloir.

En poussant le battant entrouvert, il entra dans la pièce sans prévenir, persuadé qu'il allait trouver sa femme acculée dans un coin de la chambre par un Max montrant les crocs, les babines retroussées. Ce chien pouvait vraiment être impossible, par moments. Et il avait mauvais caractère. Sa surprise fut à la mesure de son erreur : ébahi, il avisa Madeline, calmement assise sur le canapé, le grand chien noir allongé sur ses genoux, dans une position qui permettait à la jeune femme de gratter la tête de l'animal exactement à l'endroit qu'il voulait.

Max leva les yeux vers lui d'un air nonchalant. Madeline, elle, sursauta.

— Lucien ? Que se passe-t-il ? s'écria-t-elle en essayant de se lever, sans succès tant le chien semblait avoir peu envie de bouger.

Lucien s'éclaircit la gorge, honteux de s'être précipité de la sorte pour résoudre une crise qui n'existait que dans son esprit. Il lança à Max un regard accusateur.

— J'ai pensé que le chien pouvait s'être introduit chez vous, et comme il peut être assez agressif avec les gens qu'il ne connaît pas…

Max regarda la jeune femme d'un air triste en gémissant faiblement.

— Oh, pauvre bête, le réconforta Madeline en lui chatouillant les oreilles. Entendez-vous ce que l'on dit de vous ? Regardez-moi ces yeux !

Max prenait un air de plus en plus innocent.

— Cet animal ne sait même pas ce que c'est que d'être agressif, ajouta la jeune femme.

L'intéressé approuva bruyamment et secoua la tête avant de la reposer sur les genoux de Madeline en regardant Lucien d'un air hautain.

— Je vous assure bien qu'il peut être extrêmement belliqueux, répliqua celui-ci.

— Vraiment ? rétorqua-t-elle en soutenant son regard.

Lucien eut soudain l'impression qu'ils ne parlaient pas vraiment de Max. Un lourd silence s'établit entre eux pendant quelques instants, et il préféra changer de sujet.

— Cette chambre vous convient-elle ? Si ce n'est pas le cas, vous avez tout loisir d'en changer. Vous pouvez même revoir la décoration, si cela vous chante. Idem pour l'ensemble de la maison, d'ailleurs, hormis la bibliothèque, qui est mon… enfin, que je préférerais voir demeurer telle qu'elle est.

Comment ? Il commençait par l'ignorer pendant trois jours d'un voyage exténuant, et, à peine arrivé, il l'autorisait à changer la décoration de la demeure tout entière si le cœur lui en disait ?

— Je trouve cette pièce parfaite, et n'y changerai rien, répondit-elle en massant doucement la tête de Max

Lucien observait le ballet de ses doigts sur le poil court et noir du chien, fasciné, mais se sentant tout à coup étrangement calme, comme si c'était sa tête à lui qu'elle caressait.

— Les tableaux de votre mère sont magnifiques, observa-t-elle.

— Oui, c'est vrai, approuva-t-il en regardant ailleurs. Je suis heureux qu'ils vous plaisent.

Lucien s'étonnait de ne voir nulle aigreur sur le visage de sa femme, nulle frayeur non plus, rien qu'un calme paisible.

— Madeline…

— Ah te voilà, chenapan ! s'exclama Mme Babcock en pénétrant dans la pièce sans prévenir, le souffle court.

Les deux jeunes gens tournèrent la tête de son côté, pas très sûrs de savoir si elle s'adressait au maître de maison ou à son chien.

— Voyez donc un peu ça ! roucoula la gouvernante en s'approchant de Madeline. On dirait qu'il vous a adoptée.

Lucien sentait ses oreilles s'échauffer passablement.

— Mme Babcock, siffla-t-il d'un ton glacial, que faites-vous ici ?

— Oh, ne faites pas attention à moi, répondit la vieille femme. Je venais simplement dire à milady que Betsy lui apportera bientôt de l'eau chaude pour sa toilette. Je m'en vais.

Là-dessus, elle disparut sans demander son reste.

Trop tard. L'instant magique s'était enfui.

— Je vais vous laisser boire votre thé en paix, lança Lucien. Allons Max, viens.

Il commença à s'éloigner, puis :

— Je ne sais pas ce qui lui prend, s'excusa-t-il. Il est très obéissant d'habitude.

Max bâilla et se blottit contre Madeline de plus belle.

— Max, insista Lucien. Allons, viens !

Le chien lui lança un regard morne, comme s'il se demandait ce qu'on lui voulait.

— Ne peut-il rester encore un petit peu ? plaida Madeline.

— Il va mettre des poils partout sur votre robe, répondit le maître des lieux en une ultime tentative pour justifier son intervention.

— Cela ne me gêne pas, affirma-t-elle.

— Dans ce cas…

Max poussa un petit grognement satisfait.

Judas ! vitupéra Lucien pour lui-même en quittant la pièce.

Lucien somnolait d'un sommeil troublé par des rêves dans lesquels Farquharson jouait le premier rôle et qui le renvoyaient à leur passé commun quand le son étouffé d'une voix de femme l'arracha à cette torture. Il connaissait parfaitement les mots qu'il fallait entendre sous la rumeur confuse de ces gémissements, car il les entendait depuis leur arrivée, ou plutôt depuis la première nuit dans la chambre de l'auberge du Cerf Blanc. Toutes les nuits, en fait, sauf bien sûr celle durant laquelle…

Il n'arrivait pas à penser à cet épisode funeste avec un tant soit peu de sérénité. Le désir qui brûlait en lui pour la femme qui portait désormais son nom ne parvenait pas à dissiper sa honte. Jamais il ne se serait cru capable, lui, Lucien Tregellas, de s'abaisser au niveau de Farquharson. Cela lui donnait le sentiment de s'être trompé depuis le début. Il avait épousé Madeline pour la protéger et lui épargner un sort équivalent à celui d'une autre jeune femme qui lui ressemblait un peu. Et aussi pour se venger de Farquharson. Lui qui croyait pouvoir contrôler sa partie charnelle si exigeante — d'autant qu'il n'avait pas couché avec une femme depuis cinq longues années —, le désir l'obsédait nuit et jour depuis sa rencontre avec Madeline. Quoi qu'il fasse pour le nier, il avait envie d'elle.

Comme toutes les autres nuits, il fit de son mieux pour repousser son désir — sans grand succès à vrai dire — et resta immobile à écouter les cris étouffés.

Sacrebleu ! Cela lui déchirait l'âme. Bientôt, pris d'une impulsion subite, il se retrouva debout devant la porte qui séparait leurs deux chambres, la main sur la poignée, la joue pressée contre le bois poli du battant, l'oreille aux aguets, luttant contre la voix de son instinct qui lui criait d'entrer et de la prendre dans ses bras. Il aurait voulu la délivrer de la peur par ses baisers, lui dire qu'il ne s'agissait que d'un cauchemar, lui promettre de la protéger encore et encore.

Mais qui, alors, la protégerait de lui ?

« J'ai confiance en vous, Lucien », l'entendait-il encore

lui dire. Et lui, pauvre fou, n'avait eu de cesse que de trahir sa confiance et de l'annihiler en elle, comme tout ce qu'il touchait.

Bientôt, le silence retomba dans la pièce d'à côté. Le cauchemar venait de prendre fin, il le savait.

Chaque nuit le mettait à la torture. Chaque journée aussi. Ils dînaient ensemble, rien de plus, et de devoir se comporter avec elle d'une manière guindée et distante usait peu à peu ses nerfs. Pis encore, il savait, par Guy, qui lui écrivait régulièrement, que Farquharson se trouvait toujours à Londres et répandait en ville des ragots selon lesquels Tregellas le Maléfique était responsable de l'enlèvement de sa fiancée, qu'il avait forcée à l'épouser. Pas étonnant qu'il n'arrive pas à dormir !

Excédé, Lucien passa sa robe de chambre et descendit en silence jusqu'à la bibliothèque où l'attendait une bouteille de brandy qui apaiserait sans doute ses remords. Pour un temps…

— Bouillon de viande, raie aux câpres, tourte aux rognons, pommes de terre vapeur, poireaux et tarte aux pommes, mercredi. Soupe à l'oignon, ragoût de lièvre, jambon rôti, navets en sauce blanche et sagou au lait, jeudi. Et vendredi, soupe de lentilles, rôti de bœuf, pâté de porc, pommes de terre sautées, carottes et pruneaux pochés. Parfait. A présent que nous avons décidé des menus, il va falloir penser au reprisage.

Mme Babcock ne prenait pas même une seconde pour respirer entre ses phrases.

— Mais d'abord je vais aller nous chercher une bonne tasse de thé et quelques scones pour nous sustenter, ajouta-t-elle.

Elle ne manquait jamais une occasion d'essayer d'engraisser un peu sa maîtresse.

— Merci, Mme Babcock. Je ne sais pas ce que je ferais sans vous.

— Taisez-vous donc, ma petite, minauda la gouvernante, un grand sourire aux lèvres. Au fait, je voulais vous demander si vous comptiez organiser quelque chose pour l'anniversaire de Sa Seigneurie ?

— Son anniversaire ? répéta Madeline, surprise.

— Il ne vous en a pas parlé ? Ah ! Quel diable d'homme. Il ferait se damner un saint, pour sûr.

— J'ai dû oublier, corrigea la jeune femme en secouant la tête. Il est très occupé, avec tout le travail qu'il y a sur le domaine.

— On n'est jamais occupé au point de négliger son anniversaire, répliqua Mme Babcock en reniflant. Milord a toujours aimé ça quand il était enfant. Surtout le gâteau aux pommes, le pain d'épice, la limonade et les cadeaux. Nous organisions une chasse au trésor pour lui et son frère Guy. Ils n'arrêtaient pas de me solliciter pour que je les aide à résoudre les énigmes. Et Babbie par-ci, Babbie par-là, c'est comme ça qu'ils m'appelaient, pensez donc. Quels galopins ils faisaient tous les deux !

La gouvernante renifla, puis :

— Faites-moi savoir si vous voulez un dîner particulier ou quelque chose dans le genre ce soir-là, milady, ajouta-t-elle en adressant un sourire rassurant à la jeune femme. Allons, il faut que j'aille chercher le thé.

— Madame Babcock, l'arrêta Madeline avant qu'elle tourne les talons.

— Oui, milady.

— Pourriez-vous organiser de nouveau une chasse au trésor ? s'enquit la jeune comtesse en se mordillant la lèvre.

— Moi ? Grands dieux non ! répondit Mme Babcock. J'ai été une nourrice parfaite et je suis une bonne gouvernante, mais je n'ai jamais pu inventer la moindre énigme. C'était milady qui s'occupait de ça. Je ne saurais vraiment pas par où commencer, ma pauvre petite.

— Je pourrais vous aider.

— C'est beaucoup de travail, répondit la gouvernante, pas convaincue.

— Je suis sûre que nous pourrions nous débrouiller très bien si nous travaillions ensemble, insista Madeline.

— Entendu, milady, si vous le dites.

— Merci, souffla la jeune femme avec un sourire.

Mme Babcock lui tapota le bras en un geste affectueux, puis tourna les talons et quitta le salon d'un pas un peu trop vif pour une femme percluse de rhumatismes comme elle.

Restée seule dans le petit salon, Madeline se demanda dans quel guêpier elle venait encore de se fourrer.

Les jours suivants, Madeline s'occupa de préparer la chasse au trésor pour Lucien. Il prenait son déjeuner et son dîner avec elle tous les jours avec une ponctualité d'horloge, s'enquérait de sa santé et lui donnait de copieuses quantités d'argent de poche, mais leurs rapports s'arrêtaient là. Il gardait ses distances, même quand il mangeait en face d'elle, et ne mentionnait jamais le nom de Farquharson ni l'éventualité d'un retour à Londres. Madeline devait avouer qu'elle se sentait heureuse à Trethevyn — en tout cas aussi heureuse que pouvait l'être une femme que son mari n'aime pas. Angelina lui manquait, de même que ses parents, et elle se demandait comment ils se débrouillaient au milieu du scandale dans lequel elle les avait entraînés. Elle leur écrivait au moins une fois par semaine, mais ne recevait jamais de réponse. Il fallait qu'elle se fasse à l'idée qu'ils mettraient un certain temps à lui pardonner. Heureusement, avec l'arrivée du printemps et l'excitation des préparatifs de la chasse au trésor, elle ne pouvait céder bien longtemps à l'abattement.

— Oh, milady, vous êtes vraiment habile, s'exclama Betsy en riant doucement. Milord sera sûrement surpris de découvrir ce que vous avez fait.

Mme Babcock semblait plus excitée qu'un enfant et riait de bon cœur.

— Ah ça, vous vous y entendez pour vous servir des mots, ma petite, commenta-t-elle, enthousiaste.

Madeline sourit, surprise. Elle n'avait pas souvenir d'avoir jamais reçu un tel compliment, et, quand la gouvernante la prit par l'épaule pour lui donner un baiser sur la joue, elle en rougit de plaisir.

— Ça me rappelle autrefois, quand milady préparait les chasses au trésor et que milord n'était encore qu'un enfant. Il courait autour de la maison avec de la confiture plein la figure, tout débraillé et les cheveux plus ébouriffés qu'un nid de pie. Il a toujours eu le chic pour se salir. Milady le comparait parfois à un corbeau mouillé. Qu'est-ce que nous pouvions rire !

Madeline avait du mal à imaginer son austère mari sous les traits d'un petit garçon sauvage et insouciant. Le portrait que Mme Babcock faisait de lui ressemblait bien peu à celui d'un enfant qui, une fois grand, ferait peur à toutes les femmes du royaume.

— Ce serait bien d'avoir quelques petits bouts de chou dans cette maison, affirma la gouvernante, qui ignorait bien sûr le marché établi entre Madeline et Lucien.

La jeune femme se figea.

— Quels petits bouts de chou ? demanda Betsy ingénument.

— Eh bien, mais ceux de milord et milady, bien

sûr, répondit Mme Babcock comme s'il s'agissait d'une évidence.

Madeline sentit son visage s'empourprer. Elle se leva précipitamment et s'éclaircit la gorge.

— Je viens de me souvenir que nous avions promis de rendre visite à la femme du pasteur, au village. Je ferais bien de me mettre en route si je veux rentrer avant la nuit.

— Vous avez raison, milady, approuva la gouvernante en s'éloignant, abandonnant à Betsy le soin d'aller chercher la pelisse de sa maîtresse ainsi que son manteau, son chapeau et des chaussures pour sortir.

Le désir de Madeline d'échapper à une conversation embarrassante à propos de bébés à venir ne fut nullement récompensé, car Mme Woodford, la femme du pasteur, se fit une joie de lui apprendre qu'elle était enceinte et que la famille compterait un nouveau membre à la fin de l'été.

Madeline sirota son thé en espérant que son hôtesse s'en tiendrait à l'entretenir de sa propre progéniture, en vain, car elle comprit très vite que tout le village s'intéressait grandement à la possibilité qu'elle donne bientôt un héritier aux Tregellas. En fait, l'euphorie de Mme Woodford la poussa à divulguer le secret dont bruissait le village : M. Turner, propriétaire de l'auberge des Armes du Roi, prenait les paris dans son établissement sur la date précise à laquelle lady Tregellas donnerait naissance à un héritier. Madeline pâlit et fit claquer sa tasse dans la soucoupe.

Le révérend Woodford choisit précisément ce moment pour rentrer du jardin avec Lucien. Les deux hommes discutaient encore des plans du pasteur pour la fête de l'Annonciation quand ils entrèrent dans le petit salon.

— Ah, lady Tregellas, j'imagine que Mme Woodford vous a informée de ce que nous attendions un heureux événement ? demanda le pasteur, les yeux brillant de fierté.

Madeline se sentit soudain la gorge sèche.

— Oui, bien sûr, répondit-elle. C'est une nouvelle merveilleuse.

Lucien remarqua les joues roses de sa femme, puis le visage rayonnant de son hôtesse et finalement la mine réjouie du pasteur. Il venait de comprendre ce qui se passait.

— Permettez-moi de vous féliciter en mon nom et en celui de mon épouse, intervint-il.

Woodford et sa femme n'auraient pu avoir l'air plus fier.

Madeline, elle, ne pouvait en supporter davantage.

— Pardonnez-nous, Mme Woodford. Nous devons rentrer à Trethevyn avant qu'il fasse nuit, affirma-t-elle en se mordant la lèvre et en adressant à Lucien un regard suppliant. Merci infiniment pour ce thé, et pour la bonne nouvelle. N'hésitez pas à faire appel à moi si vous avez besoin de quelque chose.

C'est alors que la petite fille des Woodford fit son entrée dans la pièce, en courant comme pour se réfugier dans les jupes de sa mère. Mais, en voyant Madeline, elle s'arrêta net. D'un doigt poupin, elle désigna la jeune femme, la bouche ouverte en une expression de surprise charmante.

— Sally ! la gronda Mme Woodford sans toutefois cesser de sourire. Combien de fois t'ai-je dit de ne pas montrer les gens du doigt ?

D'un geste, elle prit la petite fille dans ses bras et la posa sur ses genoux en embrassant tendrement la main minuscule de l'enfant.

— Voici lord et lady Tregellas, Sally. Ils sont venus rendre visite à maman. Allons, dis bonjour comme je t'ai appris à le faire, ordonna doucement la mère en répétant sa leçon : comment allez-vous ? Je suis enchantée de vous rencontrer…

Sally, qui n'avait que deux ans, éclata de rire en fixant de ses grands yeux bleus les inconnus.

La boule que Madeline sentait dans sa gorge ne faisait que grossir, menaçant de l'étouffer, et les yeux lui piquaient, de sorte qu'elle battait follement des paupières pour repousser les larmes.

— Au revoir, souffla-t-elle à l'adresse de la petite fille.

Mais l'enfant semblait s'être entichée d'elle, car elle insista pour lui donner un baiser sur la joue.

Une fois dehors, Madeline eut le plus grand mal à se retenir de courir vers la voiture

— Que vous arrive-t-il ? Pourquoi tenez-vous tant à partir précipitamment ? s'étonna Lucien en fermant la porte

Elle avait du mal à déglutir, aussi fut-ce en suffoquant presque qu'elle répondit :

— J'ai une migraine affreuse.

C'était tout ce qu'elle avait trouvé et elle espérait qu'il ne se montrerait pas trop suspicieux.

Lucien hocha la tête et, remarquant qu'elle avait les yeux humides et les lèvres tremblantes, jugea opportun de ne rien dire pour lui laisser le temps de se remettre de sa détresse. En tout cas, il ne croyait pas à cette histoire de migraine.

Pendant tout le trajet de retour, Madeline garda les yeux fixés sur le paysage qui défilait devant la fenêtre en s'exhortant à ne pas pleurer. Elle commençait à réaliser à quel point elle avait envie de ce qu'elle ne pourrait jamais obtenir.

9

Heureusement, le jour suivant fut entièrement consacré à dissimuler les indices pour la chasse au trésor, et, pour Mme Babcock, à organiser la cuisine pour la préparation du repas d'anniversaire qui devait rester un secret. Si bien que Madeline n'eut pas le temps de songer à sa maternité contrariée.

Elle monta se coucher très tôt, épuisée, en se demandant ce que Lucien penserait de la surprise qui l'attendait.

Le jour de l'anniversaire, il faisait beau et sec et un pâle soleil éclairait la chambre. Madeline se leva particulièrement tôt, afin de s'assurer qu'elle serait assise à la table du petit déjeuner avant que Lucien n'entre dans la pièce. Elle prit place sur sa chaise en savourant la lumière vive qui pénétrait par la grande fenêtre. On voyait par endroits des particules infinitésimales flotter dans l'air comme de petites tâches d'argent. Tout était calme, à tel point qu'elle pouvait entendre le son de sa propre respiration. Elle attendit tranquillement, surprise d'avoir encore faim alors qu'elle venait d'engloutir une assiette de jambon et de champignons, quand elle entendit enfin les pas de son mari. Elle buvait son café, Max allongé à ses pieds, quand il entra.

— Madeline ?

Lucien regarda la pendule, l'air interrogateur.

— Vous êtes bien matinale aujourd'hui, s'étonna-t-il.

— Oui, répondit-elle en essayant de ne pas regarder la petite enveloppe posée à côté de l'assiette de son mari, un sourire sur le visage, tout impatiente. Bon anniversaire, Lucien.

Il ouvrit de grands yeux surpris, mais se reprit très vite et la salua poliment avant d'aller se servir de quoi manger sur la desserte où se trouvaient les chauffe-plats. Ce fut seulement quand il prit place à son tour qu'il remarqua l'assiette de la jeune femme.

— Vous avez déjà mangé ?

— Je n'ai pas eu le courage d'attendre un certain couche-tard de ma connaissance. Je serais sans doute morte de faim sans cela.

Cette remarque suscita l'ombre d'un sourire chez Lucien et eut pour effet de calmer la tension qui régnait entre eux. Il trouva la petite enveloppe près de son assiette et en examina le contenu. Son visage sévère sembla se détendre et Madeline crut même y voir un peu du plaisir qu'il devait éprouver, enfant, à l'occasion de ses anniversaires.

— Une chasse au trésor ?

— J'ai pensé que cela vous plairait.

Quand Lucien éclata de rire, elle ne put s'empêcher de remarquer à quel point cela transformait son visage. C'était comme de voir deux personnes différentes, l'une froide et distante, l'autre chaleureuse et aimable.

— Vous ne vous êtes pas trompée.

Pour la première fois depuis leur arrivée à Trethevyn, Madeline revoyait l'homme qui l'avait enlevée dans une salle de bal avant de l'épouser en pleine nuit devant un prêtre et deux témoins.

***

Lucien tenait la feuille de papier entre ses doigts, les yeux plissés à cause du soleil qui l'aveuglait et l'empêchait de déchiffrer l'énigme.

— *Là où le vent souffle fort, sous moi passez,*

Je suis un coq qui ne peut chanter...

Il leva un sourcil dubitatif en direction de Madeline qui lui rendit son regard d'un air innocent.

— Allez-vous me donner un indice supplémentaire ?

— Sûrement pas, répondit-elle. Mme Babcock m'a prévenue de votre paresse. Il faut que vous résolviez ces énigmes tout seul.

Lucien sourit sans un mot.

Ils se trouvaient dans le jardin derrière la maison, et Max, le chien, baguenaudait entre eux. Lucien examina les alentours et arrêta bientôt son regard sur le petit pavillon d'été construit sur le sommet d'un tertre couvert de pelouse, à quelque distance de là.

— Je pense que nous devrions aller jeter un coup d'œil de ce côté, déclara-t-il en tendant le bras à Madeline et en se dirigeant vers le petit édifice peint en blanc et au sommet duquel une girouette en forme de coq brillait dans le soleil. Max fila, la truffe à terre, ayant flairé quelque lapin.

— *De respirer j'ai cessé,*

C'est sous terre qu'il faut me chercher...

Lucien réfléchit un moment, en observant la joie qui illuminait le visage de sa femme. Il ne se souvenait pas de l'avoir jamais vue aussi détendue ni aussi heureuse depuis...

Il repoussa cette pensée inopportune et se concentra plutôt sur ses yeux aux reflets dorés dont semblait émaner une chaleur communicative.

— *C'est sous terre qu'il faut me chercher*, répéta-t-il doucement, l'air absorbé.

Madeline éclata de rire en battant des mains.

— J'espère que vous portez de bonnes chaussures, lui lança-t-il en la regardant les yeux dans les yeux, car le mausolée de Trethevyn se trouve de l'autre côté de ces bois.

Madeline souleva légèrement sa jupe pour lui montrer ses bottines.

— J'ai impression que mes énigmes sont un peu trop faciles pour vous, commenta-t-elle.

— Bien au contraire, répondit Lucien en détournant les yeux de la jolie cheville qu'il venait d'entrapercevoir.

Quand ils en arrivèrent à la dixième énigme, il était l'heure du déjeuner et lord et lady Tregellas achevaient un périple qui venait de les mener tout autour du domaine, ce qui faisait une distance de plus de deux miles. Ils se trouvaient à présent dans la cave située sous le château, et peinaient une nouvelle fois à lire l'énigme à la lumière d'une chandelle solitaire et vacillante.

— *Vous me… trouverez là où*

Fleurissent la paix et l'amour fou.

Au milieu des gerbes d'or et du feuillage roux,

La réponse est en vous…

Lucien fronça les sourcils encore une fois et un peu de l'ancienne tension revint sur son visage.

— Ai-je enfin réussi à vous faire rendre les armes ? demanda doucement Madeline.

Leurs regards se croisèrent et ils se regardèrent longtemps, le cœur battant dans le silence

— Il semble bien, répondit Lucien.

Il ne pensait plus à la chasse au trésor. Lentement, il s'avança vers elle.

On entendit gratter à la porte, et des aboiements sonores retentirent l'instant d'après.

— Max ! s'esclaffa Madeline.

Lucien la regarda ouvrir la porte et se pencher sur l'animal pour lui caresser la tête.

— On dirait qu'il a eu peur que nous oubliions notre jeu, remarqua Madeline.

« Il s'en est fallu de peu, en effet », songea Lucien.

— Allons, je vais vous donner un nouvel indice : vous devriez aller voir dans le jardin.

Lucien plissa le front et suivit sa femme en haut de l'escalier jusqu'à la lumière.

Le froid soleil d'hiver les enveloppait de sa pâle clarté tandis qu'ils suivaient à travers les jardins un itinéraire compliqué en se tenant par le bras. Ils semblaient n'avoir nul besoin de parler. Comme deux camarades, ils savouraient la caresse du soleil sur leurs visages en même temps que le froid vivifiant de l'air. Un merle voleta à l'intérieur d'une haie et un gros rouge-gorge aux pattes fuselées se mit à chanter, bien en sécurité sur le manche de la fourche du vieux Georges plantée au milieu du jardin de simples. Le ciel était bleu pâle, et donnait à la campagne alentour une teinte métallique étonnante. On voyait le moindre détail de la terre brune et froide qui s'effritait sous leurs pieds, des pelouses incroyablement vertes, des branches encore dénudées des arbres centenaires, les premiers bourgeons dans les buissons. Ils s'approchèrent d'un vieux banc de bois un peu délabré et y prirent place ensemble.

Madeline s'enivrait de l'air frais du printemps, elle avait l'impression de se nettoyer les poumons. Au cours des semaines passées, la tension semblait s'être dissipée peu à peu, depuis son premier pas dans la chambre de lady Ann, dont les tableaux la ravissaient à chaque regard. Elle avait l'impression d'avoir trouvé un havre au milieu de tous ces gens qui l'accueillaient avec chaleur. Max, Babbie, Betsy, le vieux Georges et M. Norton, le majordome, dont l'œil exercé ne manquait jamais le moindre détail. Même Lucien semblait s'être autorisé à baisser un peu sa garde.

Elle sentait la douce chaleur de son bras contre le sien et d'un mouvement discret caressa la laine de sa veste. Elle savait que sous les dehors revêches qu'il affichait à son égard se cachait un cœur tendre et capable d'aimer. Chaque jour, elle observait la façon dont il se comportait avec ses fermiers. Il les traitait bien, avec justice, s'intéressait à eux, et les aimait assez pour connaître leurs noms, savoir ce qui arrivait dans leur vie, depuis la naissance du premier agneau jusqu'à la maladie de la femme de Bob Miller. Personne à Tregellas ne le craignait, personne ne l'appelait le Maléfique. Etait-ce son imagination ou bien depuis leur arrivée l'austérité glaciale de son époux avait-elle commencé à fondre ? Quand elle leva les yeux vers lui, elle remarqua qu'il la regardait, un sourire aux lèvres.

— *La paix et l'amour fou*, dit-il en souriant de plus belle, portant les yeux vers la statue qui se dressait derrière un parterre de fleurs aux couleurs éclatantes.

Un Cupidon de pierre le regardait de ses yeux vides, une colombe minérale perchée sur son arc.

— *Les gerbes d'or et de feuillage roux...*

Il ouvrit de grands yeux étonnés quand il vit l'œuvre de Madeline. Au pied de la statue, des jonquilles dessinaient son prénom — LUCIEN — encadrées par une petite haie de photinias aux feuilles d'un rouge sombre éclatant. Il rit de bon cœur en secouant la tête comme s'il n'en croyait pas ses yeux. Au milieu de la lettre U, posée à même le sol humide et noir, se trouvait une vieille boîte un peu cabossée. Il s'approcha, traînant Madeline derrière lui. Le loquet s'ouvrit aisément et, quand il l'eut soulevé, il découvrit à l'intérieur une écharpe de femme de soie bleue enroulée autour de quelque chose. Lucien glissa la main sous le petit paquet et le tira de la boîte avec précaution. D'une main légère, il dénoua le tissu et découvrit, dans un simple cadre de bois, un petit portrait brodé figurant un jeune garçon.

Madeline retint son souffle tandis que son époux examinait la broderie sur laquelle elle avait passé en secret de nombreuses heures dans les semaines passées.

Du bout des doigts, il toucha les points minuscules brodés avec un soin étonnant.

— Savez-vous qui c'est ? demanda-t-elle.

— Je devrais. Vous avez fort bien saisi la ressemblance, commenta-t-il en la regardant d'un air interrogateur. Mais comment diable avez-vous… ?

Des petites taches d'or scintillaient dans les yeux d'ambre.

— L'un des tableaux de votre mère qui se trouve dans ma chambre montre deux jeunes garçons s'amusant ensemble. Il n'a pas été très difficile de deviner lequel des deux était vous.

Lucien sourit doucement.

— C'est Georges qui a fait le cadre. Nous… nous espérions que cela vous plairait, ajouta-t-elle timidement.

— Je le trouve merveilleux, murmura-t-il en la prenant par la taille pour lui poser un baiser sur le front. Merci, Madeline. C'est un très beau cadeau.

Quand leurs regards se croisèrent, elle remarqua de petites rides de bonheur au coin des yeux de Lucien. Elle se laissa envelopper dans la chaleur de son sourire, le cœur battant si fort que la tête lui tournait presque. Et quand la main de Lucien prit la sienne, elle eut impression que la vie ne pouvait pas être plus belle. Ils rentrèrent main dans la main vers la maison et le repas qui les attendait.

Le feu brûlait dans la cheminée, et les chandelles du grand lustre de cristal projetaient leur douce lumière sur la pièce. Le petit salon n'aurait pu être plus douillet.

Madeline et Lucien étaient assis l'un à côté de l'autre sur le canapé, Max étendu à leurs pieds battant de sa queue le bord du sofa, mâchonnant ce qui avait été autrefois l'une des chaussures de bal de Madeline. Le cadeau de Lucien trônait sur le manteau de la cheminée.

— Je constate que l'appétit de ce chien est sans limites et qu'il ne se contente plus de mes bottes, observa Lucien en servant deux petits verres de jerez.

Madeline éclata de rire et caressa l'oreille soyeuse de Max d'une main tandis que de l'autre elle prenait le verre que Lucien lui tendait.

— J'ai fait l'erreur de laisser mes escarpins dans la chambre et il a pris celui-ci avant que j'aie eu le temps de réagir. J'ai réussi à sauver l'autre avant son retour, mais je doute qu'il puisse me servir à quelque chose.

Ils burent une gorgée de jerez en riant doucement tous les deux.

— Merci, Madeline, souffla Lucien en lui prenant la main.

— De quoi donc ? s'étonna-t-elle.

— Pour aujourd'hui, pour votre compréhension, répondit-il en lui caressant doucement le dos de la main du bout du pouce. Pour m'avoir pardonné.

— Lucien, murmura-t-elle en l'enserrant entre ses doigts. Il n'y a rien à pardonner. Vous m'avez sauvé des griffes de Farquharson.

Ses doigts abandonnèrent le pouce de Lucien pour aller caresser son poignet.

— Vous êtes mon époux, ajouta-t-elle tout doucement.

Il ferma les yeux à ces mots, luttant contre le frisson qui montait le long de son bras. Il aurait tant aimé être son mari dans tous les sens du terme.

— Cela ne veut pas dire que j'ai le droit de… Nous avons conclu un marché. J'ai promis de vous protéger, Madeline, pas de…

— Pas de… quoi, Lucien ?

— Je parle de ce qui s'est passé cette nuit-là à l'auberge, souffla-t-il.

Il eut l'impression de voir comme l'ombre de la colère passer dans les yeux de Madeline avant de disparaître. Seigneur ! Il s'en voulait tellement de l'avoir blessée.

Elle se mordit la lèvre quand elle sentit les doigts de Lucien s'abriter dans les siens.

— Je suis désolée…

— De m'avoir épousé ? suggéra-t-il, le cœur serré.

— Non, protesta-t-elle, bouche bée. Pas du tout.

Le soulagement sembla rendre son souffle à Lucien d'un coup. Leurs doigts s'étreignaient désespérément.

— Vous n'avez rien à regretter, Madeline. Vous n'avez rien fait de mal.

Elle se mordait la lèvre presque jusqu'au sang.

— Je suis désolée de vous avoir mis en colère cette nuit-là. Je sais que vous ne vouliez pas… Que vous ne vouliez pas me…

Lucien n'en pouvait plus. Il l'attira dans ses bras et lui releva le menton.

— C'était ma faute, dit-il d'une voix dure. J'aurais dû réfléchir, mais je ne suis comporté comme un soudard. Oublions tout cela, Madeline. Je ne veux que votre bonheur.

Il effleura la tempe de la jeune femme du bout des lèvres avant de la repousser gentiment. La tentation était décidément une chose terrible. Et il n'avait pas envie de gâcher cette journée magnifique.

Trois semaines plus tard, partout dans la campagne la vie explosait, des plus humbles pousses d'herbe aux bourgeons qui s'ouvraient sur les branches basses. Lucien se montrait plein de considération. Il souriait plus, riait plus, tenait la main de Madeline parfois, lui prenait le bras, lui racontait des histoires de son enfance avec Guy et lui demandait de l'accompagner dans ses tournées sur le domaine. Il l'emmena même découvrir un cimetière néolithique, tout près de là, ainsi que les mystérieux cercles de pierre qu'on appelle *hurleurs* dans ce coin d'Angleterre. Après lui avoir acheté une très belle jument baie bien docile, il alla chevaucher avec elle à peu près tous les jours, l'accompagnant chaque fois qu'elle rendait visite à l'un ou l'autre des notables du cru. Ils allèrent même, une fois, danser à Bodmin et faire des emplettes à Truro.

Chaque jour qui passait, Madeline aimait encore un peu plus son mari. Ce qui autrefois, à Londres, lui semblait un plaisir ingénu en sa présence semblait désormais se muer en un désir violent, irrépressible. Elle avait envie de lui, follement. Elle ne comprenait pas pourquoi le moindre de ses regards lui nouait le ventre. Elle ne savait qu'une chose : qu'elle avait besoin de lui, de plus en plus. Le souvenir de cette fameuse nuit à l'Auberge de Londres la torturait. Elle voulait toucher sa peau nue, tracer de ses doigts un sillon brûlant sur les poils de sa poitrine, sentir la force de son corps sur le sien. Elle avait beau savoir qu'il ne la désirait pas en retour, elle n'y pouvait rien. Parfois, l'audace de ses pensées lui faisait monter le rouge aux joues. La nature exacte de ce qui était censé se passer dans un lit entre mari et femme demeurait un mystère pour l'essentiel, mais elle savait, d'après les allusions de sa mère, que c'était là que s'affirmaient pleinement les devoirs d'une épouse.

Henrietta Brown, qui faisait partie de leur petit groupe de broderie, leur avait raconté une fois — en précisant qu'elle le tenait de sa sœur — qu'une femme devait se soumettre à son mari. Le devoir et la soumission, cependant, lui semblaient des notions détestables. Au contraire des souvenirs qu'elle gardait des quelques instants partagés avec Lucien dans son lit. Peut-être avait-elle fait quelque chose de mal dont le souvenir le dégoûtait encore ? Peut-être une femme n'était-elle pas supposée embrasser son époux ? Allongée dans son lit, elle réfléchissait à cette épineuse question. Comme prévenu de son humeur, Max s'approcha en gémissant et lui lécha le visage de sa langue rose.

— Rendors-toi, Max, ordonna-t-elle en flattant la tête de l'animal, rassurée par sa présence.

Pourtant, en s'endormant, elle ne put s'empêcher de penser qu'elle aurait préféré que Lucien, et non Max, dorme à côté d'elle.

— Oh, milady, je suis désolée, le ruban a glissé et... D'habitude je suis plus adroite, s'excusa Betsy en éclatant en sanglots et en s'enfuyant.

— Betsy ! s'écria Madeline en se lançant à la poursuite de la soubrette.

Mais elle avait disparu dans l'escalier de service, de l'autre côté du palier.

La jeune femme se fit rapidement une queue-de-cheval qu'elle assura avec le ruban qui gisait à terre et se lança à la poursuite de la femme de chambre. Arrivée en bas de l'escalier, elle manqua de heurter la gouvernante de plein fouet.

— Avez-vous vu Betsy, madame Babcock ? lança-t-elle.

— Pourquoi m'appelez-vous comme ça ? demanda celle-ci, les poings sur les hanches. Je croyais que nous étions convenues que vous m'appelleriez Babbie.

— C'est vrai, pardonnez-moi, s'excusa Madeline. C'est juste que Betsy m'a semblée bouleversée, ce matin : elle a simplement laissé tomber un ruban mais s'est mise d'un seul coup à pleurer à chaudes larmes. Cela fait une semaine qu'elle n'est pas elle-même. Je m'inquiète pour elle, Babbie.

Mme Babcock fit un léger bruit de succion, ce qui chez elle dénotait une tension extrême.

— C'est à cause de Mme Porter, souffla-t-elle en soupirant. La mère de Betsy. Elle ne va pas très fort. En fait elle va même très mal. Cela fait quinze jours qu'elle est au lit et les choses n'ont pas l'air de s'arranger. Elles vivent seules toutes les deux. M. Porter, un scélérat de la plus belle espèce, les a abandonnées sans rien alors que cette pauvre Betsy n'était qu'une enfant. Elle s'occupe de sa mère depuis. Je crois qu'elle est folle d'inquiétude.

— Pourquoi n'a-t-elle rien dit ? Elle devrait être au chevet de sa mère et non pas ici à me coiffer.

— Elle a besoin des gages que vous lui donnez, expliqua Mme Babcock. Elles sont pauvres toutes les deux, très pauvres. D'habitude, Mme Porter prenait de l'ouvrage, mais avec sa maladie elle a été contrainte de s'arrêter. Ce que vous donnez à Betsy est leur seul revenu.

— En ce cas, il faut que nous fassions quelque chose, répondit Madeline en levant les yeux vers la gouvernante.

— Allons, milady, il n'est pas nécessaire que vous vous inquiétiez pour elles.

— Mme Porter a-t-elle vu un médecin ? s'enquit la jeune femme sans relever cette remarque.

— Le vieux docteur Moffat est allé la voir. C'est un vrai gentleman. Il ne demande pas d'argent à ceux qui ne peuvent pas le payer. Il a parlé de phtisie, d'après Betsy.

— Milord Tregellas est-il déjà rentré de la ferme des Granger ? s'enquit Madeline d'une voix résolue.

— Pas que je sache, répondit Mme Babcock en secouant la tête.

— En ce cas, dites à la cuisinière de préparer un panier avec du pain, des œufs, de la tourte à la viande, tout ce qu'elle trouvera. Et si elle a fait de la soupe, tant mieux. Demandez à Boyle de préparer la voiture et veillez à ce que Betsy m'attende près des écuries.

Là-dessus elle tourna les talons et grimpa l'escalier quatre à quatre.

— Voyons, milady ! s'écria Mme Babcock. Ne vous mettez pas martel en tête. Sa Seigneurie n'aimerait pas que vous fassiez une sottise.

Mais Madeline ne l'entendit pas, occupée qu'elle était à courir vers sa chambre.

Quand la gouvernante revit sa maîtresse, celle-ci se dirigeait vers la porte de la maison vêtue d'une pelisse et d'un manteau et portant sur les bras deux grands draps soigneusement pliés ainsi que, posé sur ceux-ci, le petit réticule dans lequel elle serrait son argent.

— Milady ! s'écria Mme Babcock en traversant le hall à une vitesse surprenante pour une boiteuse.

Madeline se figea sur place.

— Ah, Babbie, vous voilà. Je remmène Betsy chez elle et compte rendre visite à sa mère par la même occasion. Est-ce que la voiture est prête ?

Mme Babcock ignora la question.

— Vous pourriez attraper cette affreuse maladie. Il vaut mieux rester ici, milady.

— Voyons Babbie, répondit Madeline en serrant le bras de la vieille femme. C'est vraiment le moins que je puisse faire pour elles. Cette pauvre Betsy est malade d'inquiétude depuis une semaine et elle ne m'en a pas dit un mot. Elles ne mangent probablement pas à leur faim toutes les deux, sans compter qu'il a fait si froid ces derniers temps…

— Sa Seigneurie n'aimera pas ça, rétorqua Mme Babcock en fronçant les sourcils. Il a donné des instructions strictes pour que nous ne vous laissions pas sortir seule.

— Je ne serai pas seule, puisque Betsy et M. Boyle seront avec moi, répondit la jeune femme. Et puis, il comprendra.

Mme Babcock eut l'air de savoir exactement comment réagirait Lucien. La ride qui se creusait entre ses sourcils se fit plus profonde encore.

— Laissez-moi au moins venir avec vous.

Madeline secoua la tête en souriant.

— Chère Babbie, je sais à quel point vous êtes occupée aujourd'hui, et il fait si froid que vous en auriez les oreilles gelées. Vous savez combien l'humidité vous fait souffrir. Restez donc ici et tenez-vous au chaud. Il faut de toute façon que quelqu'un demeure à Trethevyn pour vérifier que la cuisinière fait bien ces scones délicieux que je lui ai demandés.

La vieille femme grommela une protestation indistincte.

— J'ai l'estomac qui gronde rien que d'y penser, insista Madeline. Je suis sûre que j'aurai une faim de loup à mon retour.

— Filez vite, alors, répondit Mme Babcock en penchant la tête, mais prenez garde de ne pas rester dehors trop longtemps. Il ne faut pas beaucoup de temps pour faire ces scones et il vaut mieux les manger au sortir du four, quand ils sont bien chauds.

Madeline disparut sur un éclat de rire, courant à la rencontre de Betsy qui l'attendait patiemment près de la voiture.

— Comment ça, elle est sortie ? demanda le comte Tregellas d'un air furieux.

Mme Babcock lui fit face avec un calme renversant.

— C'est comme je vous le dis. Elle est allée rendre visite à Mme Porter qui est malade. Elle a pris Betsy avec elle, de la nourriture, des couvertures et de l'argent.

— Et quand est-elle partie ?

— A dix heures, milord.

— Deux heures, déjà ! laissa tomber Lucien, le visage sombre.

— Elle n'est que de l'autre côté du village, après tout, et ne risque rien là-bas.

— Babbie, répliqua Lucien en cachant mal son exaspération, j'ai une très bonne raison d'essayer de faire en sorte que Madeline ne sorte jamais sans être accompagnée. Je ne veux pas mettre sa sécurité en péril.

— Mais, milord, répondit Mme Babcock d'un ton moins compassé, il ne peut rien lui arriver chez Mme Porter. Le temps a passé. Vraiment, elle ne risque rien.

Lucien planta son regard dans celui de la gouvernante.

— Cyril Farquharson la connaît, asséna-t-il. En fait, il éprouve à son égard plus que de l'intérêt, si l'on peut dire. Elle n'est en sécurité qu'ici même, à Trethevyn.

Mme Babcock pinça les lèvres et émit de nouveau un bruit de succion.

— Ah bon sang ! Pourquoi ne m'en avez-vous rien dit ? Je vais prendre la voiture et aller la chercher.

La main ridée de Mme Babcock s'abattit sur le bras de Lucien.

— Pardonnez-moi, milord, jamais je ne l'aurais laissée partir si j'avais su.

Il hocha la tête, compréhensif, avant de s'éloigner.

Soudain, on entendit les roues d'une voiture crisser sur le gravier de l'allée. Lucien et Mme Babcock échangèrent un regard perplexe. L'instant d'après, il se ruait sur le perron avant même que le buggy se soit arrêté complètement.

Madeline sauta à terre et les regarda tous les deux d'un air surpris.

— Lucien, vous êtes de retour ! s'exclama-t-elle joyeusement.

Il ne répondit rien. Mme Babcock, elle, jeta un coup d'œil dans la voiture vide.

— J'ai pensé qu'il valait mieux que Betsy reste auprès de sa mère jusqu'à ce qu'elle se sente mieux. Je me débrouillerai sans elle pendant un moment.

On entendit un jappement joyeux et Max apparut bientôt sur le perron, qu'il dévala d'un bond pour accueillir sa maîtresse, sautant sur elle avec frénésie pour lui réclamer une caresse.

Madeline sentait peser sur elle un regard accusateur.

— Que se passe-t-il ? Quelque chose ne va pas ?

— Vous voulez dire : hormis le fait que vous soyez partie seule en voiture ? demanda Lucien d'un ton sarcastique.

Madeline cilla, surprise, sans cesser de caresser la tête du chien. Ce matin au déjeuner, Lucien semblait de bonne humeur, pourtant.

— Je ne me suis pas enfuie. La mère de Betsy est malade. Je lui ai simplement rendu visite, voilà tout, répondit-elle en regardant Mme Babcock d'un air perplexe.

Cette dernière avait l'air tout aussi furieuse que Lucien.

— Nous discuterons de cela à l'intérieur, Madeline, lança ce dernier en rentrant dans la maison d'un pas décidé.

Elle le suivit dans le salon, Max sur les talons.

Ils n'échangèrent pas un mot avant qu'il n'ait fermé soigneusement la porte derrière eux. Quand ce fut fait, il se tourna vers elle en lui lançant un regard noir.

— J'attends vos explications.

— Je vous demande pardon ? s'étrangla Madeline en le dévisageant comme s'il était devenu fou. Je n'ai pas la moindre idée de ce que vous voulez dire.

— En ce cas laissez-moi vous remettre à la mémoire un certain baron qui a manifesté à votre égard un intérêt malsain. Se peut-il que vous l'ayez déjà oublié ?

— Qu'est-ce que Cyril Farquharson peut bien avoir affaire avec ma visite à Mme Porter ? répliqua Madeline en s'asseyant sur le bord du fauteuil en face de Lucien.

— Vous m'avez donné votre parole que vous ne sortiriez pas seule.

— C'est exactement ce que j'ai fait. Betsy et M. Boyle m'ont accompagnée.

— Une femme de chambre et un vieillard ne constituent pas exactement une escorte suffisante contre un homme comme Farquharson. Boyle à au moins soixante-dix ans. Et de toute façon vous êtes rentrée sans Betsy.

— Vous exagérez le danger, protesta Madeline.

— Vraiment ? rétorqua Lucien en fronçant les sourcils.

Max les regarda tous les deux d'un air perplexe et aboya bruyamment.

— Oui exactement, insista Madeline en lançant un regard furibond à son époux. Farquharson est loin d'ici, à Londres. Il y a très peu de chances qu'il apparaisse subitement sur le seuil de la maison de Mme Porter. Je ne vois vraiment pas où est le problème.

— En ce cas, permettez que je vous éclaire un peu.

— C'est inutile. Je crois que je commence à comprendre, s'exclama-t-elle en tournant les talons pour se diriger vers la porte.

— Madeline ! souffla Lucien d'une voix terriblement sérieuse.

Elle fit semblant de ne pas avoir entendu, mais, comme elle allait saisir la poignée, une main ferme lui agrippa le bras et la fit pivoter sur elle-même.

— Cyril Farquharson n'est plus à Londres depuis deux semaines. Il est fort possible qu'il soit ici, en Cornouailles.

Il la tenait bien serrée, mais évitait soigneusement de lui faire mal.

Elle ouvrit de grands yeux et sentit son cœur s'arrêter de battre un instant.

Un gémissement aigu résonna dans la pièce.

Madeline et Lucien regardèrent le chien d'ordinaire si docile et qui semblait s'agiter.

— Max ? souffla Lucien.

Le chien gémit encore avant de pousser un aboiement rauque.

— Bonté divine ! s'exclama Lucien en reculant d'un pas, laissant retomber ses mains le long de son corps.

Les aboiements cessèrent instantanément et Max s'approcha de Madeline pour humer de sa truffe le satin de sa robe.

Madeline leva les yeux et, avec un sourire gêné :

— Peut-être devrais-je le prendre avec moi la prochaine fois que je rendrai visite à quelqu'un, suggéra-t-elle. C'est vraiment un très bon chien de garde, et il a à cœur de me défendre, apparemment.

Lucien ne lui rendit pas son sourire.

— Permettez-moi d'être parfaitement clair, Madeline, répliqua-t-il, glacial. Vous ne sortirez pas d'ici à l'avenir sans que je vous accompagne. Vous sous-estimez peut-être Farquharson, mais je vous assure que ce n'est pas mon cas.

Dans les semaines qui suivirent, le printemps éclata dans toute sa gloire, réchauffant la terre et insufflant la vie partout. Les agneaux gambadaient dans les champs et les frondaisons nues et les collines pelées se couvrirent de feuilles et reverdirent. Depuis le jour de leur dispute, Lucien ne semblait pas avoir changé d'avis. Plus les jours passaient sans que Farquharson ne manifeste sa présence et plus il semblait inquiet, au point que Madeline commença à se poser des questions sur la protection zélée qu'il maintenait autour d'elle.

Debout près de la fenêtre, elle le regardait s'éloigner à cheval au bout de l'allée. Betsy, assise sur une chaise tout près d'elle, s'ingéniait à réparer du mieux qu'elle pouvait les dégâts causés par Max à l'un de ses châles.

— Vilain chien, gronda la femme de chambre. Tu as presque détruit l'écharpe de milady.

Max leva vers elle des yeux innocents comme s'il plaidait non coupable.

Madeline suivit la silhouette qui s'éloignait jusqu'à ce qu'elle disparaisse, puis :

— Betsy…

— Milady ? répondit la soubrette en s'efforçant de faire des points aussi petits que possible.

Elle n'aurait peut-être pas dû parler d'un tel sujet avec sa femme de chambre, mais, hormis Babbie, Madeline n'avait personne d'autre à qui se confier et demander conseil, et

Mme Babcock faisait preuve à l'égard de Lucien d'une loyauté désespérante. Elle avait beau le houspiller et le gronder d'une façon qui n'appartenait qu'à elle — et que personne d'autre n'aurait osé employer avec le maître des lieux —, Madeline ne pouvait imaginer qu'elle accepterait d'entendre un seul mot prononcé contre lui.

— N'es-tu pas étonnée de ce que Sa Seigneurie se préoccupe toujours du danger ? demanda la jeune femme du ton familier qu'elle employait désormais pour s'adresser à sa servante.

— Ce n'est pas à moi de m'étonner d'une telle chose, milady.

— Mais enfin, nous sommes ici depuis deux mois, et pourtant, chaque jour que Dieu fait, il fouille le domaine de fond en comble. On dirait qu'il attend l'arrivée imminente de lord Farquharson.

— Farq… ? Qui est-ce, milady ?

Madeline ôta de ses cheveux une épingle qui la blessait avant de répondre :

— Un méchant homme qui a eu une querelle avec mon époux, répondit-elle, jugeant inutile de s'étendre sur les détails de son aventure à Londres. Je ne peux m'empêcher de m'étonner de la façon dont il réagit. Ce qui s'est passé avec ce Farquharson est derrière nous et il ne peut plus nous faire de mal, à présent. Et pourtant, mon mari fait quasiment de moi une prisonnière dans cette maison, parce qu'il craint que cet individu ne veuille se venger de lui sur ma personne.

— Si c'est un méchant homme, alors peut-être que Sa Seigneurie a raison de s'inquiéter, commenta Betsy.

— Mais le temps qui passe devrait dissiper la menace et non l'augmenter, non ? Si Farquharson était ici, nous le saurions depuis longtemps. Personne ne peut arriver dans le village, ni en sortir, d'ailleurs, sans que quelqu'un ne nous en prévienne. Je m'inquiète pour milord, Betsy, je l'avoue. Il ne pense à rien d'autre qu'à Farquharson et je trouve pour ma part qu'il s'agit là d'une obsession malsaine, et totalement hors de proportion. Peut-être la menace que constitue cet homme est-elle moins grande qu'il ne veut me le faire croire. Peut-être même n'en a-t-il jamais constitué une, en fait.

— On peut comprendre, pourtant, répondit la femme de chambre, qu'il réagisse violemment, vu ce qui s'est passé.

— De quoi parles-tu ? s'enquit Madeline.

Betsy était-elle informée de sa fuite avec Lucien pour échapper à Farquharson ? Si le baron avait voulu provoquer son mari en duel, il l'aurait fait avant qu'ils ne quittent Londres. Elle se souvenait d'avoir entendu ce dernier accuser Farquharson d'avoir tué une femme, et pourtant ce n'était pas celui-ci qui avait la réputation d'être un meurtrier à Londres. Pour la première fois, elle commençait à mettre en doute les paroles de Lucien. Elle l'avait épousé parce qu'il affirmait qu'elle courait un grave danger, outre le fait bien sûr qu'instinctivement elle sentait que Farquharson cachait une âme noire sous ses dehors policés. En y réfléchissant, elle se prit à penser qu'avoir aveuglément fait confiance à un homme qu'elle connaissait à peine pouvait au minimum passer pour de la légèreté. Et maintenant qu'elle le connaissait, et — pourquoi le nier ? — qu'elle était tombée amoureuse de lui…

Son comportement à l'égard de Farquharson avait quelque chose d'étrange, d'obsessionnel. Elle frissonna en attendant la réponse de Betsy

— Je parle de ce qui est arrivé à sa fiancée il y a longtemps.

Madeline sentit des picotements sur sa nuque.

— Sa fiancée ? murmura-t-elle

Betsy leva les yeux vers elle, rouge comme une pivoine.

— Nous… nous ne sommes pas censées parler de ça, milady.

— Betsy…

La femme de chambre prétendit se souvenir soudain d'un rendez-vous urgent avec Mme Babcock et disparut avant même que Madeline puisse prononcer un seul mot pour la retenir.

Elle se frotta les bras pour chasser le froid soudain qui l'envahissait. Elle qui croyait avoir commencé à apprendre des choses sur Lucien, sur son enfance, sur sa vie avant leur rencontre, elle réalisait à présent qu'elle ne savait rien, rien du tout, hormis le fait qu'une angoisse mortelle étreignait son cœur.

10

Le pli arriva à midi, alors que Lucien se trouvait à l'extérieur du domaine. L'écriture, tout en petites lettres pointues, lui sembla vaguement familière. Une impression diffuse chatouilla sa mémoire sans qu'elle puisse mettre le doigt dessus, à tel point qu'elle se sentit un peu mal à l'aise.

— Quelque chose ne va pas, ma petite ? s'enquit Mme Babcock en remplissant de thé la tasse de sa maîtresse.

— Non, rien du tout, répondit-elle en secouant la tête. De quel genre de soupe parliez-vous ?

— Je pensais à du consommé de veau. Georges a aussi apporté quelques belles perdrix qu'il a tuées ce matin.

— Cela me semble parfait, Babbie.

Le sceau se brisa facilement sous les doigts de Madeline. Après avoir ouvert la lettre, elle balaya rapidement des yeux la première ligne avant de s'enquérir de la signature. Immédiatement, elle ferma le pli d'un geste vif et le glissa furtivement sous sa cuisse.

— Vous êtes sûre que tout va bien, milady ? Je vous trouve un peu pâle, remarqua la gouvernante en s'inquiétant de voir le sang se retirer des joues de sa maîtresse tout à coup, la laissant blême comme un fantôme.

— Oui, oui, répondit Madeline en s'étranglant. J'ai

seulement la tête qui tourne un peu, mais cela va passer. Tout va bien.

— La tête qui tourne ? s'exclama Mme Babcock, en ouvrant tout grand ses yeux cassis. En tout cas, ce n'est pas parce que vous ne mangez pas assez. Vous avez pris de l'appétit depuis votre arrivée ici. Je me souviens, le premier jour, que vous picoriez comme un moineau. Ce n'est pas bon pour la santé, ça. A présent, vous vous êtes un petit peu remplumée, heureusement.

La vieille femme réfléchit un instant, passant en revue les indices à sa disposition — faiblesse passagère, meilleur appétit, prise de poids, et, apparemment, des relations moins distantes avec son mari —, et en tira des conclusions erronées.

— Oui, répondit Madeline d'une voix faible. Je pense que je vais aller m'allonger un peu. Pensez-vous que vous pourrez préparer le reste des menus ?

— Bien sûr, ma petite, répondit Mme Babcock, rayonnante. Il faut vous reposer, milady. Je n'ai pas envie que vous vous fatiguiez. Je laisserai du thé et des scones ici au cas où vous voudriez les finir plus tard. Il faut que vous preniez des forces.

Madeline attendit que la gouvernante s'en aille en se demandant bien pourquoi elle semblait tout à coup si joyeuse. Elle n'eut pas le temps d'y songer trop longtemps, car, dès que la porte se fut fermée derrière Mme Babcock, elle tira la lettre de sa cachette et, la bouche sèche, commença à la lire mot à mot. Elle eut l'impression horrible d'entendre de nouveau cette voix qu'elle croyait avoir oubliée depuis son arrivée à Trethevyn :

Londres, avril 1814

Ma très chère Madeline

J'espère que cette lettre vous trouvera en bonne santé et que Tregellas ne vous aura pas encore soumise au pire.

Je vous adresse ce pli pour vous informer de ce que je ne vous ai aucune rancœur pour avoir épousé ce scélérat. Bien évidemment, la faute lui en incombe entièrement, car quel choix avez-vous eu en cette affaire, ma tendre amie ?

Je me frappe la poitrine et me flagelle quand je pense à la façon dont vous vous êtes méprise sur l'impatience que j'éprouvais de m'unir à vous. Pardonnez mes paroles cruelles lors de notre dernière rencontre, car j'étais épuisé et hors de moi. Je vous aime, Madeline. Je vous ai aimée depuis la première minute où je vous ai vue, mais j'aurais dû me rendre compte de ce que la grande considération que j'éprouve pour vous risquait d'intimider une fleur aussi fragile. Aussi vous supplié-je très humblement de me pardonner si je me suis jamais comporté à votre égard autrement que comme un gentleman. Vous devez savoir que je vous ai toujours tenue en très haute estime et que je regrette si j'ai laissé ma passion vous effrayer. J'ai rêvé de faire de vous mon épouse pour pouvoir vous aimer comme vous le méritez, mais, hélas, Tregellas a détruit toutes mes espérances.

Je vous souhaite d'être heureuse, Madeline, mais ma conscience ne saurait être en paix tant que je ne vous aurai pas mise en garde contre la vraie nature de Tregellas. J'ai grand peur que sa réputation affreuse ne soit pas usurpée et, bien que je ne souhaite en aucune façon vous blesser plus que vous ne l'êtes déjà sans doute, en tant que gentleman et chrétien, il est de mon devoir de vous informer de la vérité sur les causes réelles de votre enlèvement et de votre mariage forcé.

Il y a de cela bien des années, alors que j'étais encore jeune et impétueux, j'ai rencontré une jeune femme qui a aussitôt conquis mon cœur. Elle vous ressemblait par la douceur et la bonté, ma chère Madeline. Nous tombâmes amoureux l'un de l'autre et n'eûmes dès lors de plus grand souhait que de nous marier. Hélas, la jeune personne se trouvait être la fiancée de Tregellas, qui refusa absolument de la libérer de ses obligations. Pour sauver notre amour, nous n'eûmes d'autre solution que de nous enfuir et de nous unir secrètement. Peut-être ai-je eu tort de lui rendre son amour quand je la savais promise à un autre, mais je ne puis me sentir coupable d'un sentiment si pur. Tregellas s'est montré pire qu'un diable. Etouffant de rage, il a poursuivi celle qui était désormais ma femme de sa haine, et — la plume tremble encore entre mes doigts à l'heure d'écrire ces mots funestes — a fini par l'assassiner.

Pardonnez-moi, Madeline, de vous révéler si brutalement l'horrible vérité. Je ne peux rien faire d'autre que de vous mettre en garde contre ce monstre. Depuis ce jour maudit, il est à mes trousses, mû par un seul objectif : ma mort. Il me hait d'une haine obsessionnelle, hallucinée.

Vous devez vous rendre compte à présent que vous connaissez la vérité, qu'il ne se soucie pas de vous et que, s'il vous a épousée, c'était par pur égoïsme, pour se venger de moi. Je ne connais pas l'étendue des mensonges dont il vous a abreuvée, mais je crains grandement pour votre sécurité. Si jamais vous avez besoin de mon aide, à quelque moment que ce soit, il vous suffira de m'envoyer un message et je viendrai à votre secours. Je ne pensais plus aimer un jour de nouveau dans cette vie, mais Dieu vous a envoyée à moi dans sa grande miséricorde. S'il vous arrivait quelque chose de fatal, je ne pourrais plus vivre, ma chérie. Je prie de tout mon cœur que le danger vous épargne.

Votre très dévoué
Cyril Farquharson.

Madeline lut et relut la lettre jusqu'à ce que les mots se brouillent devant ses yeux. *Sa chérie, sa tendre amie* ? *Jamais* ! Elle se souvenait trop bien de ses doigts griffant sa peau, de la dureté de sa bouche cherchant ses lèvres. Il lui suffisait de fermer les yeux pour voir encore et encore le désir cruel qui brillait dans son regard.

En frissonnant, elle reposa la lettre sur le bureau, mais ne put s'empêcher d'y jeter des regards furtifs de temps en temps. Farquharson y parlait de la fiancée de Lucien, ce qui lui rappelait inévitablement l'allusion de Betsy à cette même femme. Elle en avait l'estomac noué rien que d'y penser.

... il a poursuivi celle qui était désormais ma femme de sa haine, et... a fini par l'assassiner.

Ces mots, horribles, faisaient comme une tache au milieu de la feuille. Cela semblait impossible. Pas Lucien, pas lui !

Depuis leur première rencontre, il la traitait avec gentillesse, se montrant toujours plein d'attention à son égard, on ne pouvait nier la chose. Il ne la désirait pas, sans doute, sans parler de l'aimer, mais elle savait tout au fond de son cœur qu'il ne lui ferait jamais de mal. Depuis le premier jour, le premier regard, elle se fiait à lui et se sentait en sécurité en sa présence. Se pouvait-il que son instinct l'ait trompée à ce point ?

Farquharson avait toutefois raison par certains côtés : Lucien se comportait en effet de manière un peu obsessionnelle et sa haine envers le baron était presque palpable. Se pouvait-il en ce cas que ce dernier dise la vérité sur d'autres points ? Elle se mordillait les lèvres en réfléchissant à ce qu'elle venait d'apprendre, se demandant quelle part de vrai il pouvait y avoir dans cette missive. Lucien ne l'avait-il pas épousée que pour se venger ? Etait-il coupable de ce dont Farquharson l'accusait ? A moins que ce ne soit celui-là même qui ait assassiné la jeune femme, comme elle se souvenait d'avoir entendu Lucien le lui dire cette fameuse nuit à Londres ? Cela semblait si loin déjà...

Elle sentait la tête lui tourner de plus en plus. D'une main glacée, elle reprit la lettre et la parcourut encore et encore, puis, finalement, la plia et la rangea dans le tiroir du bas de son bureau, sous une pile de papier vierge. Quand ce fut fait, elle s'approcha de la fenêtre.

De penser à Farquharson lui donnait la chair de poule. Lucien, en revanche, suscitait en elle des émotions toutes différentes. Malgré sa réputation affreuse et le mystère épais qui planait autour de lui, elle lui faisait cent fois plus confiance qu'au baron. D'après ce qu'elle savait de ce dernier, il pouvait sembler vraisemblable qu'il ait inventé toute cette histoire du début à la fin. Il n'y avait rien d'impossible bien sûr à ce que Lucien ait été marié autrefois, mais c'était là un sujet qui pouvait lui sembler inconvenant d'aborder avec sa nouvelle épouse, ce qui justifiait qu'il ne l'ait pas évoqué devant elle. Vraisemblablement, il n'y avait jamais eu aucun lien entre Farquharson et cette fiancée dont il parlait. Quant à accuser Lucien d'avoir tué cette dernière, cela frisait tout bonnement le ridicule.

Elle tourna son visage vers le soleil pour savourer la chaleur de ses rayons et pour chasser les idées noires et le doute qui lui venaient à l'esprit. Cyril Farquharson croyait l'abuser, mais elle refusait de se laisser aveugler. Elle ne permettrait pas que ses inquiétudes à propos du comportement de Lucien viennent donner de la consistance à ces accusations grotesques. Cela dit, en repensant à l'obsession grandissante de ce dernier, elle décida de ne pas mentionner la lettre devant lui, convaincue que cela ne ferait qu'aggraver les choses.

Un pigeon ramier traversa le ciel en direction des arbres au bout de l'allée. Madeline observa le battement frénétique de ses ailes, émue par la liberté de l'animal. D'un coup, elle sut ce qu'elle devait faire, comme si, soudain, elle y voyait clair. Lucien essayait de la protéger, et à présent c'était son tour de le faire pour lui. Quelles que soient les raisons pour lesquelles Farquharson tourmentait son mari, elle ferait en sorte que les choses n'aillent pas plus loin. D'un geste décidé, elle prit sa plume et souleva le couvercle de son encrier. Quand elle aurait fini d'écrire, lord Farquharson ne pourrait plus se faire aucune illusion sur le côté qu'elle avait choisi dans le conflit qui opposait les deux hommes.

Très tôt le lendemain matin, Madeline apprit que Mary Woodford n'allait pas bien du tout. Occupée à mettre un peu d'ordre dans l'armoire à linge, elle prit le billet rapidement griffonné que lui tendait Betsy, et dans lequel la femme du pasteur lui demandait de se rendre au presbytère aussi vite que possible.

Elle réfléchit au problème en se mordillant la lèvre nerveusement. Il semblait évident qu'elle devait répondre à cette requête positivement, mais Lucien était parti dès l'aube à Tavistock et ne rentrerait à Trethevyn que tard dans la soirée. Depuis l'épisode de sa visite à Mme Porter, il prenait grand soin de toujours accompagner Madeline quand elle voulait sortir.

Que faire ?

En se mordillant la lèvre, elle dut constater que son inquiétude pour la femme du pasteur commençait à lui peser gravement sur la conscience. Elle considérait Mary Woodford comme une amie et savait bien qu'il n'était pas dans ses habitudes d'appeler à l'aide sans une bonne raison. Lucien comprendrait sûrement qu'elle n'ait pas pu rester assise tranquillement chez elle quand cette femme passait par Dieu sait quelles affres. Si elle se faisait accompagner par Betsy et l'un des palefreniers, et si M. Boyle conduisait la voiture, il ne pourrait pas se mettre en colère et l'accuser de n'avoir pas pris de précautions. Elle prendrait même un gourdin, pour plus de sûreté. De toute façon, il n'était pas nécessaire qu'il apprenne jamais son escapade. Elle serait rentrée bien avant lui.

— Le linge peut attendre. Mme Woodford va très mal et m'a demandé de lui rendre visite. Il faut nous préparer, déclara-t-elle en replaçant le drap qu'elle tenait à la main sur la pile impeccablement rangée sur l'étagère. Ah ! Betsy… Va vite demander à John Haley de nous accompagner et de prendre avec lui un gros gourdin.

— J… John Haley ? bégaya la femme de chambre en rougissant soudain.

— Oui, tu sais bien, le garçon d'écurie aux cheveux blonds bouclés. Il a l'air fort comme un turc. On dirait qu'il est fait de muscles des pieds à la tête.

Betsy rougit encore plus.

— Pourquoi diable faut-il qu'il nous accompagne, milady ? demanda-t-elle en tortillant son tablier entre ses doigts nerveusement.

— Il nous servira de garde du corps, répondit la jeune femme qui commençait à se douter de quelque chose, ajoutant d'un air mutin : est-ce que tu le connais ?

— Un peu, admit Betsy en regardant ailleurs.

Madeline lutta pour contenir son hilarité, se contentant de sourire très légèrement.

— Eh bien, cela te fera une occasion de faire mieux connaissance avec lui. Il a l'air costaud, n'est-ce pas ?

— Oui, milady, très.

— Je suppose même que certaines femmes diraient de lui qu'il est beau.

— Oh oui, sûrement, acquiesça la soubrette.

— Eh bien, en ce cas, l'affaire est faite. Cours demander à M. Boyle et à John de se tenir prêts d'ici, disons, une demi-heure. Je vais aller prévenir Babbie. C'est une bonne idée, n'est-ce pas ?

— Oui, répondit la soubrette avec un sourire un peu gêné. Très bonne, milady.

Les deux jeunes femmes échangèrent un sourire complice avant de se séparer.

Quatre heures plus tard, ni Madeline ni Betsy ne souriaient plus. Debout sur le bord d'une route boueuse, leurs vêtements trempés par la bruine fine qui tombait sans discontinuer, leur coiffe pendant lamentablement sur leurs joues, elles observaient M. Boyle et John Haley, penchés sur l'essieu de la voiture, qui se grattaient la tête d'un air perplexe. L'une des roues arrière gisait derrière eux au milieu de la route et, de l'horizon, arrivait droit sur eux un banc de brouillard épais qui s'apprêtait à les engloutir.

— En tout cas, Mme Woodford va mieux, c'est déjà ça, déclara Madeline. Le Dr Moffat a dit que le bébé était en parfaite santé. Il ne lui reste qu'à se reposer pendant une semaine. Cette pauvre Sally ne sait pas comment réagir. De voir sa maman au lit l'inquiète terriblement.

Betsy, elle, ne pensait pas du tout à la femme du pasteur.

— On dit que le fantôme de Harry Staunton hante cette lande, déclara-t-elle en frissonnant, et qu'il terrorise les voyageurs qui croisent sa route.

— Harry Staunton ? s'enquit Madeline. Qui est-ce ?

— Un bandit de grand chemin. Il a été pendu il y a une centaine d'années, comme je vous le dis, et quand ils ont coupé la corde pour le mettre dans sa tombe, il respirait encore, mais ils l'ont enterré quand même, tout vivant, et depuis il erre sur cette lande comme une âme en peine et détrousse ceux qu'il rencontre. Il chevauche un grand étalon noir et surgit toujours du brouillard pour disparaître sitôt son forfait accompli.

Betsy s'essuya le nez du dos de la main, puis se frotta les yeux pour chasser quelques larmes

— Oh Milady, qu'allons-nous faire ? Il est là, je le sais.

— Calme-toi, Betsy, les fantômes n'existent pas. Ce sont juste des histoires que l'on raconte pour faire peur aux gens. Même si ce Harry Staunton a vraiment existé, il est mort et enterré à l'heure qu'il est, et sûrement pas en train de hanter la lande de Bodmin, affirma Madeline en prenant la femme de chambre par l'épaule pour la rassurer. Tu es fatiguée, transie et trempée jusqu'aux os, voilà tout. Tu verras les choses d'un autre œil quand nous serons rentrés à Trethevyn.

Elle tira de son réticule un petit mouchoir de lin blanc et le tendit la jeune femme.

— Tiens, prends ça. J'en ai un autre.

— Oh non, milady, renifla Betsy. Je ne peux pas…

— Bien sûr que si, insista Madeline avant de se tourner vers M. Boyle pour lui lancer : combien de temps cela nous prendra-t-il pour réparer, à votre avis ?

Le vieux serviteur se gratta la tête.

— C'est compliqué, milady. Il nous faut des outils pour réparer. John pourrait retourner au manoir nous les chercher et revenir avec la voiture pour vous remmener là-bas, mais cela va prendre du temps et ce brouillard ne me dit rien qui vaille. Sans compter qu'il n'y a pas d'abri sur cette lande. Milord ne sera pas content quand il va apprendre tout ça.

Madeline était rongée de remords. La faute lui incombait entièrement, et non aux domestiques, bien sûr. Elle ne voulait en aucun cas qu'ils aient à en pâtir, d'autant que Lucien avait strictement interdit qu'elle quitte la maison sans lui.

— Il n'est pas nécessaire que lord Tregellas apprenne quoi que ce soit. Ne pourrions-nous réparer cette roue avant son retour ?

Au prix d'un grand effort et avec l'aide de John Haley, M. Boyle se redressa péniblement, essuya sur ses braies la boue qui maculait ses mains en lançant à Madeline un regard qui aurait dû la faire rentrer sous terre de honte.

— Suggérez-vous que je mente à Sa Seigneurie, milady ?

— Non, se défendit la jeune femme en rougissant. Je pensais juste que… que peut-être…

Le bruit d'une cavalcade au loin l'arrêta net.

Les chevaux bais de l'attelage dressèrent les oreilles en hennissant.

Betsy poussa un cri de terreur :

— C'est lui, milady, Harry Staunton sur son cheval noir comme l'enfer. Que Dieu nous garde !

M. Boyle se saisit d'une vieille escopette cachée sous le siège du cocher tandis que John Haley attrapait le gourdin placé à l'intérieur de la voiture.

— Mettez-vous derrière nous, milady, vite, et toi aussi Betsy, ordonna Boyle en levant son arme vers le banc de brouillard dans lequel disparaissait la route.

Betsy se mit à sangloter bruyamment.

— Allons, la rassura Madeline. Il ne sert à rien de pleurer. C'est un voyageur, voilà tout. Peut-être pourra-t-il nous aider.

Le regard qu'échangèrent les deux hommes ne lui échappa pas. Betsy de son côté sanglotait de plus belle.

— M. Boyle et John vont nous protéger, insista Madeline, sans résultat, car la soubrette pleurnichait encore plus à chaque mot qu'elle disait.

Madeline lui tapota l'épaule, puis la prit dans ses bras, mais toujours en vain.

— Là, là, calme-toi, Betsy, souffla-t-elle

Mais il n'y avait rien à faire.

— Il arrive, je le sais, gémit la soubrette en se mettant à trembler des pieds à la tête.

John Haley s'approcha.

— Ça va aller, Betsy, souffla-t-il. Nous ne laisserons rien vous arriver.

De sa main énorme, il toucha le bras de la femme de chambre, ce qui eut pour effet de faire cesser ses pleurs comme par magie.

— Vous me le promettez ? renifla-t-elle en souriant à travers ses larmes.

— Oui, je vous le promets, répondit le jeune homme.

Le brouillard les enveloppa en même temps que le bruit des sabots se faisait plus fort. John rejoignit M. Boyle à l'avant-garde et les deux hommes attendirent dans un silence tendu, les yeux rivés sur l'endroit où le brouillard venait d'engloutir la route. Ils savaient que la brume étouffait les sons et que le cavalier pouvait très bien être beaucoup plus près d'eux qu'ils ne l'imaginaient. Les yeux plissés, ils scrutaient la ouate compacte avec une appréhension mêlée d'impatience.

D'un seul coup, une silhouette sombre juchée sur un grand cheval noir surgit devant eux.

— C'est lui ! Harry Staunton ! hurla Betsy.

Une explosion retentit en même temps que jaillissait un éclair du canon cabossé de la pétoire, dont le recul projeta M. Boyle à terre. Une fumée âcre remplissait l'air, une odeur de poudre brûlait les poumons. L'écho du coup de feu se répéta plusieurs fois par-dessus les hurlements incessants de Betsy. John leva son gourdin, prêt à protéger la petite troupe de l'attaque du bandit fantôme.

***

— Par l'enfer, que signifie… ?

En voyant l'éclair de la poudre devant lui, Lucien s'aplatit sur l'encolure de Nelson, son cheval, en serrant frénétiquement les jambes pour contrôler la bête pétrifiée de terreur. Juste après l'explosion, il entendit le cri de Sitbon qui l'accompagnait. Nelson se cabra, roulant des yeux effarés, et son maître eut toutes les peines du monde à l'empêcher de s'emballer et de foncer sur le petit groupe. Il lui fallut pour cela user de toute sa force et il eut nettement l'impression de l'avoir échappé belle. Nelson se cabra encore une fois en battant dangereusement des sabots tout près de la tête de l'homme qui se tenait devant lui. Des silhouettes indistinctes battirent en retraite au milieu des cris perçants d'une femme qui rendaient fous le cheval aussi bien que son cavalier. En serrant fermement les genoux, Lucien parvint à calmer le grand étalon noir, suffisamment en tout cas pour pouvoir tirer son pistolet de la poche de son manteau. D'un bond, il sauta à terre, lançant les rênes à Sitbon et mettant en joue la silhouette de l'homme qui lui barrait le chemin.

— Libérez cette femme ou je tire !

Les hurlements redoublèrent d'intensité.

— Que diable êtes-vous en train de lui faire ? cria-t-il au milieu du brouillard qui se faisait moins opaque à mesure qu'il avançait, le doigt sur la détente.

— Milord Tregellas ? résonna une voix familière. Est-il possible que ce soit vous ?

— Boyle ? répondit Lucien au moment où la brume se déchirait devant lui.

D'un coup d'œil, il jaugea la situation : John Haley tenait un gourdin au-dessus de sa tête, protégeant le vieux cocher assis dans la boue. Derrière eux se tenaient deux femmes. L'une essayait d'aider le vieil homme à se relever, quant à l'autre, tassée sur elle-même comme un animal terrorisé, elle sanglotait autant qu'elle pouvait en poussant des cris d'effroi.

Le jeune palefrenier lâcha son bâton et sembla se détendre d'un coup.

— Milord, Dieu soit loué ! Nous avons cru…

Lucien les observa tous les quatre, passant de l'un à l'autre rapidement, et arrêta son regard sur le visage de sa femme.

— Madeline…, lança-t-il à l'adresse de celle-ci, qui le regardait, les yeux sombres, pâle comme un linge.

En passant devant elle, il avisa l'escopette gisant dans la boue à côté de Boyle.

— Que diable s'est-il passé ici ?

— Pardonnez-moi, milord, s'excusa le cocher en se tenant l'épaule. Je ne savais pas à qui j'avais affaire et vous ai pris pour un bandit tout droit sorti du brouillard. Je ne pouvais pas prendre de risques, rapport à milady.

— C'est vous qui m'avez tiré dessus ? s'étonna Lucien qui commençait à comprendre.

— Grâce à Dieu le coup est parti trop haut, répondit l'autre en hochant la tête d'un air piteux. J'aurais pu vous tuer.

— N'en parlons plus. Montrez-moi cette épaule.

— Ce n'est rien, répondit Boyle en serrant les dents avec une grimace qui démentait ses paroles. Prenez soin de milady, je vais bien.

Il semblait pâlir à vue d'œil et Lucien dut se pencher vers lui pour entendre ce qu'il lui disait, d'autant que Betsy, totalement hystérique, continuait à hurler comme une bête. Au point que Lucien se tourna vers elle et lui lança un regard noir.

— Par l'enfer ! grommela-t-il. Quelqu'un va-t-il s'occuper de calmer cette fille avant que je ne le fasse moi-même ?

— Lucien ! s'exclama Madeline. Ne vous montrez

pas aussi dur. Betsy est affolée. Elle vous a pris pour un fantôme.

Lucien se tourna vers sa femme en fronçant les sourcils d'un air sombre.

— Il s'en est fallu d'un pouce que j'en devienne un, répliqua-t-il en remarquant dans le regard de la jeune femme un mélange de peur et de soulagement.

Lucien se mordit la langue pour retenir les mots qui lui venaient aux lèvres.

— Occupez-vous d'elle, laissa-t-il tomber après un moment de silence en se tournant vers Madeline, avant d'ajouter à l'adresse de John Haley : aide-moi à tenir Boyle. J'ai l'impression qu'il s'est luxé l'épaule.

Les deux hommes empoignèrent le cocher de sorte que Lucien puisse agripper fermement son bras.

— Tiens-le bien, cela va faire abominablement mal, prévint-il.

La plainte qui s'échappa de la gorge du vieil homme sembla plus déchirante que tous les cris de Betsy réunis.

Madeline détourna les yeux sans lâcher la jeune soubrette, la serrant contre elle jusqu'à ce qu'elle finisse par se calmer et que ses sanglots s'apaisent.

— Je pense avoir remis l'os en place, déclara Lucien, mais je veux que le Dr Moffat l'examine dès que nous serons rentrés. Reste ici avec Boyle et Betsy, John.

Il se redressa et s'avança vers Sitbon qui tenait toujours leurs chevaux, puis, plaçant son pistolet dans la main du domestique :

— Tâche de savoir à qui tu as affaire avant de tirer dans le brouillard, conseilla-t-il. J'emmène lady Tregellas avec moi à Trethevyn. J'enverrai la voiture pour venir vous chercher. Attache les chevaux à l'arrière et ramène-les en même temps. Quand tout le monde sera sauf et de retour au manoir, nous nous occuperons de la voiture.

Sitbon acquiesça du chef sans un mot.

Lucien rejoignit sa femme mais préféra ne pas lui adresser la parole de peur d'exploser et se contenta de lui tendre la main pour l'inviter à venir dans ses bras. La légère résistance qu'elle lui opposa le surprit un peu, mais il remarqua qu'elle désignait la servante du regard discrètement.

— Je ne peux pas laisser Betsy ici.

— Harley prendra soin d'elle, répondit Lucien en entraînant la jeune femme derrière lui. Rentrons chez nous.

Chez nous…

Elle réalisait d'un seul coup que c'était bien en ces termes qu'elle pensait à Trethevyn. Elle trouvait dans ce manoir la sécurité, le confort, et bien d'autres choses encore. Malgré la menace de Farquharson qui planait toujours et le mystère qui entourait la personnalité de son mari, elle devait bien reconnaître qu'elle se sentait plus heureuse depuis son arrivée dans cette demeure de campagne qu'à n'importe quel autre moment de sa vie. De sentir les bras puissants de Lucien autour de sa taille et la chaleur de sa poitrine pressée contre son dos, qui la réchauffait malgré le froid humide, la rassurait complètement. Pourtant il était en colère, elle le voyait bien à sa mâchoire serrée et à la façon dont il se tenait sur sa selle, raide comme un piquet. De temps en temps toutefois, il serrait les bras autour d'elle comme s'il voulait s'assurer qu'elle était bien là, saine et sauve. L'allure régulière de Nelson avait quelque chose de rassurant, elle aussi, mais le brouillard se faisait si dense par endroits qu'ils voyaient à peine la route devant eux.

— Nelson connaît le chemin, affirma Lucien comme s'il lisait dans les pensées de la jeune femme. Nous pouvons nous fier à lui. Il ne manquera pas la route.

— Lucien…, murmura-t-elle en levant les yeux vers lui.

Je suis navrée. Mme Woodford n'allait pas bien du tout et j'étais terriblement inquiète. Jamais un instant je n'ai pensé que les choses tourneraient de cette façon.

— Nous en parlerons quand nous serons à Trethevyn, répondit-il d'une voix ferme en la serrant doucement contre lui.

Comme la pluie redoublait, elle se blottit entre ses bras pour se protéger de l'humidité qui la transperçait jusqu'aux os. Lucien arrêta le cheval, déboutonna son grand manteau et, sans se soucier de ses vêtements trempés, la pressa contre lui pour la mettre à l'abri du tissu épais. C'est ainsi qu'ils regagnèrent le manoir. Madeline, la joue pressée contre le torse puissant de Lucien, se laissa bercer par le rythme de son cœur.

Une heure plus tard, tout le monde se retrouva sain et sauf à Trethevyn. Lucien monta à l'étage et, après avoir frappé un coup sec à la porte, entra sans attendre qu'on lui réponde, congédia Betsy, s'assura qu'elle emmenait Max avec elle malgré les protestations de celui-ci et ferma la porte derrière eux. Madeline portait maintenant des vêtements secs et chauds et se tenait agenouillée devant la cheminée, la tête baissée, occupée à sécher ses cheveux à la chaleur des flammes. On aurait dit une cascade sombre qui tombait sur ses épaules et il se dégageait de ce tableau une telle sensualité que Lucien en fut ému et se rappela tout ce qu'il manquait en vivant à côté d'elle comme un étranger ou presque. Il se força à chasser ces pensées de son esprit et à se remémorer la raison première de sa visite ainsi que ce qu'il voulait dire.

— Lucien, souffla Madeline en levant les yeux vers lui, les lèvres toutes roses à cause de la chaleur, les yeux brillants. Une chemise de nuit épaisse dépassait de sous sa robe de chambre. Lucien baissa les yeux, regardant furtivement les pieds nus de la jeune femme qui saillaient du vêtement de coton, remontant plus haut jusqu'aux hanches pleines. Cette vision lui donnait le frisson, aussi s'éclaircit-il la gorge en s'avançant vers la fenêtre pour regarder dehors, ou faire semblant du moins, en attendant de reprendre le contrôle de son corps.

Sacrebleu ! Elle était vraiment adorable et il n'avait qu'une envie : la prendre dans ses bras et l'embrasser. A la vérité, il avait envie de plus que cela. Finalement, ç'aurait été si facile de la prendre dans ses bras, de la porter sur le lit et d'y passer la nuit avec elle. S'il continuait à penser ainsi, jamais il ne se guérirait d'elle. Les yeux baissés, il s'obligea à penser à Farquharson et au danger qu'il représentait pour tous les deux. Ce qui le ramenait précisément là où il voulait en venir : à la négligence coupable de Madeline, et au peu de cas qu'elle faisait de ses mises en garde et de son interdiction de sortir sans lui de Trethevyn.

Il se sentait maintenant prêt.

— Quelque chose ne va pas ?

Il entendit derrière lui le bruit des pieds nus de Madeline sur le sol.

— Non, rien, hormis le fait que vous semblez avoir décidé de vous mettre obstinément dans des situations aussi périlleuses que possible, répliqua-t-il sèchement.

Elle battit des paupières, surprise.

— Je vous ai déjà présenté mes excuses, Lucien. Mary Woodford est mon amie. Elle aurait pu perdre l'enfant, figurez-vous. C'est pour ça que je me suis rendue à son chevet, à sa demande : pour lui venir en aide. Heureusement, les choses n'étaient pas aussi graves qu'elle croyait et le docteur a dit que le bébé allait bien.

Comme elle prononçait ces mots, une petite lueur tendre s'alluma dans le regard de la jeune femme. Lucien ravala le sentiment étrange que l'évocation du bébé faisait naître en lui.

— Je vous ai demandé de ne pas quitter Trethevyn sans moi, insista-t-il.

— Auriez-vous préféré que j'ignore la requête de Mary et que je reste ici pendant qu'elle souffrait le martyre ? Le sort de ces gens ne vous importe-t-il pas ?

— C'est une question parfaitement injuste. Vous savez très bien qu'il n'en est rien. D'ailleurs…

Il se passa la main dans les cheveux, puis :

— Que vous vous rendiez au presbytère ne me pose pas de problème, et vous pouvez bien aller où bon vous semble, tant que je suis avec vous. Vous comprenez parfaitement la raison pour laquelle je vous ai demandé une telle chose.

Madeline poussa un long soupir en s'approchant de lui.

— Vous auriez dû attendre mon retour. Nous aurions pu y aller ensemble, demain.

— Mais il aurait été trop tard. J'étais terriblement inquiète et elle m'a demandé de venir aussi tôt que possible.

— Je comprends votre inquiétude, Madeline, mais imaginez la mienne quand j'ai entendu ce coup de feu, et vous ai vue penchée au-dessus du corps de Boyle.

— Je suis navrée.

Elle pouvait l'être autant qu'elle voulait, cela ne la sauverait pas de Farquharson.

— Vous jouez avec le feu, Madeline. Notre ennemi aurait pu vous cueillir aussi facilement qu'une mûre dans un buisson.

— J'ai pris avec moi John Haley et son gourdin, répliqua la jeune femme, une petite ride butée se formant entre ses sourcils. Boyle a pris sa pétoire. J'ai cru que nous serions en sécurité.

— Vraiment ? rétorqua Lucien, assailli par le souvenir

de son angoisse en voyant la jeune femme émerger d'un nuage de brouillard et de fumée après qu'il eut manqué de peu d'être tué. Si j'étais Farquharson, croyez-vous vraiment que Boyle m'aurait arrêté ? J'aurais pu fracasser le crâne de Haley d'une seule balle avant même qu'il puisse lever la main pour prendre son gourdin. Que serait-il advenu de vous, Madeline ? Vous auriez été à ma merci. Entièrement.

La jeune femme releva le menton d'un air de défi.

— Farquharson vous obsède, Lucien. Il peut peut-être se cacher dans beaucoup d'endroits, mais certainement pas sur la lande de Bodmin par un après-midi pluvieux.

— En êtes-vous si sûre ? Etes-vous prête à en prendre le risque ? Croyez-moi, Madeline je sais tout le mal dont cet homme est capable. En tout cas, je ne vous laisserai pas vous mettre en danger par imprudence.

— Nous n'allions pas loin. Et puis je ne savais pas que la roue se briserait, se défendit-elle en soutenant le regard de Lucien.

— Peu importe, répondit-il, en balayant l'objection d'un revers. Vous n'avez fait aucun cas de ma requête de ne pas sortir seule.

— Je n'étais pas seule, protesta-t-elle de nouveau.

— Vous me comprenez très bien, riposta-t-il d'une voix dans laquelle on sentait poindre l'exaspération. On dirait que vous tenez absolument à vous jeter dans les griffes de Farquharson.

— Oh, ne dites pas de bêtises ! répliqua-t-elle, avec une audace qu'alimentait sa colère. J'essaye de vivre, tout simplement. Je ne peux pas passer mon temps à regarder dans mon dos. Voulez-vous absolument m'enfermer derrière ces murs et m'empêcher de sortir quand j'en ai envie à cause de lui ?

— Ce n'est pas ce que je dis.

— Eh bien alors, qu'est-ce donc que vous dites ?

— Ce n'est tout de même pas trop demander que de vouloir vous accompagner.

La poitrine de Madeline se soulevait rapidement sous son corsage.

— Je commence à me sentir comme une prisonnière ici, Lucien. J'adore cet endroit, mais je devrais au moins avoir la possibilité de rendre visite à une amie quand elle est malade et qu'elle a besoin de moi sans avoir à vous attendre.

— En d'autres circonstances, j'en serais parfaitement d'accord, mais la situation est tout à fait particulière. Tant que je n'aurai pas réglé le problème de Farquharson, il va falloir continuer à nous soumettre à quelques contraintes.

Madeline hésita. Ce que Lucien venait de dire lui rappelait la lettre du baron :

Il me poursuit de sa haine et ne désire rien tant que ma mort…

— Que comptez-vous faire ?

— Ce qu'il faudra pour l'arrêter.

Madeline frissonna.

Il tendit la main et l'attira entre ses bras. Il la trouvait si menue, si vulnérable…

— Farquharson est dangereux pour vous, affirma-t-il en caressant les cheveux mouillés de la jeune femme et en s'enivrant du parfum subtil d'écorces d'orange qui en émanait. Vous le trouverez en face de vous à l'endroit où vous vous y attendrez le moins.

— Mais… s'il cherchait vraiment à nous nuire, ne l'aurait-il pas déjà fait ?

Lucien secoua la tête.

— Il attend son heure, et, d'après moi, elle ne tardera plus maintenant. Il va frapper bientôt, et quand il le fera je veux que nous soyons prêts tous les deux.

*
* *

Madeline savait qu'elle aurait dû poser la question à son mari, mais elle ne pouvait le faire. Désespérée, elle demanda à Babbie de lui parler de la femme que Lucien devait épouser autrefois.

— Cela a été une affaire terrible, répondit Mme Babcock, et qui a presque rendu fou milord Lucien. Ce n'est pas à moi de raconter cette histoire, mais, quand vous aurez entendu ce que je vais vous dire, tâchez de ne pas le juger trop durement, je vous en prie. Il était jeune, et comme souvent les jeunes gens, il a fait une grave erreur, qui finalement lui a coûté très cher. Il ne peut ni la pardonner ni l'oublier. Il se la reproche encore aujourd'hui, quand bien même ce n'était pas sa faute.

Les yeux de Mme Babcock se mirent à briller tout à coup et une ombre passa sur son visage. Elle battit des paupières et ferma les yeux l'espace d'un instant comme pour prendre des forces pour la suite.

Madeline posa sur sa main ses doigts glacés.

— Que s'est-il passé ? demanda-t-elle doucement en prenant garde de ne pas brusquer la vieille dame. Ne voulez-vous pas me le dire ? Je vous en supplie, Babbie…

— Je ne divulguerai pas le nom de la jeune personne. Disons simplement qu'elle avait de l'argent et un titre, étant la fille unique d'un vicomte. C'était une jeune femme timide et tranquille. Et belle, surtout : grande et mince avec des cheveux noirs et de grands yeux bleus. Bref, la plus jolie fille de toute la Cornouailles.

Madeline passa en revue ce catalogue de qualités : belle, grande, brune, les yeux bleus… Bref, tout ce qu'elle n'était pas. Une nausée lui monta à la gorge. Elle ne voulait plus rien entendre. Et pourtant il le fallait.

— Et aussi sotte que peuvent l'être les jeunes gens,

ajouta Mme Babcock. Elle n'avait que dix-huit ans quand ils se sont fiancés.

Madeline pressa sa main sur son ventre en essayant de déglutir.

— Elle est allée à Londres pour sa première saison mondaine et a rencontré un gentleman là-bas. Elle s'est enfuie avec lui et l'a épousé tout de suite, quand bien même elle n'avait pas encore l'âge de le faire, et n'a pas eu un mot pour milord Lucien. Elle s'est sauvée en plein milieu d'une danse, comme ça, subitement, ce qui ne lui ressemblait pas. Inutile de vous dire que ça a fait un beau scandale.

« En plein milieu d'une danse ? »

— Oh Seigneur ! s'exclama Madeline, incapable de contenir sa surprise.

Elle avait une prémonition affreuse, comme si elle savait déjà ce qu'elle allait entendre.

Mme Babcock se mordit le poing.

— Voilà ! j'en ai trop dit. Vraiment, vous devriez demander à milord de vous raconter la suite. Il le fera quand il sera prêt, milady. Je vous en prie, donnez-lui encore du temps. Il n'est pas autoritaire par nature, mais il s'inquiète pour vous et veut vous protéger.

Madeline se mordit la lèvre.

— Comment s'appelait le gentleman avec lequel cette jeune femme est partie ?

— C'est à milord de vous le dire, répondit la gouvernante.

— Il s'agissait de Cyril Farquharson, n'est-ce pas ? souffla Madeline en la fixant d'un air sévère.

Mme Babcock resta obstinément coite.

— N'est-ce pas ? répéta Madeline, laissant ensuite s'installer un silence de mort.

— Oui, murmura enfin Mme Babcock d'un air piteux. Lord Farquharson, c'est bien ça.

Madeline la fixa encore un peu, les yeux pleins d'angoisse, puis :

— Puis-je vous demander de vous retirer à présent, Babbie ? Je suis fatiguée et voudrais m'allonger.

— Mais, milady, vous ne savez pas tout. Vous avez encore beaucoup de choses à apprendre. Beaucoup. Et…

Madeline secoua la tête.

— J'en ai assez entendu. Laissez-moi, je vous en prie.

Mme Babcock se leva et sortit de la pièce en claudicant, fermant la porte derrière elle sans bruit.

11

Madeline eut l'impression que son cœur venait de cesser de battre. Elle resta abasourdie, incapable de se mouvoir, et à peine de respirer, à cause de la boule qui obstruait sa gorge. Tout, d'un seul coup, devenait clair. Cyril Farquharson disait la vérité. Et maintenant les pièces du puzzle se mettaient en place, révélant le tableau dans son entier. Elle savait désormais pourquoi Lucien avait tenu absolument à la sauver, comme il disait, pourquoi le riche comte Tregellas avait choisi de cueillir sous le nez de son ennemi une petite femme de rien du tout pour en faire son épouse. En fait, ce n'était pas Farquharson le monstre, mais Lucien. Il ne l'avait épousée que pour tirer vengeance du baron, en lui rendant la monnaie exacte de sa pièce.

Madeline Langley n'était finalement que l'instrument de ces représailles exercées à la mémoire d'une femme disparue depuis des années.

Quand il prétendait l'avoir sauvée de Farquharson pour la protéger, il mentait effrontément. Depuis le début, en fait, il accumulait mensonge sur mensonge.

Elle ravala ses larmes, résolue à ne pas pleurer. Subitement, elle sentit le bout de son nez devenir glacé et insensible. A Londres, on appelait Tregellas le Maléfique, à juste titre. A s'imaginer plus intelligente que les autres, à refuser de croire les rumeurs, elle s'était trompée, totalement. Elle comprenait à présent pourquoi il refusait de partager son lit. Lucien Tregellas ne l'aimerait jamais. Son cœur appartenait à une autre femme. Grande, brune, les yeux bleus ; *la plus belle fille de toute la Cornouailles…*

Le sang perlait à sa lèvre, mais elle ne se rendait compte de rien.

— Qu'il aille au diable ! souffla-t-elle. Oui, qu'il aille au diable !

Elle s'en voulait d'avoir fait fi du bon sens et tout risqué pour éviter un mariage avec Cyril Farquharson. Sa mère disait souvent qu'on se couchait comme on faisait son lit, et ce proverbe s'appliquait complètement à elle. Elle ferma les yeux pour empêcher les larmes d'y monter. Plutôt mourir que de lui laisser voir à quel point ses paroles la blessaient.

Insidieusement, une pensée se fit jour dans son esprit : si Farquharson disait la vérité à propos de la fiancée de Lucien, la disait-il également quand il accusait ce dernier d'avoir tué la jeune femme ? Et quand il prétendait que Lucien avait l'intention de faire de même avec elle ? Elle avait beau être furieuse et blessée comme jamais, elle n'arrivait pas à le croire. En tout cas, s'il voulait une femme qui n'aurait d'épouse que le titre, il allait être servi. Plus une seule fois elle ne lui permettrait de lui dicter sa conduite. Elle l'entendait encore lui dire, la nuit de leur mariage, quand elle croyait avoir le choix en la matière : *vous pourrez vivre votre vie librement de votre côté.*

C'était leur marché. Elle s'y tiendrait.

Le vicomte Varington regardait fixement les deux piles de cartes posées sur la table devant lui quand il sentit un frisson glacé lui parcourir le dos et, levant les yeux, aperçut Cyril Farquharson qui le regardait depuis l'autre côté de la pièce. Il lui adressa un sourire insolent et reporta son attention sur le jeu.

As.

Après avoir gagné la dernière main, il quitta la table, toujours assailli par une sensation de malaise. Ce qui ne laissait pas d'être étonnant chez un homme dont la nonchalance arrogante et la confiance en soi étaient renommées dans tout Londres. Il se dirigea vers la cheminée en musardant entre les tables, ignorant plusieurs invitations à se joindre à l'une d'elles. La soirée ne faisait que commencer, mais, curieusement, l'ambiance chez White's ne lui semblait pas aussi détendue qu'à l'ordinaire. Il commanda un brandy, s'assit dans un fauteuil profond et commença à lire le *Times*.

— Varington..., lança une voix familière dans laquelle on décelait une sorte de joie feinte. Justement, je vous cherchais.

Guy leva les yeux sur Cyril Farquharson et répondit sans montrer le moindre signe de surprise :

— Vous voilà déjà de retour à Londres, baron ? Ah, bien sûr, j'oubliais ! Vous êtes rentré pour écumer le marché aux épouses, n'est-ce pas ?

Farquharson rougit légèrement, ce qui prouvait que la pique avait atteint son but, mais il savait se contrôler.

— Qu'est-ce qui vous fait penser que j'aie quitté la capitale ? Il n'y a rien de plus trompeur qu'une rumeur, vous savez, déclara le baron en s'asseyant dans le fauteuil en face de celui de Guy. J'espère que je ne vous dérange pas ?

Varington prit soudain conscience du murmure qui s'élevait dans la pièce autour d'eux, et répondit avec un sourire qui ne risquait pas de faire fondre la glace de son regard :

— Vous avez cinq minutes pour m'exposer les raisons qui vous font m'adresser la parole, Farquharson, après quoi, si vous êtes encore ici, je vous préviens que je n'ai pas la patience de mon frère.

— C'est plus qu'il ne m'en faut, affirma Farquharson en fixant Varington de ses yeux gris.

Les deux hommes s'affrontèrent du regard, cachant l'animosité qui les opposait sous un vernis de civilité.

— Comment va lady Tregellas ? Elle est en Cornouailles, je crois.

Guy fronça les sourcils, surpris.

— Fort bien à ce que je sais. Et d'autant mieux qu'elle a choisi mon frère plutôt que vous.

— Ce n'est pas ce que j'entends, *sir*, laissa tomber Farquharson en pinçant les lèvres.

— En ce cas, vous feriez bien de mieux choisir ceux que vous écoutez.

Farquharson prit un air innocent et, se penchant comme pour faire une confidence, ajouta :

— Même si je tiens mes informations de l'intéressée elle-même ?

Guy lui décocha un sourire meurtrier.

— Les minutes passent, Farquharson. Vous pouvez gaspiller celles qu'il vous reste à parler par énigmes, si cela vous chante.

Il savait cependant que le baron ne se serait pas risqué à le provoquer devant tous ces gens s'il n'avait pas eu quelque chose d'important à lui révéler.

— Peut-être vaudrait-il mieux que vous constatiez les preuves par vous-même, suggéra Farquharson en tirant de sa poche une lettre, et en prenant soin que tout le monde le voie la tendre au vicomte.

— Je dois vous dire que j'ai fait faire de cette missive une copie certifiée par mon notaire, pour le cas où il lui arriverait quelque chose de fâcheux.

Il disait cela avec un sourire carnassier.

Guy remarqua avant même de toucher le pli que le sceau de cire semblait être celui des Tregellas. La lettre, elle, était écrite d'une écriture propre et nette sur le papier à en-tête de son frère. Il lut soigneusement le texte, bouche bée, s'arrêtant un instant sur la large signature qui ornait le bas de la feuille, mais releva les yeux vers l'homme assis en face de lui en prenant soin de chasser toute émotion de son visage.

— Voilà encore l'une de vos pathétiques tentatives de faire l'intéressant, grommela-t-il avec dédain en laissant tomber le pli sur ses genoux et en inspectant ses ongles d'un air nonchalant. Et un autre échec, bien entendu. Puis-je vous rappeler que le faux est un crime puni par la loi ?

— C'est exact, répondit Farquharson. C'est précisément pourquoi j'ai fait vérifier l'authenticité du papier et du sceau. Je ne voudrais pas que l'on croie les ragots que d'aucuns s'ingénient à colporter sur moi. Cette lettre apporte la preuve de tout ce que j'ai dit à propos de Tregellas depuis des années. C'est pourquoi j'ai bien l'intention de la faire publier dans un certain journal, ici, à Londres, afin que chacun puisse se faire une idée par soi-même.

Varington le fixa de ses yeux bleus.

— Comme vous le savez, cependant, je suis un homme juste et beau joueur, et quand bien même Tregellas m'a fait du tort, je suis prêt à lui donner l'occasion de se racheter, déclara le baron en se caressant la lèvre supérieure du bout du doigt. Prenez cette lettre et montrez-la-lui. Si je n'ai pas de nouvelles de lui d'ici quinze jours, je la ferai publier.

— Allez au diable, Farquharson. Je ne suis pas votre garçon de courses.

L'intéressé eut un petit sourire narquois.

— En ce cas, vous prenez la responsabilité de faire perdre à votre frère sa seule chance d'éviter la publication de ce texte. Je vous remercie de m'avoir écouté, *sir*.

Farquharson fit mine de reprendre le pli, mais Guy s'en

saisit avant lui et le plaça dans la poche de sa veste. Il n'avait pas d'autre choix.

Farquharson se leva, fit trois pas, puis :

— Un mot encore, Varington, lança-t-il. Quand vous verrez votre frère, demandez-lui s'il apprécie à présent les talents d'actrice de Madeline. Elle a pas mal de dispositions et a été à bonne école avec moi. Votre frère est si prévisible ! Je n'aurais pas pu le mener là où je voulais sans elle.

Guy se leva d'un bond, mais Farquharson s'éloignait déjà en souriant à l'assistance, ravi de sa prestation. Il ne pouvait rien faire sans causer un scandale, et Lucien n'avait pas vraiment besoin de ça. Il se força à se rasseoir, à finir son brandy et à lire encore quelques articles dans le *Times* avant de quitter le club d'un air nonchalant. Ce ne fut que lorsqu'il arriva chez lui qu'il effaça de son visage l'expression d'ennui affecté qui dénotait, chez un gentleman, l'insouciance et la confiance en soi que confère la fortune.

Le lendemain matin, très tôt, on vit le vicomte Varington quitter sa maison sur le plus rapide des chevaux de son écurie, seulement accompagné de son fidèle valet.

Quand Farquharson apprit que Varington venait de quitter la ville, il put difficilement contenir sa joie. Le poisson, comme prévu, venait de mordre à l'hameçon. Il savait parfaitement que le vicomte ne pouvait être allé qu'à un seul endroit, précisément celui où il voulait qu'il aille : Trethevyn. La première partie de son plan fonctionnait à merveille, il suffisait d'attendre que la seconde advienne, quand Tregellas lirait la fameuse lettre. Il en souriait l'aise.

Contrairement à ce qu'il prétendait, il n'était pas encore prêt à publier celle-ci, pas du moins tant que les choses en

Cornouailles n'auraient pas abouti. Cette publication lui permettrait d'atteindre son troisième et dernier but : en finir avec Tregellas. Avec un sourire haineux, il se dit que cela valait la peine d'avoir attendu cinq ans et que son plan pour l'heure suivait son cours comme prévu. Quand on eut emporté la dernière de ses valises, il descendit tranquillement l'escalier et sortit pour monter dans la voiture qui le conduirait jusqu'en Cornouailles. Rien que de penser à ce qui l'attendait au bout du voyage le mettait dans un état d'excitation incroyable.

La femme qui faisait face à Lucien ce soir-là n'était pas celle qu'il avait appris à connaître dans les mois ayant suivi leur mariage. Il lui semblait que son visage perdait un peu de sa lumière chaque jour et que son attitude se faisait de plus en plus glaciale à mesure que le temps passait.

— J'ai rencontré M. Bancroft aujourd'hui, annonça-t-il. Il nous a invités à dîner demain soir. M. et Mme Cox seront là, de même que Mme Muirfield, le révérend Woodford et sa femme, ainsi que le Dr Moffat.

— Malheureusement, je ne pourrai assister à ce dîner, répondit Madeline comme si elle s'adressait à un étranger.

Lucien ne put s'empêcher de constater qu'elle avait les joues pâles. Les couleurs qu'elle avait à peine quinze jours plus tôt semblaient s'être effacées depuis, et elle picorait de nouveau dans son assiette.

— Et pourquoi donc ?

— J'ai l'intention de partir pour Londres demain matin. Je n'ai pas vu mes parents et ma sœur depuis bien longtemps et voudrais leur rendre visite.

Un silence pesant envahit la pièce, seulement troublé

par le tic-tac de la pendule qui égrenait les heures, sur le manteau de la cheminée.

Lucien congédia M. Norton et les valets de pied et attendit qu'ils soient sortis pour prendre la parole :

— Je suis désolé de vous décevoir, mais je n'ai pas prévu de quitter Trethevyn si tôt. Peut-être dans une semaine ou deux pourrons-nous faire ce voyage. Je suis sûr que vos parents comprendront.

Ayant dit, il attendit la réaction de Madeline d'un air tendu.

— Cela ne me gêne nullement de voyager seule, répondit-elle sans lever le nez de son assiette. Vous pouvez rester ici.

A nouveau, le silence.

Avait-elle à ce point envie d'être débarrassé de lui qu'elle acceptait de s'exposer au danger que constituait Farquharson ? songea Lucien, le cœur serré, surpris que malgré les années qu'il venait de passer à sceller son cœur contre le moindre sentiment, cette femme ait réussi à briser ses défenses presque sans coup férir.

— J'ai bien peur que ce soit impossible, Madeline, affirma-t-il.

Elle posa son couteau et sa fourchette sur son assiette d'un geste sec, jugeant sans doute inutile de continuer à jouer la comédie en faisant semblant de manger. La jeune femme chaleureuse et docile d'antan semblait avoir cédé la place à une autre dont il ignorait tout.

— Impossible ? répéta-t-elle avec dans les yeux ce qui sembla à Lucien être la première lueur de colère qu'il lui voyait.

Elle n'attendit même pas sa réponse pour ajouter :

— J'ai rempli ma part du marché, avez-vous l'intention de revenir sur votre parole quant à la vôtre ?

— Je fais exactement ce que j'ai dit que je ferais, rétorqua Lucien d'un air contrarié.

— Vous m'avez dit que je pourrais rendre visite à ma famille quand je le désirerais. Eh bien, le moment est venu, répliqua Madeline.

Un peu de rose lui revenait aux joues, tout soudain.

— Rappelez-vous également que je vous ai promis de vous protéger, grinça Lucien. Je ne peux le faire si vous insistez absolument pour vous exposer au danger. Je n'ai bien évidemment aucune intention de vous empêcher de voir votre famille, mais ne veux pas non plus vous laisser mettre votre vie en péril en vous y autorisant. La patience est une vertu, Madeline. Et cette visite n'en sera que plus agréable si vous attendez encore quelques semaines.

— Et la patience, cela vous connaît, n'est-ce pas ? Je vous en prie, ne me faites pas de sermon à ce sujet, car je préfère me comporter comme une petite sotte impulsive plutôt que de faire montre de votre patience froide et calculatrice.

Cette fois-ci, elle rougissait carrément et repoussa sa chaise d'un geste brusque.

— Quant à me protéger, par pitié épargnez-moi de nouveaux mensonges. Je sais parfaitement à quoi m'en tenir sur tout cela, *sir*. Vous pouvez cesser votre jeu pervers.

Là-dessus, elle se leva, jeta sa serviette sur la table et se dirigea vers la porte.

Lucien bondit de sa chaise souplement et lui saisit le poignet, la forçant à lui faire face. La tension entre eux semblait palpable.

— Je pense qu'il va vous falloir m'expliquer vos paroles, Madeline, déclara-t-il d'une voix qui démentait l'impassibilité de son visage.

Elle le regarda au fond des yeux et sentit un frisson de peur la secouer, mais il était trop tard pour reculer. Maintenant qu'elle venait de tirer la première salve, il fallait qu'elle aille jusqu'au bout.

— Vous savez de quoi je parle. Je n'ai pas besoin de vous l'expliquer.

— Faites-moi plaisir, laissa-t-il tomber d'un ton égal. Dites-moi tout, chaque mot, chaque syllabe.

Elle sentait les doigts brûlants de Lucien sur la chair de son bras, le frottement de ses jambes contre sa jupe, l'odeur de savon et d'eau de Cologne sur sa peau ; il était si près qu'elle voyait en détail la barbe naissante sur son menton.

— Je connais la vérité, murmura-t-elle, le cœur battant.

— En ce cas, éclairez-moi de vos lumières, lui enjoignit-il en la fixant de ses grands yeux de glace bleue.

— Je sais pourquoi vous m'avez épousée, murmura-t-elle, remarquant qu'il serrait les dents tout à coup. Cyril Farquharson n'a jamais mis ma vie en danger, n'est-ce pas ? Le seul dont j'aie eu à craindre quelque chose, c'est vous.

Madeline eut l'impression de voir de la surprise dans les yeux de Lucien, et quelque chose d'autre aussi, qu'elle n'aurait pu définir et qui disparut aussitôt.

— Vous n'avez aucune idée de ce que Farquharson est capable de faire, ni de quelles bassesses il est prêt à user pour vous posséder, Madeline. Il a l'intention de vous tuer, et il le fera, à moins que je ne l'en empêche.

— Non, Lucien, je ne veux plus écouter vos mensonges ! s'exclama-t-elle en essayant de se dégager, sans résultat, car il la tenait fermement. Pourquoi ne l'avez-vous pas simplement provoqué en duel pour en finir une bonne fois pour toutes ? Cela nous aurait épargné bien des choses à tous les deux.

— Je l'ai fait, mais trop tard. N'avez-vous pas remarqué qu'il boite un peu ? J'ai mal visé, voilà tout, mais je vous garantis que je ne commettrai pas la même erreur une deuxième fois.

Il avait le visage tout pâle, comme si le sang venait de s'en retirer.

— Votre duel avec lui n'avait rien à voir avec moi, Lucien. Laissez-moi partir. Vous pourrez demander le divorce à n'importe quel juge, je ne vous en empêcherai pas. Je vais retourner dans ma famille et j'y resterai jusqu'à ce que j'aie pris une décision concernant mon avenir. Vous pouvez être tranquille, je ne parlerai pas de tout ça, je vous en donne ma parole.

— Un divorce ? répéta Lucien en la serrant encore plus fort. Par le ciel et l'enfer, Madeline, si c'est ce que vous espérez, laissez-moi vous dire que je ne vous l'accorderai jamais. Vous saviez parfaitement, quand vous avez accepté de m'épouser, que vous ne pourriez pas reculer. Je n'ai pas traversé toutes ces épreuves pour vous remettre à Farquharson sur un plateau. Quant à votre avenir, si ce chien arrive à ses fins, vous n'en avez aucun.

— Cessez ce jeu ridicule, Lucien. Ne pouvez-vous oublier ce qu'il a fait et reprendre une vie normale ?

Lucien resta interdit un instant, incrédule, la fixant d'un regard sibérien, retenant sa colère d'exploser.

— Je n'oublierai jamais et n'aurai jamais de repos tant que Farquharson vivra.

— Il avait raison, murmura-t-elle en essayant encore de se dégager. La jalousie vous a rendu fou.

— Vous parlez de jalousie ? grinça-t-il en la serrant contre lui, montrant les dents. De quoi donc serais-je jaloux, Madeline ? Quel crime croyez-vous que j'aurais préféré commettre à sa place : le viol, la torture ou le meurtre ?

Elle le regardait, incrédule, suant le doute par chaque pore de sa peau, le souffle rauque. Ils s'affrontèrent du regard en silence. Le tic-tac de la pendule donnait à la scène une atmosphère irréelle. D'un coup, elle eut l'impression qu'il perdait son masque impassible et montrait enfin la douleur à vif qui le torturait. Tout ce qu'elle pensait de lui et de ce qui l'opposait à Farquharson, les reproches qu'elle lui faisait pour s'être servi d'elle afin d'obtenir sa vengeance, tout cela s'évanouit en une fraction de seconde.

— Lucien…, souffla-t-elle en tendant la main vers lui.

Trop tard.

Il laissa retomber ses bras et s'écarta d'un pas.

— Seigneur Dieu… vous ne croyez pas un mot de ce que je dis, n'est-ce pas ? Vous croyez que je mens quand je parle de vous protéger ? Et aussi quand j'évoque les intentions de Farquharson vous concernant ?

— Je… je ne sais pas, balbutia-t-elle en secouant la tête, atterrée de voir le visage de Lucien se fermer de nouveau. Il a enlevé votre fiancée, et vous avez enlevé la sienne en représailles…

Il la regardait avec des yeux pleins d'incrédulité et de douleur.

— Vous vous trompez, affirma-t-il. En tout cas, je ne le laisserai pas vous faire le mal qu'il a fait à Sarah.

Il tendit la main vers elle doucement et lui caressa la joue du bout des doigts.

— J'ai échoué la première fois, et deux femmes en sont mortes. Cela n'arrivera plus. Haïssez-moi si vous voulez, mais sachez que je suis le seul obstacle entre vous et Farquharson et que je n'ai pas l'intention de lui livrer une innocente de nouveau. Vous êtes ma femme, Madeline, et tant que Farquharson vivra, vous le resterez.

Les doigts de Lucien s'arrêtèrent sur sa joue, hypnotisant la jeune femme malgré elle. Sous leur caresse, elle devinait une détermination de fer.

— Lucien, je ne peux pas, je ne…

A aucun prix elle ne voulait laisser les choses en suspens.

— Vous l'aimiez, reprit-elle malgré la douleur que ces paroles lui causaient et le feu qui lui brûlait les yeux et la gorge. Je ne le savais pas, cette fameuse nuit, à l'auberge… Jamais je n'aurais… Jamais je n'aurais fait ce que j'ai fait.

« Et jamais je ne vous aurais épousé si j'avais su que votre cœur lui appartenait encore et que le mien serait brisé parce que je tomberais amoureuse de vous », murmura la petite voix au fond d'elle.

Elle ne voulait pas l'entendre, ne pouvait se permettre de l'écouter. Il fallait lui dire tout ce qu'elle avait sur le cœur, parce que demain elle serait partie, quoi qu'il en dise.

— Vous n'avez rien fait, objecta-t-il. C'est moi qui me suis oublié, qui ai perdu la tête, et non…

— Non, Lucien, ce n'est pas vrai ! protesta-t-elle, les joues en feu. Je comprends pourquoi je vous ai fait horreur.

« Elle croyait qu'elle le dégoûtait ? »

— D'où vous vient cette idée ridicule ? demanda-t-il atterré.

Il n'eut pas plus tôt posé cette question qu'il se rappela sa réaction en se réveillant, cette nuit-là à l'auberge, en train de faire l'amour à Madeline. Il avait bel et bien éprouvé du dégoût, certes, mais de lui-même, et non d'elle.

Elle le fixait de ses grands yeux d'ambre.

— Je vous assure que vous ne me faites nullement horreur, Madeline. C'est même plutôt le contraire, en fait.

— Mais alors… en ce cas, pourquoi… ?

Les doigts de Lucien glissèrent sur le cou de la jeune femme, puis sur sa nuque. Il s'avança vers elle et de son autre main la prit par la taille. Madeline sentit le tissu léger de sa veste caresser doucement sa poitrine. Lentement, il baissa la tête vers elle jusqu'à ce que son souffle brûlant vienne lui caresser le cou, la joue, le menton, le nez, traçant un sillon de feu sur sa peau. Une fois encore la glace bleue se mêla à l'ambre, et Madeline se sentit soudain incapable de bouger, de parler, de respirer tant elle avait l'impression de se noyer dans son regard.

— Lucien…, souffla-t-elle d'une voix rauque en voyant les yeux de son mari s'arrêter sur sa bouche pour y muser un instant, fascinée par ses lèvres finement sculptées. Lucien…

Le désir se faisait plus fort, l'attirance qu'elle éprouvait pour sa bouche plus violente. Humides, merveilleusement pleines, les lèvres de son homme firent taire ses protestations en se plaquant sur les siennes pendant qu'il lui serrait la nuque de ses doigts caressants. Elle s'ouvrit à lui, répondant à son invite avec une passion sans limites. Il lui agaçait les lèvres de sa langue, s'enhardissant à chaque seconde, s'emparant de sa bouche, et, quand la langue de Madeline vint à la rencontre de la sienne, ce fut comme une explosion entre eux.

Elle se renversa en arrière, pressant instinctivement ses seins gonflés contre le torse puissant, affolée par les sensations qui submergeaient son corps. Soudain, il se dégagea, et elle gémit pour protester, jetant les bras autour de son cou pour l'attirer de nouveau contre elle, mais il semblait avoir d'autres idées en tête. Du bout de la langue, il suivait lentement les contours de son oreille, de son menton…

— Lucien ! s'écria-t-elle, tremblant de désir, aveugle à tout hormis l'homme qui la serrait contre lui, et sourde aux battements affolés de son cœur.

Elle sentit ses doigts enserrer l'un de ses seins, saisissant le mamelon pour l'exciter impitoyablement jusqu'à ce qu'il pointe sous la soie diaphane.

Mais cela ne lui suffisait plus. Elle voulait autre chose, follement. C'était un besoin irrépressible, presque douloureux, comme un incendie qui se propageait de sa poitrine vers le bas, dans ses flancs, entre ses cuisses. Le désir lui brûlait le ventre.

Lucien laissa sa main glisser plus bas, suivant la courbe des hanches de Madeline, s'arrêtant au bas de ses reins. Elle se blottit contre lui, consciente que le désir qui la brûlait le consumait tout autant. Sa bouche exigeante la prenait de nouveau, impérieuse, impatiente, mais ses caresses restaient tendres et douces.

— Madeline ! souffla-t-il d'une voix rauque, interrompant à peine les baisers furieux dont il la dévorait.

Sentant ses jambes la trahir, elle s'abandonna contre lui. Il la soutint sans effort, mais quand il la repoussa un peu pour la regarder en face, elle se demanda comment elle pouvait avoir trouvé froids ces yeux bleus dans lesquels elle voyait maintenant une tendresse si rassurante.

— Madeline, souffla-t-il de nouveau, d'une voix plus apaisée ; avec vous je perds la tête et j'oublie mes promesses. Vous, me faire horreur ? Grands dieux, non !

Il plissa les yeux en souriant d'un air mutin tout en repoussant derrière l'oreille de la jeune femme une mèche qui pendait sur sa joue.

— Si vous êtes décidée à retourner à Londres demain, je vous y accompagnerai. Mais tant que Farquharson vivra, je ne vous laisserai jamais partir seule. Et sachez, Madeline, que si vous connaissiez vraiment la vérité sur ce qui s'est passé ici il y a cinq ans, vous comprendriez pourquoi. Les rumeurs et les ragots sont faits de vérité et de mensonge en quantités égales, je pensais que vous le saviez. Vous auriez mieux fait de vous adresser à moi pour démêler les uns des autres.

Il la tenait toujours embrassée, et elle sentait son corps ravagé de désir.

— M'auriez-vous répondu ? souffla-t-elle, les lèvres pressées contre sa poitrine.

Lucien appuya son menton sur le haut de sa tête, puis, après un instant d'hésitation :

— En vérité, je n'en sais rien, répondit-il. J'ai encore beaucoup de mal à parler de ces choses.

Elle méritait au moins de savoir ça.

— Mais… me direz-vous la vérité à présent ? s'enquit-elle en le regardant timidement et en lui donnant un baiser furtif à la base du cou, les mains plaquées contre les muscles souples de son torse sous lesquels elle sentait battre son cœur.

Il baissa les yeux sur elle et lui caressa les lèvres du bout du pouce.

— C'est une histoire difficile, souffla-t-il. Etes-vous sûre de vouloir l'entendre ?

— Oui, Lucien. Il le faut.

— Fort bien, acquiesça-t-il, la gorge nouée. Mais pas ici. Allons dans la bibliothèque.

Madeline se dit que s'il l'invitait dans cette pièce où d'ordinaire elle n'avait quasiment pas le droit d'entrer, ce devait être qu'il s'apprêtait à lui révéler l'entière vérité.

Il lui prit la main et la guida jusqu'à la porte, mais, juste avant de l'atteindre, ils entendirent quelqu'un frapper un petit coup sec contre le battant de bois. Lucien l'ouvrit presque instantanément et découvrit derrière la silhouette corpulente de M. Norton. Interloqué, le majordome se reprit rapidement, cachant sa surprise. Depuis quarante-sept ans qu'il servait les Tregellas, c'était la première fois qu'il voyait le comte ouvrir la porte lui-même.

— Milord, salua-t-il avec un peu moins d'aplomb que d'habitude, une expression horrifiée passant sur son visage quand il remarqua les assiettes à peine entamées et les plats quasiment intacts. Le repas ne vous a pas plu ?

— Si, si, c'était très bon. Merci, Norton.

Le majordome semblait n'avoir aucune intention de

bouger et regardait son maître et son épouse en cachant mal sa perplexité.

— C'était très bon, confirma Madeline en souriant.

— Nous allons nous retirer dans la bibliothèque et ne voulons être dérangés sous aucun prétexte, annonça Lucien avant de prendre sa femme par la main et de l'entraîner vers la petite pièce.

Madeline était assise dans l'un des deux vieux fauteuils usés placés en face de la cheminée. La bibliothèque n'avait rien de grandiose par ses dimensions. Des rayonnages couverts de livres reliés de cuir rouge et dorés à la feuille sur la tranche en tenaient tout le mur de droite. Il y avait aussi là un bureau, vide, à l'exception d'une écritoire, de quelques feuilles de papier et d'un encrier. Sur le petit guéridon situé entre les deux fauteuils trônaient un flacon de cristal et deux grands verres ventrus. Les mains posées sur les accoudoirs de cuir craquelé, Madeline regarda Lucien repousser la petite table vers le mur et tirer son fauteuil près du sien.

Il allongea le bras vers elle pour lui prendre la main et la tint serrée.

— Je n'avais pas l'intention de vous informer du différend qui m'oppose à Farquharson. C'est, comme je l'ai dit plus tôt, un sujet rien moins que plaisant, particulièrement pour vous, Madeline.

Tout en parlant, il jouait délicatement avec les doigts de la jeune femme comme si cela pouvait l'aider à trouver ses mots.

— Les demi-vérités sont choses dangereuses, cependant, aussi n'ai-je d'autre choix que de vous parler franchement. Je vous demande simplement de m'écouter jusqu'à la fin et de ne jamais révéler ce que je vais vous confier.

Il marqua une pause, attendant qu'elle promette de garder le secret, inquiet de la façon dont elle réagirait quand elle saurait la vérité.

— Je vous le promets, jura Madeline, consciente à la fois de la chaleur qui émanait de sa main et de l'hésitation qu'elle lisait dans ses yeux. Je ne divulguerai à personne ce que vous allez me dire, je le jure sur tout ce qui m'est sacré.

Il soutint son regard pendant un moment puis détourna les yeux vers la cheminée.

— Comme vous devez le savoir, cela s'est passé il y a cinq ans, quoique j'aie parfois l'impression que le temps s'est arrêté cette nuit-là, commença-t-il, son profil austère et sublime se découpant sur l'écran des flammes rougeoyantes. J'étais fiancé à miss Sarah Wyatt, la fille de lord Praze. Mon père et lui étaient amis et ce mariage semblait constituer pour nos deux familles une alliance d'excellent aloi.

Il y eut un silence, puis Lucien reprit :

— Je n'éprouvais pas pour Sarah ce qu'on appelle de l'amour, mais avec le temps peut-être aurais-je fini par l'aimer.

Madeline baissa la tête en essayant de cacher la joie que lui causait cet aveu.

— C'était une jeune fille très calme et réservée et, bien que nous soyons promis au mariage tous les deux, elle ne désirait rien tant que d'aller à Londres et d'y faire son entrée dans le monde pour la saison mondaine. Je n'y voyais pas d'inconvénient, l'hiver ayant été long et froid, et d'autant moins que j'ignorais totalement la maladie de mon père. Je me trouvais à Londres depuis quinze jours à peine quand j'ai appris la nouvelle de sa mort.

Madeline lui serra la main.

— Je suis navrée…

Lucien hocha la tête presque imperceptiblement et continua son récit sur le même ton maîtrisé :

— Mes parents n'appréciaient pas particulièrement la ville et préféraient passer leur temps à Trethevyn. Naturellement, Guy et moi sommes revenus ici en toute hâte. Ma mère, comme vous l'imaginez, était désemparée.

Il se tourna vers Madeline pour lui jeter un regard avant d'ajouter :

— Ils s'aimaient beaucoup tous les deux, voyez-vous.

Madeline caressa de sa joue la main qui la tenait par le cou.

— Sarah n'est pas revenue en Cornouailles. Elle nous a fait parvenir une lettre de condoléances et a continué la saison comme si de rien n'était.

— Cela vous a-t-il irrité ?

— Pas vraiment. A son âge, il semblait naturel qu'elle veuille profiter de Londres autant qu'elle le pouvait.

Madeline se dit que Sarah Wyatt semblait avoir été une jeune fille assez égoïste, mais se garda bien d'exprimer son opinion à ce sujet.

— Deux semaines après l'enterrement, les premiers on-dit nous sont parvenus aux oreilles. On disait que Cyril Farquharson passait trop de temps en compagnie de Sarah et que leur comportement prêtait le flanc aux rumeurs. Ma mère m'a juré qu'elle pouvait se débrouiller seule et a insisté pour que je me rendre à Londres afin d'avoir avec ma fiancée une conversation sérieuse.

— Et donc vous êtes retourné là-bas…

— Oui, mais quand je suis arrivé à la capitale, j'ai appris que Sarah était tombée follement amoureuse de Farquharson et tenait absolument à l'épouser.

— Elle l'aurait fait de son plein gré ? s'étonna Madeline en frissonnant.

— Absolument, oui, répondit Lucien d'un ton étonnamment calme. Elle m'a dit que je pourrais la poursuivre tant que je voudrais, mais que cela ne suffirait pas à la convaincre de cesser d'aimer Farquharson.

Madeline resta bouche bée un instant, les yeux ronds.

— Aimer Farquharson ? répéta-t-elle, incrédule. Comment peut-on éprouver de l'amour pour un homme tel que lui ?

— Elle le connaissait à peine, répondit Lucien en haussant les épaules. Ce n'était pas lui qu'elle aimait, mais le personnage qu'il jouait devant elle.

— Qu'est-il arrivé ? murmura Madeline, impatiente de connaître la suite.

Elle n'avait pas de doute sur la mort de Sarah Wyatt, mais se demandait quelle part Lucien pouvait avoir prise dans ce terrible événement.

— L'heure est venue pour moi d'avouer ma faute, Madeline. Si j'avais agi différemment cette nuit-là, les choses ne se seraient pas passées comme elles l'ont fait, et ma mère et Sarah seraient toujours en vie.

Un frisson glacé passa dans le dos de Madeline. Suspendue aux lèvres de son mari, elle se mordait l'intérieur des joues sans même s'en rendre compte.

La lueur des flammes dansait sur le visage de Lucien, projetant des ombres sinistres sur ses traits anguleux. Pendant un moment, il resta silencieux. Une bûche craqua, projetant une gerbe d'étincelles et quelques braises sur le marbre devant la cheminée.

— Qu'avez-vous fait ? s'enquit Madeline d'une voix rauque.

Il n'y avait pas de question qu'elle redoutât plus que celle-là, mais il fallait qu'elle la pose.

— Je l'ai tuée, répondit-il doucement.

Elle sentit son cœur s'arrêter de battre, et l'air se figer dans sa gorge. Horrifiée, elle leva les yeux vers Lucien.

— En tout cas, c'est tout comme, affirma-t-il, les

yeux rivés sur les flammes, comme s'il revoyait la scène cauchemardesque.

« Tout comme ? » se répéta Madeline en soupirant, soulagée. « Mais alors, il n'a pas… »

— Parlez, Lucien, lança-t-elle en cherchant son regard. Dites-moi tout.

— Je l'ai renvoyée, affirma-t-il en soutenant le regard de la jeune femme. Je l'ai livrée à Farquharson, en toute connaissance de cause. Je lui ai dit que je ne la poursuivrais pas parce que je ne voulais plus d'elle. Je n'ai même pas provoqué ce chien en duel.

— Mais… vous m'avez dit que vous l'aviez blessé. Je pensais que…

Lucien secoua la tête.

— Cela s'est passé plus tard, quand j'ai eu connaissance de son crime, expliqua-t-il, le visage douloureux. Je l'ai envoyée à la mort, Madeline. Tout est de ma faute.

— Non, Lucien ! Elle aimait Farquharson, et voulait l'épouser. Vous n'avez rien fait de mal.

— Elle était jeune, innocente, et sotte comme toutes les jeunes filles. Quelle chance avait-elle contre Farquharson ? Elle ne pouvait pas savoir quel genre d'homme il était.

— Le saviez-vous vous-même ?

— Je l'ai toujours trouvé déplaisant, mais je n'avais pas idée de la noirceur de son âme. Pas à l'époque, en tout cas.

— Qu'auriez-vous pu faire d'autre ? Vous ne pouviez pas la forcer à un mariage dont elle ne voulait pas.

Ils ne cessaient de se regarder, conscients tous les deux que la conversation commençait à s'orienter vers des événements plus récents.

— Pas même pour la protéger ? répondit-il d'un ton cynique. Pas même pour lui sauver la vie ?

— Comme vous l'avez fait pour moi, murmura-t-elle, assourdie par les battements de son cœur .

— Exactement, souffla Lucien en se passant la main dans les cheveux. Exactement.

Le tic-tac obstiné de la pendule emplissait le silence.

— Comment est-elle morte ?

— D'une façon horrible.

Le mot résonna longuement dans la pièce.

— Je ne comprends pas.

— Cela vaut mieux.

— Lucien…, murmura Madeline, une petit ride se creusant entre ses sourcils. Il faut que je sache la vérité, quelque difficile qu'elle puisse être à entendre.

Il soupira puis, serrant la main de la jeune femme dans sa paume :

— Quand vous saurez, vous ne pourrez plus revenir en arrière, Madeline, insista-t-il.

— Parlez, dites-moi tout. Je suis votre femme, Lucien. Rien ne peut changer ça à présent.

— Entendu, souffla-t-il en hochant doucement la tête. Cyril Farquharson…

Quelqu'un frappa la porte. Madeline sursauta. Lucien tourna la tête vers la porte. On frappa de nouveau.

— Entrez, lança-t-il.

La porte s'ouvrit sur Norton.

— Pardonnez-moi, milord. Je sais que vous ne vouliez pas être dérangé, mais lord Varington vient d'arriver. J'ai pris la liberté de le faire entrer dans le salon, annonça le majordome avant d'ajouter après s'être éclairci la voix d'un air gêné : si je peux me permettre, je précise que lord Varington est venu seul avec son valet et qu'apparemment leurs chevaux ont fait le voyage d'une seule traite.

Lucien sentit des picotements désagréables lui passer sur la nuque.

— J'arrive tout de suite, se contenta-t-il de répondre avant de se tourner vers Madeline : il semble que nous devions remettre cette conversation à plus tard, je suis désolé.

Il marqua une pause, attendant que les pas du majordome s'éloignent dans le couloir, puis :

— Ce n'est pas le genre de Guy d'arriver ainsi sans prévenir, à cheval et en pleine nuit. Quelque chose de grave a forcément dû se passer. Peut-être vaudrait-il mieux que vous m'attendiez là-haut.

Lucien remarqua immédiatement l'expression douloureuse du visage de Madeline.

— Mon frère ne parlera pas franchement devant vous, affirma-t-il pour se justifier, et il est important que je découvre aussi tôt que possible ce qui a pu l'amener ici à cette heure et dans de telles conditions.

Doucement, il serra la main de la jeune femme comme pour la rassurer.

— Il déteste la campagne. Je ne me souviens même plus de la dernière fois qu'il a quitté Londres, précisa-t-il en se levant.

— En ce cas, les nouvelles doivent être vraiment mauvaises, répondit-elle en l'imitant.

— C'est bien ce que je crains, aussi vaut-il mieux que vous retourniez dans votre chambre, conseilla-t-il gentiment sans lui lâcher la main pour autant. Je vous rejoindrai plus tard. Il faut que nous finissions ce que nous avons commencé. Nous aurons tout le temps d'en parler.

— Vous viendrez… ce soir, n'est-ce pas ? supplia-t-elle en levant le visage vers lui.

Il suivit le contour de sa joue avec son pouce, en la regardant d'un air surpris, émerveillé même.

— Etes-vous bien sûre de le vouloir ? Peut-être vaudrait-il mieux attendre une autre fois…

Elle secoua la tête puis, se dressant sur la pointe des pieds, posa un baiser sur la bouche de Lucien.

— Non, souffla-t-elle. Vous n'êtes nullement responsable de ce qui est arrivé avec Farquharson. Venez ce soir. Je vous en prie.

— Je viendrai, c'est promis.

Leurs lèvres se cherchèrent un instant puis, avec réticence, se séparèrent. Ils savaient tous les deux que ce n'était pas seulement la fin de l'histoire qu'elle attendait de lui.

Il la suivit dans le couloir, la regarda monter l'escalier, admirant le balancement de ses hanches gainées de soie. Elle laissait dans son sillage de délicats effluves d'écorces d'orange dont il s'enivra. Son cœur se gonflait d'une tendresse longtemps oubliée.

Pour la première fois, il acceptait de s'avouer qu'il la désirait passionnément. Oui, il avait envie d'elle, mais pas seulement. Il voulait aussi obtenir son respect, son affection, son amour. Elle ne le blâmait pas pour l'horreur passée, mais cela durerait-il une fois qu'elle connaîtrait toute la vérité ?

Il ne le pensait pas. Pour autant — et pour l'heure — la confiance qu'elle lui témoignait allégeait le fardeau de la honte sur ses épaules, sa chaleur faisait fondre la glace qui emprisonnait son cœur depuis cinq ans. Le désir qu'elle éprouvait était pour lui comme un baume sur les plaies de son âme. Après cette nuit, il le savait, la possibilité d'obtenir un divorce *a vinculo matrimonii* n'existerait plus. On ne pouvait annuler un mariage une fois celui-ci consommé.

Mais d'abord il fallait qu'il parle à son frère, ce qui risquait de ne pas être une partie de plaisir.

12

— Pourquoi diable as-tu accepté de t'entretenir avec lui ? s'enquit Lucien en se passant la main dans les cheveux, sans considération pour le travail patient du valet qui essayait chaque matin de le coiffer un peu.

Guy se laissa aller dans le fauteuil, balançant sa botte toute crottée par-dessus l'accoudoir.

— Tu ne m'écoutes pas, Lucien, protesta-t-il. Je t'ai déjà dit que c'est lui qui m'a adressé la parole le premier, chez White's. Je ne pouvais pas lui casser la figure sans que cela se remarque. J'en avais envie, note bien, mais je n'ai pas voulu donner à cette vipère des verges pour nous battre.

Le cadet regarda longuement son aîné, puis, après voir avalé une gorgée de brandy :

— Tu ferais bien de te préparer, Lucien, prévint-il. A mon avis, les choses n'en resteront pas là.

— Je ne l'ai jamais pensé. J'attends qu'il frappe depuis longtemps et me tiens sur mes gardes chaque jour.

— Farquharson a toujours été un pleutre, Lucien. Il te poursuit, c'est sûr, mais certainement pas de la façon que tu crois. Il veut d'abord convaincre tout Londres de ce que Madeline n'était pas consentante quand tu l'as épousée. Il y travaille depuis ton départ.

Lucien arpentait la petite bibliothèque d'un pas nerveux.

— Eh bien, qu'il le fasse ! Arthur Langley défendra la version de sa fille. Madeline a parlé devant lui et Farquharson, et les a assurés de son consentement. Elle a parfaitement confirmé la validité de ce mariage.

Il la revoyait, échevelée, emmitouflée dans sa robe de chambre trop grande, affirmant devant son père et le baron qu'elle sortait de son lit et qu'elle l'aimait, lui, Lucien, et personne d'autre. A ce souvenir, son cœur se gonflait de tendresse. Il voulait bien être pendu s'il laissait jamais l'un ou l'autre de ces hommes la lui enlever.

La jambe de Guy cessa tout à coup son balancement.

— C'est peut-être bien ce qu'elle a dit, objecta-t-il. Le problème, c'est ce qu'elle a écrit.

— Continue, je t'écoute, lança Lucien, ébranlé par cette phrase énigmatique.

Il y eut un silence, pendant lequel les deux frères se regardèrent longuement. Lucien sut tout de suite que ce que Guy s'apprêtait à lui dire allait changer les choses radicalement.

— Quelle confiance accordes-tu à ta femme ?

— Que veux-tu dire ? répondit l'aîné en fronçant les sourcils d'un air inquiet. Dans cette histoire, elle est parfaitement innocente.

— L'est-elle vraiment ? demanda doucement Guy.

— Que diable insinues-tu ? Farquharson avait des vues sur elle. Je l'ai épousée pour la protéger.

— Et aussi pour le pousser à une confrontation.

— Oui, c'est vrai, je l'admets. Nous ne sommes pas en sécurité tant qu'il est en vie.

— Farquharson peut en dire autant. Tu le poursuis depuis cinq ans. Partout où il va tu es à ses trousses, attendant ton heure.

— Je m'assure simplement que les choses ne se répètent

pas. Il savait que cela arriverait s'il rencontrait une autre femme ; une femme comme Sarah.

— Oui, je sais. Et pendant que tu le surveillais et que tu attendais durant toutes ces années, t'est-il jamais venu à l'esprit que Farquharson pouvait très bien de son côté être en train de fomenter un plan pour se débarrasser de toi ?

Lucien dévisagea son frère, en s'étonnant comme toujours de la ressemblance de leur regard.

— As-tu jamais imaginé qu'il pourrait utiliser une innocente victime pour t'attirer dans un piège ?

— Insinues-tu que Farquharson n'a jamais eu l'intention d'épouser Madeline ? Qu'il a délibérément fabriqué toute cette histoire dans le but de m'abuser ?

— Il savait très bien que tu te ruerais au secours de la pauvre fille, même si cela signifiait que tu doives l'épouser pour cela.

Lucien sentit subitement une vague glacée le submerger.

— Même si c'est un piège, je ne la lui rendrai pas. Elle est ma femme à présent. Peut-être l'a-t-il utilisée contre moi, mais je n'ai pas l'intention de faire de même.

— Même s'il elle t'accuse de l'avoir enlevée et supplie Farquharson de venir à son secours ?

— C'est absurde ! Madeline ne ferait jamais une chose pareille.

Guy reposa avec précaution son verre sur la table avant de se lever.

— C'est pourtant ce qu'elle a fait, affirma-t-il calmement en tirant de sa poche une lettre qu'il tendit à son frère. Farquharson en a une copie et entend la faire publier si tu refuses de passer un accord avec lui dans les deux semaines qui viennent.

Guy posa la main sur l'épaule de son aîné avant d'ajouter :

— Je suis désolé, mais, avec l'aide de Madeline, Farquharson ne pourra manquer de te faire passer pour le méchant dans cette histoire, et de se présenter comme la pauvre victime injustement flouée, comme autrefois.

— Ce n'est pas possible.

— Oh, je t'assure bien que si. Non seulement c'est possible, mais leur plan semble avoir fonctionné à merveille jusqu'à présent.

— Es-tu en train d'insinuer que Madeline a sa part dans cette histoire absurde ? demanda Lucien en plissant les yeux, mortellement calme comme l'océan avant la tempête.

Guy lui serra l'épaule pour exprimer la sympathie que son frère ne lui permettrait jamais de lui manifester à haute voix.

— Farquharson veut savoir si tu apprécies les talents d'actrice de ta femme. Il prétend l'avoir entraînée lui-même. Elle t'a dupé, Lucien. Elle est de mèche avec ce diable.

— C'est sa parole à lui que tu crois ? se rebiffa Lucien d'un ton clairement agressif en repoussant la main de son frère.

— Regarde cette lettre, répondit le plus jeune en laissant retomber son bras sans résistance. Elle est écrite sur du papier à en-tête qui porte tes armes. Le sceau en est brisé, certes, mais il est clair qu'il s'agit du tien. A moins qu'il ne soit dans tes habitudes de permettre à Farquharson de se servir de ton écritoire, je vois mal comment il pourrait avoir établi un faux de cette qualité.

Guy remplit deux verres de nouveau, renversant un peu de brandy sur la table de merisier et le pied du chandelier posé sur celle-ci.

— Est-ce l'écriture de Madeline ? N'as-tu pas un document avec lequel tu pourrais la comparer ?

— Non, répondit Lucien

Il n'avait pas prononcé ces mots depuis plus d'une seconde

qu'il se souvint de la lettre posée sur son bureau, que la jeune femme venait d'écrire à sa mère. D'un pas raide, il se dirigea vers la table, puis prit la feuille soigneusement pliée entre ses doigts, à la fois incrédule et plein d'angoisse.

— Elle m'a demandé d'envoyer ça à sa mère.

Guy saisit le chandelier et s'approcha.

Les deux hommes comparèrent les écritures dans un silence de mort. Les mots semblaient inutiles : indubitablement, les deux documents étaient de la même main.

Guy regarda son frère d'un œil triste, puis, en hochant la tête :

— Tu ferais bien de vérifier que celle-ci est effectivement destinée à Mme Langley, suggéra-t-il.

Lucien brisa le sceau, déplia la missive, en parcourut les quelques lignes proprement agencées sur le papier.

— Je ne vois rien là pour l'incriminer, commenta-t-il. C'est bien adressé à sa mère et elle n'y dit rien d'autre que ce à quoi on pourrait s'attendre de la part d'une fille dans sa situation.

La bûche claqua dans la cheminée

— Elle doit avoir fait passer ses lettres à Farquharson en cachette. Les domestiques sont loyaux, et je pense qu'il serait facile de savoir qui les a portées au village, affirma Guy en finissant son verre d'un trait. Je suis navré, Lucien.

— Pas tant que moi, répondit ce dernier en s'asseyant pour lire enfin la lettre de sa femme à Cyril Farquharson.

Il resta devant le feu pendant une heure après que son cadet eut regagné sa chambre, à essayer de comprendre ce qu'il venait de lire, s'accrochant à la moindre bribe d'espoir, supputant des explications à cette lettre écrite de la main de sa femme sur son papier à en-tête et portant son propre sceau. Une lettre dans laquelle elle parlait d'erreur et de méfiance, l'accusait, lui, Lucien, d'être obsédé par la haine au point d'en perdre la raison. Une lettre dans laquelle elle suppliait Farquharson de lui pardonner et de venir l'arracher aux griffes d'un dément qui la retenait prisonnière. Pouvait-il s'en étonner après l'avoir entendue exprimer des doutes similaires quant à son honnêteté et à sa santé mentale la veille au soir ? Il avait l'impression qu'on venait de lui ouvrir la poitrine pour lui arracher le cœur. Madeline pouvait-elle vraiment avoir feint la passion ?

Le brandy lui brûlait la gorge et le ventre, sans pour autant parvenir à apaiser la douleur qui le taraudait, impitoyable, plus pénible encore que tout ce qu'il aurait pu imaginer éprouver de nouveau un jour. Farquharson devait encore une fois essayer de lui faire du mal en accusant Madeline. Quel meilleur moyen aurait-il pu trouver pour les blesser tous les deux et se venger de l'homme qui le poursuivait depuis si longtemps ?

Jamais il n'aurait pu croire à la véracité de cette lettre s'il ne l'avait vue de ses propres yeux. Bien sûr, on pouvait toujours copier une écriture, un style, mais le sceau et le papier portant les armes des Tregellas ? Il n'y avait que deux sceaux de cette sorte. Le premier ornait l'anneau qu'il portait à l'annulaire droit et le second se trouvait dans le tiroir du haut de son bureau. Maudit Farquharson ! En tout cas, Guy avait raison : s'il interrogeait le personnel, il saurait bientôt si cette lettre avait bel et bien été envoyée au baron depuis Trethevyn, et quand.

Le cœur lourd, il tira la sonnette et attendit l'arrivée de Norton.

Madeline cala ses jambes sous elle sur le canapé et contempla les flammes qui dansaient au centre de la cheminée. Il allait lui dire la vérité, elle le savait instinctivement, et lui faire le récit de la mort de Sarah Wyatt. Elle en frissonnait. Qu'une femme puisse avoir choisi Farquharson plutôt que Lucien lui semblait totalement incompréhensible. Invraisemblable.

Les deux hommes n'auraient pu être plus à l'opposé l'un de l'autre. L'un, disert et maître dans l'art du compliment dont il usait et abusait. Roux, pâle, le visage constellé de taches de rousseur, les yeux gris, les traits minces — certaines le trouvaient beau, mais pas elle, car il lui faisait penser à un renard, tout en ruse et en mensonge. L'autre, un mélange d'ombre et de lumière : la peau blanche, les yeux bleus pâles qui ne pouvaient que troubler ceux qui les fixaient, des traits classiques, aussi beau et aussi froids que ceux d'une statue grecque, qui pour certains représentaient l'idéal de la beauté. Avare de mots, austère, les cheveux plus noirs que la nuit et, s'il fallait en croire Londres, une âme qui leur faisait écho.

C'était justement ça le problème : depuis le premier jour, Madeline ne croyait rien de ces rumeurs qu'on répandait sur lui. On l'appelait le Maléfique, mais quand elle regardait ses yeux, elle n'y voyait nulle malice, nulle méchanceté, mais plutôt la douleur, la passion, la bonté. Certes, ces émotions étaient cachées derrière la façade glacée, mais elles étaient présentes, indubitablement. Peu importait ce que Lucien Tregellas voulait qu'on croie à son propos, il avait le cœur généreux et ouvert aux autres. N'en avait-elle pas eu la preuve sous les yeux ? N'avait-elle pas senti la douceur de ses bras, la force de sa détermination, la tendresse de son regard et la chaleur brûlante de ses lèvres. Il lui semblait que malgré tout ce qu'il pouvait en dire, elle ne lui était pas indifférente, et que, pas plus qu'elle, il ne voulait de ce marché sans passion qu'ils avaient conclu en pleine nuit dans un cabriolet filant à travers les rues de Londres.

Les paroles de Lucien, tout à l'heure, résonnaient encore dans sa tête : *je viendrai, c'est promis.*

Elle en tremblait d'excitation. D'abord il lui dirait la vérité et puis il l'embrasserait, sans dégoût, sans honte, et la prendrait doucement. Il la couvrirait de baisers, si fort qu'elle sentirait son corps se mettre à trembler.

Elle aussi avait une vérité à dire : elle l'aimait. Quels que soient les mensonges que Farquharson s'attachait à répandre sur lui, malgré la froideur qu'il affectait d'afficher de prime abord, elle savait qu'il avait le cœur tendre. Oui, elle l'aimait, elle le lui dirait ce soir. Un grand sourire sur les lèvres, elle prit son roman sur le lit et se plongea dans la description de la demande en mariage de M. Darcy à Mlle Elisabeth Bennett. Jane Austen était depuis toujours son auteur favori.

— En êtes-vous certain, Norton ? Pouvez-vous être sûr que ce garçon ne s'est pas trompé quant au destinataire de cette lettre ? D'ailleurs, sait-il lire, au moins ?

Lucien remarqua une rougeur presque imperceptible sur les joues de son majordome. Celui-ci croisa les mains derrière son dos et regarda son maître d'un air à la fois servile et hautain, comme toujours.

— Haley est illettré, milord. Lady Tregellas lui a demandé de porter cette lettre à la poste du village. Comme il a le béguin pour la femme de chambre de milady, Betsy Porter, il a passé quelques minutes à lui dire au revoir avant de s'exécuter. J'ai remarqué cette lettre sur la table de la cuisine à cause du nom de celui à qui elle était adressée. Je ne suis pas près d'oublier le nom de Farquharson, aussi longtemps que je vivrai, milord

Lucien se massa le menton d'un air sceptique.

— Mon épouse a-t-elle demandé autre chose à Haley

à propos de ce pli ? Lui a-t-elle ordonné de n'en parler à personne, par exemple ?

— Non, milord, répondit le vieux majordome en secouant la tête. Rien de tel, mais elle lui a donné une demi-couronne pour sa peine.

— Je vois.

— Sera-ce tout, milord ? demanda Norton, qui n'aimait pas beaucoup le voile sombre qu'il voyait s'installer sur le visage de son maître.

— Oui, Norton, merci. Vous pouvez vous retirer.

Ce fut seulement quand les pas du majordome se furent éloignés que Lucien s'autorisa à réfléchir aux conséquences de la trahison de sa femme.

Madeline ferma le livre, heureuse. Elle aimait les histoires qui finissent bien. Elle s'étira voluptueusement et se blottit sous les couvertures pour contempler d'un œil absent la petite flamme vacillante de la chandelle qui se consumait sur sa table de nuit. Quand l'horloge sonna minuit, une petite ride inquiète se forma sur son front. Les nouvelles qu'apportait Guy devaient être terriblement mauvaises pour que Lucien veille si tard. Elle se demandait ce qui pouvait bien avoir amené lord Varington à Trethevyn avec une telle urgence. Lucien le lui dirait bientôt, quand il viendrait la rejoindre comme promis. Elle sourit à cette idée, brûlant d'impatience de le sentir allongé à côté d'elle et de l'entendre lui raconter le reste de son histoire. Elle l'embrasserait et lui dirait encore une fois qu'il n'avait rien à se reprocher, qu'elle l'aimait, et qu'elle l'aimerait toujours.

Ce devait être affreux d'éprouver une telle culpabilité, et cela faisait cinq ans que Lucien la portait comme une croix bien qu'il fût absolument innocent. Sarah Wyatt avait payé de sa vie son choix malheureux. Pauvre Sarah ! Pauvre petite sotte. Dix-huit ans, cela semblait terriblement jeune pour mourir. Elle ne pouvait que se réjouir que Lucien soit intervenu pour la préserver, elle, de Farquharson.

Malgré tout, sa conscience la titillait un peu. D'avoir douté de son mari, d'avoir mis en cause ses motivations la gênaient affreusement. En fait, il se blâmait pour la mort de Sarah depuis le début, et elle comprenait qu'il ait été déterminé à lui épargner le même sort. Le visage de Farquharson lui venait à l'esprit, avec ses yeux gris, ses lèvres étroites qui savaient manier les formules flatteuses et, derrière ce masque avenant, une âme noire comme l'enfer. Elle avait la nausée au souvenir de son souffle moite contre sa joue et de l'odeur entêtante et musquée qui émanait de lui. Comment aurait-elle pu jamais ne fût-ce qu'accepter de réfléchir aux propositions d'un tel homme ?

Elle devait à son instinct de s'être méfiée de lui depuis le début, heureusement. Lucien disait qu'il avait quelque chose de désagréable, mais elle aurait sans doute usé d'un mot plus fort et normalement proscrit dans la bouche d'une dame. Et pourtant, malgré tout ça, elle avait mis en doute l'honnêteté de son mari, faisant preuve par là d'une suspicion et d'une ingratitude coupables. Elle se reprochait amèrement de lui avoir jeté toutes ces choses au visage et s'étonnait plus encore qu'il ne l'ait pas renvoyée à Londres séance tenante.

Mais non, il lui avait dit la vérité, l'avait embrassée. Bientôt, il viendrait la rejoindre dans son lit, et tout irait bien.

Madeline se réveilla en sursaut, comme au sortir d'un de ses cauchemars horribles hantés par Farquharson, qui, par bonheur, la laissaient en paix depuis un moment. La pendule sur le manteau de la cheminée venait de sonner deux heures. La pièce était plongée dans l'obscurité, la chandelle s'étant depuis longtemps consumée jusqu'au bout, de même que le feu dans la cheminée. Elle se redressa sur le lit, regarda autour d'elle, consciente que quelque chose clochait. Bientôt, elle se souvint de la promesse de Lucien de la rejoindre. A côté d'elle sur le lit, Max dormait. Elle sentait son corps chaud et lourd peser sur le couvre-pied. De temps en temps, il gémissait dans son sommeil.

Madeline sentit une angoisse soudaine lui étreindre le cœur. Une peur diffuse l'envahissait, mêlée d'un malaise étrange. Quelle terrible nouvelle pouvait avoir empêché Lucien de tenir sa promesse ? Le château tout entier semblait plongé dans le silence de la nuit, seulement rythmé par le tic-tac de la pendule. Il faisait un noir d'encre, que traversait parfois un timide et pâle rayon de lune surgissant derrière un nuage, et qui projetait alors sur la chambre une lumière irréelle. Elle avait l'impression qu'une main gigantesque lui serrait le ventre et ne pouvait se défaire d'une sensation lugubre, terrifiante. Quelque chose clochait, oui, terriblement. Farquharson avait-il fait du mal à une autre femme ? A sa mère ? A Angelina ? Elle ne parvenait pas à chasser cette terrible appréhension, pas même quand Max, se réveillant soudain, vint lui lécher le visage.

Elle sentit le froid du marbre sous ses pieds quand elle dépassa le tapis. Depuis sa fenêtre, elle scruta le jardin plongé dans le noir, cherchant à discerner le moindre signe de mouvement, mais ne vit rien. Une hulotte cria au loin. En silence, Madeline s'approcha de la porte qui donnait sur la chambre de Lucien, Max à son côté, remuant la queue. Elle posa la main sur la poignée ronde, hésita une minute puis fit tourner la sphère de céramique. La porte s'ouvrit sans bruit. Elle attendit sans bouger, le cœur battant follement, essayant de percer l'obscurité en plissant les yeux. La pièce semblait enveloppée d'un suaire noir, à cause des rideaux épais qui masquaient ses fenêtres. Il y avait ni feu ni chandelle, mais cela ne sembla pas troubler Max. Le chien disparut, son pelage noir se fondant dans l'ombre alentour.

— Max ! Viens ici ! souffla Madeline.

Elle entendit l'animal renifler, puis le bruit de ses pattes sur le sol de l'autre côté de la pièce.

— Max ! l'appela-t-elle encore

Elle franchit le seuil. Ses yeux commençaient à s'habituer à l'obscurité et à discerner les silhouettes sombres des meubles, quoique encore avec difficulté. Sans lumière pour l'aider à se diriger, elle n'osa pas avancer de peur de renverser quelque chose ou même de trébucher sur quelque objet mal rangé.

— Max ! souffla-t-elle de nouveau.

Pas de réponse. Elle tendit les mains devant elle pour se guider à tâtons, avança un pied, puis l'autre en battant doucement des bras, mais Max ne répondait pas. Lucien devait dormir à poings fermés car elle n'entendait rien, ne sentait rien, ni mouvement, ni respiration. En soupirant, elle pensa qu'il valait mieux battre en retraite et laisser Max se blottir contre Lucien. Au moins lui tiendrait-il chaud. En silence, elle sortit comme elle était entrée, fermant la porte derrière elle, laissant à contrecœur intacte la barrière symbolique qui séparait leurs deux chambres.

D'une main tremblante, elle essaya de rallumer la chandelle, ou ce qu'il en restait. La mèche s'alluma péniblement, jetant une lumière jaune et vacillante sur les murs couverts de tableaux. Elle n'avait plus du tout envie de dormir. Elle feuilleta une nouvelle fois *Orgueil et Préjugés*, mais sa précédente lecture, trop récente, laissait peu d'intérêt au roman. L'idée lui vint de descendre dans la bibliothèque de Lucien pour y chercher un livre. Elle trouverait aussi certainement une chandelle neuve. Lire lui permettrait sans doute de penser à autre chose. Résolument, elle prit le bougeoir et s'avança vers la porte.

Lucien regardait d'un œil absent par la fenêtre de la bibliothèque. Dans la cheminée, le feu mourant avait laissé place à quelques cendres froides sur lesquelles passait un courant d'air qui faisait danser les rideaux. Il ne remarqua même pas le froid qui commençait à envahir la pièce et, se calant contre le dossier de son fauteuil, avala une nouvelle gorgée de brandy. L'alcool apaisait un peu la douleur de la trahison.

Chaque fois qu'il fermait les yeux, le visage de Madeline lui apparaissait. Avec ses yeux couleur d'or, ses lèvres rouges entrouvertes sur un sourire émouvant.

« Vous n'êtes nullement responsable de ce qui s'est passé avec Farquharson », l'entendait-il encore lui dire en l'embrassant. Un baiser chaud, passionné, envoûtant, mais perfide. Jamais depuis cinq ans Farquharson n'avait pu une seule fois tromper sa vigilance. Madeline, elle, y était parvenue sans même essayer, comme en se jouant.

Il se frotta les tempes de ses longs doigts minces, se repassant la scène dans sa tête pour la centième fois. Elle avait du talent, il fallait le reconnaître, pour feindre aussi bien l'innocence, pour lui rendre ses baisers avec autant de passion et lui demander de la rejoindre dans son lit. Jusqu'où serait-elle allée pour s'assurer de lui ? Se serait-elle vraiment donnée à lui pour le compte de Farquharson ?

Il but une longue gorgée d'alcool, mais la douleur refusait de céder. Surtout maintenant qu'il savait ce qu'il devait faire.

Il entendit un bruit, soudain, venant de l'entrée, et crut reconnaître le pas de quelqu'un. Il y eut un nouveau silence puis la porte de la bibliothèque s'ouvrit doucement. Une petite lumière brilla sur le seuil puis disparut.

— Maudite bougie ! souffla la voix.

Lucien se figea dans son fauteuil, sentant dans ses narines l'odeur âcre de la mèche fumante.

Il entendit un pas hésitant puis un autre. Le visiteur inconnu s'approchait. Il banda ses muscles, prêt à bondir.

Madeline s'approcha de la fenêtre à tâtons, remerciant en pensée Lucien d'avoir eu la bonne idée d'avoir laissé les persiennes ouvertes avant d'aller se coucher. Il devait être monté dans sa chambre, forcément, car elle ne se souvenait pas d'avoir vu de lumière sous la porte du salon. Comme par un fait exprès, les nuages s'ouvrirent tout à coup, laissant passer un rayon de lune qui éclaira suffisamment la pièce pour qu'elle puisse apercevoir clairement le bureau près de la fenêtre, ainsi que le grand fauteuil placé derrière celui-ci. Lucien y serrait peut-être une chandelle et un briquet, comme le faisait M. Langley depuis toujours.

Elle s'avança vers le meuble, les mains tendues devant elle, pestant contre les nuages qui venaient de se refermer devant la lune. Elle progressait doucement, mais cela ne risquait pas de la détourner de son but. Quand elle atteignit le bureau, elle en tâta doucement la surface du bout des doigts, cherchant de quoi faire jaillir la lumière, et trouva l'écritoire, du papier, des plumes, des encriers, un petit couteau, du papier encore, mais rien qui puisse lui servir à s'éclairer. Un à un elle essaya d'ouvrir les tiroirs, mais les trouva fermés, à son grand dam. Immobile, elle hésita, se demandant ce qu'il convenait de faire. Retourner dans sa chambre et virer dans son lit pendant des heures ? Pas question ; elle ne ferait que ressasser les pensées qui l'avaient amenée jusqu'ici. En soupirant, elle regarda de nouveau du côté de la fenêtre, mais ne vit que différentes teintes de bleu et de noir profonds, et fugacement quelques rayons de lune qui disparaissaient sitôt apparus. Malgré la profondeur de la nuit, ce jeu de couleurs sombres la fascinait. Sans se soucier du froid ou de l'obscurité, elle s'approcha de la fenêtre.

L'odeur d'orange frappa les narines de Lucien avant que Madeline n'apparaisse devant lui, silhouette fragile et menue dans sa chemise de nuit blanche qui descendait jusqu'à terre, ses cheveux défaits cascadant sur ses épaules. Il la devinait pieds nus, au bruit de ses pas. Il la vit s'approcher de la fenêtre et contempler le jardin plongé dans le noir. Visiblement, elle ne se doutait pas de sa présence. Il l'entendit soupirer doucement et, en plissant les yeux, remarqua qu'elle semblait calme, comme si la nuit la libérait d'un poids.

Lucien tenait son verre bien serré dans sa main. Malgré tout l'alcool ingurgité depuis le début de la soirée, les paroles de son frère et de son majordome concernant Madeline le hantaient toujours, impitoyables. Et à présent, voilà qu'il la surprenait en train de fouiller son bureau en plein milieu de la nuit. Sacrebleu ! Cela faisait mal. Farquharson s'était bien joué de lui par l'entremise de cette femme que, bêtement, il croyait avoir sauvée d'entre ses griffes. Il avait beau essayer de le nier, il savait parfaitement que son cœur saignait à cette idée, et que Madeline lui était plus chère qu'il ne voulait l'admettre. Il serra les dents, décidé à faire taire ses émotions, et continua d'observer la silhouette dressée devant lui.

Dans le ciel, les nuages toujours changeants formaient comme des pochoirs irréels. Madeline les regardait, fascinée, un peu soulagée de son anxiété. Quelle sotte ! Elle était tout simplement très fatiguée, et pensait trop à l'histoire de Lucien et de Farquharson. Au matin, tout semblerait plus léger, plus facile dans la lumière du jour et avec Lucien à côté d'elle. Elle allait tourner les talons pour remonter dans sa chambre lorsque la lune s'échappa du couvert des nuages et vint subitement illuminer la bibliothèque de sa lumière argentée et douce. Elle sourit, ravie de sa chance, et garda les yeux au sol pour marcher jusqu'à la porte de peur de heurter quelque objet. Elle n'avait pas fait trois pas que, levant les yeux, elle vit devant elle la silhouette massive de Lucien.

Elle poussa un cri de frayeur en sursautant.

— Dieu du ciel, vous m'avez fait peur ! Je ne savais pas que vous étiez ici, s'exclama-t-elle en portant la main à l'encolure brodée de sa chemise.

— Visiblement pas, en effet, répondit-il, le visage terriblement pâle dans la lumière blafarde de la lune, au point qu'on aurait dit un buste de marbre blanc. Il ne portait qu'une chemise, ayant posé sa veste, son gilet et sa cravate sur le second fauteuil. Hormis son col ouvert, le reste de sa tenue semblait normal quoiqu'il tînt à la main un verre vide. Il n'avait pas l'air joyeux, bien au contraire.

— Quelque chose ne va pas ? demanda Madeline, surprise, en lui touchant le bras.

Lucien se dégagea comme si elle venait de le brûler avec un tison.

— Il a raison, Madeline, vous jouez à la perfection. Je dois admettre que vous m'aviez presque convaincu. Pas une seule fois je n'ai mis en doute l'honnêteté de l'innocente miss Langley.

Madeline le regarda comme s'il délirait et baissa les yeux sur le verre qu'il tenait à la main.

— Vous êtes ivre, s'exclama-t-elle, surprise, inquiète de la lueur dangereuse qui brillait au fond des yeux de Lucien comme un signal inquiétant.

Mieux valait ne pas poursuivre cette conversation.

— Je vous verrai demain matin, annonça-t-elle en s'apprêtant à sortir.

Mais Lucien avait d'autres idées en tête. Vif comme l'éclair, sa main agrippa l'épaule de la jeune femme avant qu'elle ait eu le temps de faire deux pas.

— Lucien ! s'écria-t-elle, effrayée.

Il l'attira vers lui pour l'obliger à lui faire face.

— Avez-vous trouvé ce que vous cherchiez ? lui lança-t-il d'une voix dure dans laquelle toute tendresse avait disparu.

Madeline plissa le front, incapable de comprendre ce qui se passait.

— Non. Ma chandelle est morte. J'espérais en trouver une autre ici.

Lucien éclata d'un rire grinçant.

— Quel dommage en effet que vous n'ayez pas eu de lumière pour fouiller mon bureau.

— Je ne fouillais pas votre bureau ! Je n'arrivais pas à dormir et venais de terminer mon livre. Je suis descendue pour en emprunter un ici. Je ne pensais pas que cela poserait un problème.

— Cherchiez-vous quelque chose de particulier, ou bien simplement un ouvrage qui pourrait nous servir à tous les deux ?

— Lucien, je cherchais seulement une chandelle et un briquet.

Elle essaya de se dégager, mais il la tenait fermement.

— Désolée de vous décevoir, Madeline, mais vous ne trouverez ici que des feuilles de papier. Dieu merci, mes documents sont sous clé.

— Je ne sais pas ce dont vous parlez.

Quand il se pencha sur elle, la première chose qu'elle remarqua fut son haleine chargée d'alcool ; la seconde, la froideur de son regard.

— Oh, je crois bien que si, Madeline, susurra-t-il pour se moquer. Vous êtes de mèche avec Farquharson, n'est-ce pas ?

— Lucien ! s'écria la jeune femme en levant les mains pour lui prendre les bras. Vous êtes ivre et ne savez pas ce que vous dites.

— Je le sais très bien, au contraire, répondit-il. Depuis le premier jour j'ai voulu vous sauver de lui. J'étais décidé à vous forcer à m'épouser si c'était le prix à payer pour éviter qu'il ne vous fasse du mal. Et depuis le début vous vous jouez de moi avec Farquharson !

— Non ! s'étrangla-t-elle, atterrée. Comment pouvez-vous penser une chose pareille ?

— Cette nuit-là au Théâtre Royal, et ensuite chez lady Gilmour, vous avez joué la pauvre victime terrorisée avec beaucoup de talent. Je vous ai crue.

Madeline le regardait, incrédule, abasourdie par ce qu'elle entendait. A la place de l'homme qu'elle aimait, elle ne voyait plus qu'un étranger froid et hostile.

— Vous m'avez épousé pour faire plaisir à Farquharson, n'est-ce pas ? Jusqu'où étiez-vous décidée à aller pour lui ? M'auriez-vous laissé passer la nuit dans le lit avec vous, et vous faire l'amour ? Et puis quoi encore, Madeline ? Auriez-vous porté mon enfant ?

— Arrêtez, Lucien, taisez-vous, supplia-t-elle, terrassée par tant de cruauté.

— Peut-être finalement n'aurais-je pas vécu assez longtemps pour cela, reprit-il, les yeux plus sombres que jamais. Etes-vous sa maîtresse ?

Il la serrait de plus en plus fort, et un frisson de terreur la parcourut tout entière.

— Vous êtes devenu fou ! cria-t-elle,.

Tous les doutes qu'elle avait sur Lucien lui revenaient à présent, impitoyables.

Il se pencha sur elle de nouveau, presque à frôler ses lèvres.

— Comment avez-vous pu, Madeline ? souffla-t-il avant de prendre sa bouche en une étreinte dure, possessive.

Elle sentit la légère morsure sur ses lèvres et se figea devant cette attaque inattendue. Il ne donnait rien, ne faisant que prendre. Ses mains glissèrent sur ses seins pour venir les saisir sans ménagement et agacer du pouce leur pointe dressée. Elle ouvrit la bouche, suffoquée, lui permettant ainsi de la saillir de sa langue avec une fougue inouïe, mais qui s'apaisa bientôt. Elle sentit le goût du brandy dans sa bouche, puis, l'instant d'après, les mains de Lucien la saisir au bas des reins et la plaquer contre lui. Il était dans un état qu'elle ne pouvait manquer de remarquer.

— Non, Lucien ! Ce n'est pas ce que vous croyez...

Il sembla l'avoir entendue, et s'arrêta net, reculant d'un pas pour la regarder dans les yeux. Cela dura longtemps, une éternité, et elle sentit son étreinte se relâcher lentement, quand bien même il vibrait toujours d'une tension extraordinaire. Quand il reprit la parole, ce fut d'une voix calme, dure, terriblement rauque.

— Allez au diable, Madeline ! souffla-t-il en la lâchant brusquement.

Elle tituba en arrière, incapable de comprendre ce qui se passait.

— Faites vos malles. Vous vouliez rendre visite à votre mère à Londres ? Eh bien vous partirez en fin de semaine, avec Guy. Il vous accompagnera.

— Et vous ?

— Je resterai ici comme vous l'avez suggéré.

Il la vit nettement accuser le coup, mais le brandy lui donna le courage de fermer son cœur et de continuer :

— Avant de partir, Madeline, dites-moi juste une seule chose : Farquharson vous a-t-il dit ce qu'il a fait à Sarah ?

Madeline s'étrangla une nouvelle fois, mais Lucien ignora cette réaction.

— Finalement, je doute fort qu'il l'ait fait. Si vous connaissiez la vérité, vous ne seriez pas ici. Jamais vous n'auriez accepté de jouer son jeu. Demandez-le-lui un de ces jours, quand vous en aurez le courage. Je vous promets que vous n'aimerez pas ce qu'il vous faudra entendre. Adieu, Madeline.

Elle était plus pâle qu'une morte sous le rayon de lune, et ses yeux semblaient deux flaques sombres de douleur incrédule. Si elle ne partait pas tout de suite, il savait parfaitement qu'il allait faiblir devant elle et céder au désir de la prendre dans ses bras et de la couvrir de baisers. Elle hésita encore un instant, assez pour qu'il puisse voir ses lèvres trembler avant qu'elle ne les morde violemment, assez aussi pour voir les larmes dans ses yeux.

Ensuite, elle disparut comme un spectre blanc, le laissant seul dans la pièce noire. Il ne fallait pas qu'il oublie qu'elle était une actrice consommée et que ce qu'il venait de voir n'était finalement qu'un mensonge de plus.

Madeline s'enfuit à travers les couloirs plongés dans l'obscurité, aveugle et sourde, jusqu'à ce qu'elle atteigne le havre de sa chambre. Elle ferma la porte violemment derrière elle et, pour la première fois depuis son arrivée à Trethevyn, fit tourner la clé dans la serrure. Les mots de Lucien résonnaient encore dans sa tête. Des mots cruels, des mots qu'il n'aurait jamais dû prononcer, et pourtant…

C'était un cauchemar dont elle ne pouvait se réveiller. Elle avait les muscles contractés comme jamais, son cœur battait la chamade, trop vite, trop fort. Elle avait la bouche sèche, et une nausée terrifiante qui lui nouait le ventre un peu plus à chaque seconde.

Incapable de se calmer, elle arpenta la pièce comme un fantôme dans la lueur blafarde de la lune. Elle entendit gratter à la porte qui donnait sur la chambre de Lucien. Max geignait de l'autre côté du battant, aussi le laissa-t-elle entrer, refermant soigneusement la porte derrière lui. Comme s'il devinait que quelque chose clochait, le chien la regarda d'un air triste et vint lui lécher les doigts pour la rassurer.

— Oh, Max ! souffla-t-elle en se penchant vers l'animal

pour le serrer dans ses bras. Qu'a-t-il pu lui arriver qui l'ait rendu si suspicieux et l'ait mis dans une telle colère ? Il est devenu fou.

Elle caressait le chien, s'attardant sur ses oreilles soyeuses. Max la regarda de ses grands yeux sombres en gémissant.

Elle ne put le convaincre de remonter dans le lit qu'elle venait de quitter quelques minutes plus tôt si pleine d'espoir. Les promesses de Lucien doucement murmurées lui semblaient si lointaines déjà... Qu'est-ce qui pouvait avoir motivé un tel changement chez lui ? Lord Varington devait lui avoir apporté des nouvelles de la plus haute importance, et qui apparemment l'avaient fait changer totalement d'avis à son propos au point qu'il lui était désormais hostile.

Elle se blottit sur le canapé où Max vint la rejoindre, posant sa tête sur ses jambes. Ils restèrent ainsi le restant de la nuit, jusqu'à ce que l'aube chasse l'ombre. Jamais elle ne parvint à s'endormir. D'avoir perdu son amour tout neuf l'anéantissait.

Quand Betsy frappa à la porte le lendemain matin, Madeline avait un plan. Si Lucien refusait de discuter rationnellement des nouvelles apportées par son frère, elle irait demander au vicomte ce qu'il pouvait bien avoir dit à son époux. Après tout, autant savoir ce qui motivait le changement radical d'attitude de Lucien à son égard. Si les choses ne s'arrangeaient pas d'ici la fin de la semaine, elle n'aurait d'autre choix que de partir à Londres avec Varington, comme elle venait d'en recevoir l'ordre. Elle déciderait là-bas de la marche à suivre. Elle délogea Max aussi doucement qu'elle put et dut même attendre un instant que sa jambe ankylosée retrouve sa sensibilité. Décidément, ce chien pesait aussi lourd qu'un jeune veau.

Les coups à la porte se firent plus insistants.

— Milady ? souffla la soubrette d'une voix hésitante à travers le battant de chêne. C'est moi, Betsy. Je vous apporte de l'eau.

Madeline s'approcha de la porte en traînant un peu la jambe. La clé tourna facilement.

— Excuse-moi, Betsy. J'avais oublié que la porte était barrée.

La servante regarda sa maîtresse d'un air surpris, remarquant immédiatement les grands cernes noirs qu'elle avait sous les yeux, son teint de cendre, et même sa légère claudication.

— Milady ! s'exclama-t-elle, inquiète, en posant le broc d'eau sur la table la plus proche avant de se précipiter vers Madeline. Que vous est-il arrivé ?

— Je n'ai pas fermé l'œil, voilà tout, la rassura la jeune femme.

— Mais… votre jambe ?

— Max a dormi sur le lit, répondit Madeline en souriant. Il est un peu lourd. Il doit trop manger.

Betsy n'avait pas l'air convaincu.

— Je pense que je vais simplement prendre mon déjeuner ici dans ma chambre, Betsy. Pourrais-tu me monter un peu de café et un petit pain au lait ?

La soubrette la regarda, interloquée, de plus en plus surprise. Décidément, quelque chose n'allait pas.

— Ah oui, peux-tu aussi essayer de savoir si lord Varington est debout à cette heure ?

— Oui, milady, répondit la servante en battant en retraite pour aller prévenir Mme Babcock de ce que lady Tregellas ne se sentait pas très bien ce matin.

Ce fut la gouvernante elle-même qui vint apporter son déjeuner à Madeline. Les joues rouges, hors d'haleine, elle entra dans la pièce d'un pas lourd.

— Babbie ! Il ne fallait pas m'apporter ce plateau. J'aurais pu descendre le chercher moi-même.

— Cela ne me dérange pas, milady, haleta Mme Babcock en dévisageant sa maîtresse. Vous ne vous sentez pas très bien, n'est-ce pas, ma petite ?

— Si, si, parfaitement bien, mentit Madeline.

Mme Babcock renifla d'un air suspicieux.

— Lord Varington est toujours au lit. Petit déjà, c'était une vraie limace. On ne le verra pas avant cet après-midi, pour sûr. Il est habitué aux horaires de Londres, voilà la vérité. Enfin…, c'est une manière polie de dire les choses.

La gouvernante pinça les lèvres d'un air désapprobateur.

— C'est un chien fou, ajouta-t-elle.

Madeline but doucement son café. La perspective d'attendre plusieurs heures que lord Varington parvienne à s'extraire de son lit ne lui souriait guère.

— En ce cas, je pense que je vais aller visiter le château de Tintagel. Cela fait un moment que j'ai envie de le voir et je n'aimerais pas quitter la Cornouailles sans y être allée.

— Il y a du brouillard, ce matin, milady. Sur la côte, ce sera pire. Vous devriez attendre cet après-midi.

Madeline prit le petit pain entre ses doigts, mais réalisa qu'elle n'avait plus d'appétit.

— Je peux attendre un peu, mais j'aimerais être de retour en début d'après-midi, répondit-elle en fixant la gouvernante droit dans les yeux. Il est probable que je doive quitter Trethevyn à la fin de la semaine.

— Milord ne m'a pas dit qu'il devait partir si tôt, objecta Mme Babcock en croisant les bras sur sa poitrine.

— Non, en effet, acquiesça Madeline en rougissant. Il va rester ici. Je dois voyager avec lord Varington.

Les yeux pénétrants de Mme Babcock ne manquèrent pas un détail, ni le ton ni le regard lugubres de Madeline, ni le rouge qui lui montait aux joues, qu'elle avait terriblement pâles.

— Dois-je demander à milord de se préparer pour aller à Tintagel, alors ?

— Non ! cria presque Madeline. Je veux dire… non, merci. Je préfère que vous ne le dérangiez pas.

— Il ne va pas être content. Il m'a dit dans des termes on ne peut plus clairs que vous ne deviez pas quitter Trethevyn sans lui.

— Je pense qu'il a changé d'avis, répondit Madeline doucement.

La vieille femme lui lança un regard perplexe.

— Comme vous voudrez. Betsy sera là bientôt.

La gouvernante allait sortir quand elle fit mine d'hésiter et se retourna vers la silhouette mince de sa maîtresse qui se réchauffait devant le feu nouvellement rallumé.

— Ce n'est pas à moi de dire ces choses, mais je vais le faire quand même, milady. J'aime milord Lucien depuis le jour où je l'ai vu naître et je ne veux pas le voir souffrir de nouveau. Je ne sais pas à quel propos vous vous êtes disputés tous les deux, et je ne veux pas le savoir. Je ne vous demande qu'une chose, c'est de ne pas le quitter comme ça, milady. Je sais qu'il s'est montré quelque peu autoritaire dernièrement, mais je pense qu'il a de bonnes raisons de le faire, car lord Farquharson peut surgir d'un moment à l'autre.

Madeline vit là une occasion qui ne se représenterait plus.

— Farquharson a volé Sarah Wyatt à Lucien, n'est-ce pas ? Quel est-il arrivé ?

— Il l'a tuée.

— Qui l'a tuée ? insista Madeline du tac au tac.

Mme Babcock la regarda droit dans les yeux, parfaitement consciente de ce à quoi sa jeune maîtresse pensait.

— Mais, lord Farquharson, bien sûr, milady. Qui d'autre ?

Elles s'affrontèrent du regard un instant.

— Il fallait que j'en aie le cœur net, répondit Madeline. Farquharson affirme que Lucien est responsable de sa mort.

— Et vous l'avez cru ? répliqua la gouvernante avec une grimace de dégoût.

— Non, soupira Madeline.

— Mais vous m'avez quand même posé la question, laissa tomber Mme Babcock en tournant les talons pour quitter la pièce.

Quand elle tira le battant derrière elle, le bruit de la clenche vrilla les oreilles de Madeline comme si elle avait claqué la porte de toutes ses forces.

Calmement, la jeune femme repoussa le petit pain inentamé et but le reste de son café jusqu'à la dernière goutte. Le tic-tac de la pendule résonnait sourdement dans la pièce. Un petit rayon de soleil l'éclairait, projetant un rai de lumière doré sur le tableau ayant servi de modèle à Madeline pour sa broderie, celui dans lequel deux jeunes garçons jouaient dans l'herbe au soleil. Dans le jardin, un merle se mit à siffler.

Madeline savait qu'elle venait de perdre une amie.

13

Lucien se réveilla un peu après midi. Il avait une migraine épouvantable qui lui donnait l'impression d'avoir le crâne fendu en deux, et la bouche pâteuse comme s'il avait léché ses bottes pleines de terre. L'abominable clarté du soleil entrait par la fenêtre de la bibliothèque, lui brûlant les yeux. Il changea de position pour atténuer la douleur dans son dos, mais aussitôt les battements atroces reprirent dans sa tête. Une odeur d'alcool aigre assaillit ses narines en même temps qu'il remarquait le flacon vide sur la desserte et le verre brisé à ses pieds. Il se passa la main dans les cheveux en grimaçant.

Dieu du ciel, cela faisait bien longtemps qu'il ne s'était pas senti aussi mal après avoir bu !

Il parvint à s'extraire péniblement du fauteuil dans lequel il venait de passer la nuit et se dirigea vers la porte avec précaution, lentement, agrippant le bord du bureau pour garder l'équilibre tant sa tête lui faisait mal. Il allait atteindre la sonnette quand ses yeux se posèrent sur deux objets dont la présence sur son bureau lui sembla incongrue. Il lui fallut quelques instants pour que le souvenir de la scène de cette nuit lui revienne, cruel, avec une clarté atroce. Madeline ! Il entendait encore ses paroles dans sa pauvre tête ravagée de douleur.

« Je n'arrivais pas à dormir et venais de terminer mon

livre. Je suis descendue pour en emprunter un… Je cherchais seulement une chandelle et un briquet. »

Devant ses yeux ébahis se trouvait la preuve qu'elle disait vrai : un exemplaire plutôt usé du roman de Jane Austen et un bougeoir dans lequel ne subsistait qu'un pauvre moignon de chandelle.

On frappa soudain à la porte, et Guy pénétra dans la bibliothèque sans attendre qu'on l'y invite.

— Ah, te voilà ! Je pensais bien te trouver ici, mon vieux.

Lucien se retourna, surpris, en grimaçant car ce mouvement brusque ne faisait que raviver la douleur.

— Que diable fais-tu debout si tôt ?

— Nous sommes déjà l'après-midi, corrigea Guy. Vu ton état, je devine que tu as bu le reste du brandy et passé la nuit dans ce fauteuil inconfortable.

Lucien ne répondit pas.

— Je suis désolé de t'avoir apporté de mauvaises nouvelles, mais j'ai pensé qu'il fallait que tu saches, ajouta le cadet, inquiet de voir son frère les yeux injectés de sang, hagard.

Ses informations semblaient avoir affecté son aîné bien plus qu'il ne l'imaginait, aussi essaya-t-il de mettre un peu de baume sur ses plaies :

— Peut-être y a-t-il une autre explication à tout cela. Peut-être après tout Madeline n'a-t-elle pas envoyé cette lettre à Farquharson du tout. As-tu mené ton enquête auprès des domestiques ?

Lucien leva vers lui un œil jaune.

— Oui. Il semble qu'elle lui a bien écrit, effectivement.

— Ah, souffla Guy en fermant la porte derrière lui. En ce cas, la chose est prouvée, donc.

— Non, Guy, elle ne l'est pas, répondit Lucien en se

passant de nouveau la main dans les cheveux. Elle est entrée ici la nuit dernière. J'étais assis dans le fauteuil, ce qu'elle ignorait. Je l'ai entendue fouiller mon bureau.

— Sacrebleu ! C'est pire que je ne pensais.

— Elle m'a dit qu'elle n'avait plus rien à lire et qu'elle venait ici chercher un livre.

— Au milieu de la nuit ? remarqua Guy en fronçant les sourcils d'un air cynique.

— Apparemment, elle n'arrivait pas à dormir.

— A d'autres.

— Je crois qu'elle disait la vérité, répondit Lucien.

Il y eut un silence, puis Guy secoua la tête en reniflant, l'air ironique.

— Regarde, lui ordonna Lucien en désignant de la main le livre posé à plat sur le bureau à côté du bougeoir. Elle n'est pas stupide. Si elle était venue pour fouiller mes affaires, elle aurait pris une chandelle en bon état, une qui lui aurait duré assez longtemps pour voir ce qu'elle faisait. Elle m'a dit qu'elle cherchait justement une chandelle et un briquet sur mon bureau.

— Tu sais bien que c'est un mensonge, objecta Guy. Elle aura pris le livre pour le cas où tu la découvrirais en train de farfouiller ici en pleine nuit.

— Si tu avais vu son visage… Elle avait l'air choquée, horrifiée, incrédule.

— Farquharson lui-même la considère comme une actrice hors pair. Elle se moque de toi, Lucien.

Le comte regarda son frère en plissant les yeux.

— Mais nous savons que Farquharson est un menteur.

— Cela ne veut pas dire qu'elle soit innocente.

— Je ne lui ai même pas donné l'occasion de se défendre contre ces accusations. Je l'ai jugée coupable, voilà tout. Je n'aurais pas dû me montrer aussi dur, mais l'alcool m'a fait perdre la tête. Tonnerre, je n'ai pas souvenir d'avoir été aussi fou de rage depuis que j'ai découvert le sort funeste de Sarah. Je me suis comporté comme une brute, Guy, Madeline ne méritait pas ça.

— Oh je t'en prie, Lucien. Farquharson a en sa possession une lettre absolument abominable, écrite de la propre main de ta femme, et à l'heure qu'il est il doit être occupé à la montrer partout dans Londres. Tu as la preuve qu'elle lui a bien envoyé un pli depuis ici, et, en plus de ça, tu la surprends en pleine nuit en train de fouiller ton bureau. Que te faut-il de plus ? Fallait-il que tu la félicites ? Fais-toi une raison, les preuves l'accablent, voilà tout.

— Je n'arrive toujours pas à le croire.

— Dis plutôt que tu ne veux pas.

— Je la connais, Guy. Elle n'est ni malhonnête ni retorse.

Guy renifla d'un air méprisant.

— Elle t'a bel et bien mis dans sa poche, frérot.

— C'est justement ça le problème, répliqua Lucien. Elle n'a rien fait pour ça. La première fois que nous nous sommes rencontrés, au Théâtre Royal, elle n'a pas eu un mot contre Farquharson, et, chez lady Gilmour, elle avait terriblement peur. Et je te garantis qu'elle n'aurait pas pu feindre sa frayeur.

— Tu ne sais que ce qu'elle t'en a dit, Lucien. Tu n'es même pas certain que Farquharson se trouvait dans cette fameuse chambre.

— La panique sur son visage m'a semblée parfaitement sincère. Jamais elle ne s'est servie de ses larmes ni ne s'est comportée de façon mélodramatique. Si elle jouait la comédie, ne crois-tu pas qu'elle aurait utilisé ce genre d'artifice ?

— Elle est trop bonne actrice pour ça, justement.

— Je ne peux m'empêcher de penser que nous nous

trompons sur toute la ligne, Guy. Ces derniers mois, j'ai appris à la connaître. Elle n'est pas du tout la femme que tu crois. Elle est beaucoup plus confiante que tu ne pourrais l'imaginer. Certes, les preuves l'accablent, mais mon instinct me dit qu'elle est innocente.

— Elle t'a envoûté, vraiment. Ne laisse pas l'attirance que tu éprouves envers elle t'aveugler.

— Ne dis pas de bêtises, Guy. Cela n'a rien à voir.

— Donc tu admets que tu la trouves attirante ? insista le cadet.

— Sacrebleu, oui ! J'ai envie d'elle, de la prendre dans mes bras, dans mon lit, et plus que ça encore. C'est ça que tu veux entendre ? Je la désire peut-être, Guy, mais je ne l'ai pas touchée. Je ne suis pas fou à ce point.

En disant cela, il repensait à la tendresse de leurs baisers. Même la nuit dernière, la punition qu'il voulait lui infliger en l'embrassant s'était vite transformée en tout autre chose.

Il y eut un silence, pendant lequel le plus jeune se dit qu'il commençait à comprendre ce qui se passait.

— Ce n'est pas seulement du désir que tu éprouves pour elle, Lucien, n'est-ce pas ? s'enquit-il.

— En effet, répondit l'aîné en touchant du bout du doigt le moignon de chandelle serti dans le bougeoir de Madeline. J'ai peur que les choses soient plus compliquées que ça.

Pour la première fois peut-être, il réalisait exactement ce qu'il était en train de dire.

Guy soupira puis, avec un vague sourire :

— Dans ce cas, tu devrais boire un bon café bien fort, manger un peu et te mettre en quête de la vérité.

— Je lui dois des excuses pour mon comportement d'hier soir. J'aimerais entendre ce qu'elle a à me dire concernant cette lettre, déclara Lucien, d'un air honteux. Je lui ai dit que je la renvoyais à Londres avec toi à la fin de la semaine.

— Ah ! Dire qu'il y a des femmes qui adoreraient s'entendre promettre quelques jours en ma compagnie. M'est avis cependant que ma belle-sœur n'est pas de celles-là. Je ferais bien de commander du café, moi aussi.

Plus tard dans l'après-midi, rasé de frais et l'air un peu plus réveillé, Lucien se mit en quête de sa femme.

— Comment cela, elle est partie ? Où ça ?

— Au château de Tintagel, répondit Mme Babcock. J'ai voulu l'en dissuader, mais elle n'a rien voulu entendre. Elle m'a assurée que vous aviez changé d'avis à propos de votre voyage. Je suis venue vous prévenir tout de même, mais vous dormiez à poings fermés et je n'ai pas réussi à vous réveiller.

La gouvernante croisa les bras sur sa poitrine.

— Elle est partie ce matin, mais, avant ça, elle m'a demandé où se trouvait lord Varington. Elle a promis de revenir tôt cet après-midi, car je crois qu'elle voulait lui parler de quelque chose.

Lucien ouvrit la bouche pour faire un commentaire.

— Elle a aussi pris Betsy et John Haley avec elle, le devança Mme Babcock. Le dos de M. Boyle a recommencé à lui faire mal, mais il conduit quand même la voiture.

— Merci, Babbie, répondit Lucien, affreusement inquiet.

Madeline ignorait que c'était précisément à Tintagel que Sarah Wyatt avait trouvé la mort.

La matinée était splendide, ensoleillée, et un froid sec enveloppait la campagne malgré les quelques bancs de brouillard qui planaient au-dessus de la lande de Bodmin. Une fois arrivés à destination, ils trouvèrent le ciel parfaitement bleu. Madeline respira le bon air qui sentait le sel et le goémon, époustouflée par la vue qui s'offrait à ses yeux.

Le château de Tintagel, ou plutôt ce qu'il en restait, s'étendait au bord d'une falaise surplombant la mer hérissée de récifs et de rochers sculptés par les flots. Des bleus et des verts splendides se mélangeaient dans les vagues surmontées d'une frange d'écume blanche, qui montaient à l'assaut de la paroi abrupte.

Madeline se promenait dans les ruines depuis un moment, consciente — et presque intimidée — qu'elle foulait le sol sur lequel le légendaire roi Arthur avait fait ses premiers pas.

Des récits pleins de trahisons et d'intrigues s'attachaient à cet endroit, dans lesquels on racontait l'amour soudain du roi Uther Pendragon pour Ygraine, la belle épouse de son vassal Gorlois, duc de Cornouailles. Uther, décidé à prendre Ygraine pour femme coûte que coûte, avait déclaré la guerre à la Cornouailles et à son duc qui refusait de lui livrer l'élue de son cœur. Gorlois avait caché sa femme dans le fort imprenable de Tintagel pendant qu'il soutenait le siège d'Uther dans un autre de ses châteaux. Conscient que le destin du royaume se jouait là, l'enchanteur Merlin avait jeté un sort à Uther de sorte que, pour une nuit seulement, pas une de plus, ce dernier puisse prendre l'apparence de Gorlois. Voyant approcher leur maître dans l'obscurité, les gardes de Tintagel ouvrirent les portes devant lui et l'accueillirent comme il se devait. Ygraine elle aussi se jeta dans les bras de son mari, mais, à l'aube le lendemain matin, l'homme avec qui elle venait de passer la nuit avait disparu. Une heure plus tard, un messager arriva pour lui annoncer qu'elle était désormais veuve, Gorlois ayant été tué au combat la nuit précédente. Ygraine comprit alors ce qui venait de se passer et, neuf mois plus tard, donna le jour à un fils qu'elle appela Arthur, et qui ensuite chasserait les ténèbres des côtes d'Angleterre et deviendrait le meilleur et le plus vaillant des rois.

Ainsi le salut pouvait parfois naître d'une trahison. Madeline se prit à réfléchir au rôle de Merlin dans cette affaire. Assise sur un banc de bois, seule, elle regardait l'écume blanche des vagues monter à l'assaut des rochers et s'engouffrer en rugissant dans les larges crevasses qui s'ouvraient dans la paroi. Elle aurait pu regarder ce paysage pendant des heures, et s'enivrer de sa beauté sauvage, de la violence de la mer et du vent et de la noirceur des rochers déchiquetés. Le bruit sec des bourrasques lui emplissait les oreilles, chassant la tristesse de son âme et la fatigue de son corps. Elle se félicitait d'avoir demandé à M. Boyle de rester près de la voiture, car le vieil homme avait sans doute plus mal au dos qu'il ne voulait l'admettre. Elle revoyait encore les grimaces de douleur qui déformaient son visage quand il se croyait à l'abri des regards. Elle se réjouissait aussi d'avoir envoyé Betsy et John se promener au milieu des ruines de leur côté. Elle ne pensait pas se tromper de beaucoup en pensant que ces deux-là nourrissaient de doux sentiments l'un pour l'autre et que, si d'aventure elle avait dû rester en Cornouailles, elle aurait bientôt eu besoin d'une nouvelle femme de chambre. Elle tourna la tête en direction du jeune couple qui se promenait au milieu des pans de murs effondrés, en se réjouissant pour eux malgré sa propre tristesse, puis, perdant son regard sur l'horizon parsemé d'écume, elle se demanda quelles nouvelles Guy pouvait bien avoir apporté à Lucien pour que tous ses rêves aient été détruits si cruellement et si vite.

Comme surgie de nulle part, une rafale de vent soudaine et plus violente que les autres lui arracha le bonnet qu'elle portait sur la tête, l'envoyant rouler sur le chemin couvert d'herbe clairsemée. Elle bondit pour essayer de le rattraper avant qu'il ne tombe par-dessus le bord de la falaise, mais en vain. Penchée au-dessus de l'abîme, elle regarda le petit couvre-chef blanc planer au-dessus des rochers avant de s'abîmer dans les flots furieux. Ses pieds prenaient appui tout au bord du précipice, trop près, en fait, avec un vent pareil. Elle voulut reculer, mais quelqu'un lui saisit le bras. Surprise, elle poussa un petit cri en sentant son pied gauche glisser. La main qui la retenait se fit plus ferme et la tira en arrière, la sauvant d'une mort certaine.

— Madeline ! hurla Lucien tout contre son oreille. Que diable… ?

Il la plaqua contre lui et l'attira loin du précipice.

Le cœur battant follement d'avoir échappé à une chute mortelle et à présent d'être dans les bras de Lucien, elle le regarda, incrédule, en silence, le temps que son cœur se calme et lui permette enfin d'entendre ce qu'il disait.

— Madeline, souffla-t-il en couvrant de baisers ses joues, son nez, son front, son menton, une main posée sur sa nuque, l'autre au bas de son dos. J'ai cru vous avoir perdue. Dieu soit loué…

Sa voix se perdit dans leur étreinte. Jamais il ne l'avait embrassée de cette façon à la fois tendre et possessive, comme s'il n'avait pas l'intention de la lâcher jamais. Comme si le cauchemar de la nuit précédente n'existait plus et que le dialogue de leurs bouches soudées l'une à l'autre remplaçait les paroles échangées la nuit d'avant.

— Madeline…, répéta-t-il en plongeant son regard dans celui de la jeune femme.

Malgré sa surprise, elle remarqua la pâleur du visage de Lucien et, du bout des doigts, lui caressa la joue d'un air inquiet en se demandant comment il allait réagir à cette caresse.

— Je ne pensais pas… Je ne me serais jamais pardonné si vous aviez perdu la vie à cause de mes paroles stupides, Madeline.

Elle le regarda sans comprendre.

— Pardonnez-moi de vous avoir traitée comme je l'ai fait. J'ai peur d'avoir forcé sur le brandy, s'excusa-t-il en lui prenant la main, emprisonnant ses doigts avec tendresse. Si dures qu'elles aient été, mes paroles ne valent pas la peine qu'on se tue pour elles, Madeline.

La jeune femme réalisa soudain ce qu'il pensait et répondit d'un air gêné :

— Je courais simplement après mon bonnet, Lucien. Le vent l'a emporté, expliqua-t-elle, attendant ensuite la réponse en silence.

— Comment… vous n'aviez pas l'intention de sauter de la falaise ? demanda-t-il en la dévisageant d'un air sceptique.

Elle secoua la tête, défaisant un peu plus ses cheveux par ce geste. Le vent en prit avantage instantanément, les libérant pour de bon.

— Mes épingles ! s'écria Madeline en se penchant pour les chercher dans l'herbe.

— Laissez cela, ordonna Lucien en la forçant à se relever et en lui caressant les cheveux. Je vous préfère comme ça.

Madeline se sentit rougir.

— Je devrais vous mettre sur mes genoux et vous donner une fessée pour m'avoir causé une telle frayeur.

Madeline remarqua l'ombre d'un sourire sur les lèvres de Lucien, qui disparut aussitôt.

— Je me suis comporté comme une brute ces derniers temps. Jamais je n'aurais dû vous traiter comme je l'ai fait la nuit dernière.

— Que s'est-il passé ? Pourquoi étiez-vous si en colère ? Vous avez cru que je fouillais vos papiers pour le compte de Farquharson. Pourquoi ? Que vous a raconté Guy ?

— Les nouvelles ne sont pas bonnes, Madeline, répondit

Lucien en la fixant de ses grands yeux bleus. Farquharson est en possession d'une lettre qu'il prétend être de vous et dans laquelle vous le suppliez de vous sauver de votre mari et affirmez que votre mariage est le résultat d'un enlèvement et d'un viol.

— Non ! s'écria Madeline incapable de contenir sa surprise et son indignation. Non, c'est un mensonge. Jamais je n'ai écrit une telle lettre.

— Je l'ai vue de mes yeux. Elle est écrite de votre main, sur du papier qui porte mon sceau et mes armes.

Il y eut un long silence, puis :

— Comment est-ce possible ? Cela n'a pas sens, déclara la jeune femme, abasourdie.

— Donc, vous niez catégoriquement avoir jamais envoyé une lettre à Farquharson ? insista-t-il.

— Non, je ne le nie pas, répondit-elle doucement.

Lucien sentit un étau lui serrer le cœur. Sa main se referma sur celle de la jeune femme.

— Il m'a écrit il y a quelques semaines, voyez-vous, répondit-elle en rougissant de plus belle. Vous étiez si inquiet à son propos que j'ai pensé qu'il valait mieux ne pas vous en parler de peur d'aggraver les choses.

Lucien ne répondit pas, attendant simplement qu'elle continue, le cœur serré à en mourir.

— Cette lettre se trouve dans le tiroir de mon bureau, si vous voulez la voir. Farquharson m'y demande de lui pardonner et y clame son amour pour moi.

Elle vit une ombre passer dans le regard de Lucien. Douleur, colère ? Elle n'aurait su dire.

— Ensuite, il me met en garde contre vous, et raconte l'histoire de Sarah Wyatt, tout comme vous, mais, dans sa version, c'est vous qu'il accuse de l'avoir tuée. Il offre de m'aider à vous échapper et dit que je n'aurais qu'à demander pour qu'il vienne à mon secours.

Les yeux de Lucien semblaient plus pâles que jamais à présent et brillaient d'une lueur étrange. Madeline entendait battre son cœur sourdement dans sa poitrine.

— Je lui ai répondu pour lui dire que je savais qu'il mentait et que le coupable de ce forfait ne pouvait être mon mari. Je lui ai demandé de nous laisser en paix.

Elle omit sciemment de révéler le reste de la lettre, dans laquelle elle mentionnait son amour pour Lucien et affirmait que jamais elle ne regretterait de l'avoir épousé parce qu'elle se sentait heureuse avec lui.

— J'ai donné la lettre à John Haley pour qu'il aille la poster au village.

— Et vous ne lui avez pas écrit depuis ?

— Non, bien sûr.

Ils se regardèrent longuement, puis Lucien hocha la tête :

— Je vous crois, Madeline, soupira-t-il. Je ne sais pas comment il s'y est pris, mais c'est Farquharson qui a écrit cette fameuse lettre, et non vous.

Lucien remarqua immédiatement le soulagement de la jeune femme quand elle se laissa aller contre lui, appuyant son front contre sa poitrine. Il savait qu'aucune actrice n'aurait pu feindre les sentiments qu'il venait de voir passer sur son visage.

— Rentrons, Madeline, souffla-t-il en la prenant par la taille pour la guider vers la voiture.

14

Le calme régnait à Trethevyn.

Mme Babcock remarqua que le comte et la comtesse se tenaient par la main quand ils pénétrèrent dans le hall et en fut rassurée.

Madeline rougit et essaya de se dégager en voyant la gouvernante, mais Lucien refusa de la lâcher et lui lança un regard sans ambiguïté.

— Lord Varington est allé faire une promenade à cheval, annonça Mme Babcock. Je suis dans la cuisine, si vous avez besoin de moi.

— Nous voilà seuls, et avec tout l'après-midi devant nous avant que mon frère revienne, déclara Lucien en regardant les lèvres de Madeline un instant avant de laisser son regard glisser vers ses yeux. Il subsiste entre nous quelques points non résolus, et nous devrions mettre à profit ce temps qui nous est offert.

Elle savait pertinemment, rien qu'à voir ses yeux, qu'il ne parlait pas de la lettre, ni de Farquharson, ni de Guy. Et, quand il se pencha sur elle pour l'embrasser doucement, elle sentit la chaleur brûlante qui émanait de lui.

— Lucien, murmura-t-elle, surprise, en se reculant assez pour le fixer droit dans les yeux.

— Je sais ce que je vous ai promis, mais je ne peux plus me limiter à notre marché, car ma vie aurait bien moins d'attraits si vous n'en faisiez pas partie, Madeline, souffla-t-il en cherchant la bouche de la jeune femme. Je veux que vous soyez ma femme dans tous les sens du terme. Je veux un vrai mariage, pas un arrangement de convenance.

— Oh Lucien ! soupira-t-elle en lui offrant ses lèvres avec toute la passion qui bouillonnait dans son cœur depuis des mois.

— J'ai été un sot, se morigéna-t-il d'une voix altérée par le désir, en traçant de ses lèvres un sillon brûlant sur les joues et le menton de la jeune femme.

— Non, murmura-t-elle, s'accrochant encore un peu à la réalité avant de s'abandonner. Vous m'avez sauvée de Farquharson. Je vous en serai éternellement reconnaissante.

— Ce n'est pas votre gratitude que je veux, grommela-t-il, en embrassant la peau blanche du cou de Madeline.

— Si vous ne voulez point de ma gratitude, accepterez-vous mon amour ? répliqua-t-elle en relevant la tête pour le regarder droit dans les yeux.

Elle le sentit se figer à ces mots, vit ses yeux s'ouvrir tout grands, incrédules.

— Vous… vous m'aimez ? demanda-t-il en plissant le front, abasourdi. Après tout ce que j'ai fait ?

Madeline sentit un sourire lui monter aux lèvres. L'homme grand et fort qui la tenait dans ses bras n'était finalement pas aussi sûr de lui qu'il aurait aimé le faire croire.

— Oui, affirma-t-elle avant d'ajouter, le rouge aux joues : je vous aime et j'ai envie de vous, moi aussi.

— En ce cas, milady, souffla-t-il en souriant comme un bienheureux, je dois vous demander de m'accompagner dans ma chambre à l'instant.

— Lucien ! s'exclama-t-elle. Nous sommes au milieu de l'après-midi, et il fait grand jour. Si nous nous retirions à cette heure, cela ferait un vrai scandale.

— En effet, admit-il en se penchant de nouveau sur elle. Mais pas autant que si l'on nous trouve en train de faire l'amour dans l'escalier.

Ses doigts impatients jouaient déjà avec le corsage de Madeline, et sa main vint se poser doucement sur un sein rond et ferme.

— A vous de décider, mon amour.

Elle frissonna, le corps vibrant d'impatience.

— Si c'est ainsi, je choisis la chambre.

Lucien lui décocha un sourire plein de promesses puis, sans ajouter un mot, la souleva dans ses bras et grimpa l'escalier à toute vitesse, n'arrêtant sa course que lorsqu'il l'eut déposée sur le grand lit à baldaquin.

Le soleil inondait la pièce, projetant sur eux la lueur dorée et chaude de ses rayons. Fascinée, Madeline regarda Lucien ôter sa veste, qu'il jeta sur le sol d'un geste souple. Le gilet suivit bientôt ainsi que ses bottes encore couvertes de boue, puis sa cravate qui rejoignit les précédents sur le sol. Elle ne protesta que lorsqu'il eut enlevé sa chemise.

— Vous n'avez pas l'intention d'ôter tous vos vêtements jusqu'au dernier ? demanda-t-elle.

A nouveau il lui sourit d'un air mutin.

— Il fait encore plein jour !

Lucien fit mine de regarder par la fenêtre, puis :

— C'est vrai, acquiesça-t-il en montant sur le lit.

— Mais…

Les protestations de Madeline furent vite étouffées quand Lucien prit sa bouche, s'aventurant en elle avec une passion dévorante. Madeline agitait la tête de droite à gauche, comme enivrée de sensations nouvelles. Leurs langues s'enlacèrent, humides et chaudes, impatientes, en une caresse qui abolissait toute raison en eux, et, quand les mains de Lucien glissèrent sur le corps de Madeline, elle eut l'impression qu'elles laissaient derrière elles une trace incandescente. Elle frissonna, s'abandonnant au plaisir de ces attouchements sensuels et, en même temps, parfaitement consciente de vouloir aller plus loin, beaucoup plus loin.

— Madeline, mon amour…, murmura-t-il, frôlant du bout des lèvres sa joue, son cou, son épaule, avant de glisser plus bas jusqu'à la naissance de ses seins.

Bientôt, elle sentit son souffle brûlant se faire plus rapide, et ses doigts commencer à défaire la rangée de petits boutons de nacre qui maintenaient sa robe. Contrairement à ce à quoi elle s'attendait, elle ne se sentait nullement gênée, ni intimidée. Au contraire, elle l'aida, pleine d'impatience, à ôter non seulement sa robe, mais aussi ses jupons, son corsage et sa chemise. Quand ils eurent terminé, elle était nue sur le lit de Lucien, exposée à son regard dans la clarté du jour qui caressait sa peau blanche. Il s'adossa contre la tête du lit pour la contempler, savourant chaque pouce de sa chair tendre, et, quand elle fit mine de couvrir sa nudité de sa main, il la lui prit doucement et la fixa d'un regard brûlant de passion.

— Vous êtes si belle…

Exposée ainsi devant lui, nue comme au premier jour, elle se sentait effectivement belle, désirable et aimée. Leurs lèvres de nouveau se joignirent, balayant toute pensée. Elle laissa ses doigts errer dans la chevelure ébène de Lucien, les laissa s'y perdre comme elle en avait envie depuis si longtemps, ivre de son odeur mâle qui la faisait fondre et l'excitait à la fois. Elle le respirait comme on fait d'un parfum. Bientôt, ils ne feraient plus qu'un, Lucien et Madeline, mari et femme, amant et amante, unis dans la célébration de l'amour.

De ses mains douces et fermes, il caressait les globes palpitants de ses seins, décrivant une spirale qui venait mourir sur leur pointe dressée. Madeline s'agita sous lui, venant à sa rencontre, affolée par les picotements délicieux qui vrillaient impitoyablement sa chair.

— Oh Lucien ! souffla-t-elle d'une voix suppliante.

Il n'en pouvait plus, lui non plus. De sentir au bout de ses doigts le frémissement des mamelons sombres le rendait fou, il les roulait doucement entre pouce et index en les pinçant un peu, et son désir s'alimentait du souffle rauque de Madeline et des petits cris qu'elle poussait chaque fois qu'il laissait sa bouche folâtrer sur son cou, de plus en plus près de la naissance de sa gorge. Quand enfin elle sentit sa langue venir agacer un sein, puis l'autre, elle poussa un cri, un vrai celui-là, en l'agrippant par le cou pour le presser contre elle.

Elle sentait la chaleur monter entre ses jambes en une pulsation de plus en plus violente et, plus étrange encore, avait l'impression d'être mouillée à cet endroit, ce qui ne laissait pas de la rendre perplexe. Instinctivement, elle se pressait contre lui sans savoir très bien ce qu'elle cherchait, simplement consciente du désir qui la submergeait et de l'amour qu'elle ressentait pour cet homme qui lui faisait éprouver tant de sensations inouïes.

— Lucien. Lucien !

Il lui sembla qu'elle criait son nom un millier de fois. L'envie de lui se muait maintenant en besoin.

— Lucien !

Cela semblait un cri de désespoir, et elle crut un instant l'avoir seulement rêvé, mais elle ne savait plus distinguer le réel de l'imaginaire, emportée qu'elle était par le tourbillon violent du plaisir.

Lucien ne manqua pas de répondre à cette supplique. Il s'arracha à elle le temps d'ôter ce qui lui restait de vêtements, puis, faisant taire les gémissements qu'elle venait de pousser en le sentant s'éloigner, la couvrit de nouveau de son corps, prenant soin de faire porter son poids sur ses coudes pour ne pas l'étouffer. Il s'émut de voir la chair tendre de Madeline rosir un peu là où il venait de promener son visage ombré d'une barbe naissante. Du bout des doigts, il lui caressa les seins de nouveau, s'attardant un peu sur la pointe avant de plonger directement vers le ventre, puis plus bas encore. La chair blanche et douce de ses cuisses était brûlante sous sa caresse insistante et, quand il la prolongea lentement vers le cœur de sa féminité, elle frémit contre lui violemment, le souffle court, haletante.

Rien d'autre ne comptait à présent. Il n'y avait plus que l'ici et le maintenant. Elle aimait cet homme, elle le désirait, elle se consumait pour lui. Sous ses doigts experts, elle commença à sentir se former autour d'elle comme un immense tourbillon de plaisir qui tournait de plus en plus vite en même temps que leurs lèvres se pressaient et que la langue de Lucien invitait la sienne. Soudain, elle sentit quelque chose de dur peser contre sa cuisse et, de la main, s'aventura à palper cette étrange raideur.

Lucien poussa un grognement, fermant les yeux, le souffle coupé.

— Madeline, s'étrangla-t-il en lui saisissant le poignet. Si vous continuez, je ne pourrais pas finir ce que nous avons commencé.

Il l'embrassa tendrement, repoussant de son visage les cheveux qui l'aveuglaient en levant la tête pour la regarder au fond des yeux.

— Je vous aime, murmura-t-il en entrant en elle.

— Moi aussi je vous aime, répondit Madeline.

La glace et l'ambre se mêlèrent quand il accepta le cadeau merveilleux qu'elle lui offrait.

Madeline sentit une douleur fulgurante l'aveugler, qui disparut presque aussitôt sous le baiser de Lucien en même temps que revenait le plaisir. A mesure qu'il allait et venait entre ses jambes ouvertes, elle s'abandonna à l'extase qui les liait l'un à l'autre, jusqu'à ce qu'il se vide en elle et qu'ils se laissent aller sur le lit, comblés, lovés au creux de leur amour.

Les paroles semblaient inutiles, Madeleine se détendit, rassurée par les battements réguliers du cœur de son amant et la chaleur de sa main posée sur son ventre. Après ce qui venait de se passer, elle se sentait changée pour toujours, s'étant donnée à lui corps et âme. Ils ne faisaient plus qu'un, une seule chair, unis par les liens de l'amour. Elle savait en ces instants magiques que ni le temps ni les hommes, jamais, ne pourraient rien changer à cela.

A mesure que les heures passaient, on s'inquiétait de plus en plus du retard de Guy.

— Demandez à la cuisinière de différer le dîner d'une demi-heure, ordonna Lucien. Il sera rentré d'ici là.

— Vous avez raison, milord. Je m'inquiète pour lui, confia Mme Babcock en reniflant et en faisant un bruit de succion comme à son habitude. Ce n'est pas de lui de rester dehors si longtemps, surtout à la campagne. Ce petit va encore me faire tourner les sangs.

Bien qu'il ne comprît pas comment elle faisait pour traiter encore Guy de petit, Lucien devait avouer qu'il partageait un peu l'inquiétude de la gouvernante. Son frère d'ordinaire ne brillait pas par le plaisir qu'il prenait à se promener au grand air. En fait il eût été plus juste de dire qu'il détestait cela, et que pour lui les grands espaces s'apparentaient à un cauchemar. Cela dit, il avait ses raisons de préférer la ville. Ce n'était pas la première fois que Lucien s'inquiétait de l'hédonisme de son frère, mais il n'en laissa rien paraître pour ne pas ajouter aux alarmes de la gouvernante.

— Je suis certain qu'il a abandonné les plaisirs de la chevauchée à travers champs pour l'hospitalité de la taverne des Armes du Roi, au village. Peut-être même a-t-il poussé jusqu'à Lisker, ou Bodmin. Ne vous en faites pas, Babbie. Il sera bientôt de retour.

Quand la gouvernante fut sortie, Lucien se massa néanmoins le haut du nez. Un geste nerveux qu'il avait retenu jusque-là, conscient que cela aurait immédiatement angoissé Babbie.

Les sourcils froncés, Madeline se leva de son fauteuil et traversa silencieusement la pièce pour venir à côté de lui.

— Vous êtes inquiet vous aussi, n'est-ce pas ? s'enquit-elle.

Lucien admira son visage éclairé par la lueur pâle tombant de la fenêtre et qui contrastait avec celle, ambrée et chaleureuse, des bougies. Elle avait les joues encore roses de leur étreinte et une petite lueur charmante dans les yeux. Il avait l'impression qu'elle pouvait lire en lui bien plus facilement qu'il n'aurait cru.

— Guy est téméraire et un peu tête en l'air, aussi. Comment dire… Il ne sait pas toujours résister au plaisir. Mais j'aurais quand même pensé qu'il rentrerait avant la nuit, surtout après ce qui s'est passé ce matin.

— Que voulez-vous dire ? demanda Madeline en regardant son mari d'un air perplexe.

— Il savait que je tenais particulièrement à vous parler de la lettre de Farquharson, et devait être impatient d'entendre votre défense. Croyez-moi, il déteste franchement ce scélérat.

— Certes, mais il me croit néanmoins coupable, affirma la jeune femme comme s'il s'agissait d'une évidence.

— Il ne vous connaît pas aussi bien que moi, répondit Lucien, refusant de mentir à la femme qu'il aimait. Il a vu les preuves, ou ce qu'il croyait en être, et s'est fait une opinion.

Une ombre douloureuse passa sur le visage de la jeune femme.

— Nous finirons par le convaincre de la vérité, déclara Lucien en lui prenant la main pour la serrer doucement.

Madeleine souriait quand ils se tournèrent tous les deux pour surveiller l'allée.

A peine une demi-heure plus tard, leur bonheur vola en éclats.

On entendit des voix alarmées, dans l'entrée, et qui se faisaient de plus en plus fortes. Lucien ouvrit la porte du petit salon pour aller voir ce qui se passait et trouva les domestiques attroupés autour d'un corps…

— Dieu du ciel ! cria Babbie tandis qu'une soubrette éclatait en sanglots.

— Est-il toujours vivant ? demanda M. Boyle.

Betsy Porter s'évanouit et s'effondra sur le sol au milieu des cris affolés des autres. Bientôt, on entendit la voix rugueuse de M. Norton :

— Allez chercher Sa Seigneurie, vite ! ordonna le majordome.

Lucien sentit comme une main glacée lui saisir le cœur, mais il se contint et fendit le cercle de ses gens, terrifié à l'idée de ce qu'il allait voir.

— Que se passe-t-il ici ? lança-t-il d'une voix glaciale, presque clinique.

La voix d'un chef.

Tous s'écartèrent, et Lucien entendit Boyle lui souffler :

— Il était attaché à son cheval. Nous n'avons rien pu faire d'autre que laisser l'animal le porter jusqu'à la porte. Il saigne gravement, milord. Nous sommes rentrés aussitôt que nous pouvions. Haley a emmené l'étalon à l'écurie.

Une longue traînée de sang sur le sol de marbre de l'entrée attestait de ce qu'on venait de tirer le corps jusque-là. Lucien sentait son ventre se contracter douloureusement. Quelqu'un poussa sur le côté une soubrette qui sanglotait, pour lui permettre de voir le blessé dont les vêtements semblaient sombres et humides. De grandes balafres s'ouvraient çà et là dans le tissu, laissant voir la chair noire de sang. Lucien laissa ses yeux glisser au-delà des blessures horribles pour regarder le visage de l'infortuné. Il eut le souffle coupé, mais personne autour de lui ne put s'en rendre compte, heureusement. Il y avait dans ce spasme à la fois de l'horreur, bien sûr, mais aussi du soulagement, car le visage ensanglanté n'était pas celui de Guy, mais de Collins, le valet de ce dernier.

Lucien se mit à genoux à côté du corps disloqué et posa sa main sur le cou du pauvre homme, cherchant le pouls, si faible fût-il. Il ôta sa veste, la plia d'un geste décidé et la plaça comme un oreiller de fortune sous la tête du blessé.

L'homme ouvrit les yeux.

— Milord Tregellas…, souffla-t-il, si doucement que Lucien dut presser son oreille contre sa bouche pour entendre ce qu'il disait.

— Tout va bien, Collins, je suis là.

Le valet luttait pour parler.

— Prenez votre temps, insista Lucien.

— Un piège… une embuscade… nous sommes tombés dedans sans nous douter de rien, expliqua le malheureux en saisissant la main pleine de sang du frère de son maître. Ils étaient trop nombreux. Des brigands mercenaires engagés par le gentleman. Nous n'avions pas une seule chance…

Lucien se sentait de plus en plus glacé. Il serra la main du malheureux Collins — qui semblait avoir beaucoup de mal à déglutir, grimaçant douloureusement chaque fois — et attendit qu'il poursuive son récit.

— Nous nous sommes défendus, mais ils ont fini par venir à bout de notre résistance et nous ont emmenés dans une grotte sans lumière et affreusement humide, sous terre… Ils avaient des torches… Ils nous ont posé des questions sur cette demeure, sur vous aussi, milord, et sur lady Tregellas.

Lucien écoutait, les lèvres plus pincées que jamais.

— Ils m'ont relâché pour que je vous porte un message, murmura le valet, marquant une pause pour reprendre des forces avant d'ajouter : le gentleman a dit que si vous vouliez revoir votre frère en vie, il vous faudrait le rencontrer ce soir à dix heures au château de Tintagel, et emmener votre femme avec vous. Si vous ne vous présentez pas tous les deux, il tuera lord Varington.

— Est-ce que mon frère…, demanda Lucien, incapable d'en dire plus.

— Il est grièvement blessé, répondit Collins, les larmes aux yeux. Je n'ai rien pu faire, milord. Je suis désolé.

Lucien tapota la main du pauvre bougre.

— Vous avez fait ce que vous pouviez, Collins. Guy sera fier de vous, souffla-t-il en approchant les lèvres de l'oreille du blessé, qui commençait à fermer les yeux.

Il n'avait pas vraiment besoin de poser la question, mais voulait s'en assurer quand même.

— Une dernière chose, Collins, après quoi je vous laisserai vous reposer. Ce gentleman vous a-t-il dit son nom ?

— Non, milord. Il a simplement affirmé que vous sauriez qui il était, répondit le domestique en secouant doucement la tête. Il avait les cheveux plus roux que la queue d'un renard. Mince, de taille moyenne. Lord Varington l'a appelé F… Farlisson, ou quelque chose comme ça.

— Farquharson ! s'écria une voix derrière Lucien.

— Oui, milord, c'est bien ce nom-là, confirma le blessé avant de s'évanouir.

Lucien tourna la tête et, par-dessus son épaule, regarda sa femme.

— Ne dites pas de bêtises, Madeline. Vous ne m'accompagnerez pas, c'est tout, asséna Lucien, la mâchoire serrée, comme toujours quand il avait une opinion affirmée.

— Et quand vous vous présenterez sans moi devant Farquharson, que se passera-t-il ? Autant signer l'arrêt de mort de votre frère.

— C'est un piège, Madeline. Il a l'intention de nous capturer tous les deux. Si j'y vais seul, j'aurais au moins une chance de le tuer. Si je vous prends avec moi, ce sera lui servir sa victime sur un plateau. Que Guy soit entre ses mains est déjà bien assez grave sans que vous alliez vous-même vous jeter dans la gueule du loup.

— Mais… vous vous apprêtez à le faire vous-même, justement. Croyez-vous vraiment qu'il va rester tranquillement assis à vous attendre ?

— Nous n'avons pas le choix, répliqua Lucien.

— Et si nous informions le chef de la police du comté ? Peut-être pourrait-il…

— Nous n'en avons pas le temps, et en outre deux ou trois gendarmes ne pourront rien contre Farquharson et sa bande de brigands. Si Guy a une seule chance de survivre, il faut que je m'y rende seul.

— Non, protesta Madeline en secouant la tête. Il le tuera de toute façon, et vous ensuite.

— Non, Madeline, pas si je le tue en premier. Je ne peux pas laisser mourir mon frère sans essayer de le sauver. Les méthodes de Farquharson ne laissent pas augurer pour lui d'une mort facile et sans souffrance. Ce monstre n'aime rien tant que la douleur des autres. Cela l'excite de voir les gens souffrir.

— Sarah Wyatt…

Madeline se tut, jugeant déloyal de poser la question qui lui brûlait les lèvres alors que Guy était prisonnier de Farquharson.

Le visage de Lucien semblait un masque sévère et sombre.

— Sa mort a été une véritable orgie de torture et d'abus sexuels. Il l'a tuée à Tintagel, puis l'a ramenée ici, et a abandonné son corps sur les marches de la chapelle, dans le parc. Il pensait que si l'on trouvait son corps a Trethevyn, on me soupçonnerait de l'avoir assassinée. C'est ma mère qui l'a trouvée le lendemain matin. Elle était déjà très affectée par la mort de mon père et le choc l'a bouleversée comme vous n'en avez pas idée. Elle ne s'en est jamais remise. Deux mois plus tard, elle décédait à son tour.

— Oh Lucien…, s'exclama Madeline en le prenant dans ses bras. Je suis navrée. Je n'aurais pas dû raviver des souvenirs aussi douloureux.

— Il vaut mieux que vous sachiez la vérité, répondit-il.

— Pourquoi n'a-t-il jamais été jugé ?

— Il est malin comme un renard et n'a laissé aucune piste qui aurait pu mener à lui. Ses hommes de main ont juré qu'il avait passé la nuit avec eux à boire et à chanter dans une auberge. La police n'a rien pu faire. Et pendant ce temps-là Farquharson répandait déjà des rumeurs selon lesquelles j'étais responsable de la mort de Sarah, ce qui n'a pas manqué d'en impressionner plus d'un, car après tout le fiancé trahi faisait un coupable idéal, d'autant qu'on venait de trouver le corps de cette pauvre fille sur mes terres.

— N'y avait-il vraiment rien à faire pour le traîner devant la justice ?

— J'ai utilisé les services d'un sergent de ville pour

étudier la question, mais nous avons eu beau chercher des preuves, nous n'avons rien trouvé.

— Comment en ce cas pouvez-vous être certain que Farquharson était le coupable ?

— Au début, je n'avais aucune certitude, soupira Lucien. Je le soupçonnais, mais rien de plus. Je lui ai toujours trouvé quelque chose d'étrange et de malsain. Et quand il a su qu'il s'en tirerait et qu'on ne pourrait rien prouver contre lui, il est venu me trouver un jour à mon club et m'a expliqué son acte.

— Il a avoué ?

— Oui, chaque détail.

— Mais alors vous auriez sans doute pu produire un témoin contre lui, n'est-ce pas ?

— Grâce à lui, on m'appelait déjà le Maléfique partout dans Londres. La rumeur qui courait en ville voulait que j'aie tué Sarah. On ne l'aurait pas condamné.

Madeline secoua la tête en silence.

— Je l'ai provoqué en duel, pensant que j'allais en finir avec lui, mais j'ai laissé ma haine m'aveugler et ma balle est allée se ficher dans sa jambe tandis que la sienne passait largement au-dessus de ma tête. Le différend était clos, la querelle vidée, et je ne pouvais plus rien faire d'autre qu'attendre et le surveiller pour éviter qu'il ne recommence.

— Oh Lucien…, souffla Madeleine en pressant la main de celui-ci contre sa joue. Vous êtes passé par une épreuve terrible. Si Farquharson a tué Sarah à Tintagel, cela explique qu'il ait choisi cet endroit pour vous donner rendez-vous.

Lucien hocha la tête d'un air sombre.

— Oui, comme s'il avait envie que l'histoire se répète, hormis que cette fois-ci c'est vous qu'il veut. Sa perversion est infinie, jamais elle ne cessera d'elle-même. Il faut que j'y mette un terme une fois pour toutes. Comprenez-vous pourquoi ?

— Pour venger la mort de Sarah.

Lucien secoua la tête.

— Non. C'est ce pourquoi je vivais jusqu'à présent, je l'avoue. L'idée de le faire souffrir pour venger Sarah et ma mère m'obsédait, mais plus maintenant. La vengeance ne m'appartient plus. Farquharson recevra son châtiment quand il rencontrera son créateur.

Il prit le visage de Madeline entre ses mains, caressant doucement ses pommettes du bout du pouce.

— Je vous aime, Madeline. Malgré tout ce que j'ai pu dire, je crois que je vous aime depuis la première fois que je vous ai vue. Je ne le laisserai pas mettre la main sur vous, voilà pourquoi il faut que ça s'arrête, là, maintenant, cette nuit. Vous aviez raison : on ne peut pas passer sa vie à regarder derrière soi.

Elle s'agrippa à lui, pressant ses lèvres contre sa bouche.

— Non, Lucien ! Ce n'est pas ce que je voulais dire. Je vous aime. N'y allez pas seul, je vous en supplie.

— Cela vaut mieux, Madeline, répondit-il en regardant la jeune femme au fond des yeux, ému de voir des larmes perler pour la première fois. Ne pleurez pas, mon amour. Je n'aurai besoin que d'une seule balle, mais cette fois-ci elle ira droit au cœur.

— Je ne peux pas vous laisser faire ça, Lucien. Je ne peux pas.

— Madeline, supplia-t-il doucement, je ne vous demande qu'une seule chose : laissez-moi faire.

— Lucien, je vous en prie, sanglota-t-elle.

— Allons, séchez vos larmes, mon amour, et promettez-moi que vous resterez ici, lui enjoignit-il

Il l'embrassa avec tendresse pour lui exprimer sa gratitude et sa joie, pour la remercier de tout ce qu'elle apportait dans sa vie, la paix, la sérénité et la foi en l'amour. Elle le regardait de ses grands yeux constellés de paillettes d'or, des yeux dans lesquels se perdre, comme il le craignait autrefois et dans lesquels il se perdait bel et bien maintenant.

— Donnez-moi votre parole que vous ne chercherez pas à me suivre, ajouta-t-il.

Elle se mordait désespérément la lèvre. Une minute passa, puis une autre. Quand elle reprit la parole, ce fut d'une voix brisée :

— Vous me demandez l'impossible.

— Promettez-le-moi, Madeline, insista-t-il en respirant son odeur suave, le visage enfoui dans ses cheveux clairs.

Madeline étouffa ses sanglots en se mordant la lèvre plus fort que jamais.

— Entendu, laissa-t-elle tomber. Je vous le promets.

Il la salua d'un dernier baiser puis tourna les talons et se dirigea vers la porte.

— Mon amour, murmura-t-elle quand la clenche retomba. Oh mon amour !

Elle plaqua son poing sur sa bouche pour étouffer ses sanglots, mais rien n'aurait pu faire cesser les tremblements qui agitaient son corps.

Madeline ne savait pas depuis combien de temps elle regardait, immobile, la porte du petit salon. Peut-être voulait-elle laisser à Lucien le temps de changer éventuellement d'avis, à moins qu'elle n'attendît de voir si le cauchemar était réel ou s'il s'agissait simplement de quelque sinistre plaisanterie concoctée par Lucien et son frère. Elle resta figée comme une statue, respirant si faiblement qu'il aurait fallu être très près d'elle pour s'en apercevoir. Elle avait les yeux rouges et douloureux, les joues trempées de larmes et resta ainsi longtemps, jusqu'à ce que celles-ci se tarissent enfin, seule dans le petit salon tandis que son mari chevauchait vers la mort pour les sauver, Guy et elle. Quelle chance avait-il d'échapper à Farquharson et sa bande ?

La pendule marquait inexorablement le passage des secondes. Chaque avancée mécanique de l'aiguille emportait Lucien plus loin du salut de la précédente. *Tic-tac tic-tac*. Elle avait l'impression que les secondes s'égrenaient de plus en plus vite.

Mue par une impulsion subite, elle s'approcha de la cheminée, saisit la jolie pendule d'un geste décidé et la lança à travers la pièce. L'objet alla se fracasser sur le sol avec un bruit sourd et quand tous les débris se furent arrêtés de glisser sur le marbre ou de tourner sur eux-mêmes, un lourd silence s'abattit dans la pièce. Madeline se sentit soudain libérée du sortilège qui l'emprisonnait.

Un pas irrégulier se fit entendre et la porte s'ouvrit soudain à la volée. Madeline tourna la tête, pleine d'espoir, le nom de Lucien sur les lèvres.

Ce fut le visage empourpré de Mme Babcock qui apparut sur le seuil.

— Milady ! J'ai entendu un bruit affreux. J'ai pensé que vous étiez tombée…

La gouvernante avisa soudain les restes de la pendule éparpillés près de la fenêtre.

— Ah, commenta-t-elle. C'est donc ça. Allons, il y a plus de peur que de mal…

Madeline fut submergée par une envie de rire incoercible, presque hystérique.

— Comment ça plus de peur que de mal ? demanda-t-elle à voix haute en se mordant la lèvre.

— Calmez-vous, ma petite, conseilla Mme Babcock à la jeune femme en la ramenant à sa chambre. Milord m'a dit que vous étiez bouleversée, mais ne vous inquiétez pas, Babbie est là. Je vais vous faire un bol de lait chaud et vous mettre au lit. Vous y serez en sécurité jusqu'au retour de Sa Seigneurie.

Madeline se laissa faire. *Jusqu'au retour de Lucien…* Qu'aurait dit Babbie si elle avait su que Lucien ne reviendrait pas, ni cette nuit, ni jamais ? Elle leva les yeux vers le visage affectueux de la vieille femme. Décidément non, elle ne pouvait lui infliger une telle souffrance en lui révélant la vérité.

— Je n'ai pas besoin de lait chaud, Babbie, je vous remercie. Je vais m'endormir toute seule. Je suis seulement un peu inquiète pour milord, voilà tout.

— Nous le sommes tous, milady, n'est-ce pas ? Si vous changez d'avis à propos du lait chaud, vous n'aurez qu'à sonner et je vous le monterai tout de suite, déclara la gouvernante en caressant doucement la joue de la jeune femme. Je sais que vous l'aimez, ma petite. Jamais je n'aurais cru que je le reverrais sourire un jour, après ce qui est arrivé à la comtesse douairière et à lady Sarah. Mais vous l'avez rendu heureux, vraiment heureux. Je suis désolée de m'être montrée un peu brutale avec vous quand vous m'avez posé toutes ces questions.

— Jamais je n'aurais dû douter de lui, répondit Madeline en s'asseyant sur le lit.

— Vous n'étiez pas supposée savoir, et puis il peut être un peu ours quand cela le prend, répondit Mme Babcock en serrant la jeune femme dans ses bras avant de quitter la pièce, le rouge aux joues.

Arrivée à la porte, elle s'arrêta un instant :

— Je vous envoie Betsy pour vous aider à vous changer.

— Non, merci. Je préfère me débrouiller toute seule ce soir, affirma Madeline avec un sourire timide. Bonne nuit, Babbie.

— Bonne nuit, milady. Prions le ciel que milord nous revienne sain et sauf.

— Ainsi soit-il, souffla la jeune femme.

Quand la porte se referma sur la gouvernante, Madeline se retrouva toute seule de nouveau.

Lucien scrutait l'obscurité. La lune pleine flottait haut dans le ciel, éclairant de sa lumière argentée l'océan sur lequel se découpait la silhouette sinistre des ruines du château. Nelson trotta doucement jusqu'à la première enceinte, puis Lucien descendit de selle et mit pied à terre, préférant faire à pied le reste du chemin. L'odeur entêtante du sel et du goémon embaumait l'air, portée par le vent qui montait à l'assaut de la plage. Du bout des doigts, Lucien vérifia dans sa poche la présence rassurante du pistolet qui s'y trouvait caché, puis mena son cheval tout près des ruines et attacha les rênes à un buisson presque à l'entrée du site. Là, tous les sens en éveil, le visage fermé, les yeux aux aguets, inspectant les murailles qui s'étendaient devant lui, ou du moins ce qu'il en restait, il demeura immobile un instant.

Aucun signe de Farquharson.

Prudemment, il s'écarta du cheval derrière lequel il s'abritait jusqu'alors, s'exposant ainsi aux coups de fusil toujours possibles. Il fit un pas, puis un autre, en restant dans l'ombre du rocher qui se dressait à sa gauche puis, après l'avoir contourné, commença doucement à grimper l'escalier qui menait à la partie supérieure, l'œil rivé sur les pierres usées et inégales. L'endroit était désert, ce qui signifiait que Farquharson se trouvait nécessairement dans la partie du château construite sur l'île, la plus imprenable. Tournant les talons, il se dirigea vers le petit sentier sinueux qui menait à celle-ci.

Le fracas des vagues s'écrasant contre les rochers

montait de l'à-pic surplombant les flots, et l'écume blanche et le tonnerre du ressac contrastaient violemment avec la tranquillité de l'océan qui s'étendait à perte de vue. Les bâtisseurs de Tintagel pouvaient se vanter d'avoir choisi soigneusement l'endroit : le château était bâti à cheval sur un isthme aux parois abruptes reliant l'île de Tintagel au continent. Les restes des enceintes supérieure et inférieure du château s'étendaient du côté de la terre, les ruines des bâtiments construits autour de la cour principale et celles de la chapelle, sur l'île proprement dite. Le chemin qui reliait les deux parties entre elles serpentait le long d'une barre rocheuse escarpée sous laquelle bouillonnaient les flots furieux frangés d'écume.

Cette disposition permettait de défendre l'essentiel contre les assiégeants quels qu'ils soient. Lucien savait pertinemment que cette passerelle constituait l'endroit le plus dangereux parce que le plus exposé. Son cœur cognait dans sa poitrine, quoique à un rythme régulier, et il s'attendait à chaque instant à entendre un coup de feu partir depuis les remparts effondrés. C'étaient sans doute les plus longues minutes de toute son existence. Aucune explosion ne le surprit cependant, malgré la distance qui se faisait de plus en plus courte. Il commençait à penser qu'il allait peut-être franchir l'espace ouvert sans mal. Il se trouvait si près à présent qu'il pouvait clairement distinguer chacune des pierres qui composaient la muraille épaisse, et deviner dans celle-ci les vestiges des fenêtres et des portes.

Il approcha encore, tout près, dangereusement près. Bientôt, il se retrouva dans ce qui était autrefois l'une des cours du château, qu'il inspecta rapidement du regard. Le vent hurlait dans l'espace désert, conférant à l'ensemble une atmosphère inquiétante au point qu'il en avait les poils qui se dressaient sur les bras et des fourmillements dans la nuque.

Les yeux et les oreilles aux aguets, cherchant à distinguer le moindre signe de la présence de Farquharson ou de ses hommes, il resta immobile, mais ne vit rien, n'entendit rien. Ses doigts glissèrent dans sa poche pour saisir la crosse du pistolet. Une fois qu'il l'eut bien assurée dans sa main, il laissa l'arme bien en vue, contre sa cuisse. Le dos au mur, il attendit, solidement campé sur ses jambes, prêt au combat.

— Farquharson ! cria-t-il.

Une bourrasque balaya la cour au même instant, lui renvoyant immédiatement l'écho de son cri, et rien d'autre.

— Farquharson ! répéta-t-il, quelques gouttes de sueur perlant sur sa lèvre supérieure.

Il y eut un bruit, comme un craquement sinistre, de l'autre côté de la cour.

Lucien s'adossa contre le mur qui lui offrait son unique protection et s'avança prudemment le long de celui-ci, l'arme levée, le doigt sur la détente. Arrivé au coin du mur, il se pencha rapidement pour jeter un coup d'œil furtif de l'autre côté en visant précisément l'endroit d'où venait le bruit, mais ne vit rien une fois encore, hormis le sol nu, le rocher, quelques galets, et un chat qui disparut aussitôt derrière un mur. Des yeux, il suivit la paroi jusqu'à la chute vertigineuse vers les flots, par-dessus la falaise, et un frisson glacé lui passa dans le dos. Tout près de là, le cri solitaire d'une mouette retentit, fantomatique, comme si le destin se moquait de lui, et il sentit une main glacée lui étreindre le cœur.

Il fit demi-tour, revenant sur ses pas aussi vite qu'il pouvait, passant de l'abri d'un mur à l'autre, scrutant les ruines en rentrant la tête dans les épaules, attendant que le coup de feu fatal parte d'une seconde à l'autre. Mais rien, rien du tout, l'endroit était désert, totalement, désespérément.

Il rebroussa chemin, empruntant de nouveau la précaire passerelle rocheuse.

Toujours personne. Toujours rien. Il faisait de plus en plus froid et il se sentait de plus en plus seul. Son sang commençait à se figer dans ses veines, car un doute insidieux se frayait un chemin dans son esprit, plus aveuglant à chaque seconde. Quand il comprit enfin ce qui se passait, il fit basculer vers l'avant le chien du pistolet puis rangea l'arme dans sa poche. Follement, il se précipita vers l'endroit où se tenait son cheval toujours attaché au buisson et sauta en selle sans même marquer le pas.

Il chevaucha comme jamais auparavant, le manteau au vent, faisant gicler la boue et l'eau derrière lui, à travers les rues du village de Tintagel jusqu'à Bossmey puis Davidstow, plongeant ensuite vers Camelford comme s'il avait Lucifer à ses trousses. Il chevaucha longtemps, à s'en faire éclater les poumons, tous les muscles de son corps tendus à se rompre et tremblant sous l'effort, en priant le ciel tandis qu'il traversait la grande langue sombre et désolée, s'accrochant aux bribes d'espoir ténues qui lui restaient, malgré sa certitude que quoi qu'il fasse il arriverait trop tard.

De savoir que Farquharson s'était joué de lui laissait un goût de cendre dans sa bouche. S'il ne se trouvait pas à Tintagel, il ne pouvait être qu'en un seul endroit. Les paroles confuses de Collins, tout à l'heure, lui revenaient :

« Il nous a posé des questions sur cette demeure… »

Il parlait de Trethevyn, bien sûr. Trethevyn, sans défense, et dans lequel se trouvait ce que Farquharson désirait le plus au monde.

Trethevyn où il venait de laisser sa femme en pensant qu'elle y serait en sécurité !

15

Malgré tout ce qu'elle venait de dire à Mme Babcock, Madeline savait parfaitement qu'elle ne dormirait pas cette nuit-là. Comment l'aurait-elle pu d'ailleurs, en sachant vers quoi son mari chevauchait à cet instant même, et en sachant aussi que Farquharson allait le tuer ainsi que son frère ? Elle se souvenait de l'état dans lequel se trouvait Collins en arrivant et ne doutait pas un instant que le scélérat ait dans l'idée de réserver un sort semblable aux Tregellas. Elle n'ignorait nullement qu'il devait rêver d'infliger un châtiment terrible à celui qui l'empêchait d'assouvir ses désirs depuis bientôt cinq ans. Rien que d'y penser, elle en avait le cœur glacé.

Le feu brûlait doucement dans la cheminée, dardant quelques flammes timides autour de la masse rougeoyante d'une bûche. Madeline avait la chair de poule. Elle ne se rendait pas compte que la température baissait rapidement dans la chambre, ni qu'un courant d'air traversait la pièce en faisant onduler doucement les rideaux tirés devant les fenêtres. Elle souffla la bougie et contempla un instant la fumée sombre qui s'élevait paresseusement dans l'air. Le ciel était d'un noir d'encre, comme une tenture de velours seulement décorée par le disque blafard de la pleine lune et les quelques étoiles éparses qui scintillaient comme des pointes de diamant. Elle resta debout dans le noir, silhouette sombre simplement vêtue de sa chemise de nuit de coton blanc, parcourant des yeux les pelouses qui s'étendaient devant la maison.

Lucien devait être arrivé à Tintagel à cette heure, et marcher droit vers le piège tendu par Farquharson comme un agneau avançant vers le sacrifice. Elle ne voulait pas penser à ce qui s'ensuivrait. D'ailleurs, elle ne parvenait pas complètement à se faire à l'idée que tout ça était bien réel. Disaient-ils vrai, ceux qui prétendaient que, lorsque la mort approchait, l'âme des condamnés quittait leur corps pour apparaître à ceux qu'ils aimaient ? Si Lucien était mort, elle l'aurait su, forcément. Mais elle ne ressentait rien. Rien du tout. Son corps semblait comme anesthésié.

Elle se répéta mille fois le récit affreux de la mort de Sarah. Farquharson était un monstre, un renard, une bête assoiffée de sang qui ne connaissait d'autres armes, pour arriver à ses fins, que la ruse et la trahison. Elle pensait à Guy, qu'il retenait en otage, mais aussi au corps torturé de Collins, aux paroles prononcées péniblement par le valet blessé, et lentement, graduellement, la vérité se faisait jour dans son esprit. Elle ne la frappa pas avec la fulgurance de l'éclair, non, mais se glissa plutôt dans son esprit comme une évidence qu'elle accepta sans se poser de questions, résignée.

Une torpeur étrange s'empara d'elle, comme si d'avoir réalisé l'inévitable l'apaisait, en quelque sorte. Elle aurait dû être paralysée de terreur mais ce n'était pas le cas. Au contraire, elle se sentait pleine de certitude, sûre de son fait, même. Son inquiétude semblait s'être tout à coup évaporée. Elle savait désormais ce qui l'attendait et même s'en réjouissait, car en fait ce qu'elle venait de comprendre ne pouvait signifier qu'une seule chose : Lucien était sauf.

Elle alla chercher le couteau de celui-ci dans le tiroir de son bureau, dans la bibliothèque, et le glissa sans le sortir de son fourreau dans la poche de sa robe de chambre, puis retourna dans ses appartements pour aller s'asseoir dans le petit fauteuil qui occupait le fond de la pièce. La dague pesait, lourde et rassurante, contre sa cuisse, et elle en caressait le pommeau de ses doigts enfouis dans sa poche. Le monstre venait la chercher, et pourtant elle n'avait pas peur. Son cauchemar devenait réalité, et malgré tout elle se sentait plus calme que jamais. Pour une fois dans sa vie, elle ne fuirait pas. Elle refusait de se cacher. De toute façon, la dérobade n'était plus de mise. N'avait-elle pas dit à Lucien qu'on ne pouvait pas vivre en regardant perpétuellement derrière soi ? Elle ne voulait pas d'une telle existence. Et lui non plus.

Elle savait à présent que Farquharson ne les laisserait jamais en paix. Il retenait déjà Guy prisonnier et finirait à un moment ou un autre par les capturer, elle et Lucien. Elle ne voulait pas laisser une telle chose advenir, parce qu'elle aimait son mari plus que sa propre vie et que, tant que Farquharson vivrait, il ne serait pas en sécurité. Elle comprenait à présent la vigilance de Lucien, et aussi que ce qu'elle prenait jusqu'alors pour une haine obsessionnelle se révélait finalement n'être que sa conscience du danger que représentait Farquharson pour tous les deux. Oui, Lucien avait raison et, contrairement à elle, il ne sous-estimait pas Farquharson. Lui seul savait de quoi ce monstre était capable. Maintenant qu'elle partageait cette conviction, elle savait aussi qu'elle avait une chance de mettre un terme à cette folie, et que pour cela il lui faudrait affronter le baron.

La maison semblait endormie, soit que les domestiques dormaient déjà dans leur lit, soit qu'ils étaient encore occupés à leurs tâches vespérales. Il ne servirait à rien de les mettre en danger. C'était Madeline que Farquharson voulait, et c'était elle qu'il trouverait, seule, mais armée du couteau de Lucien. Allongé sur le sol dans la pièce d'à côté, Max dormait silencieusement. Madeline attendit, bien calée dans son fauteuil, les yeux rivés sur la porte.

Cyril Farquharson se glissa dans la maison comme une ombre, en silence, sans se faire remarquer. Ce fut un jeu d'enfant pour lui de faire tourner le loquet qui barrait la fenêtre de la bibliothèque. Celle-ci s'ouvrit doucement sous sa poussée. Sans bruit, il traversa la pièce en remerciant le valet de Varington de lui avoir fourni — à son corps défendant — un plan détaillé de la demeure. La pendule sur le manteau de la cheminée sonna onze heures. Un frisson le secoua.

Bien sûr Tregellas devait avoir compris la supercherie depuis un certain temps. Quant à savoir combien il pouvait en avoir passé à le chercher dans les ruines avant de réaliser qu'il s'y trouvait seul, complètement seul, il ne servait à rien de chercher à le savoir puisque de toute façon Tintagel se trouvait à plus de trois heures de route de Trethevyn. Le visage de Farquharson s'illumina d'un sourire maléfique. Il ne fallait pas être grand clerc pour imaginer la frustration de Tregellas au moment où il prenait conscience de la situation et le mélange de terreur et de rage qui devait avoir saisi son cœur à ce moment-là. Il se sentait tout excité à cette idée. A cette heure même, le comte devait être en train de cravacher son cheval comme un dément sur la route qui menait de Tintagel à Trethevyn, poussant sa monture comme lui-même au-delà de leurs limites dans une lutte contre l'inévitable parfaitement inutile. Trois heures, cela faisait bien long, surtout quand on savait ce qu'il devait être en train d'advenir à sa femme et qu'on ne pouvait strictement rien y faire. Ce devait être absolument horrible de penser que la chose avait lieu dans son propre lit, au milieu de toute la maisonnée parfaitement inconsciente de ce qui se déroulait à quelques mètres de là seulement. Farquharson trouvait cela si plaisant qu'il manqua d'éclater de rire. Tregellas arriverait chez lui juste à temps pour prendre part à la dernière partie de son plan. Un beau plan, ma foi, songea-t-il. Superbement élaboré par un artiste et exécuté pas à pas avec une maîtrise impeccable. Cette idée d'utiliser Varington comme appât pour attirer Tregellas à Tintagel lui semblait la meilleure qu'il ait eue depuis bien longtemps. Il s'occuperait du jeune vicomte plus tard. En fait, tout son plan avait été échafaudé à partir du caractère de Tregellas, car il savait parfaitement que jamais le comte n'aurait pris le risque d'emmener sa femme avec lui à Tintagel et qu'au contraire il la consignerait à Trethevyn, la lui offrant sur un plateau. Il pensait déjà en frémissant à la pauvre Madeline, qui à cette heure, un étage plus haut, devait être occupée à pleurer toutes les larmes de son corps en pensant à son mari. Ah, Madeline, la douce Madeline…

Elle l'avait défié depuis le premier jour, et humilié devant tout Londres. Rien que pour ça, elle subirait le châtiment promis. Il se remémorait les nuits innombrables passées à préparer sa vengeance, les mois passés à attendre et à observer patiemment en attendant que l'occasion propice se présente. Bien sûr, il aurait été merveilleusement tentant de la capturer ce jour-là sur la lande alors que la femme de chambre hurlait comme une hystérique, terrifiée à l'idée que Harry Staunton approchait. Ou cette autre fois, où elle s'était rendue seule au village pour prendre des nouvelles de cette vieille femme malade.

Il pouvait se vanter de n'avoir pas manqué grand-chose de ces allées et venues, grâce à l'argent qu'il avait généreusement distribué à ses espions.

Il savait exactement quand Madeline se promenait dans le jardin, quand elle restait dans sa chambre à broder auprès de sa fenêtre. Il n'ignorait rien de sa visite nocturne à la bibliothèque et de la scène pénible qui s'était ensuivie entre elle et un Lucien quelque peu éméché. Le stratagème de la lettre contrefaite fonctionnait à merveille, comme un coin solide fiché entre Tregellas et sa femme et grâce auquel le soupçon s'insinuait en eux comme un venin.

Il se souvenait de la femme qu'on lui avait volée, de ses yeux d'un brun doré, de ses cheveux à la fois clairs et sombres soigneusement coiffés en arrière. Madeline Langley n'avait rien d'une beauté, mais elle possédait néanmoins tout ce qu'il recherchait chez une femme : l'innocence, la modestie et surtout la peur, cette vertu qu'il estimait entre toutes. Elle possédait une réserve timide qui faisait d'elle une jeune femme à part. Elle ne babillait pas des insanités comme la plupart des jeunes femmes de son âge, ne faisait pas la moue, ne boudait pas ni ne frappait du pied pour exprimer sa colère, ni ne pleurait à tout bout de champ. Pas elle, pas Madeline Langley. Elle se fondait simplement dans le paysage et observait ce qui l'entourait avec ses yeux magnifiques. Elle faisait toujours tapisserie, mais la chose était trompeuse. A moins qu'il ne fasse gravement erreur, le sang qui coulait dans ses veines était plein d'une passion qui n'attendait que d'être conviée à s'épanouir.

En approchant de la porte de la chambre de la jeune femme, il s'aperçut qu'il tremblait d'excitation.

Lucien poussa sa monture en serrant les dents. Comment pouvait-il avoir été assez stupide pour ne pas réaliser que Farquharson lui tendait un piège ? Ne savait-il pas de quelle rouerie cet homme pouvait se montrer capable ? A présent, à cause de cette erreur fatale, Madeline risquait de souffrir abominablement. La perspective de sa propre mort ne lui faisait pas peur. Il s'y était préparé, mais pas à celle de sa femme. Il préféra ne pas songer au sort que

Farquharson lui réservait, se contentant de laisser la rage monter en lui. Cela lui donnerait des ailes pour rejoindre Trethevyn au plus tôt.

La lune, très haute dans le ciel, éclairait la campagne, ce qui Dieu merci lui permettait de chevaucher plus vite qu'il ne l'aurait pu normalement dans la nuit sur la route boueuse qui menait à la lande de Bodmin. Pour autant, malgré tous les efforts de son étalon, la distance qui le séparait de Madeline demeurait considérable. Nonobstant la clarté nocturne, la route défoncée d'ornières profondes était trop longue, et sa progression trop lente. Il approchait de Camelford lorsqu'un un brouillard épais, surgi de nulle part, l'enveloppa subitement.

— Tonnerre ! cria-t-il à pleine voix en donnant du talon contre les flancs du cheval, haletant, le visage trempé de sueur, les muscles douloureux à force de tension.

Autour d'eux un silence inquiétant régnait sur la lande.

Il songea qu'il ne pouvait s'agir que d'un banc de brouillard, et qu'il suffirait de le traverser pour pouvoir reprendre une allure normale. Cela arrivait souvent, et la brume en général se levait aussi vite qu'elle était tombée.

— Allons, avance ! lança-t-il à son cheval en serrant les genoux et en faisant claquer sa langue comme il en avait l'habitude lorsqu'il fallait rassurer l'animal.

Mais l'étalon ne voulait rien savoir, visiblement terrorisé. Les oreilles en arrière, il roulait de grands yeux affolés tout en reculant, les naseaux palpitants.

Comme Lucien tentait en vain de le calmer, un hennissement aigu retentit soudain devant eux et Nelson redressa les oreilles. Surpris, Lucien laissa reculer sa monture pour sortir du brouillard et inspecter la lande. A peine furent-ils libérés de la ouate opaque qui les aveuglait qu'il aperçut un cavalier perché non loin de là sur la colline qui se dressait à sa gauche et dont la silhouette se découpait nettement, haute et sombre, sur l'écran blafard du ciel.

En voyant l'inconnu lui faire signe d'avancer, il laissa lentement glisser sa main vers la crosse de son pistolet caché dans sa poche. Etait-ce encore un piège ? S'agissait-il de Farquharson ou bien de l'un de ses sbires ? Pour autant qu'il pouvait en juger, l'homme semblait porter un vieux tricorne comme on n'en faisait plus depuis des années. Sa voix emplit bientôt l'espace qui les séparait, profonde et teintée d'un fort accent des Cornouailles.

— Si vous voulez gagner du temps, il vous faudra traverser la lande, dépasser Brown Willy, traverser la grand-route à Jamaica Inn, puis descendre vers la plaine. Cela vous prendra une heure si vous connaissez la région et que vous êtes bon cavalier. C'est par là que je vais, si vous voulez me suivre.

Là-dessus le grand cheval noir se cabra et l'homme et la bête disparurent derrière la crête de la colline.

Lucien avait beau se méfier, il savait que l'inconnu avait raison. Il ne lui faisait aucune confiance car il pouvait s'agir d'un bandit de grand chemin, mais il se sentait prêt à prendre le risque. S'il ne rejoignait pas Trethevyn à temps, rien n'aurait plus d'importance de toute façon. Il donna un coup de talon dans le flanc de Nelson, lançant celui-ci à toute allure à la poursuite du cavalier solitaire, à travers les collines éclairées par la lune, franchissant les haies et les ruisseaux en projetant autour d'eux de grandes gerbes de boue et d'herbe arrachée, ventre à terre, s'efforçant de ne pas perdre de vue la silhouette qui filait devant eux, leurs souffles se mêlant en volutes de vapeur blanches. Le cavalier et sa monture ne semblaient plus faire qu'un seul.

« Vite. Plus vite. Madeline, Madeline, Madeline. » Le nom de la jeune femme battait en lui comme un cœur affolé au milieu du fracas des sabots. Ils forcèrent l'allure encore et encore jusqu'à ce qu'enfin apparaissent aux loin les premières lueurs de Trethevyn. Quand Lucien le chercha des yeux devant lui, le cavalier avait disparu.

Quand Madeline vit enfin tourner la poignée de la porte et entendit la clenche se soulever, elle éprouva un étrange soulagement. L'attente touchait à sa fin, Dieu merci, songea-t-elle.

La porte s'ouvrit, pivotant silencieusement pour laisser passer la silhouette sombre devant laquelle elle s'effaçait. Immobile, elle regarda l'homme approcher du lit. Il lui sembla plus petit que dans son souvenir. On aurait dit une ombre progressant sans à-coups. Malgré la lumière argentée de la lune qui les rendait plus pâles et en atténuait le lustre, les cheveux de l'intrus gardaient leur couleur caractéristique tandis que son visage semblait d'un blanc irréel. Arrivé près du lit, il marqua une hésitation, surpris de le trouver vide puis, comme un renard reniflant sa proie, leva la tête et regarda directement dans la direction de la jeune femme. Leurs regards se croisèrent malgré l'obscurité.

Il semblait vaguement sur ses gardes, étonné de ne pas trouver les choses exactement comme il l'avait prévu. D'un regard circulaire autour de lui, il s'assura qu'elle était bien seule et que nul piège ne l'attendait en ces lieux.

— Vous voilà enfin, souffla-t-elle d'une voix étrangement calme.

— Madeline..., répondit-il sur un ton dans lequel elle discerna une inquiétante promesse.

— Je commençais presque à m'impatienter.

— Comment ? répondit-il en se figeant sur place, si près qu'elle put voir la surprise sur son visage. Vous saviez que j'allais venir ?

— Vous me l'aviez promis, laissa-t-elle tomber en se dressant devant lui.

Farquharson la regarda d'un air surpris. Sa perplexité semblait presque palpable.

— Dans votre lettre, expliqua-t-elle.

Il resta immobile, comme s'il se tenait prêt à s'enfuir à la moindre alerte.

— Vous y disiez m'aimer, souffla Madeline en cherchant son regard.

Une ride se creusa entre les sourcils de l'intrus. Il fixa intensément la jeune femme l'espace d'une seconde puis détourna les yeux. Du bout des doigts, il effleura le pistolet qu'il tenait caché sous sa veste.

— Etait-ce la vérité ?

Elle jouait un jeu dangereux, mais qui semblait porter ses fruits. Elle n'avait pas souvenir d'avoir jamais vu Farquharson aussi troublé.

Il jetait des regards de plus en plus nerveux autour de lui comme s'il ne se fiait même plus à son propre jugement et redoutait un piège.

— Tregellas est à Tintagel, lança-t-il.

Cela n'avait rien d'une question, car il savait parfaitement que le comte se trouvait exactement là où il voulait, c'est-à-dire loin d'ici. Quatre heures plus tôt, il avait assisté à son départ, et attendu ensuite assez longtemps pour être sûr qu'il n'avait pas changé d'avis en route et rebroussé chemin.

— C'est exact, il est là où vous l'avez envoyé. C'est très fort de votre part. Il ne s'est douté de rien, vous savez.

Farquharson ne put s'empêcher de sourire.

— C'était presque aussi bien joué que la lettre que vous avez montrée à lord Varington, ajouta la jeune femme en penchant la tête légèrement sur le côté comme si elle voulait lui manifester son admiration. Comment avez-vous réussi cela ? Le papier à en-tête et le sceau des Tregellas n'ont pas dû être faciles à obtenir, sans parler de mon écriture.

Farquharson ouvrit la bouche pour lui répondre, exactement comme elle l'avait prévu.

— Pour le papier, cela n'a pas été trop compliqué. J'ai découvert assez vite que Tregellas utilisait depuis toujours l'imprimerie Hembledon pour son papier à en-tête. Il m'a suffi de quelques pièces pour m'en procurer plusieurs exemplaires oubliés lors de la dernière commande. Quant au sceau, c'est vous-même, ma chère, qui m'avez donné l'occasion d'en faire une copie en m'adressant votre méchante réponse. Avant de briser le cachet, j'ai demandé à un ami d'en faire une empreinte dans un bloc de mastic, dont je me suis servi ensuite pour en fabriquer un. Bien sûr, on perd quelques détails dans l'opération, mais pas assez pour que cela se remarque.

Avec un sourire un peu fat, il détourna les yeux, pour regarder encore une fois autour de lui.

Madeline n'en avait cependant pas terminé.

— Ensuite vous avez fait imiter mon écriture par quelqu'un

— Non, répondit-il, incapable de s'empêcher de se vanter. J'ai en ma possession une machine extraordinaire que l'on appelle un polygraphe. C'est une invention très ingénieuse d'un certain John Isaac Hawkins. Elle n'a pas été construite pour fabriquer des faux, bien sûr, mais permet néanmoins d'en réaliser de superbes. On y insère une plume d'un côté, que l'on tient à la main, et une seconde sur l'autre partie du mécanisme reproduit exactement le mouvement de la première, traçant ainsi des lettres identiques sur une deuxième feuille de papier. Je n'ai fait que réarranger et placer les mots que vous aviez écrits dans votre lettre pour leur faire dire exactement ce que je voulais, puis n'ai eu qu'à recopier l'ensemble. Il est vrai que le résultat est étonnant, on jurerait que vous l'avez écrite vous-même.

— Je vois, répondit Madeline en soupirant, certaine désormais de savoir ce qu'elle devait faire.

Farquharson fit un pas en arrière, changeant tout à coup d'expression.

— Et maintenant, assez parlé. Venez ici, Madeline.

Il n'y avait qu'une seule façon pour elle de repousser l'homme qui lui faisait face. Persuadé qu'elle le haïssait, il voulait sans doute qu'elle se mette à trembler et à implorer sa pitié. Il avait besoin qu'elle ait peur. Elle de son côté n'avait aucunement l'intention de lui faire ce plaisir, mais pour pouvoir agir devait s'approcher tout près de lui.

— Eh bien, qu'attendez-vous ?

Elle resta immobile.

Farquharson hésita puis, jetant un coup d'œil par-dessus son épaule comme s'il voulait s'assurer une dernière fois que Lucien ne venait pas de rentrer à Trethevyn par quelque raccourci connu de lui seul, il fit un pas vers la jeune femme, puis un autre avant de s'arrêter d'un coup.

— Quelle est cette ruse ?

— De quoi parlez-vous, milord ? répondit Madeline en ouvrant les mains pour les lui présenter. Que diable craignez-vous ?

— Ce n'est pas ainsi que les choses sont censées se passer, grommela-t-il avec une grimace de déplaisir, en retroussant la lèvre supérieure comme un renard enragé montrant les crocs. Venez ici.

C'était dit d'un ton menaçant, mais Madeline ne put réprimer un petit rire en reculant d'un pas pour s'adosser au mur, laissant glisser sa main droite dans la poche de sa robe de chambre.

— Assez joué ! fulmina-t-il en faisant mine de s'emparer d'elle.

Elle eut l'impression de le voir bouger au ralenti comme un homme se débattant dans l'eau, et attendit jusqu'à ce qu'il l'ait presque atteinte pour tirer sa main hors de sa poche, poussant devant elle le couteau nu aussi fort et aussi vite qu'elle pouvait. La lame scintilla un instant, frappée par la lumière de la lune, et Farquharson poussa un grognement de surprise quand il la sentit effleurer sa chair. Madeline crut un instant l'avoir frappé, mais il évita le coup de justesse en pivotant sur lui-même, saisissant le bras de la jeune femme dans le même mouvement d'un geste si violent qu'elle crut qu'il venait de le lui arracher. Elle sentit une douleur affreuse dans le poignet à l'endroit où il la tenait et entendit le bruit du couteau tombant sur le sol. Vif comme l'éclair, Farquharson récupéra l'arme, plaquant la jeune femme contre le mur dans le même mouvement. Ses yeux lançaient des éclairs et il avait un rictus mauvais sur les lèvres.

— Petite traînée, insista-t-il. Vous vouliez me tuer.

Il avait l'air sincèrement surpris.

Madeline ne répondit pas, atterrée d'avoir manqué son but. Elle ne pouvait plus rien faire et savait avec certitude que la fin était proche. Farquharson lui ferait bientôt subir le même sort qu'à Sarah Wyatt, mais curieusement, à présent que ses pires craintes se réalisaient, elle ne ressentait plus aucune peur. La réalité de l'horreur qui s'annonçait semblait s'imposer à elle comme une évidence contre laquelle il ne servait à rien de lutter et qu'elle acceptait par conséquent sans se rebeller.

Elle se remémora les paroles de Lucien : « Ce scélérat n'aime rien tant que la douleur des autres. » Elle comprenait maintenant ce qu'il voulait dire par là.

Elle sentit les doigts de Farquharson s'imprimer dans sa chair quand il la traîna vers le lit pour l'y jeter. D'un air de défi, elle contempla ces traits cruels qu'elle ne craignait plus.

— N'escomptez pas prendre du plaisir, milord.

— Que savez-vous du plaisir et de la douleur, Madeline ? vitupéra-t-il en la frappant durement au visage.

Elle ne broncha même pas.

Des aboiements furieux leur parvinrent de la pièce d'à côté, alarmant Farquharson qui tourna la tête vers la porte séparant les deux pièces.

— Nous n'avons pas à craindre d'être interrompus par ce chien, affirma-t-il. J'ai tellement de choses à vous apprendre, ma chère…

A peine avait-il fini sa phrase qu'il prit la jeune femme par le cou et commença à serrer. Madeline sentait son désir enfler contre sa jambe à mesure que l'excitation montait en lui.

Elle avait l'impression d'être sortie de son corps et de flotter au-dessus de la scène quelque part près du plafond. Etait-ce vraiment Farquharson qu'elle voyait au-dessous d'elle, occupé à l'étrangler, relâchant un instant son étreinte pour l'enjamber ?

— Il est trop tard, entendit-elle murmurer une voix affreusement rauque et qui semblait être la sienne : votre pouvoir s'est envolé, milord. Je n'ai pas peur de vous.

— En ce cas, laissez-moi rectifier les choses, Madeline, fulmina-t-il en saisissant l'encolure de sa chemise de nuit qui la protégeait encore, déchirant le coton blanc pour mettre à nu la chair pâle.

Presque aussitôt, il pressa sa bouche avide contre les seins de la jeune femme, mais elle ne broncha toujours pas.

— Vous ne méritez que la pitié, *sir*, lança-t-elle. Vous êtes aussi incapable de donner de l'amour que d'en recevoir.

Max aboya plus fort de l'autre côté de la porte, la grattant furieusement.

Depuis l'endroit où elle flottait dans les airs, Madeline sentit Farquharson s'arrêter un instant de l'embrasser, reculant son visage pour la regarder. Elle voyait parfaitement ses lèvres humides et le filet de salive qui lui coulait sur le menton.

— Je n'ai pas peur de vous, asséna-t-elle de nouveau en le fixant au fond des yeux, prononçant chaque mot si clairement qu'elle le sentit s'étioler rapidement contre sa cuisse.

— Catin ! s'écria-t-il en tirant le couteau de Lucien de sa poche. C'est gentil à vous de m'avoir fourni cette dague. Cette fois-ci, Tregellas ne s'en tirera pas aussi bien que pour Sarah Wyatt. Le meurtre est un crime affreux, et il faut avoir le mal chevillé au corps pour en commettre deux à la suite l'un de l'autre. D'abord sa fiancée, et maintenant son épouse. Le surnom que je lui ai donné ne lui va-t-il pas comme un gant ?

Max aboya encore, grattant frénétiquement la porte.

— Vous pouvez me tuer, lord Farquharson, mais personne ne croira un instant que Lucien puisse avoir commis ce crime. Tout le monde à Londres sait que nous nous sommes enfuis par amour.

— Vraiment ? répliqua Farquharson d'une voix glaciale, le visage fermé comme si toute humanité venait de s'en échapper, un sourire dangereux sur les lèvres. Si vous enquêtiez un peu, vous vous rendriez compte qu'ils croient tous que Tregellas vous a obligée à l'épouser. Quant au mobile du crime, je considère qu'il sera bientôt de mon devoir de publier la lettre que vous m'avez envoyée, et dans laquelle vous me suppliez de venir vous arracher à ce fou en même temps que vous m'avouez votre amour.

— Lucien apportera la preuve qu'il s'agit d'un faux.

— Je ne le crois pas, Madeline, répliqua Farquharson en marquant une pause pour la fixer de ses yeux gris. Ils le pendront, vous savez, et je serai là pour le regarder danser au bout de sa corde. Ça va être merveilleux de vous tuer d'abord et de voir ensuite votre mari payer pour ce crime.

— Non ! s'écria-t-elle, submergée par la rage. Non ! Vous êtes un couard, Farquharson. Vous faites les choses par-derrière parce que vous n'avez tout simplement pas assez de courage pour faire face à Lucien. Vous savez que si vous l'affrontiez les armes à la main, vous n'auriez aucune chance.

Max aboya encore et l'on entendit au bout de l'allée le bruit sourd du galop d'un cheval.

Farquharson tourna la tête en direction de la fenêtre, soudainement terriblement nerveux.

Quelqu'un arrivait, à toute allure.

— Il faut trois heures pour venir de Tintagel, marmonna-t-il pour lui-même en plaquant la lame du couteau contre le cou de la jeune femme, laissant le fil acéré en mordre la chair tendre.

Madeline sentit à la fois une brûlure fulgurante et quelque chose de chaud couler sur sa peau. Au-dehors, le cavalier semblait approcher rapidement.

— Cela fait si longtemps que j'attends ce moment, souffla Farquharson en se penchant sur elle pour lécher le sang qui coulait de sa peau avant de couvrir sa bouche en un baiser furieux.

Le goût métallique du sang la fit sursauter en même temps que le baiser du monstre l'étouffait. Quand ils entendirent le gravier crisser de plus en plus près, ils surent immédiatement que le cavalier allait bientôt mettre pied à terre. De l'autre côté de la porte, Max aboyait à présent sans discontinuer, ameutant sans doute toute la maisonnée.

Madeline sentit son cœur bondir dans sa poitrine. Cela semblait impossible, et pourtant…

Farquharson poussa un grognement en s'arrachant à

elle. La main toujours serrée sur le couteau, il alla vers la fenêtre qui donnait sur le balcon. Sur l'allée, un cavalier solitaire filait à toute allure comme si sa vie dépendait de la vitesse de son cheval aux yeux exorbités et au museau écumant. Il vit l'homme sauter à terre et malgré l'obscurité reconnut instantanément Tregellas.

— Par quel miracle... ? songea Madeline.

Mais il était trop tard pour les questions. Il fallait agir, et vite.

Elle se releva et, pour ne pas attirer l'attention de son tourmenteur, glissa tout doucement vers le bord du lit. Farquharson regardait toujours par la fenêtre.

— Il arrive à temps pour nous gâcher notre plaisir, Madeline, mais pas assez pour vous éviter la mort. On l'en accusera, soyez-en certaine. Cela passera pour un crime passionnel. Un de plus. Tout Londres sait ce qui s'est passé entre nous trois. Cette fois-ci, il n'échappera pas à la justice, comte ou pas. Je boirai à votre santé, ma chère, quand je verrai le nœud de la corde lui tordre le cou sur le gibet.

La lame qu'il tenait à la main luit furtivement, renvoyant l'espace d'une seconde la lueur argentée du rayon de lune qui la frappait.

— A présent, ma chère Madeline..., souffla-t-il en s'avançant sur elle.

Elle sauta à bas du lit et, sans se soucier de ce qu'elle était nue, se rua sur la porte du petit salon. Elle entendit Farquharson se jeter sur elle, sentit ses doigts mordre la chair de son épaule, mais trop tard pour l'empêcher de saisir la poignée de la porte et de l'ouvrir. Les aboiements du chien se firent soudain plus forts et elle sentit quelque chose lui frôler la jambe, puis Farquharson la tirer en arrière pour la rejeter vers le lit. Tout alla si vite qu'elle ne comprit pas exactement ce qui se passait. Sa tête heurta le coin du lit et elle sentit une nausée horrible lui monter dans la gorge.

L'instant d'après, elle se retrouva allongée sur le sol, essayant désespérément de se relever, mais incapable d'empêcher la chambre de tourner follement autour d'elle.

— Lucien ! cria-t-elle d'une voix faible et pâteuse, incapable malgré tous ses efforts de percer l'obscurité opaque qui l'enveloppait. Elle entendit des pas lourds, et quelque chose d'humide vint lui frotter le visage. Malgré le brouillard qui embrumait son cerveau, elle reconnut Max et cessa instantanément de chercher à ouvrir les yeux, se laissant aller sur le tapis sans plus lutter. Les aboiements s'étaient transformés, cédant la place à un grognement sourd. Elle entendit Farquharson jurer et ses pas s'éloigner, puis la porte de la fenêtre s'ouvrir et se refermer presque aussitôt.

Elle savait désormais qu'elle avait échoué : Farquharson allait s'échapper encore une fois. Depuis le balcon, il pourrait sauter sur le toit de l'entrée et de là sur le perron sans grand danger. Dans un effort surhumain, elle parvint à se rasseoir malgré les lumières étincelantes qui dansaient devant ses yeux et la nausée terrifiante qui lui tordait le ventre. L'espace d'un instant, elle vit Farquharson sur le balcon et Max qui grondait, le nez pressé contre la vitre, la grattant de sa patte.

— Max ! appela-t-elle.

Le chien cessa de grogner et s'approcha d'elle aussitôt pour lui lécher le visage en gémissant. Elle s'agrippa à sa fourrure noire et, s'aidant de ce soutien inattendu, parvint à s'adosser au cadre du lit, après quoi, épuisée, elle ferma les yeux en se laissant aller.

On entendit un grand fracas, puis un cri d'horreur épouvantable, suivi presque aussitôt d'un bruit sourd, écœurant, et un silence lourd retomba sur la scène.

Lucien montait l'escalier quatre à quatre sans se soucier des traces boueuses qu'il laissait derrière lui quand il entendit le cri et le bruit affreux d'un corps tombant lourdement sur la pierre. Le souffle coupé, le ventre tordu par l'angoisse, il se rua vers la chambre de la jeune femme.

— Madeline ! hurla-t-il, terrifié à l'idée de ce qu'il allait trouver, mais avançant malgré tout.

La porte derrière lui battit deux ou trois fois, sortant presque de ses gonds. Figé sur place, il trouva la jeune femme assise sur le sol, adossée au lit, les yeux fermés, le visage plus pâle que celui d'une morte. Du sang coulait d'une blessure qu'elle avait au front et d'une autre, sur son cou. Elle gisait, totalement nue, Max à son côté montant la garde, et, quand le chien gémit doucement en le regardant avec des yeux tristes, Lucien crut qu'il arrivait trop tard.

— Madeline ! murmura-t-il en se jetant à genoux devant le corps dénudé.

Déjà, on entendait des portes claquer et résonner des cris affolés au rez-de-chaussée.

— Madeline ! répéta-t-il, le cœur près de s'arrêter dans sa poitrine.

Elle battit des paupières et, l'instant d'après, leva les yeux vers lui. Dieu avait entendu sa prière. Madeline, l'amour de sa vie, était vivante !

— Est-ce vraiment vous, Lucien ? souffla-t-elle en tendant la main vers lui.

Il ôta sa veste pour en envelopper la jeune femme et la souleva dans ses bras.

— Oh Lucien ! souffla-t-elle en s'agrippant à lui et en caressant doucement ses joues couvertes de petites taches de boue. Mon amour…

Lucien sentit le sang lui revenir au visage en même temps que sa peur le quittait.

— Dieu soit loué vous êtes sauve, murmura-t-il en la regardant d'un œil incrédule, incapable de comprendre comment une telle chose pouvait être possible. Farquharson…

C'est alors que lui revint le souvenir du bruit terrifiant entendu dans l'escalier.

— Il était sur le balcon, expliqua Madeline en remarquant le regard qu'il venait de jeter par la fenêtre. Il cherchait à s'enfuir. Je crois que la balustrade a cédé…

Lucien la reposa doucement sur le lit et, Max à côté d'elle, ouvrit la fenêtre et s'avança prudemment sur le balcon. Sur le côté gauche de celui-ci, la rambarde de fer forgé manquait sur plusieurs mètres. Lucien regarda en bas, mais ne vit rien tout d'abord, puis, s'avançant plus près, il se pencha carrément au-dessus du vide et vit, sur les marches du perron, le corps disloqué de Cyril Farquharson.

C'était fini.

Madeline le sentit s'asseoir à côté d'elle.

— Il est mort, laissa-t-il tomber.

— Alors nous sommes hors de danger.

Lucien hocha la tête.

— J'ai cru que…

La voix de Lucien sembla se briser et il ferma les yeux. Quand il les rouvrit, il semblait avoir repris un peu le contrôle de lui-même.

— Non, murmura la jeune femme. Vous êtes arrivés à temps, vous et Max, affirma-t-elle, avant de lui raconter brièvement ce qui venait de se passer entre elle et Farquharson.

— Il faut que j'aille chercher un médecin, déclara-t-il en la regardant comme s'il n'en croyait toujours pas ses yeux.

Madeline lui intima le silence en lui touchant doucement la main.

— Non, c'est inutile. Ce ne sont que des éraflures. Le sang, c'est toujours impressionnant. Restez, je vous en prie.

Joignant le geste à la parole, elle le prit dans ses bras comme pour l'empêcher de partir.

— Madeline ! souffla-t-il, hors d'haleine, en se pressant contre elle.

Dans ce mot, elle entendit tout ce qu'il pouvait ressentir de soulagement, d'incrédulité et d'amour. Elle embrassa sa poitrine, ses bras, son menton des milliers de fois, tout doucement.

— J'ai cru que je vous avais perdu, souffla-t-elle.

— Oh mon amour, répondit-il en lui caressant la joue. J'ai eu si peur d'arriver trop tard. Je ne pouvais pas supporter l'idée de vous perdre. Vous êtes ma vie.

— Et vous la mienne, répondit-elle dans le même souffle.

— Madeline ! soupira-t-il encore en prenant la bouche de la jeune femme, le cœur débordant de bonheur, certain à présent que plus jamais il ne la laisserait partir.

Une demi-heure plus tard, comme on enlevait le corps de Farquharson du perron ensanglanté, Lucien prit sur lui de fouiller les poches du scélérat défunt. Il y trouva un mouchoir, une montre à gousset, quelques cartes de visite, une paire de dés, une bourse pleine d'argent et une feuille de papier soigneusement pliée qu'il déploya immédiatement pour en examiner le contenu.

— Qu'est-ce que c'est ? demanda Madeline en se penchant par-dessus son épaule.

— Une carte…, répondit-il en approchant le chandelier pour lire plus aisément les mots griffonnés au milieu du dessin. Cela représente le puits de la mine qui se trouve près des *hurleurs*.

Ils se regardèrent tous les deux d'un air perplexe.

— Collins a dit avoir été emmené sous terre, déclara Madeline.

— Dans ce cas, nous avons peut-être découvert l'endroit où ils retiennent mon frère, commenta Lucien.

Ils se regardèrent encore un moment sans parler, chacun songeant à la gravité de la situation.

— Prions le ciel qu'il soit encore en vie, lança Lucien en embrassant rapidement la jeune femme avant de partir rameuter les hommes de Trethevyn.

— Et prions aussi que vous me reveniez sain et sauf, répondit-elle quand il ferma la porte derrière lui.

La nuit était déjà bien avancée quand Lucien et les hommes qui l'accompagnaient se glissèrent silencieusement tout près de la mine d'étain. A la lueur de la lune, on pouvait voir un petit groupe d'hommes assis près de l'entrée de la salle des machines. Il devait y avoir là une dizaine d'individus, peut-être douze, à l'air patibulaire. Ce ne pouvait être que la bande décrite par Collins. Certains portaient des gourdins de bois, d'autres de longs couteaux qui brillaient dans la nuit. L'air sentait la fumée du tabac et l'on voyait de loin la lueur rougeoyante du foyer des pipes en terre dans l'obscurité. Lucien fit signe d'avancer à ses hommes qui se déployèrent aussitôt. Cela faisait visiblement un moment que les bandits se trouvaient là : adossés contre la cloison de la salle des machines ou contre de grandes caisses de bois mal équarri, ils tuaient le temps comme des soldats au bivouac. Une bouteille passait de main en main et la rumeur tranquille de leurs voix emplissait le silence de la nuit. Certains soupiraient, d'autres reniflaient, l'un d'eux riait bruyamment. Aucun ne se doutait de l'attaque qui se préparait.

Lucien et les hommes de Trethevyn lancèrent l'assaut sans

prévenir en se ruant sur l'ennemi, qu'ils prirent totalement par surprise. Lucien abattit l'un des bandits d'un violent coup de la crosse de son pistolet. Comme on pouvait s'y attendre, les brigands se défendirent en poussant des cris et en jurant sans discontinuer. La plus grande confusion régnait sur la clairière. Lucien reçut un coup à la mâchoire qui fit jaillir un flot de sang dans sa bouche, mais il riposta aussitôt, et, quand les coups cessèrent de pleuvoir sur l'homme qui venait de le frapper, celui-ci ne bougeait plus.

Les villageois de Trethevyn étaient bien armés et fort en colère contre l'ennemi. Le fracas des armes retentissait au milieu des cris et des hurlements. Voyant un des sbires de Farquharson approcher dans le dos de John Haley, le couteau levé, prêt à frapper, Lucien leva son arme et tira sans un instant d'hésitation. Le coup partit dans un grand nuage de fumée et le bandit s'effondra en poussant un grognement lamentable, une large tache noire s'élargissant sur son épaule.

Voyant leurs compagnons à terre, certains s'enfuirent, et ceux qui restaient à combattre furent bientôt circonscrits. Après qu'on les eut attachés et bâillonnés, on les aligna dans la boue.

Lucien fouilla l'intérieur du bâtiment qui abritait l'énorme machine à vapeur. L'endroit était silencieux, les pompes qui évacuaient l'eau de la mine ayant pour une fois été arrêtées. Désert aussi, car plus un seul homme de la bande de Farquharson ne s'y trouvait. Quand il quitta l'immense pièce vide, il dépassa rapidement la grande cheminée qui se dressait sur le côté et se dirigea droit sur l'entrée du puits. Là, il fit jaillir une étincelle de son briquet et la lanterne projeta bientôt son éclat jaune sur les parois verticales, sans pouvoir en révéler aux regards plus que quelques mètres. Lucien rechargea son pistolet, puis le glissa dans sa poche. Ceux qui se trouvaient encore en bas avaient sûrement entendu son coup de feu de tout à l'heure et étaient ainsi prévenus de son arrivée. Il fallait être prêt à leur faire face.

En s'aidant de sa lanterne, il jeta un coup d'œil dans le puits étroit et bien plus profond que ne pouvait le lui montrer la lueur pourtant conséquente de la lanterne. Cela évoquait les portes de l'enfer. Quelque part en bas, dans les entrailles de la terre, Guy l'attendait. Il ne pouvait qu'espérer le retrouver en vie.

Une échelle reposait contre la paroi. Assis au bord du gouffre, les jambes dans le vide, il attendit quelques instants que son cœur se calme, puis, empoignant le premier barreau, commença sa descente aussi vite qu'il le pouvait. Quelques secondes plus tard, il disparaissait dans l'obscurité. Une sueur glacée mouillait le dos de sa chemise.

Pas un instant il ne s'arrêta de descendre, de plus en plus profondément, tandis qu'à la surface ses hommes l'attendaient sous la lune silencieuse.

Madeline marchait de long en large dans la bibliothèque. Elle qui quelques minutes plus tôt avait affronté Farquharson sans trembler se sentait à présent glacée de peur. Elle se morigénait pour se convaincre de ce que, Farquharson étant mort, Lucien ne courait plus aucun danger et savait ce qu'il faisait.

« C'est un puits de mine, lui répétait une petite voix au fond d'elle, et Dieu seul sait ce qu'il va trouver là-dessous. »

Elle en tremblait, si fort qu'elle dut se mordre la lèvre pour essayer de se calmer un peu. Elle n'osait même pas penser au sort de lord Varington, se contentant de prier pour qu'il soit sain et sauf. Elle se força à s'asseoir dans l'un des grands fauteuils qu'affectionnait tant Lucien et, une fois installée, regarda les aiguilles de la pendule progresser sur le cadran avec une lenteur infinie. Jamais nuit ne lui avait semblée si longue, jamais attente si insupportable. Enfin on entendit un bruit de sabots sur le gravier de l'allée et un murmure de voix qui emplissait l'air de son bourdonnement sombre. Madeline se secoua pour chasser le sommeil et se rua vers la porte d'entrée, ne s'arrêtant de courir que lorsqu'elle aperçut la haute silhouette de l'homme de sa vie.

Lucien se tenait d'un côté, John Haley de l'autre, soutenant tous les deux un homme pâle comme un mort, couvert de sang séché, et qui leva vers elle ses yeux, étonnamment semblables à ceux du comte.

— Il était temps que vous l'envoyiez me chercher, milady, lança le blessé d'une voix traînante. Je commençais à m'ennuyer ferme.

Il faisait le bravache, mais sa voix trahissait sa fatigue.

— Lord Varington…, le salua Madeline.

— Appelez-moi Guy, rectifia-t-il. Je vous dois des excuses, ma chère.

— C'est inutile, répondit-elle en remarquant les lèvres enflées et éclatées du vicomte, ainsi que ses yeux injectés de sang.

— Au contraire, c'est tout à fait indispensable, riposta-t-il en toussant un peu de sang rouge qu'il essuya de son mouchoir déchiré.

— Nous parlerons de cela quand vous serez reposé.

— Non, insista le blessé d'une voix éraillée mais forte.

— Allons, Guy, protesta Lucien. La première chose à faire c'est de te laver un peu, en attendant l'arrivée du médecin.

— Madeline n'a pas écrit cette lettre que Farquharson m'a montrée, affirma le vicomte malgré les protestations de son frère. Il a fait faire une copie de ton sceau et a payé ton imprimeur pour obtenir de lui du papier à en-tête sur lequel il a écrit en imitant l'écriture de Madeline à l'aide d'un polygraphe.

— Je sais, répondit Lucien. Elle l'a appris des lèvres mêmes de Farquharson ce soir. Il n'a pas pu s'empêcher de se vanter de son stratagème.

Guy se figea, une expression étrange sur le visage.

— Il est ici ?

— Oh oui, répondit Lucien en fixant son frère, mais je ne mentais pas quand j'ai dit qu'il était mort. La police se chargera d'emporter le cadavre demain matin.

Là-dessus, il essaya d'entraîner son frère vers sa chambre, mais, malgré sa fatigue et la faiblesse que lui causait tout le sang perdu dans son aventure, ce dernier refusa de bouger.

— Je n'aurais pas dû douter de vous, s'excusa-t-il auprès de Madeline. J'aurais dû me rendre compte que Farquharson était aussi dépravé que le diable lui-même et ne cherchait en fait qu'à vous atteindre à travers moi. Au lieu de quoi, je l'ai laissé faire, fou que je suis. Je vous demande pardon, Madeline.

— Il n'y a rien à pardonner, mil… Guy, répondit doucement la jeune femme en touchant le bras du blessé. Farquharson nous a tous dupés.

Guy hocha la tête.

— Et maintenant, frérot, intervint Lucien, si tu as fini de présenter tes excuses à mon épouse, j'insiste pour que tu te retires dans ta chambre.

Ainsi fut fait. Le maître des lieux et son valet de pied accompagnèrent Guy à l'étage.

Deux semaines plus tard, debout sur le perron de Trethevyn, Madeline et Lucien saluaient de la main le vicomte qui repartait pour Londres.

— Il n'est pas suffisamment rétabli pour voyager. Londres est si loin… J'aurais préféré qu'il vous écoute, soupira Madeline. Je veux dire : que se passera-t-il si…

— Je ne veux plus entendre de « si », souffla Lucien en posant un doigt sur la bouche de la jeune femme. Guy est une tête de mule. Il n'a jamais été possible de le dissuader de quoi que ce soit.

— Déteste-t-il vraiment à ce point la campagne ?

Une colombe roucoula dans un buisson, tout près. Il faisait un temps splendide et l'air sentait bon le printemps.

— Je ne peux vraiment pas imaginer comment on peut préférer l'odeur pestilentielle des rues de Londres à l'air magnifique que l'on respire ici.

— J'imagine, répondit Lucien en fixant la jeune femme droit dans les yeux, qu'il a certaines affaires urgentes à traiter dans la capitale.

Lucien laissa passer un instant de silence puis, en soulevant les sourcils d'un air entendu :

— Mon frère a une certaine réputation à défendre.

Madeline sentit le rouge lui monter aux joues.

— Les réputations peuvent être trompeuses, fit-elle remarquer. Vous-même, *sir*, avez partout dans Londres celle d'être un scélérat. Il va d'ailleurs falloir que je torde le cou à cette rumeur dès que nous retournerons en ville.

— Il faudra commencer par convaincre vos parents.

— Ne vous ai-je pas dit ? s'étonna Madeleine en souriant doucement. Ils ont changé d'avis à votre sujet, à ce qu'il paraît, et radicalement avec ça. Angelina m'écrit que maman trouve merveilleux que nous comptions un comte dans notre famille et ne cesse de s'en réjouir. Papa de son côté ne songe qu'à mon bonheur, et si je suis heureuse il le sera aussi.

— L'êtes-vous, mon amour ?

— Plus que jamais, répondit Madeline en riant.

— Ne suis-je donc plus un scélérat pour vous avoir forcée à m'épouser contre votre gré et vous avoir exposée à la vindicte d'un assassin qui vous aurait tuée s'il avait pu ? demanda Lucien en la prenant par la taille.

— Un scélérat sûrement pas, mais un coquin sans doute, répondit-elle en lui tendant ses lèvres.

— Avez-vous jamais cru les rumeurs qui couraient sur la noirceur de mon âme ?

— Jamais.

— Comment pouviez-vous en être certaine ? Vous ne me connaissiez pas, après tout.

— L'instinct, la confiance, appelez ça comme vous voulez. Je ne comprends pas très bien moi-même comment cela s'est passé, mais, quand j'ai regardé dans vos yeux cette première nuit où nous avons dansé chez lady Gilmour, je l'ai su tout de suite, et puis…

Elle se dressa sur la pointe des pieds et lui vola un baiser.

— Comment celui qui m'arrachait à Farquharson aurait-il pu être un méchant homme ?

Subitement, une tête noire apparut au bout du jardin et on entendit bientôt des jappements furieux. L'instant d'après, Max arrivait sur le perron, la langue pendante et remuant la queue frénétiquement.

— Ce brave chien peut bien manger toutes les bottes qu'il voudra à présent, déclara Lucien en caressant les oreilles de l'animal. Nous lui devons une fière chandelle.

— Je l'ai vu partir avec l'une des vôtres dans la gueule, ce matin, affirma Madeline en souriant largement

— Mmm, laissa tomber Lucien en voyant la jeune femme défaire une à une les épingles qui retenaient sa chevelure, secouant la tête pour laisser retomber ses cheveux en cascade sur sa nuque. Elle leva la tête vers lui et passa doucement sa langue sur ses lèvres.

Lucien grogna sourdement et l'on entendit tomber les épingles sur les marches.

— N'avez-vous pas envie de me raconter comment le fantôme de Harry Staunton vous a guidé à travers la lande jusqu'à Trethevyn cette nuit-là ? s'enquit-elle d'un ton mutin.

— Madeline..., souffla-t-il en l'embrassant tendrement. Les fantômes n'existent pas.

Il prit sa bouche de nouveau, puis :

— Ce devait être un habitant de l'un des villages alentour, affirma-t-il.

Quand il l'embrassa pour la troisième fois, il y mit assez de passion pour être certain qu'il ne serait plus question de fantômes ni de bandits pour tout le reste de leur vie.

— Vous ai-je dit à quel point je vous aimais ? demanda-t-il en la soulevant dans ses bras, la glace de ses yeux se faisant plus bleue qu'un lac de montagne. Et vous l'ai-je prouvé ?

— Vous savez très bien que vous l'avez déjà fait ce matin,

— Hélas, mon amour, j'ai grand peur qu'il me faille vous le prouver encore de toute urgence. Et puis, il faut que nous ayons une pensée pour ces gens qui parient au village sur la date de naissance de notre futur héritier. Les laisser attendre encore longtemps serait inutilement cruel...

Ils éclatèrent tous deux de rire, et Lucien emmena sa comtesse vers leur chambre.

Sur la lande, la silhouette d'un homme masqué releva légèrement son chapeau avant de disparaître vers l'horizon.

A paraître
le 1er avril 2010

LA CAPTIVE DU CAPITAINE, *de Margaret McPhee - n°471*

Portugal, 1810. Depuis que les hommes du capitaine français Pierre Dammartin ont tué son père et l'ont faite prisonnière, Josie prépare sa vengeance. Mais voilà qu'au premier regard, elle est subjuguée par le charme irrésistible de Dammartin, dont le charisme inné et la prestance ébranlent toutes ses défenses. Elle devrait pourtant le haïr, lui qui a fait d'elle une orpheline ! Désemparée, Josie vacille dans sa détermination...

OFFENSE À UNE LADY, *de Juliet Landon - n°472*

Canterbury, 1359. Canterbury, 1359. Veuve et sans attaches, Mérielle St Martin savoure son indépendance. Hélas, le décès tragique de sa sœur Laurel vient bouleverser cette existence insouciante et Mérielle n'a alors plus qu'une idée en tête : partir s'occuper de sa nièce orpheline. Mais, pour se rendre jusqu'à Winchester, où se trouve l'enfant, elle ne peut se passer d'une escorte armée. Dans l'urgence, elle n'a d'autre choix que de recourir au chevalier Rhyan Lombard. Un homme qui la traite sans égards et dont elle n'apprécie ni les manières rudes ni la compagnie austère...

LA PROMESSE D'ISEULT, *de Michelle Willingham - n°473*

Irlande, 1102. Anéantie par la disparition de son fils, Iseult Mac Fergus a perdu goût à la vie. Rien ne semble pouvoir la distraire de son chagrin, pas même la perspective de son mariage avec un prince irlandais. Jusqu'au jour où son futur mari décide de faire réaliser son portrait par l'esclave Kieran, célèbre pour ses talents de sculpteur. Un esclave certes, mais aussi fier qu'ombrageux, et doté d'une mâle beauté qui frappe Iseult en plein cœur...

MADEMOISELLE SAUVAGE, ***de Kate Kingsley - n°474***

Louisiane, 1831. Orpheline depuis peu, Claire Fortier a choisi d'aller vivre avec son oncle, à La Nouvelle Orléans. Hélas, dès son arrivée, la bonne société ironise sur ses origines indiennes. Notamment Philippe Girard, riche parieur et débauché notoire, qui la poursuit de ses assiduités bien qu'il ait déjà une maîtresse officielle ! Face à lui, Claire se sent irrésistiblement attirée. Une fascination qui, elle le sait, risque de compromettre davantage encore sa réputation de sauvageonne...

LES NOCES ÉCOSSAISES, ***de Sophia James - n°475***

Ecosse, 1360. En arrivant à Belridden, Grâce nourrit l'espoir que son mari, Lachlan Kerr, le séduisant maître des lieux, saura l'apprécier pour ses qualités, et pas seulement pour la fortune qu'elle apporte dans la corbeille de mariage. Comme elle se trompe ! Sitôt installée, elle constate non seulement que Lachlan se défie d'elle et ne voit en elle qu'une indésirable Anglaise, mais, pis encore, qu'il a une amante. D'abord anéantie, Grâce relève bientôt la tête : pour conquérir sa place dans le lit et dans le cœur de son époux, elle est désormais prête à tenter l'impossible...

POUR L'AMOUR D'UN GENTLEMAN, ***d'Elizabeth Lane - n°476***

San Francisco, 1906. Dix ans qu'Annie Gustavson n'a pas revu Quint Seavers, l'homme qu'elle aime depuis toujours sans avoir jamais osé le lui avouer. Et pour cause, puisqu'il était fiancé à sa sœur Hannah... Or, en dix ans, tout a changé : Hannah en a épousé un autre et maintenant, plus rien ne s'oppose à ce qu'Annie ouvre son cœur à Quint. Mais après tout ce temps, n'est-il pas déjà trop tard ? Annie veut croire que non et décide d'aller le retrouver...

A paraître le 1er mars

Best-Sellers n° 413 • suspense

Les disparues de la nuit - Lisa Jackson

En moins de deux ans, quatre jeunes filles ont disparu du campus de l'université de Bâton Rouge, en Louisiane. Fugues ou assassinats ? Les médias s'interrogent, mais personne ne semble vraiment se préoccuper de leur sort. Personne, excepté Kristi Bentz, une étudiante en journalisme, qui comprend que quelque chose se passe sur le campus. Car toutes les disparues suivaient un cours sur le vampirisme. Un cours auquel elle vient justement de s'inscrire.

Best-Sellers n°414 • paranormal

La citadelle des ténèbres - Gena Showalter

Depuis sa plus tendre enfance, Ashlyn Darrow est harcelée par des voix surgies du passé qui font de sa vie un cauchemar. Prête à tout pour se libérer de ce don maléfique, elle se rend à Budapest pour rencontrer des spécialistes en la matière, des êtres étranges dotés, dit-on, de singuliers pouvoirs. Mais à peine arrivée dans l'antique château où ils mènent leurs travaux, elle tombe éperdument amoureuse de Maddox – un homme aussi séduisant qu'inquiétant que ses pairs disent immortel et habité d'un dangereux démon.

Best-Sellers n°415 • thriller

Sous le regard de l'ange - Andrea Ellison

Lieutenant à la brigade des homicides de Nashville, Taylor Jackson ne se laisse pas facilement décontenancer. Mais l'effroyable sauvagerie du nouveau meurtre sur lequel elle doit enquêter l'effraie, et la bouleverse même profondément, lorsqu'elle découvre avec stupeur que la victime, une mère de famille irréprochable en apparence, participait au tournage de films pornographiques et de vidéos de couples filmés à leur insu. Pire encore pour Taylor : l'une de ces vidéos la montre elle-même en situation, ce qui non seulement menace sa carrière et son couple, mais fait bientôt peser sur elle les pires soupçons.

Best-Sellers n°416 • thriller

Le secret des marais - Amanda Stevens

Le travail est devenu un refuge pour Evangeline Theroux, jeune inspectrice de police à la Nouvelle-Orléans. Terrassée par la mort soudaine de son mari, effrayée de ne pas être à la hauteur avec son bébé de cinq mois, elle se jette à corps perdu dans une enquête de premier plan sur le meurtre d'un célèbre avocat. Pourtant, les jours passant, ses recherches piétinent et elle accepte l'aide de Declan Nash, agent du FBI. Mais lorsqu'un terrifiant coup de théâtre place soudain son petit garçon au centre de l'affaire, tout change. Désormais prête à tout pour protéger son enfant, Evangeline décide de tout risquer, y compris sa carrière, pour découvrir la vérité, sans imaginer que celle-ci la touche de près et va bientôt remettre en question sa propre identité.

Best-Sellers n°417 • roman

Un parfum de Lilas - Sherryl Woods

Bouleversée par l'échec de sa dernière pièce, qui précède de peu la fin de sa relation amoureuse avec son mentor, la dramaturge Bree O'Brien quitte Chicago et le théâtre où elle a commencé à se faire un nom pour regagner Chesapeake Shores, sa ville natale. Dans ces lieux qu'elle aime tant, elle est persuadée qu'un nouveau départ l'attend. Mais ce retour, en plein cœur de l'été, n'est pas aussi serein que Bree l'espérait. Car il fait aussitôt ressurgir des fantômes de ce passé qu'elle a en vain tenté de fuir. Des fantômes au premier rang desquels se trouve Jake Collins, qu'elle n'a jamais réussi à oublier.

Best-Sellers n°418 • roman

Un printemps à Blossom Street - Debbie Macomber

Blossom Street, c'est une petite rue de Seattle, encore préservée et pleine de charme. Un endroit où il fait bon vivre, et où le quotidien a un parfum de bien-être. Debbie Macomber nous y fait partager la vie de quatre femmes que tout sépare et oppose, mais qui vont se retrouver indissolublement liées les unes aux autres. De cette alchimie, que soulignent des scènes dramatiques et cocasses, intenses et émouvantes, douces-amères et drôles, ironiques et chaleureuses, naissent ces petits riens de la vie qui se transforment en un récit extraordinairement attachant.

Best-Sellers n°419 • historique

L'héritière des Romanov - Susan Wiggs

Russie et Angleterre, 1533

Issue d'une famille princière de Russie, Juliana Romanov a vu les siens se faire massacrer par des traîtres boyards qui se sont emparés du pouvoir. Sauvée par des Gitans, elle se réfugie avec eux en Angleterre, où ils vivent de charité et de larcins. Or un jour, au cours d'une partie de chasse royale, elle est prise en flagrant délit de vol par le roi Henri VIII en personne ! Certaine de sa condamnation prochaine, Juliana est abasourdie lorsqu'on lui propose, à la place, d'épouser Stephen de Lacey, baron de Wimberleigh. Mais elle ignore encore que son futur époux est un rival du roi auquel ce dernier a voulu imposer une union dégradante…

Composé et édité par les
éditions Harlequin
Achevé d'imprimer en janvier 2010

CPI
Bussière

à Saint-Amand-Montrond (Cher)
Dépôt légal : février 2010
N° d'imprimeur : 91565 — N° d'éditeur : 14742

Imprimé en France